W0293022

Karin Gillessen

Oliven zum Frühstück

Roman

Erstausgabe 2000 Anadolu Tur.Yay.Bas.Paz., Alanya/ Türkei
© Karin Gillessen 2005
Herstellung und Verlag: Books on Demand GmbH, Norderstedt
ISBN 3-8334-3684-0

Bibliografische Information Der Deutschen Bibliothek:
Die Deutsche Bibliothek verzeichnet diese Publikation in der Deutschen Nationalbibliografie; detaillierte bibliografische Daten sind im Internet über <http://dnb.ddb.de> abrufbar.

Inhalt

Aussprache türkischer Buchstaben

Buchstabe	*Lautwert*
â	langes ***a*** wie im deutschen Wort ***Saal***
c	***dsch***
ç	***tsch***
e	wie ***e*** in ***Ecke***
ğ	erweichtes ***g***, längt den vorangehenden Vokal, ist kaum hörbar
h	am Wort- oder Silbenanfang wie deutsches ***h*** am Wort- oder Silbenende wie ***ch*** in ***Bach***, jedoch schwächer
ı	***i*** ohne Punkt wird zum unbetonten ***e*** (wie ***e*** in kommen)
j	wie ***j*** in ***Journal***
l	wie im Deutschen, mit den Vokalen ***a***, ***o***, ***u*** und ***ı*** wie im englischen ***all***
r	wird gerollt, am Ende einer Silbe oft zischend
s	immer stimmlos und scharf
ş	***sch***
v	wie ***w*** in ***Wetter***
y	kurzer schwacher ***i***- oder ***j***-Laut
z	stimmhaft, wie ***s*** in ***Rose***

Die Bedeutung türkischer Wörter ergibt sich aus dem nachfolgenden Text.

1
Hareket – Die Abreise

„*Merhaba*, Sophie, bist du startbereit? Steckt ihr auch im Nebel? Staus überall auf den Autobahnen, Massenkarambolage am Frankfurter Kreuz – nimm auf alle Fälle den Zug! Hast du dich mit kleinen Geldscheinen eingedeckt? Denke an Moschee-Socken, Fotoapparat, Wörterbuch ...“ Margot überschüttet mich mit letzten Ratschlägen und Fragen, auf die sie keine Antwort erwartet.

„*Merhaba*, hallo“, begrüße ich die Freundin, halte den Telefonhörer zur Seite, unterdrücke ein Gähnen.

„Badesachen natürlich, Wanderschuhe, nur keine schicken Klamotten“, fährt sie fort, ihre Stimme klingt hell und stark wie in unseren Jugendtagen. „Nimm nicht zu viel Gepäck mit, Sophie. Zum ersten Mal Türkei, die Märkte dort, die Basare ... Du wirst einen Kaufrausch bekommen. Freust du dich? Teetrinken am Bosporus, im Sonnenschein, kannst du dir das vorstellen? Lena fliegt nun doch mit. Fast wie in alten Zeiten, das Klett-Quartett komplett, beinahe ... Ich freue mich so, wenn doch Jutta dabei ... Übrigens, Dimitri kommt toll an bei den Patienten, ich kann ganz beruhigt reisen. Abflughalle, Sophie. Abflughalle! Keine Angst, wir finden uns. Ich habe die Tickets. Denke an die Staus. *Geç kalma*!“

Margot, halte die Luft an, ich schlafe doch noch. Oh, Margot Klett, wie kannst du nur am frühen Morgen schon so aufdrehen. *Geç kalma*, komm nicht zu spät. Keine Angst, meine Liebe, bin ich die Unpünktliche? Noch ein paar Handgriffe, Frühstück mit Luise und dann geht’s los. Ich nehme sowieso die S-Bahn zum Flughafen. Kaufrausch – ich, heiße ich Margot? Stumm antworte ich der Freundin, die längst den Hörer aufgelegt hat. Ich freue mich – freue ich mich wirklich? Wäre es nicht einfacher, hier zu bleiben? Wenn nun doch alles zu viel wird für Eva: Haushalt, die Pflege Luises, vor allem die Arbeit an ihrem Comic ...

Diese Stille im Haus – nach Anrufen Margots ist sie regelrecht hörbar. Doch die Lautlosigkeit heute ist fast beängstigend, sogar der Lärm der Autobahn wird von feuchter grauer Nebelwatte geschluckt. Auch in Luises Wohnung oben ist scheinbar noch alles ruhig. Ist sie bereits aufgestanden und schleicht in ihren Filzpantoffeln herum?

Zum letzten Mal sehe ich meinen Merkzettel durch. Wenn ich doch auch einfach so drauflosfahren könnte wie die liebe Frau Klett: Ein paar Klamotten und das Allzeitbereit-Set in den Koffer – los geht’s. Margots Praxis läuft auch ohne die Chefin, ihre tüchtigen Helfer kümmern sich sogar um Haus und Hund. Mich überkommt vor Reisen eine blöde zwanghafte Putzwut, ich fülle Vorräte auf, koche Auftau-Menüs, damit die zurückbleibende Familie nicht zu sehr unter meiner Abwesenheit leiden muss. Das große Haus blitzt vor Sauberkeit, kein Stück Wäsche bleibt ungewaschen oder ungebügelt, im Garten keine welke Rose, im Büro keine unerledigte Akte.

Familie, großes Haus, Büro – das war einmal, für einen Augenblick hatte ich vergessen ... Ich bin allein, da ist nur noch die alte Frau, für die ich sorge. Längst suche ich morgens zwischen Traum und Tag Helmut nicht mehr neben mir. Verzweiflung hat sich in dumpfe Trauer verwandelt, Trauer ist stummer Gleichgültigkeit gewichen. Man gewöhnt sich an alles, Zeit heilt Wunden, so ist das Leben, andere sind viel schlimmer dran. Tröstende Worte, blöde Gemeinplätze, doch hat Luise nicht Recht, wenn sie sagt: Das Leben drängelt sich immer wieder vor ...

Ich bin allein. Die Kinder sind erwachsen, Jürgen ist bereits Familienvater. Schade, dass ich Eva vor der Abreise nicht mehr sehe. Ach Eva, deine Mum hat wie immer übertrieben: für eine Fußballmannschaft eingekauft, Oma Luises Häuschen auf den Kopf gestellt, den kleinen Garten für den Winter vorbereitet. Warum kann ich nicht lässiger, ein bisschen nachlässiger sein? Dieser idiotische Reisevorbereitungsmarathon. Ich bin müde, nur noch eine Stunde schlafen können ... Nebel, ausgerechnet heute. Scheußlich, diese kalte Nässe. Morgen am Bosporus: unwirklicher Gedanke.

Ob Margot sich tatsächlich auf diese Reise freut? Sie war so oft in der Türkei. Und Lena, vor einer Woche sagt sie ab, jetzt kommt sie doch mit. Stecken sie alle unter einer Decke, meine Freundinnen, die liebe Familie – Verschwörer, die mich endgültig aus meinem seelischen Tief herausholen wollen?

Oben rührt sich was, Wasser rauscht, Schritte, das Klopfen des Stocks: tock. Stille. Eine Tür schlägt zu. Wieder Luises Stock: tock-tock. Ob das grässliche Wetter ihr zu schaffen macht? Jetzt ein dumpfer Knall, ein kurzer durchdringender Schrei ... Stille. Ich stürze die Treppe hinauf, Angst überfällt mich mit heißer Welle. Luise! In Bruchteilen von Sekunden sehe ich grauenhafte Bilder vor mir, meine Stirn wird feucht. Seit den fatalen Ereignissen der letzten Jahre versetzt mich selbst das Schrillen des Telefons in Panik, und beim Gang zum Briefkasten wird mir noch immer übel.

Luise – ich finde sie in der Küche, und ihr Anblick lässt mich befreit auflachen. Kein Unglücksfall, Gott sei Dank, nur eine Kleinigkeit, ein bisschen Mehrarbeit, leicht zu schaffen, nichts, was meine Abreise gefährdet. Jajaja, ich will diese Reise – und wie ich sie will, Verschwörung oder nicht, egal. Die erste große Reise meines Lebens: Istanbul!

In gebückter Haltung steht Luise neben der Spüle, starrt zitternd auf den hell gefliesten Boden. Zu ihren Füßen keine Blutlache, nur ein dampfender, duftender See: Kaffee. Mit ihrem Gehstock versucht sie, das Wrack der Isolierkanne zu angeln. Ich kichere noch immer, doch ein Blick auf Luises bleiches, verzerrtes Gesicht lässt mich verstummen.

„Die schöne Kanne ... Diese schreckliche Alte, was hat sie wieder angerichtet. Oh, Sophie ...“ Luise stößt ihren Stock in die Pfütze: tock-tock, schimpft vor sich hin, wird lauter: tock-tock-tock. Braune Brühe spritzt auf.

Über eine Brücke aus Scheuerlappen führe ich die alte Dame vorsichtig in die Diele, schiebe ihr einen Stuhl hin, doch sie wehrt ab, bleibt steif stehen, schimpft, klopft mit dem Stock. Ich ziehe ihr die durchnässten Filzschlappen und Strümpfe aus, reibe die Füße trocken, verpasse ihr warme Pantoffeln. Luises Altersgeruch steigt mir in die Nase, diese unverwechselbare, schwer erträgliche Duftmischung von Rheumasalben, eingemotteten Kleidern und Kölnisch Wasser.

Sie schimpft ununterbrochen, beginnt zu schreien, stößt den Stock ungehalten auf den Boden: tock-tock-tock. Geduldig versuche ich, sie ins Wohnzimmer zu komplimentieren, doch Luise bleibt stur, schüttelt den Kopf, krallt beide Hände um den Stock: „Die Kanne ist hin, verdammt. Dieses nutzlose alte Weib, auf den Müll gehört sie, zusammen mit den Scherben."

Luise leidet. Nicht der Ärger über das häusliche Missgeschick macht sie wütend, über derartige Bagatellen verliert sie sonst nicht viele Worte. Luise leidet schrecklich. Ihre steife Haltung, die gekrümmten Finger, das bleiche Gesicht – ich habe gelernt, die Zeichen zu deuten. Luises verbrauchter Körper wird von höllischen Schmerzen gequält. In den letzten Monaten sind die Attacken häufiger geworden. Schmerzmittel findet sie zum Kotzen, ihr empfindlicher Magen lehnt die starken Medikamente ab. Und heute, dieser feuchte, kalte Herbsttag ... Ach, Luise, wie gern würde ich dir helfen, dich trösten. Doch es gibt keine Hilfe, keinen Trost. Meine Schwiegermutter ist hoffnungslose vierundachtzig, und jeder Tag zehrt an ihren schwachen Kräften.

Irgendwann hat die alte Dame ein Mittel gefunden, das ihr ein bisschen Erleichterung verschafft. Nicht etwa die flotten Melodien Paul Linckes oder Walter Kollos, die sie manchmal vor sich hin summt, nicht die frischen Buletten, die sie mehr schätzt als jedes Schlemmer-Menü, weder eine Weiße mit Waldmeister, das Lieblingsgetränk ihrer Jugendtage, noch der trockene Riesling, den sie im Alter so sehr zu lieben gelernt hat, auch nicht der „olle Fontane" – das sind Freuden guter Tage. Gegen körperliche Qualen hilft Luise nur eins: ein gewaltiger Wutanfall.

Wenn die unerträglichen Schmerzen über sie herfallen, kommt Zorn in ihr hoch, ein elementarer Hass auf die schwächliche Alte, die sie geworden ist, Hass auf die erbarmungslose Natur, die sie dazu gemacht hat, Empörung über den Schöpfer dieser Natur. Es ist der allwissende, allmächtige und gütige protestantische Gott ihrer Kindertage, mit dem sie hadert, der Gott, an den sie angeblich seit langem nicht mehr glaubt. Wenn es ihn doch gäbe ... Es kann ihn gar nicht geben, Sophie, pflegt sie zu klagen, wäre er allwissend, wüsste er, wie jämmerlich sein Experiment „Planet Erde" läuft. Wäre er gütig, wie könnte er das sinnlose Leiden seiner Geschöpfe zulassen, würde er in seiner Allmacht nicht eine Welt erschaffen, von deren Elend er uns nicht erst erlösen muss? Kann ein gütiger Gott den Teufel erfinden? Nein, es kann ihn nicht geben, diesen Gott. Wenn ich Gott wäre ... Bei jedem Schmerzanfall stellt Luise derartige Fragen, streitet mit ihrem Gott, wirft ihm seine Gleichgültigkeit vor, stößt ihren Stock auf den Boden, immer wieder: tock-tock-tock. Unten in meinen Räumen sind diese Klopftöne nur schwach zu hören. Manchmal versuche ich sie mit Musik zu übertönen und warte doch angespannt darauf, dass sie endlich verstummen, denn irgendwann ist Luise erschöpft, findet

Ruhe, befreienden Schlaf. Anfangs bin ich hinaufgeeilt, wollte helfen, doch fauchend hat sie mich jedes Mal fortgeschickt: Ich komme allein klar, Sophie. Lass mich in Ruhe ...

Auch heute hat Luise kein Erbarmen mit Gott, doch ihr Zorn verraucht allmählich. Oder reißt sie sich zusammen, mir zuliebe? Zitternd steht sie vor der Garderobe, betrachtet kopfschüttelnd ihr Spiegelbild: „Sophie, schau dir diese krumme Hexe an, trübe Augen, dünne Haare, falsche Zähne, im Gesicht nichts als Plissee. Und die kraftlosen Spinnenfinger ... Was hat diese alte Schachtel mit mir zu tun, mit Luise Hentschel aus Neukölln“, fügt sie leise hinzu, „wieso schmückt sich das Weib mit meinem Leberfleck, spricht mit meiner Stimme?“

„Komm, Luise, lass uns endlich frühstücken. Du musst was essen, deine Tablette nehmen, dann geht's dir bald besser.“ Ich lege den Arm um ihre knochigen Schultern, schiebe sie sanft ins Wohnzimmer. „Sei nicht traurig wegen der Kanne, du hast doch noch andere. Hier ist frischer Kaffee.“

„Ach, die blöde Kanne“, winkt sie ab, „die ist völlig unwichtig. Hast du schon wieder alles in Ordnung gebracht? Wenn ich dich nicht hätte. Sei mir nicht böse, Sophie, diese grässlichen Schmerzen im ganzen Körper ... Warum ist Altwerden so fürchterlich, eine so sinnlose Quälerei. Ich hatte ein gutes Leben, mein Mädchen. Jaja, trotz aller Katastrophen. Und ich bin dankbar dafür, ich danke manchmal sogar diesem traurigen Gott. Aber warum muss ein Leben voller Mühe und Arbeit, kleiner Freuden und großer Sorgen so erbärmlich enden? Wäre es nur endlich vorbei, du weißt, den Tod fürchte ich nicht, Kleene, det Sterben jehört nu mal zum Leben ... Aber diese höllischen Schmerzen ... Es ist das Wetter. Scheußlich, dieser Nebel. Sag mal, was heißt eigentlich Nebel auf Türkisch?“

„*Sis*“, sage ich, „ganz einfach *sis*.“

„Aha. *Sis*. Na also, ein sehr kurzes Wort für eine so ausgedehnte Wetterlage. Sieh dir nur diese Suppe an, man kann kaum das Gartentor erkennen. Ha, dein Flieger kann nicht starten.“

„Der Nebel wird sich auflösen, nachmittags kannst du mit Eva im Garten sitzen, die Oktobersonne wird deine alten Knochen wärmen.“

„*İnşallah, inşallah*“, seufzt Luise und wir brechen in befreites Gelächter aus. Das erste *inşallah* des Tages, *inşallah*, so Gott will, hoffentlich: Luises türkisches Lieblingswort, das sie nie vergisst, perfekt ausspricht: inschallah – und ständig anwendet. „*İnşallah, inşallah*“, kichert sie. „Komm, Kleene, jetzt lass uns Abschied feiern. Mach alle Kerzen an! Die grässliche dunkle Jahreszeit schickt ihre Vorboten, doch dieser graue Tag soll uns die Laune nicht vermiesen.“

„Donnerwetter, Luise, was für ein Anblick!“ Der Tisch im Erker ist festlich gedeckt. Gelbe Herbstastern in blauer Vase, gelbe Kerzen, gelbe Servietten – welche Mühe die alte Frau sich gegeben hat, trotz ihrer Schmerzen. Sogar der Sektkübel steht bereit. Ich bin gerührt.

„Es ist alles da, Mädchen. Käse, Schinken, Eier, Aprikosenkonfitüre, blaue Trauben, Vollkornbrot und knusprige Schrippen – aus der Tiefkühltruhe.“ Leise ächzend lässt Luise sich am Tisch nieder. „Ein schönes deutsches Frühstück zum Abschied. Hau nur tüchtig rein, das Frühstück in der Türkei kannst du vergessen, sagt selbst Denis. Gurken, Tomaten, Schafskäse, weißes Wattebrot. Und schwarze Oliven, igitt, Oliven zum Frühstück! Dazu immer nur Tee. Oder Pulverkaffee. Ist ja mal ganz schön, aber nach drei Tagen hast du die Nase voll, das meint auch deine Freundin Margot."

„Du wirst noch eine richtige Türkei-Expertin", frotzele ich.

„Ach, Kleene, wenn ich doch nur ein paar Wochen jünger wäre, wie gern würde ich mit euch in das Land fahren, wo man so ein hübsches kleines Wort hat für diesen grässlichen Nebel: *sus*." Luise seufzt tief, reibt ihre ständig schmerzende linke Schulter. „Aber diese alten Knochen taugen zu gar nichts mehr. Wenn du wüsstest, wie ich dich beneide, du bist jung, ja – widersprich mir nicht immer. Noch bist du jung, in deinem Alter, ach Gottchen, da habe ich den Georg kennengelernt. Jahre später erst konnten wir unser Techtelmechtel legalisieren – wie jung war ich damals. Erinnerst du dich, wie ihr alle zur Hochzeit zu uns kommen durftet? Das war ein Fest!" Sie schneidet ihr Brötchen in kleine Stücke, kaut vorsichtig, nimmt eine Tablette: „Hoffentlich bleibt die drin."

„Sis, Luise. Nebel heißt *sis* und *sus* bedeutet so viel wie ‚sei still!'. Alles klar?"

„Sis – sus, komische kleine Wörter." Luise schüttelt den Kopf.

Die Hochzeit meiner Schwiegermutter mit Georg Fuchs – wie gut ich mich erinnere. Mehr als fünfundzwanzig Jahre sind vergangen, doch wie könnte ich unsere Gefühle bei der Einreise in die alte Heimat vergessen, unsere Angst, das quälende Warten bei der Durchsuchung des Gepäcks und des Autos an der Grenze von Deutschland nach Deutschland. Hatten wir etwas falsch gemacht, irgendeine Vorschrift verletzt? Standen wir als Republikflüchtige auf einer Liste und würden gleich verhaftet? Wir hatten lange überlegt, ob wir unseren Winzling mitnehmen sollten, doch schließlich hatte Helmut entschieden: Wer weiß, ob wir jemals wieder rüber dürfen, wenigstens einmal soll Mutter unseren Jürgen sehen.

Doch dann war aller Ärger vergessen: holprige Straßen, der schikanöse Strafzettel wegen angeblicher Geschwindigkeitsüberschreitung, die unfreundliche Bedienung in der sozialistischen Raststätte, misstrauische Blicke der Leute, als wir in dem Mecklenburger Dorf nach dem Weg gefragt hatten. Die reife Braut Luise war uns schon auf der Straße winkend entgegengekommen: Da seid ihr ja endlich. Lass dich an mein Schwiegermutterherz drücken, Sophie ... Sie nahm den kleinen Jürgen auf den Arm, der das Lachen seiner unbekannten Großmutter mit begeistertem Quietschen erwiderte.

Am Tag darauf die Hochzeit in einer riesigen Scheune, die zu Ehren des „jungen Paares" mit Girlanden und Fähnchen geschmückt war – ein Dorffest mit üppigem Festbuffet und einer unermüdlichen Blaskapelle, die für Bombenstimmung sorgte. Wie die Leute feiern konnten! Und wir wurden nicht mehr misstrauisch beäugt als die „Westdeutschen", wir waren ganz einfach Luises Familie. Georg, der beleibte Bräutigam, forderte die Gäste auf, kräftig zu futtern, zu singen, zu tanzen und ausnahmsweise alle „Fragen des sozialistischen Alltags“ mal auszuklammern. Luise hatte uns gleich nach der Ankunft eingeschärft: Keine politischen Themen! Es sei nicht einfach gewesen, für uns die Einreisegenehmigung zu bekommen, doch man habe ja Beziehungen. Immerhin sei Georg Vorsitzender der Landwirtschaftlichen Produktionsgenossenschaft, LPG. Und sie selbst ... Über Luises Stellung klärten uns ein paar Gören auf, die ein Couplet vortrugen nach der Melodie „Ach, Luise, kein Mädchen ist wie diese ...“ Demnach war meine Schwiegermutter Buchhalterin, Sekretärin, Melkerin, Hühnerzüchterin, Traktorfahrerin, Krankenschwester, Eheberaterin und und und – kurz: die Seele vom Ganzen ...

„Träumst du?“ unterbricht Luises Stimme meine Gedankengänge. „Warum antwortest du mir nicht? Bist du schon in Istanbul?“

„Im Gegenteil, ich habe an die Vergangenheit gedacht, an deine Hochzeit mit Georg. Du selbst hast doch eben davon gesprochen.“

„Habe ich das? Das war ein Fest, nicht wahr, meine größte und lustigste Hochzeit. Meine dritte aber, die mit Jopi, war die romantischste. Weißt du noch, unsere Feier am Rhein, in dem schönen alten Hotel? Und dann die Hochzeitsreise ... Nach Venedig, in meinem Alter! Aber so rundum verliebt und glücklich war ich nur bei der ersten Heirat mit Paule, der dein Schwiegervater geworden wäre, wenn er nicht ... Obwohl wir damals kein Geld hatten und ich mir sogar das Brautkleid leihen musste. Ach, Sophie, wo sind sie nur alle hin, meine Männer. Drei Ehen, drei wirklich gute Ehen – alles nur Erinnerungen“, seufzt Luise, schaut mich nachdenklich an. „Immerhin etwas. Schaffe dir Erinnerungen, Mädchen, das Einzige, was dir bleibt im Alter, der einzige Schatz, den du mitnehmen kannst auf deine letzte Reise.“

Luises Blick schweift hinüber zum Hausaltar über dem alten Vertiko. Dort hängen ihre Fotos friedlich nebeneinander an der Wand: Johann Philipp Simon, der „romantische“ rheinhessische Rentner, mit der weißhaarigen Luise in einer Gondel auf dem Canal Grande und Georg Fuchs, Mecklenburger Landwirt, mit der üppigen Endfünfzigerin Luise auf einem mit Ähren und Feldblumen geschmückten Traktor. Meine Schwiegermutter, bereits dreifache Großmutter, und dieser erkennbar jüngere stämmige Bauer als Brautpaar – wie komisch, ja fast peinlich, ich das verliebte Getue der beiden damals gefunden hatte.

Das Hochzeitsfoto des jungen Berliner Ingenieurs Paul Sommer und der Stenotypistin Luise Hentschel fehlt, eine einzige Aufnahme des jungen Paares hat den Krieg überdauert und nimmt den zentralen Ehrenplatz an Luises Altarwand ein: Fronturlauber Unteroffizier Paul Sommer in Uniform mit unbewegter Miene, neben ihm seine hübsche junge Frau mit dauergewelltem Haar, lächelndem Mund, erschrocken blickenden Augen. Zwischen beiden die drei Kinder: selbstbewusst grinsend der blonde Lockenkopf Helmut, auf Vaters Knie der pausbäckige Dieter und auf Mutters Schoß das Nesthäkchen Rosemarie.

Wir haben damals geahnt, dass wir uns nicht wiedersehen würden, pflegt Luise beim Anblick dieses Bildes zu sagen. Dieser verfluchte Krieg. Endlich hatte Paule

Arbeit gefunden, wir waren dabei, unser Nest ein bisschen auszupolstern, konnten was anschaffen für die Zwerge – und dann der Führer im Radio und der Goebbels mit seiner großen Klappe ... Ach, Sophie, wir haben uns ganz schön beschissen gefühlt beim Fotografieren, der Paule und ich. Ein Ereignis damals, so ein Besuch beim Fotografen. Ich hatte mein gutes Dunkelblaues mit dem weißen Spitzenkragen angezogen und den Kindern diese Wollebommeln umgebunden, damit das Ganze ein bisschen fröhlicher aussah. Mach sie ab, Luise, das wird kein lustiges Foto, hat der Paule noch gesagt, aber dann haben wir die Bommeln vergessen. Die blöden Dinger sind den Bomben nicht zum Opfer gefallen, die Gören hatten sie im Gepäck, als ich sie zu meiner Schwester nach Mecklenburg brachte ... Wie oft habe ich diese Schilderung Luises gehört. Wie hat sie das alles nur verkraftet, den schwierigen Neuanfang nach dem Krieg, ohne Mann, ohne Bleibe, mit drei kleinen Kindern? Wie hat sie nur ihr Lachen immer wiederfinden können – nach Rosemaries tödlicher Krankheit, nach Georgs Unfalltod, nach Jopis Schlaganfall? Selbst jetzt lässt sie sich nicht unterkriegen. Nur wenn diese starken Schmerzanfälle kommen, dann will sie nicht mehr. Sagt sie ...

„Sophie, he, träumst du schon wieder? Was ist nur los mit dir?“

„Verzeih, Luise, ich war in Gedanken, bin noch ein bisschen müde. Du hattest mich was gefragt?“

„Müde, am frühen Morgen! Aber sicherlich hast du wieder bis in die Nacht hinein alles picobello aufgeräumt und geputzt, damit deine geliebte Eva sich nicht überarbeiten muss, wenn sie ihre Großmutter betreut. Ja, die Reisevorbereitungen und dann hinterher der ganze Schlamassel. Reisen ist anstrengend. Und trotzdem, ich würde gern mit dir tauschen. Istanbul – wie das klingt. Nun lass uns endlich anstoßen, Schwiegertochter, der Tag der haraka ist da.“

„Haraka?“ Ich nehme die Flasche aus dem Sektkübel. „Haraka? Ach, du meinst *hareket*, die Abreise.“ Luise und ihr Spezialtürkisch ... „Auf dein Wohl, Luise. Prost, *şerefe*! Tablette und Alkohol, hoffentlich geht das gut.“

„*Şerefe*, Sophie. Arnos Sekt hat mir noch nie geschadet, außerdem nehme ich nur einen symbolischen Schluck. Aber nun halte mal die Luft an, meine Liebe und höre mir zu.“

Bitte jetzt keine Rede, Luise. Das Wort Abreise hat schon wieder eine dieser lästigen Hitzewellen ausgelöst. Plötzlich ist das verdammte Reisefieber wieder da. Wie spät ist es? Der Nebel hat sich noch immer nicht verzogen.

„Du hast noch genügend Zeit, Mädchen. Nur ein paar Worte, unterbrich mich nicht. Wer weiß, ob wir uns gesund und munter wiedersehen. Du weißt ja, wie schnell so was gehen kann. Und ich bin nicht mehr die Jüngste.“

Schon wieder wird mir heiß. Will Luise mich an Helmuts plötzliches Ende erinnern? Nein, sie selbst beschwört mich doch ständig: Witwe sein ist kein Beruf, hänge nicht so rum, geh mal unter Leute. Du hast dein Trauer-Soll erfüllt. Helmut wäre entsetzt, wenn er dich so sehen würde, immer diese grässliche Leichenbittermiene! Kopf hoch, das Leben geht weiter, es drängelt sich immer wieder vor, du wirst sehen ...

Trauer-Soll, was für ein Ausdruck! Ob Luise damals in der DDR einen Trauer-Plan gemacht hat, als ihr geliebter Georg verunglückte? Wieder wandern meine Gedanken rückwärts. Helmuts Tod ohne Abschied, bleierne Monate danach ... Der drohende Konkurs, schließlich der Verkauf des Betriebes, Auszug aus unserem vertrauten Zuhause, Aufteilung des mageren Erbes, Evas unglückliche Liebesgeschichte – fast jeder Tag hatte neue Sorgen gebracht. Und dann Juttas qualvolles Sterben. Wie lange darf man trauern? Trauer-Soll, wenn es das gäbe. Aber ich habe mich doch längst gefangen, nicht zuletzt durch Luises Hilfe, ist diese Reise nicht ein Beweis dafür, dass ich leben will, leben!

„Sophie, ich lasse gleich auch diese Kanne fallen, damit du wach wirst. Hör mir doch mal zu. Nur ein paar Worte." Luise strafft sich, ihr Gesicht bekommt einen feierlichen Ausdruck: „Ich möchte dir heute für alles danken, für deine Liebe und Freundschaft, deine Hilfe. Und für dein Lachen, endlich lachst du wieder. Dir habe ich es zu verdanken, wenn ich zeitweise vergessen kann, dass ich eine schreckliche alte Schachtel ... Ich bin kein wehleidiger Typ, du weißt, nur wenn diese blöden Schmerzen zu stark werden, benehme ich mich idiotisch – selbst dafür hast du Verständnis, verlierst nie die Geduld. Ich bin so froh, dass du zu mir gezogen bist, Platz ist hier ja genug. Der Jopi – ich habe ihm so viel zu verdanken, das Häuschen hier, die schönen alten Möbel. Er war so zärtlich, der gute Alte, eigentlich war meine dritte Ehe nicht nur die längste, sondern auch die beste. Ich hatte keine Sorgen, habe endlich was vom Westen Europas gesehen: Bayern, den Schwarzwald, die Schweiz, den Gardasee, Paris, Venedig, Wien. Jopi hat mir den Rhein und die Mosel gezeigt und mir beigebracht, Wein zu genießen. Er hat ..."

„Ja, er war ein wunderbarer Mann", falle ich ihr ins Wort, „und du warst auch für ihn ein Glücksfall. Es war doch gut, dass du nach Georgs Tod zu uns in den Westen gekommen bist."

„Oh ja, aber leicht ist es mir nicht gefallen, mich von allem zu trennen. Ich hätte auch in unserem Dorf bleiben können, hatte ja meine Rente, war nicht auf Hilfe angewiesen. Aber so ganz ohne Familie im Alter ... Nach Rostock zu Dieter und seinem Hausdrachen wollte ich auf keinen Fall. Wenn meine Rosemi noch gelebt hätte ... Und ihr – begeistert wart ihr nicht gerade, als ich damals auftauchte."

„Die Kinder waren sofort hingerissen von ihrer Oma Ost, du weißt." Endlich hatten auch sie eine Großmutter. Oma West kam nur einmal im Jahr zu Besuch: Mathilde, meine Mutter, führte meinem Bruder Alex nach seiner Scheidung den Haushalt, versorgte seine Kinder – bis zu ihrem frühen Tod. „Und mit uns hat's doch nicht lange gedauert, Luise", fahre ich fort. „Dein Entschluss kam so überraschend, dein Telegramm ..."

„Ich weiß, ich habe euch regelrecht überrollt. Aber ich wollte so schnell wie möglich weg, hatte Angst, ich würde es mir doch wieder überlegen. Oder ihr würdet sagen: ‚Bleib drüben.' Meine Sachen – in ein paar Tagen hatte ich alles verteilt. Nur zwei Koffer habe ich gebraucht. Wie einfach das war mit meiner Ausreise, die DDR war offensichtlich froh, eine nutzlose Rentnerin weniger zu haben."

Luise erhebt sich mühsam, macht ein paar Schritte zum Fenster. „Darüber wollte ich gar nicht reden, das haben wir uns doch x-mal erzählt. Mädchen, du hast mir versprochen, mich bis zu meinem seligen Ende zu versorgen, mich vor dem Altersheim zu bewahren, vor dem es mir nun mal graust. Ich bin froh über jeden Tag, den ich hier zu Hause verbringen kann. Wenn ich an meine Freundin Lissy denke, wie sie im Rollstuhl sitzt, vor sich hin starrt und sabbert, mich nicht mehr erkennt, nicht einmal weiß, wer sie selbst ist oder war. Schrecklich. Die Gerüche in diesen Heimen – nach Desinfektionsmitteln, Urin, Kaffee, Tod. Ich kann verstehen, dass die Angehörigen aufatmen, wenn sie wieder draußen sind, dass es ihnen übel wird bei dem Gedanken, selbst eines Tages ... Oder denk doch nur an den ollen Kunder, der einzige Sohn in Australien, hier keine Angehörigen mehr. Essen auf Rädern lässt er sich kommen, Essen auf Rädern, Sophie! Dagegen geht's mir wirklich gut. Die Schmerzen, nun ja, ein Alter ohne Wehwehchen gibt's nicht. Wenn du morgens aufwachst und nichts quält dich, kannst du wetten, dass du tot ..." Luise gähnt verstohlen, setzt sich schwerfällig wieder hin. Wirkt die Tablette?

Der alte Kunder, unser Nachbar, Luises „allerletzter" Flirt, ist mit diesem Essen auf Rädern angeblich ganz zufrieden. Doch wie er strahlt, wenn wir ihn hin und wieder zu einer Mahlzeit einladen. „Gnädige Frau" nennt er Luise und mich – wie reizend – „junge Frau". Will er sich einkratzen bei uns? Vielleicht. Aber meine Schwiegermutter meint, ich sei für den alten Knaben tatsächlich eine junge Frau, es sei eben alles relativ.

„Und jetzt", Luise hebt ihr Glas wieder, „jetzt möchte ich dich entbinden von deinem Versprechen. Stell dir vor, ich würde hundert. Denke jetzt mal an dich, Sophie, noch bist du jung. Du hast genug Familiendienst gemacht in deiner Ehe, du hast Anspruch auf ein eigenes Leben. Und ich, noch bin ich nicht reif fürs Altersheim, mit einer tüchtigen Hilfe kann ich noch eine Weile zu Hause klarkommen. Aber diese Person muss nicht unbedingt Sophie Sommer heißen. Es gibt nette Zivis und Leute, die eine gute Stelle suchen. Bezahlen kann ich ja. Jedenfalls ist das billiger als ein Heimplatz und ..."

„Was soll das, Luise, ich bin froh, dass ich bei dir wohnen kann, habe einen Job, der mir Spaß macht. Deine Pflege ..."

„*Sus*, Sophie", sagt meine Schwiegermutter energisch und lächelt zufrieden, hat sie doch ihren türkischen Wortschatz um ein wertvolles Wort erweitert. „Falle mir bitte nicht wieder ins Wort. Wenn du dich entscheidest, ein eigenes Leben zu führen, dich beruflich zu verändern oder sonst irgendwas, nimm auf mich keine Rücksicht, versprich es." Aufmerksam mustert sie das Etikett der Sektflasche, wirft mir forschende Blicke zu: „Prost, *şerefe*!"

„*Şerefe*", antworte ich ergeben, hebe mein Glas, lese in Luises Augen blanke Neugier. Sie weiß Bescheid, durchzuckt es mich, Arno Simon hat sie in seine Pläne eingeweiht und jetzt will sie wissen, was ich ...

Gestern, als ich mich von ihm verabschieden wollte, hatte mein Arbeitgeber mich überraschend in die „Ahnengalerie" gebeten, sein düsteres Wohnzimmer mit den Porträts verblichener Simons, das er so selten benutzt. Arnos Leben spielt sich im Wingert ab, im Gärkeller, im Weingewölbe mit der großen Probierstube, deren Wände vollgehängt sind mit goldgerahmten Auszeichnungen und den Fotos prominenter Gäste. Was hat er vor, fragte ich mich verdutzt, als ich auf dem schweren Esstisch den Sektkübel und die beiden kostbaren Kristallgläser entdeckte. Sekt? Arno Simon zog doch wie einst sein Onkel, Luises unvergessener Jopi, eine gute Flasche Wein diesem Festtagssprudel vor. Warum war Arno so verlegen, nahezu feierlich? Sie gehen auf eine große Reise, Sophie. Ich hoffe, Sie kommen gesund zurück, sagte er in feinstem Festtags-Hochdeutsch. Und bleiben Sie nicht zu lange fort, Sie werden hier gebraucht. Das hatte er auch damals behauptet, als er von meinen Reiseplänen erfuhr und mich fragte, was ich in der Türkei wolle, in einem Land, in dem Frauen verschleiert herumliefen und das Trinken von Wein verboten sei. Ein Land ohne Wein – ein Alptraum für den Winzer aus Leidenschaft. Ich hatte ihm versprechen müssen, rechtzeitig zum Weihnachtsgeschäft zurück zu sein.

Sie als Frau allein in der Türkei ..., wiederholte er auch diesmal kopfschüttelnd, ignorierte einmal mehr, dass ich in Begleitung einer Türkei-Kennerin reisen würde, die sich nicht mal vor dem Teufel fürchtete. Sie haben sich so gut eingearbeitet, Sophie, unsere Kunden sind mehr als zufrieden mit Ihnen, und wie Sie unsere Weinproben und kleinen Feste gestalten ... Das war es also, Arno Simon wollte mir mal wieder eine volle Stelle anbieten. Wie immer würde ich dankend ablehnen und ihn auf den Stellenmarkt verweisen. Sophie, leider kommen Sie nur dreimal in der Woche zu mir, obwohl ich Arbeit habe für sieben Tage. Schon einmal habe ich Sie gebeten, öfter ... Ich wiederhole heute nicht nur dieses Angebot, fuhr er hastig fort, als ich ihm ins Wort fallen wollte, füllte unsere Gläser nach, erhob sich schwerfällig, stotterte mit hochrotem Gesicht: Frau So..., Sophie, kö... können Sie sich vorstellen, in diesem Haus mit mir zu leben? Als Chefin des Weinguts, als meine Frau ...

Gestern Sekt, heute Sekt, Simons extra trockener Winzersekt, den Luise jedem Champagner vorzieht. Sie dreht das Etikett der Flasche in meine Richtung, schaut mich erwartungsvoll an. Deutlicher geht's nicht. Sie weiß Bescheid, ich bin mir sicher. Arno schätzt seine „Tante" Luise sehr, ohne ihr Einverständnis hätte er mich nie gefragt. Meine Schwiegermutter hat also nichts dagegen, dass Arno und ich ... Wahrscheinlich hat sie die Sache sogar eingefädelt. Arno ist eine „gute Partie", außerdem ein Simon. Diese Intrigantin, jetzt kann sie es kaum erwarten, dass ich sie ins Vertrauen ziehe. Geduld, meine Liebe, nur Geduld. Vor meiner Reise kein Wort über Arno.

Der kurze Fußmarsch tut gut. Mein Gepäck ist nicht schwer, nur eine Last drückt: Arnos Antrag. Eine Frau kurz vor dem Start in den Urlaub so zu überfallen! Hatte er gehofft, ich würde meine Reisepläne ihm zuliebe aufgeben, ihm dankbar in die Arme sinken? Unsinn, Arno Simon ist nicht der Typ, dem Frauen ... Grundsolide, robust, arbeitsam und entsprechend vermögend, hatte Luise Jopis Neffen zutreffend beschrieben, als sie mir die Stelle auf seinem Weingut vermittelte. Eine Frau in meinem Alter sollte glücklich sein über den Antrag eines derartig tüchtigen Mannsbilds – warum bin ich es nicht? Ob Arnos Sohn einverstanden wäre mit mir als „Stiefmutter"? Noch studiert er, aber in ein paar Jahren wird er selbst in den Betrieb einsteigen. Ob der junge Mann noch Kontakt hat zu seiner Mutter in Reims? Die schöne Suzanne Simon hat Mann und Kind aus Heimweh nach Frankreich verlassen, behauptet Luise. Arno, Arno ... Ich will jetzt nicht an ihn denken, nach meiner Rückkehr werde ich wissen, was ich ihm antworten soll – *inşallah*.

Der dicke Nebel schluckt die Geräusche meiner Schritte. Nur kurz nehme ich rote Rücklichter vorbeifahrender Autos wahr, die fast lautlos im grauen Nichts verschwinden. Dort vorn – unser alter Bahnhof? Für den Bruchteil einer Sekunde glaube ich das vertraute Gebäude zu erkennen, aber nicht der spitze Schieferturm taucht aus dem Dunst auf, nur ein Phantom, eine Pappel im Nebelschleier. Noch immer verspüre ich Groll, wenn ich diesen verwahrlosten Platz sehe, auf dem der hübsche Fachwerkbau gestanden hatte, bevor man ihn nach einem Brand dem Zahn der Zeit überließ – bis er reif war für die Abrissbirne. Spekulanten waren aufgetaucht, wollten in der Nähe der Gleise Wohnhäuser bauen. Längst sind die Reklametafeln verrottet, die Baufirma ist pleite. Jahre sind vergangen, nichts hat sich getan. Autos parken auf dem leeren Gelände, Container für grünes, braunes und weißes Glas, von Plastiktüten und Scherben umgeben, stehen im Weg: unser „Bahnhof" heute. Noch immer fahren Züge hier, jede Stunde zwei von rechts nach links, zwei von links nach rechts, doch nur jeweils einer lässt sich herab, an diesem einsamen Bahnsteig zu halten. Die anderen fahren, ein paar Minuten einsparend, mit wichtig pfeifenden Loks vorbei, einer von rechts nach links, einer von links nach rechts.

Ich bin viel zu früh, kein Mensch ist zu sehen. Meine beiden Reisetaschen stelle ich in dem mit knallbunten Graffiti und dummen Sprüchen beschmierten Wartehäuschen ab. Wände, Sitzbank, selbst der Fahrplan sind mit den grellen Machwerken der Sprüher verziert. Die feuchte Kälte lässt mich schaudern. Zehn Schritte zum Aufwärmen nach rechts, zehn Schritte nach links ... Noch immer bin ich allein auf dem Bahnsteig. Panik, Hitzewelle. Wenn nun kein Zug fährt bei diesem Nebel, wenn irgendwas passiert ist, wie soll ich ein Taxi rufen, hier gibt's nicht mal Telefon. Ruhe, Sophie, rufe ich mich zur Ordnung.

Yolculuk, die Reise, *hareket*, Abreise, *tren*, der Zug. Bahnsteig: *peron*. Vokabelspiel als Zeitvertreib. Du kennst schon mehr türkische Wörter als du glaubst, hatte Lena mich belehrt, als ich anfing, diese schwierige Sprache zu lernen. Es gibt viele französische Ausdrücke im Türkischen, doch werden sie so geschrieben, wie man sie spricht – du kannst dich schon mal an unsere geplante Rechtschreibreform gewöhnen. Der französische train wird zum türkischen *tren*. Hotel wird zum *otel*, Pension zur *pansiyon*, der Chef zum *şef*. Auch wirst du viele Wörter arabischer Herkunft kennenlernen, wie *hareket*, was Bewegung heißt, Abreise. Oder *merhaba*, hallo! Türkisch ist übrigens weitläufig verwandt mit Japanisch, Mongolisch, Koreanisch, Finnisch, Ungarisch ...

Wo bleibt nur der *tren*, wann endlich kann ich meine *hareket* starten? Ob meine Uhr falsch geht, gibt's hier keine Bahnhofsuhr? Natürlich nicht, nicht mehr. Warteraum, Fahrkartenschalter oder wenigstens ein Automat, lesbarer Fahrplan, Uhr, Telefon, Toilette, ein hilfsbereites Wesen, das Auskunft geben und helfen könnte: nichts davon. *Yok*, gibt es nicht. Was gehört noch zu einem richtigen Bahnhof? Restaurant, Zeitungsstand, Kiosk, Blumenladen ... Halt, wir sind hier nicht in der Großstadt.

„Sieben Minuten Verspätung!" Eine menschliche Stimme. Erleichterung. Nun sind doch noch ein paar Fahrgäste eingetrudelt. „Der Schnellzug ist noch nicht durch, da kann unser Zug doch nicht ..." meldet sich eine andere Stimme aus dem Nebel. Richtig, die Strecke ist hier ja eingleisig, unser Zug muss auf den „Schnellen" warten. Dreizehn Minuten Verspätung. Noch drei Stunden bis zum Abflug. Ruhe, solange der Nebel andauert, kann keine Maschine starten. Ein Pfiff in der Ferne – endlich. Der „Schnelle" fährt gemächlich vorbei. Fünf Minuten später sitzen wir in unserem *tren*. Gott sei Dank, *Allaha şükür.*

1983, an einem windigen Vorfrühlingstag, hatten wir Jutta den Frankfurter Flughafen gezeigt. Zum ersten Mal seit dem Abi-Ball waren wir vier „Kletten" wieder vereint. Ich glaube es nicht, ich kann's nicht fassen, rief Jutta immer wieder überwältigt. Ich hier – kneift mich mal. Wie könnt ihr euch nur zurechtfinden, da kann man ja Angst kriegen, ohne euch wäre ich verloren. Diese Rolltreppen, wo führen die nur alle hin. Laufbänder, was ist das? So viele Fluggesellschaften! Diese tollen Läden und Restaurants, was für ein Luxus. Diese Menschenmengen, da sind wohl alle Nationen vertreten, was wollen die nur alle in Frankfurt. Das reinste Babylon. Und ihr dürft einfach überallhin fliegen, unglaublich. Margot sagte, ganz so einfach sei es nun auch wieder nicht, für manche Länder sei ein Visum nötig, das man rechtzeitig beantragen müsse. Jutta war fassungslos: Ein Visum – und das bekommt man wirklich? Wir erklärten unserer staunenden Ost-Klette, dass ein Bürger der Bundesrepublik im Prinzip überallhin reisen könne – nur mit der DDR sei es nicht so einfach. Aber auch im Goldenen Westen gebe es Menschen, die weder Zeit noch Geld hätten für große Reisen. Oder einfach keine Lust. Aber man verbietet es ihnen nicht, hatte Jutta erregt ausgerufen.

Später hatten wir mit ihr auf der Besucherterrasse gestanden. Der kalte Wind ließ uns frösteln, aber unsere Ost-Klette konnte sich nicht satt sehen an den prächtigen Riesenvögeln aus aller Welt. Umwerfend, einfach umwerfend, sagte sie immer wieder mit Tränen in den Augen. Und meine Familie wird das niemals sehen können. Jutta hatte von den Behörden der DDR eine Reiseerlaubnis erhalten, einfach so. Natürlich nicht einfach so. Nach dem ersten Begrüßungssturm ließ sie die Katze aus dem Sack. Ich war krank, erklärte sie, man hat mich mal wieder operiert. Zur Zeit kann ich nicht arbeiten, deshalb hat man mich reisen lassen. Es gibt ja gewisse

Lockerungen inzwischen. Unser Chefarzt glaubt wohl, dass ich es diesmal nicht schaffe – der wird sich wundern ... Ihre lange Leidensgeschichte hatte Jutta uns bisher verschwiegen. Wie soll man so was schreiben, meinte sie, das klingt immer gleich so dramatisch. Ich habe Krebs – wie viele andere auch. Ich bin Ärztin und weiß, dass es eine Chance gibt.

Jutta hat Jahre gegen die Krankheit gekämpft, Jahre, in denen sie jeden Tag ganz bewusst erlebte. Bis zuletzt. Regelmäßig durfte sie uns jetzt im Westen besuchen. Lena lud sie zu einer Italienreise ein, Margot flog mit ihr nach Barcelona, und ich entführte sie im Sommer 1989 für ein paar Tage nach Paris zu den Zweihundertjahrfeiern der Französischen Revolution. Ich habe Jutta vor Notre Dame geknipst, am Ufer der Seine bei den Bouquinisten, mit den Gauklern vorm Centre Pompidou. Und natürlich vor dem Eiffelturm, der seinen Hundertsten feierte und festlich illuminiert war. Zu Hause darf ich diese Fotos keinem zeigen, Sophie, nur der Familie. Es ist verboten, ins westliche Ausland zu fahren. Ich verreise mit einem provisorischen westdeutschen Reisepass – wenn das rauskommt! Zwick mich, Sophie, bin ich wirklich hier? sagte sie im Café Flore. Hier, wo wir jetzt diesen interessanten Pernod trinken, haben Sartre gesessen, die Beauvoir, Camus ... Jutta kannte Paris schon lange – aus den Werken französischer Autoren.

Leider hatten wir nur drei Tage Zeit, nur drei Tage für Paris. Macht nichts, Sophie. Paris – dass ich das noch erlebe! Es kommt nicht auf die Menge an – denke an unsere schwarze Schokolade ... Wie oft hat sie mich daran erinnert: Zwei kleine Mädchen sitzen im Sonnenschein vor der Haustür und entdecken den köstlichen Geschmack von schwarzer Schokolade, langsam, ganz langsam lecken sie ein winziges Stück von der Spitze ihrer Zeigefinger. Eine freundliche Nachbarin hatte Jutta und mir eine Ecke der unbekannten Süßigkeit geschenkt, eine Kostbarkeit in jenen Nachkriegsjahren. Niemals ist dieser Genuss übertroffen worden, auch dann nicht, als wir eine ganze Tafel Schokolade auf einmal vernaschen konnten.

Höhepunkt ist für Jutta die Reise in die Türkei geworden – im November 1989. Jutta, Margot und Lena haben die Schicksalstage Deutschlands am Mittelmeer erlebt. Wie hatte Jutta mich gedrängt mitzukommen: Wer weiß, wann wir wieder alle zusammen ... Aber die Alltagszwänge, es war nichts zu machen, leider und Gott sei Dank, denn im November 1989 hatten meine Kinder und ich kurz entschlossen alles liegen und stehen lassen – wir waren in Berlin dabei, als die Mauer fiel.

Jetzt, Jahre später, kann ich mitkommen in Margots zweite Heimat. Endlich. Margot, Lena, Sophie – doch diesmal fehlt Jutta. „Babylon“ hatte sie den Flughafen genannt. Er ist noch gigantischer geworden und ständig wird weitergebaut. Was macht man mit Passagieren, die diese endlosen Wege nicht schaffen, setzt man sie in Rollstühle? Ob Luise sich hier zurechtfinden würde? Sie ist nur einmal in ihrem Leben geflogen: von Frankfurt nach Berlin, im Dezember 1989. Das „Mauerwunder“ hatte sie nach Jahrzehnten wieder in die Heimatstadt gelockt. Helmut hat seine Mutter begleitet. Sie sind mit dem Zug zurückgekommen, weil Luise noch einmal durch „die olle DDR“ fahren wollte.

Babylon. Wo bleiben meine Kletten, warten die beiden irgendwo auf mich? Aber die Abflughalle ist hier! Würde ich notfalls allein fliegen, allein die unbekannte Familie in Istanbul besuchen, die uns erwartet? Unmöglich, *olmaz* – ohne Ticket. Endlich entdecke ich Lena im Gedränge. Dahinter die Brünette mit der Kraushaarfrisur – Margot? Fröhlich blitzende Augen, Grübchen, das Lachen: Kein Zweifel, sie ist es.

„Da staunst du, Sophie, die Frisur war Dimitris Idee. Ich will meine grauen Haare endlich rauswachsen lassen, bei Löckchen fällt das nicht so auf, meint er. Übrigens wird er das Haus hüten, das ist doch sehr beruhigend. Dimitri hat uns auch hergebracht. Das war eine Fahrerei, Staus, Staus, überall Staus." Margot holt Luft: „Dimitri ..."

„Und mir hast du geraten, den Zug zu nehmen", falle ich ihr lachend ins Wort.

„Wollten wir auch zuerst, aber mit dem ganzen Kram, Dimitri meinte ..."

Der Gepäckwagen der Freundinnen ist vollgepackt: Margots weit gereister rollbarer Riesenkoffer, zwei bauchige Reisetaschen, Lenas elegante Tasche. Heiliger Strohsack, wer soll das alles schleppen. „Nennst du das wenig Gepäck, Margot? Wie willst du das alles tragen mit deinem kranken Arm?"

„Es sieht schlimmer aus ... Im Koffer sind ein paar Sachen für die Wohnung in Alanya. Unterwegs gebe ich ihn zur Aufbewahrung. *Emanet,* merke dir das Wort gut. Du wirst sehen, Sophie, wie toll das organisiert ist, am Flughafen, an den türkischen Busbahnhöfen", beginnt Margot ihre erste Reiselektion.

„Außerdem kann ich tragen helfen", sagt Lena lächelnd, „ich habe nur die eine Tasche."

Lena. Endlich kann ich die Freundin umarmen, wie kostbar sie wieder duftet. Elegant wie immer. Wie macht sie das nur, es ist doch nichts dran an ihrem Hosenanzug, aber wie er wirkt! Und noch immer ist Lena so schlank – ob sie hungert für die Linie? Sie ist blasser als sonst unter ihren dreiunddreißig Sommersprossen. Und diese Schatten unter den Augen – hoffentlich ist sie nicht krank. Ach, sicherlich ist auch sie nur müde. „Wie schön, dass du mitkommen kannst, Lena. Nun sind wir nur noch ein Trio. Jutta ..."

„Jutta ist bei uns, wenn wir an sie denken", sagt Lena ruhig. „Erinnerst du dich an ihre Worte bei unserem letzten Besuch, Sophie? Ein Ticket brauche ich nicht für die Reise. Doch ich werde euch begleiten, als Wolke, als Regentropfen – Kletten sind nun mal anhänglich. Das war nicht nur ein Scherz. Jutta glaubte, dass es einen endgültigen Tod nicht gibt."

„Quatsch", brummt Margot, „sie wollte uns ein bisschen trösten. Gerade Jutta als Ärztin kannte das Sterben doch in allen Varianten. Sie wusste, dass nach dem Tod nichts ... Sophie, können wir eigentlich schon einchecken?"

„Noch nicht, eine Stunde Verspätung mindestens. Immerhin löst sich der Nebel auf."

Hatte Jutta nicht doch auf irgendein Danach gehofft? Lange hatte sie in Paris im Musée d'Orsay vor einem Gemälde Monets verharrt und gesagt: Irgendeinen Sinn muss das Ganze haben. Der Mensch, ein wunderbares Geschöpf mit so großartigen Anlagen, die in einem kurzen Leben gar nicht zur Entfaltung kommen können – das kann doch nicht spurlos verschwinden, das wäre wie ein nicht eingelöstes Versprechen der Natur.

Jutta, Mädchen, du fehlst mir so. Wasser schießt mir in die Augen, aber Margot packt mich am Arm: „Komm, Sophie, wir fragen noch mal, vielleicht können wir das Gepäck doch schon ... Was für ein Gedränge hier, wie am Auferstehungstag, *anababa günü gibi* – und so was an einem schlichten Mittwoch. Wo wollen die Leute bloß alle hin? Schrecklich, dieser Massentourismus."

„Margot, auch wir sind doch Touristen", rufe ich, reibe lachend meine feuchten Augen.

„Wir? Wir doch nicht, Sophie, wollen wir etwa in feinen Hotels oder organisierten Ferienclubs Urlaub machen? Du weißt doch, was uns erwartet: schlichte Pensionen oder Floh-Hotels, Stromausfälle, wacklige Wasserhähne, türkische Klos – kein Luxus, meine Liebe, den könnten wir uns auch gar nicht leisten. Abgesehen von Lena natürlich und die findet Nobelhotels zum Glück genauso ermüdend wie ich. Sophie, ich will dir keine Angst machen, aber diese Reise wird kein gemütlicher Strandurlaub. Wenn es dir zu viel werden sollte, kannst du jederzeit ... Wir und Touristen, wollen wir uns etwa von saisonmüden Busfahrern und Reiseführern durch die Gegend schaukeln lassen? Wir organisieren unsere Touren selbst, fahren wie die meisten Türken mit den preiswerten Linienbussen. Wir suchen nicht nur Sonne und Strand – du sollst auch Land und Leute kennenlernen, deine Sprachkenntnisse ausprobieren. Wir, Sophie, wir sind Reisende!"

Wir fliegen, endlich. Wunderschön war das Lichtermeer über Frankfurt. Die Freundinnen haben mir den Fensterplatz überlassen. Es ist Nacht geworden, nichts mehr zu sehen dort draußen. Lena und Margot schlafen. Ein Flug nach Istanbul – was ist das schon, sie haben das schon oft erlebt, sind ganz andere Strecken geflogen, kennen fast die ganze Welt. Vor allem unsere liebe Frau Klett hält es nie lange zu Hause aus. Ich muss unbedingt mal wieder raus, stöhnt sie, wenn sie ein Vierteljahr gearbeitet hat. Schon ist die nächste Reise gebucht. Indien, die alte Sowjetunion, Mexiko, Kenia ... Sie war im Irak, in Persien, Ägypten, Algerien ... Gut, dass ich diese Reisen gemacht habe, betont sie gern, jetzt kann man da nicht mehr hin – viel zu gefährlich. Irgendwann hat sie ihre Liebe zur Türkei entdeckt, die mit der Liebe zu einem Türken begann. Seitdem fliegt Margot jedes Jahr mindestens einmal dorthin, manchmal mit Lena oder anderen Freundinnen. Auch Lena ist von diesem Land fasziniert. Mutter und Tante Margot leiden an chronischer Türkitis, pflegt Lenas Tochter, die angehende Medizinerin Judith, zu scherzen.

Wir sind Reisende, hat Margot erklärt. *Yol* – der Weg, *yolcu* – der Reisende, *yolculuk* – die Reise. Wenn doch alles so einfach wäre. Diese Sprache ist schwierig, doch ich werde sie lernen – ganz langsam, *yavaş yavaş*.

Wie komisch alles angefangen hat. Zum ersten Mal seit langer, langer Zeit hatte ich wieder das vertraute Kribbeln verspürt, die Lust, meine Freundinnen ein bisschen zu foppen. Eva hat es erwischt, endlich ist sie glücklich verliebt, erklärte ich ihnen am Telefon. Wir wollen feiern, eine Art Verlobung, nur im kleinen Kreis. Sie wird einen Kaplan heiraten. Könnt ihr kommen?

Und wie sie konnten. Wieso Kaplan, ein Ex-Priester? Bei aller Toleranz heutzutage, das werde nicht einfach, meinte Lena nachdenklich, als sie mir mit Margot bei den Vorbereitungen für das kleine Festmenü half. Und Margot rief aufgebracht, das könne nicht gut gehen – meine Tochter und ein Theologe! Herrlich, die beiden reagierten wie erwartet. Aber er ist kein Theologe, nicht mal Christ, sagte ich und hatte Mühe, eine gleichgültige Miene zu zeigen. Margot war fassungslos, sah mich zweifelnd an, schüttelte den Kopf: Kein Christ? Ein Kaplan? Ich verstehe gar nichts. Ach, ich vergaß, ein türkischer Kaplan, sagte ich scheinheilig. Verblüfftes Schweigen für einen Augenblick, dann fiel der Groschen. *Kaplan* – der Tiger! schrie Margot. Sag nur, Eva – und ein Türke?

So ist es, der junge Mann heißt Denis Kaplan, eigentlich *Deniz* mit Vornamen. *Deniz*, das Meer. Seine Mutter hat ihn so genannt wegen seiner hellen Augen, ließ ich die Katze aus dem Sack. Worauf Lena erklärte, viele Türken seien ganz närrisch mit blauen und grünen Augen, auch sie bekomme öfter zu hören, ihre Augen seien *deniz gibi*, wie das Meer. Ach, du mit deinen Nixenaugen, das Meer hat viele Farben, spottete die braunäugige Margot gutmütig. Na, da sind wir aber neugierig auf den Schwiegersohn, Sophie. Ausgerechnet ein Türke, das wird schwierig. Hast du meinen Reinfall mit Ahmet vergessen? Kann dein Denis-*Deniz* eigentlich Deutsch?

Ahmet hätte dein Sohn sein können, meine liebe Frau Klett. Er wusste fast nichts von Europa, als du ihn geheiratet hast, konnte kein Wort Deutsch. Denis ist in Berlin aufgewachsen, hat einen türkischen und einen deutschen Pass, erklärte ich und verschwieg vorsichtshalber, dass ich Margots Bedenken nur zu gut verstand. Hatte ich doch ähnlich reagiert, als Eva mir von ihrer neuen Liebe berichtete. Ausgerechnet ein Türke – war nicht eine Partnerschaft zwischen Angehörigen derselben Kultur schon kompliziert genug. Ausgerechnet ein Türke, grübelte ich voller Skepsis und ärgerte mich gleichzeitig über mich selbst: Ich war doch nicht die Frau ohne Vorurteile, für die ich mich gehalten hatte. Ein Türke. Immer wieder kam mir Margots Ahmet in den Sinn, doch es gelang mir, meine Zweifel für mich zu behalten. Ein Türke, murmelte Margot kopfschüttelnd, als sie den Tisch deckte, und wollte wissen, wo Eva Denis „aufgerissen" habe, wie alt er sei, ob er einen ordentlichen Beruf habe. Aber dann war das junge Paar aufgetaucht und hatte alle Fragen selbst beantworten können.

Am Ende dieses denkwürdigen Abends hatten mir die Freundinnen sogar beim Aufräumen geholfen. Zum Glück hatte Denis mit dem naiven Macho Ahmet außer dem bräunlichen Teint nicht viel gemein. Margot erklärte, der junge Mann sei unbestritten *yakışıklı*, gut aussehend. Diese Augen, wenn ich jünger wäre ..., seufzte sie vielsagend. Auch Lena sparte nicht mit Anerkennung: Glückwunsch zu diesem Schwiegersohn, Sophie. Er ist sehr liebenswert, und sein Deutsch ist ebenso perfekt wie sein Türkisch – das findet man selten. Luise aber schüttelte den Kopf: Der Knabe kann tatsächlich besser berlinern als icke. Mir hatte eine Gabe meines zukünftigen Schwiegersohnes mehr imponiert als seine schönen Augen oder Sprachkenntnisse: Denis brachte nicht nur Eva immer wieder zum Lachen, er nahm auch sich selbst gern auf die Schippe – diese Beziehung würde nicht an „humorloser Männlichkeit" scheitern. Wie froh war ich, Eva meine Bedenken verschwiegen zu haben ...

„Du schläfst nicht, Sophie?" Lenas leise Stimme reißt mich aus meinen Gedanken.

„Nein, ich habe an Evas Verlobung gedacht. Wie alles angefangen hat ..."

„... und du feierlich beschlossen hast, Türkisch zu lernen. Du warst sehr fleißig, verstehst schon eine ganze Menge nach den paar Monaten!"

„Auch dank eurer Hilfe, Lena. Wenn ich schon so gut sprechen könnte wie du und Margot."

„Nur Geduld. Wir lernen seit Jahren, einfache Gespräche sind kein Problem. Aber auch wir verstehen längst nicht alles. Für dich wird's einfacher – mit deiner Privatlehrerin, deinem türkischen Schwiegersohn. Und du hast Zeit."

Die habe ich, abends, wenn Luise schläft und ich nicht auf dem Weingut arbeite. Das Lernen hat mir schon über manche einsame Stunde hinweggeholfen. Anfangs hatte ich Gegenstände in meiner Wohnung mit Aufklebern versehen. *Masa* – der Tisch, *sandalye* – der Stuhl, *kapı* – die Tür. Inzwischen sind die Wörter fest gespeichert. Fest gespeichert? *İnşallah*. Ob ich mich mit Fatma Kaplan verständigen kann – hoffentlich hat Evas zukünftige Schwiegermutter ihr Deutsch nicht ganz vergessen.

„Sind wir nicht bald da?" Margot streckt sich ächzend. „Diese engen Sitze, ich spüre alle Knochen."

Noch eine halbe Stunde bis Istanbul. „Wisst ihr noch, wie Gilgamesch ..." Plötzlich sehe ich unseren vertrockneten Geschichtslehrer Lettner vor mir, der nichts geahnt hatte von seinem anspruchsvollen Spitznamen. „Wisst ihr noch, wie Gilgamesch den Hotte reinlegen wollte und ihn fragte, wie weit es von Byzanz nach Istanbul sei und Hotte darauf ..." Ich versuche, die gelangweilte Stimme unseres Mitschülers nachzuahmen: „Hotte, gähnend: Wenn man von Byzanz über Konstantinopel geht, dauert's bis Istanbul mehr als tausend Jahre. Aber, Herr Lettner, was soll die Frage, wer von uns darf jemals dorthin? Was Gilgamesch als Provokation wertete und ..."

„Stimmt", fällt Margot mir ins Wort, „er hat mit Konsequenzen gedroht, doch da fingen wir alle an zu meutern, und er hat schnell das Thema gewechselt. Nun kommen wir doch nach Istanbul. Für unseren alten Gilgamesch aber ist die Wiedervereinigung zu spät gekommen."

Der arme Lettner, seine einzige Leidenschaft war der Orient, den er niemals sehen durfte. Wie hatte er uns gequält – mit den ägyptischen Pharaonen, mit dem von ihm so geliebten Epos über den sumerischen König Gilgamesch, mit den Kreuzzügen und dem Osmanischen Reich. Hätten wir doch nur besser aufgepasst damals.

Landeanflug. „Seht doch die Lichter, schaut nur!“ Meine Freude steckt an, wir plappern und kichern. Wir sind siebzehn. Dreimal siebzehn – jede von uns.

2
İstanbul'da – In Istanbul

İstanbul. Der Flughafen ist viel kleiner, bescheidener, düsterer als unser Frankfurter Babylon. Haben hier eigentlich alle Männer schwarze Haare und Schnauzbärte, tragen dunkle Lederjacken, rauchen Zigaretten? Türkinnen in langen Mänteln, mit bunten Kopftüchern – dieser Anblick ist mit vertraut von zu Hause, aber die Mehrzahl der Frauen hier ist modern gekleidet, einige sind auffallend elegant. Sind diese Unterschiede in der Kleidung nun Zeichen der sozialen Stellung oder verschiedener religiöser Auffassung? Weder Margot noch Lena wissen eine endgültige Antwort. Auch hier Touristen aus aller Welt, Gruppenreisende aus Japan, Holland, Frankreich, Deutschland. Einige aus der Menge herausragende bärenstarke Skandinavier und und und ... Der erste Satz, den ich verstehe: Herbert, hier sind wir!

Passkontrolle, Gepäckausgabe, Geldwechseln. „Nicht zu viel tauschen", ermahnt mich Margot, „du weißt ja, der Kurs ändert sich fast täglich."

Natürlich, meine Liebe, wie könnte ich deine vielen guten Tipps vergessen. „Die Inflation", nicke ich, halte einen Hundertmarkschein hoch. „*Tamam mı,* gut so?"

„*Tamam. Yeter.* In Ordnung. Genug", bestätigt die Freundin. „Hoffentlich hast du genug Zehn- und Zwanzigmarkscheine dabei. Deutsches Geld ist hier sehr begehrt." Wenige Augenblicke später halten wir ein Bündel mehr oder weniger schmuddeliger Scheine in der Hand, und zum ersten Mal in meinem Leben bin ich Millionärin. Verwirrend, dieses fremde Geld. „Pass auf, Sophie, mache am besten eine Rolle. Innen die kleinen Scheine, zwanzigtausend Türkische Lira, die brauchst du oft, zum Beispiel für die Toilette, *tuvalet.* Wieder ein Wort aus dem Französischen übrigens." Ach, Frau Lehrerin, das weiß ich doch, kenne sogar noch eine andere Vokabel für diesen wichtigen Ort: *yüznumara*, Nummer hundert, das erinnert an unser gutes altes Nullnull. „Dahinter die grünen Scheine, das sind fünfzigtausend." Margot lässt sich nicht beirren. „Hier fünf Hunderttausender ... Pass doch auf! Du hast zweimal zweihundertfünfzigtausend, jetzt die Fünfhunderttausender. Ganz außen die Millionen. Nun rollst du das Ganze. Orhan macht das immer so. Du wirst sehen, wie praktisch ..." Orhan. Ob ich diese legendäre große Liebe Margots kennenlernen werde? Jedenfalls versuche ich, mein Geldbündel nach türkischer Art, *alaturka,* zu ordnen. *Yirmi bin*, *elli bin*, *yüz bin* – zwanzigtausend, fünfzigtausend, hunderttausend ...

„Das war ein Kampf!" Lena kommt lachend auf uns zu. Ihr strenger Haarknoten hat sich fast völlig gelöst, ihre Wangen sind leicht gerötet. „Man muss nur Geduld haben." Sie hat tatsächlich einen der begehrten rollenden Kofferkulis ergattert. Ist es nicht immer so mit Lena, als distinguierte Dame – wie ihr Ehemann sie schätzt – kommt sie an. Ein paar Stunden mit uns, schon entpuppt sich die fröhliche, unternehmungslustige „Klette".

Çıkış, Ausgang. Endlich sind wir draußen. Heiße Freudenwelle, kalte Dusche. Es regnet nicht – es schüttet, gießt, platscht, tropft. Dunkelhaarige Lederjackenmänner eilen auf uns zu und ich verstehe das erste türkische Wort: *Taksi*! *Taksi*! Na bitte, da hat sich die Lernerei doch gelohnt ... Der erste Abend in Istanbul wird mein letzter sein. Unser schnauzbärtiger Fahrer unterhält sich lebhaft mit Margot, lenkt den gelben Renault unbekümmert durch die überfluteten Straßen, Wasser spritzt zu beiden Seiten hoch, die Scheibenwischer hetzen sich erfolglos ab. Ampel grün, gelb, rot – egal, es geht forsch vorwärts durch die nasse Hölle. Und Margot redet türkisch wie ein Wasserfall. Ich verstehe *hiç bir şey,* gar nichts. Der Taxifahrer wirft der Freundin bewundernde Blicke zu, dreht sich um zu Lena, zu mir. *Çok güzel*, sehr schön, ruft er. Was meint er damit?

Lena klärt mich auf: „Der *taksici* freut sich, dass wir seine Sprache sprechen. Aber er fährt wie ein Henker." Sie ruft dem Schnauzbärtigen zu: „*Yavaş yavaş, lütfen*, langsam langsam, bitte!" Der Fahrer bremst abrupt. Lena wischt die beschlagene Scheibe ab. „Ist da etwa schon unser Hotel? Tatsächlich, wir sind da."

„Du erinnerst dich an diese Nobelherberge, Lena?" Margot dreht sich lachend zu uns um. „Nichts hat sich verändert. Ich frage mal, ob sie was frei haben." Doch der *taksici* macht keine Anstalten, uns aussteigen zu lassen, er palavert lebhaft mit den beiden. Ein paar Wörter schnappe ich auf, immer wieder fällt das Wort *otel*, Hotel. Schließlich drückt Margot dem Mann energisch einige Geldscheine in die Hand: „*Teşekkür ederim. İyi akşamlar*. Danke. Guten Abend." Schwungvoll wendet der *şoför* seinen Renault, hält kopfschüttelnd vorm Hoteleingang.

Eine Viertelstunde später hocken wir drei nebeneinander an der kleinen Hotelbar. Ali, ein müde wirkender Jüngling, serviert Tee. Andächtig hebe ich das Gläschen mit der goldbraunen dampfenden Flüssigkeit in die Höhe, verrühre mit dem winzigen Löffel den Zucker. Mein erster türkischer *çay*!

Margot stößt einen wohligen Seufzer aus: „Endlich Urlaub, es war mal wieder höchste Zeit." Ihre letzte große Reise liegt immerhin fast fünf Monate zurück. „Mit meiner Hand muss ich natürlich vorsichtig sein, ich werde hin und wieder eure Hilfe brauchen. Im Nachhinein erweist sich dieser blöde Sturz von der Rolltreppe als wahrer Glücksfall, Kinder. Anfangs war ich ziemlich verzweifelt, eine Masseuse mit gebrochener Hand! Und jetzt, die Versicherung finanziert gewissermaßen diese Reise. Nur eins darf ich nicht: mich in meiner Praxis sehen lassen. Nun, ich könnte nicht mal einen Scheck richtig unterschreiben. Aber Dimitri ist ein Schatz, wenn er mich würdig vertritt, biete ich ihm eine feste Stelle an. Ich möchte in Zukunft ein bisschen kürzer treten, schließlich bin ich keine dreißig mehr." Mit zufriedenem Lächeln betrachtet sie ihre neue Frisur im Spiegel hinter der Bar. „Stellt euch vor, ich hätte mir bei dem Sturz ein Bein gebrochen oder ..."

„Oder du wärst auf den Mund gefallen", lacht Lena. „Nicht auszudenken!"

„Nun, Sophie", fährt Margot fort, „wie fühlst du dich? Gefällt dir Istanbul?"

„Aber sie hat doch noch gar nichts von der Stadt sehen können, liebe Frau Klett."

„Doch, Lena, Istanbuler Regen“, widerspreche ich vergnügt. „Ich bin beeindruckt, dieser *yağmur* ist viel dramatischer als unser mitteleuropäischer Regen. Wie ich mich fühle? Wunderbar und mindestens dreißig Jahre jünger, wie immer mit euch.“ Staunend betrachte ich mein leeres Teeglas: „Ich bin in Asien! Ich kann es kaum fassen, zumal mich diese grob gezimmerte Bar stark an eine Schihütte erinnert.“

„Asien, Sophie? Dieser Teil Istanbuls gehört zu Europa“, erwidert Margot trocken.

„Endlich wieder Türkei,“ murmelt Lena, schaut zu Ali hinüber, der einem Hotelgast den Zimmerschlüssel überreicht. „Türkische Stimmen – Musik für meine Ohren!“

„Mir geht's genauso“, lacht Margot, „aber zwei Wochen später freue ich mich wieder auf mein gemütliches Zuhause. Na, das ist schließlich der Sinn eines Urlaubs.“

Ein eleganter Herr in hellgrauem Anzug, mit silbergrauen Haaren und gepflegtem Schnurrbart begrüßt uns mit vollendeter Höflichkeit. Die gerahmte Lizenz mit seinem Konterfei über der Bar weist ihn als *otelci* aus, den Eigentümer dieser schlichten Herberge. Interessiert fragt er nach unserem Woher und Wohin, ruft den müden Ali herbei, lässt unsere Teegläser auffüllen. Immer wieder bleibt sein Blick an Lena hängen. Die Freundin hat endlich den Kampf mit ihrem Haarknoten aufgegeben, trägt ihre Lockenpracht offen. Diese Farbe, wie reife Kastanien, poliertes Mahagoni, Nussbaum. Nein, ich hab's: „Lena, dein Haar hat die Farbe ... Es ist *çay gibi,* wie Tee. Wie türkischer Tee, den man gegen Kerzenlicht hält.“

„Unser Küken wird poetisch“, brummelt Margot. „Lasst uns schlafen gehen, bevor es schlimmer wird mit ihr. Morgen haben wir ein Riesenprogramm.“

Lena verzieht sich in ihr Einzelzimmer. In meiner ersten türkischen Nacht wird Margot mich unter ihre Fittiche nehmen, und ich bin froh, jetzt nicht allein zu sein. „Was wollte eigentlich der *şoför* vorhin?“

„Uns in ein feineres Hotel bringen, dieses hier sei nichts für europäische Damen, meinte er. Es ist wirklich sehr schlicht, ein bisschen schmuddelig. Aber es liegt zentral und ist billig. Ich war schon zweimal hier, einmal mit meinen Söhnen. Und dann mit Jutta und Lena, im November 89, kurz vor der Öffnung der Mauer. Schon damals hat der *otelci* Lena angehimmelt, ob er sie erkannt hat? So wie heute haben wir an der Bar *çay* getrunken und überhaupt nicht an zu Hause gedacht.“ Jutta ist auch hier gewesen. Ein tröstender Gedanke.

„Kinder, macht auf, schnell“, hören wir Lenas Stimme. „Kommt mal zu mir rüber, ich muss euch was zeigen!“

„Ist was nicht in Ordnung?“ fragt Margot, als wir Lenas Zimmer betreten.

„Wie man's nimmt. Sophie, sieh mal hier, das ist was für dein Holzauge.“ Lachend weist Lena auf die Tür ihres Badezimmers, unter deren Klinke ein Dreieck aus dem Rahmen herausgesägt ist. Verständnislos betrachte ich die Tür von beiden Seiten, öffne und schließe sie. Was soll das denn? Beim dritten Versuch fällt der

Groschen fast gleichzeitig bei uns. Das Waschbecken hängt schräg von der Wand herunter. Ohne den dreieckigen Ausschnitt würde die Tür dagegenstoßen.

„Türkische Technik“, prustet Margot. „Ach, Sophie, du wirst noch deine helle Freude haben. Hat Lena dir ihr Foto von der Feuerlöschanlage einer türkischen Mittelschule gezeigt? Ein Wasserschlauch und sechs gelbe Eimer, jeder mit einem großen Buchstaben bemalt, die zusammen das Wort *YANGIN* ergaben: Brand.“

Ich erinnere mich, anfangs hatte ich diese Aufnahme für einen Scherz gehalten. Noch immer bewege ich ungläubig die Tür: „Nicht zu fassen. Zwei Dübel, zwei Schrauben – man hätte das Becken schnell wieder richtig befestigt.“

„Ja, mein Schatz, aber sie Säge lag wohl näher als der Schraubenzieher“, lacht Lena. „Türken wissen sich immer zu helfen. Aber im Ernst, wir von der Perfektion moderner Technik verwöhnten Mitteleuropäer haben unser Talent zur Improvisation ziemlich verkümmern lassen. Die Türken dagegen ... Wie viele Menschen sind hier arbeitslos, halten sich nur mit Gelegenheitsarbeiten über Wasser, handeln mit irgendwas. Du glaubst gar nicht, wie in diesem Land improvisiert wird, improvisiert werden muss.“

„Not macht erfinderisch – Lieblingsspruch meiner Mutter in den Nachkriegsjahren“, erinnere ich mich. „Aber diese Tür hier hat man gründlich verhunzt.“

„Ob man sie noch retten könnte?“ Margot schaut mich fragend an. „Könnte Helmut ... Hätte dein Mann ...“ Plötzlich hält sie inne.

„Ja, natürlich“, antworte ich ruhig. „Helmut konnte nicht nur elegante Möbel und Einrichtungen herstellen, schließlich war er Meister. Schreiner, Tischler – heißt das nicht *mangaroz* auf Türkisch?“

„*Marangoz, ma-ran-goz*.“ Margot ist sichtlich erleichtert.

„Eine hübsche Tür mit Rahmen und Füllungen. Schade drum, aber ob sich eine Reparatur lohnen würde? Bei unseren Löhnen ...“

„Wir sind in der Türkei, Sophie“, sagt Lena, „hier werden noch ganz andere Dinge repariert. Du musst dir mal eine Autowerkstatt anschauen.“

Dann liegen wir endlich in unseren nicht sehr bequemen und nicht sehr sauberen Betten. Dass die verwöhnte Lena sich mit dieser einfachen Unterkunft zufrieden gibt! Wie ruhig ich über Helmut reden konnte, keine Hitzewelle hat mich erfasst. Für den Bruchteil einer Sekunde sehe ich Arno Simons gutmütiges bärtiges Gesicht vor mir. Denken Sie auf Ihrer Reise über mein Angebot nach, Sophie, hatte er gesagt. Auf einen Schlag wären Sie alle Ihre Sorgen los. Sie wissen selbst, wie gut mein Betrieb dasteht ... Soll ich über Arnos Antrag mit der heiratsfreudigen Margot reden? Nein, kein Wort über Herrn Simon auf dieser Reise, nicht mal denken will ich an ihn. „*İyi geceler*, Margot“, sage ich. „Warum wünschen die Türken eigentlich gute Nächte? Nacht heißt *gece*, warum die Mehrzahl *geceler*?“

„Weil es besser klingt, denke ich. Man sagt hier auch *iyi günler*, gute Tage und *iyi akşamlar*, gute Abende. Jetzt wünsche ich dir guten Schlaf, *iyi uykular* ...“

Ein nie gehörtes Geräusch reißt mich aus wirren Träumen. Ich fahre hoch, schlaftrunken. Wo bin ich, was ist das für ein Lärm, es ist doch Nacht. Eine menschliche Stimme, tief und guttural, laut und durchdringend – das muss der Muezzin sein! Das erste der fünf täglichen Gebete, arabische Worte. Meine junge Türkischlehrerin Lale hatte mir den Sinn erklärt: Gott ist groß, es gibt keinen Gott außer Gott und Mohammed ist sein Prophet ...

Margot schnarcht leise. Vorsichtig öffne ich das Fenster. Der Singsang verstummt, doch in der Ferne erhebt ein anderer Gebetsrufer seine Stimme. Wie kann man nur schlafen bei diesen Tönen. Es regnet noch immer leicht. Ich lehne mich hinaus, sehe die von Scheinwerfern angestrahlten Kuppeln der Hagia Sophia. Ich bin in Istanbul! Unmöglich, jetzt wieder ins Bett zu gehen. Noch nie war ich so weit von zu Hause fort. Trotz meiner reifen Jahre habe ich nicht viel von der Welt gesehen, denn mehr als acht Tage Ferien waren mir nie möglich. Doch wie Lena und Margot habe auch ich noch immer die „Reise-Meise der DDR-Bürger", wie Helmut das genannt hatte, Sehnsucht nach der Fremde. Komm bald wieder, So-So, ohne dich läuft nichts richtig, pflegte er zu seufzen, wenn ich meinen Koffer packte. Zwar gab es im Büro Ersatz für mich, mein Pascha aber hatte seine gewohnte Gemütlichkeit zu Hause vermisst.

In den vergangenen Monaten habe ich Reiseführer und Geschichtsbücher gewälzt, mit meinen lieben alten Schulfreundinnen türkische Vokabeln gebüffelt, jede freie Minute für Vorbereitungen verwendet und bis zuletzt nicht recht an diese Reise geglaubt. Doch die nächtliche Hagia Sophia ist kein Traum, ich bin angekommen in dieser legendären Stadt: Byzanz, das spätere Konstantinopel, seit der Eroberung durch die Türken Istanbul, Hauptstadt des riesigen Osmanischen Reiches – bis Atatürk nach dem Ende der Sultansherrschaft 1923 die heutige Türkei gegründet und den Sitz der Regierung nach Ankara verlegt hat. Istanbul, Schauplatz der Weltgeschichte. Mein Herz klopft heftig. Margot bewegt sich. Habe ich sie gestört? Nein, sie dreht sich um, schläft ruhig weiter. Ich schiebe die nach Zigarettenqualm riechende Gardine zur Seite, lehne mich weit aus dem Fenster, atme feuchte Nachtluft ein. Der Regen rauscht wieder stärker. Türkischer Regen, *yağmur*. Es regnet, *yağmur yağıyor.* Ich halte die Hände hinaus, benetze mein Gesicht mit türkischen Regentropfen und fühle mich sehr lebendig ...

Es gießt noch immer, als wir längst beim Frühstück sitzen. Luises Beschreibung war zutreffend: Weißbrotscheiben, zu einem Berg getürmt, ein Teller mit Oliven, Tomaten, Gurkenscheiben. Weißer Käse. Schwarzer Tee. Köstlich, das Brot ist sogar knusprig. Wann habe ich zuletzt schwarze Oliven gegessen?

„Das ist doch ein ganz solides Hotel." Margots Blick geht hinüber zu den anderen Tischen, an denen Männer, Frauen mit Kopftüchern und einige Kinder sitzen. Offensichtlich sind wir die einzigen Ausländerinnen hier, aber niemand beachtet uns. Nur der *otelci* kommt an unseren Tisch, begrüßt uns mit ausgesuchter Höflichkeit: *Günaydın, günaydın, günaydın,* guten Morgen, guten Morgen ... Er wechselt ein paar Worte mit Lena und Margot, nickt mir zu. Wieder verstehe ich nichts. Und wieder bleibt sein Blick an Lena hängen.

„Wie kommt ein so gut aussehender und gepflegter Mann zu diesem Null-Sterne-Hotel?“ murmelt sie, als der *otelci* sich endlich zurückgezogen hat.

Margot zuckt die Achseln. „Wetten, dass er extra wegen dir schon frühmorgens beim *berber* war. Wie der duftete!“

„*Berber* – was ist das?“

„Der Friseur, Sophie, der Barbier, Klatschzentrum der Männerwelt – wie auch das Teehaus. Hier in der Türkei lassen sich die Männer im Frisiersalon, dem *berber salonu*, rasieren.“

Und Lena, die ein großes Faible für die französische Sprache hat, fügt hinzu: „Damenfriseur heißt *kuaför*, der Damensalon natürlich *kuaför salonu*. Französische Wörter, Sophie.“

Meine Morgenlektion. Ein Glücksfall für mich, diese Türkei-Kennerinnen.

Der Himmel ist unerbittlich. Es tropft von Zypressen, Kiefern, hohen Platanen, von Dächern, Kuppeln und Zinnen. In einem kleinen Kiosk werden Getränke und Süßigkeiten verkauft. *Üç tane çay lütfen,* dreimal Tee bitte, bestelle ich mutig und erhalte tatsächlich drei Portionen *çay,* aber welche Enttäuschung: Teebeutel schwimmen in heißem Wasser – in Plastikbechern.

„Das nennt sich nun *çay*“, brummt Margot, „unglaublich. Uns so was zuzumuten, im Topkapı-Palast!“ Teebeutel – im Land des Tees. Doch wir sind keine verwöhnten Haremsdamen, nur Touristinnen, nein Reisende. Wir trinken, wärmen die Hände an den Bechern, und als Lena zu einer zweiten Runde einlädt, sagt keine nein. Wir sind völlig durchfroren.

„Gleich beginnt die Führung, wir müssen uns beeilen.“

„Jaja, Sophie, du kommst rechtzeitig in den Harem, wir stehen doch neben dem Eingang“, beruhigt mich Lena.

Margot schaut sich um: „Einen Vorteil hat das Sauwetter, es sind nur wenige Besucher hier. Sophie, du glaubst nicht, was in der Saison im Topkapı los ist.“

„Und Luise sitzt mit Eva jetzt im Sonnenschein auf der Terrasse. Azurblauer Himmel zu Hause. Die Glücklichen.“

„Du wärst wohl lieber bei ihnen?“ fragt Lena.

Ich schüttele den Kopf. Noch habe ich nicht viel gesehen von dieser faszinierenden Stadt. Im Schutz weiter Regenumhänge sind wir am Morgen durch verkehrsreiche Straßen und enge Gassen gebummelt, mussten riesigen Pfützen ausweichen, über unerwartet hohe Bordsteinkanten steigen und Stufen umgehen, die ohne jede Warnung hinabführten in kleine Läden und Werkstätten. Wie können Alte oder Gehbehinderte hier klarkommen, fragte ich immer wieder. Doch uns sind keine Alten und Gehbehinderten begegnet, nur Männer in Lederjacken, Frauen mit Kopftüchern oder Regenschirmen, Kinder, die den Regen nicht beachteten.

Stunden haben wir am Vormittag im Großen Basar verbracht. Das Wetter ist zu schlecht für Besichtigungen, also zuerst der Basar, da sind wir im Trockenen, hatte unsere kauflustige Frau Klett erklärt und mir alle Schätze des Orients angekündigt:

Teppiche, Silberschmuck, goldenes Geschmeide, Kupferkessel, seidene Tücher, Tonkrüge, Spitzenwäsche, Lederjacken, Handtaschen, orientalischen Schnickschnack, türkischen Honig. Die sachkundige Freundin hatte nicht übertrieben. Unsere ersten kleinen Einkäufe – ein silbernes Armband für Lena, ein Seidenschal für Sophie, Rubin-Ohringe und kostbares französisches Parfüm für Margot – waren sehr preiswert. Unser erster Tag in Istanbul hatte mit Kommerz begonnen ...

Die Tür zum Harem öffnet sich für uns und eine Handvoll anderer Besucher. Harem sei ein arabisches Wort und bedeute „heilige, unverletzliche Stätte", erklärt der Führer in englischer Sprache. Für Türken „Haus der Glückseligkeit", einst Wohnstätte des regierenden Sultans, seiner Frauen, seiner Kinder - ein riesiges luxuriöses Labyrinth, von dem nur ein kleiner Teil besichtigt werden kann. Vierzig Zimmer hatte die einflussreichste Frau im Harem, die Mutter des Sultans, zur Verfügung. Bewacht von den Schwarzen Eunuchen, deren Kommandant nach dem Sultan der mächtigste Mann im Harem war, lebten zeitweise Hunderte von Mädchen und Frauen hier als Sklavinnen eines einzigen Mannes. Mädchen verschiedener Nationen wurden gekauft oder von Piraten geraubt und dem Sultan als Geschenk gesandt, und die Schönen, die dem Herrscher gefielen, seine Konkubinen, bekamen eigene Wohnräume. Heiratete er eine seiner Favoritinnen offiziell, erhielt sie den Titel *kadın efendi.*

„Das Wort *kadın* verstehe ich: Frau. Aber was bedeutet *efendi*?" frage ich meine wandelnden Wörterbücher.

„Vornehm, edel", antwortet Margot. „Am Telefon aber oder in Gesprächen wirst du oft das Wörtchen *efendim* hören, was etwa unserem ‚Wie bitte?' entspricht."

Die Kronprinzen lebten in einem gesonderten Trakt des Harems, wurden in der Prinzenschule unterrichtet. Hier, in einer Art Käfig, wuchsen die späteren Herrscher über das riesige Osmanische Reich auf, das sie selbst nie wirklich kennenlernen konnten. Kein Wunder, dass sie oft nur Marionetten der eigentlichen Machthaber, der islamischen Theologen und der militärischen Elite, der Janitscharen, waren.

„Die Mütter der Kronprinzen waren erbitterte Konkurrentinnen. Häufig wurden ihre Söhne Opfer von Intrigen und Giftmorden oder sie wurden ganz legal erdrosselt, da nur einer der Prinzen Nachfolger des Sultans werden konnte", erzählt Lena. „Man wollte damit die Aufteilung des Reichs verhindern. Welche Tragödien müssen sich in diesen Räumen abgespielt haben."

Mit leichtem Gruseln bewundern wir die prächtigen Dekorationen, wertvolle Kacheln mit kalligraphischen Verzierungen oder Blumenmustern, Glasmalereien, Schnitzereien, zauberhafte Brunnen, kostbare Vasen und Teppiche, Öllampen und den großen Lüster im Festsaal – für uns Europäerinnen des zwanzigsten Jahrhunderts ein unvorstellbarer Luxus.

„Was nützt ein Palast, aus dem man nicht rauskann, wenn man möchte? Stellt euch das Leben der Mädchen vor, den ganzen Tag nur rumsitzen, sich schön machen, warten, tratschen, Intrigen spinnen, Konkurrentinnen vergiften, warten, warten und vielleicht nie an die Reihe kommen", sagt Frau Klett und schüttelt sich.

„Oder stellt euch einen impotenten Sultan vor oder einen, der Männer bevorzugt! Das hat es alles gegeben."

„Was wurde aus den Frauen, wenn sie alt waren?" überlege ich.

„Nach dem Tod eines Sultans hing ihr Schicksal von der Gnade oder Ungnade des Nachfolgers ab", erklärt Lena. „Manche kamen in einen anderen Harem für ‚ausgediente' Haremsdamen. Viele der Mädchen waren beim Tod ihres Gebieters noch blutjung. Übrigens haben die Frauen im Harem nicht nur untätig rumgesessen, sie haben gelesen, Stickereien angefertigt, musiziert – und intrigiert, sich in Politik eingemischt, Geschäfte gemacht. Denke nur an Roxelane, die berühmte russische Lieblingsfrau Süleymans des Prächtigen. Die Sklavinnen – allerdings nicht die Favoritinnen des Sultans – konnten nach mehreren Jahren Dienst im Harem um ihre Freilassung bitten. Sie erhielten eine großzügige Apanage, waren als Ehefrauen begehrt. Manche wurden nach dem Tod eines Sultans sogar an Hofbeamte verheiratet und ..."

„... andere im Meer ertränkt", brummt Margot. „Nur ein Mann und diese vielen Frauen ..."

„Aber da waren doch die Eunuchen", wende ich ein.

„Sophie, ich rede von einem Mann! Und wenn der Sultan auch noch ein Schwächling war ..."

„Schrecklich, dieser Gedanke", lacht Lena. „Margot, wie gut hattest du es mit drei Ehemännern und deinen zahlreichen Liebhabern."

„Meine Ehemänner ... Ein Glück, dass man sich heutzutage auch ohne Mord und Totschlag trennen kann. Und die Liebhaber – ach Kinder, die Zeiten sind vorbei. Ist es nicht herrlich, dass wir endlich alt, erwachsen und weise sind? Kein Mann wird jemals wieder mein seelisches Gleichgewicht erschüttern, nie wieder, so wahr ich Margot Klett heiße. Nie wieder ein Bindestrich, nie wieder ein Doppelname." Sie schaut uns herausfordernd an. „Frei sein, was für ein wunderbares Gefühl. Die Tyrannei der Hormone – endlich haben wir sie überwunden!"

Lena legt einen Arm um Margots Schulter, zwinkert mir zu: „Bist du da sicher?"

„Absolut. Nie mehr ein Mann. Das kann ich euch schriftlich geben." Und Dimitri, ist er wirklich nur ihr Mitarbeiter? Ach, Margot Klett. Im Harem hätte sie es bestimmt bis zur Favoritin gebracht, aber wie hätte sie es mit nur einem Sultan ausgehalten ...

„Ein Glück, dass wir im zwanzigsten Jahrhundert leben, in einem zivilisierten Land, in dem Männer nicht mehr verstümmelt werden und die Gleichberechtigung der Frau nicht nur auf dem Papier existiert. Wunderbar, dass wir ohne männliche Bewachung hier rumlaufen dürfen", sage ich, denn noch immer beschäftigt mich das Schicksal der eingesperrten Frauen. Längst ist die Führung beendet. Wir haben die imposante Porzellansammlung, den berühmten mit Smaragden besetzten goldenen Dolch, prächtige Throne und die anderen unglaublichen Kostbarkeiten der Schatzkammer bewundert, auch Uhren, Miniaturen, die Waffensammlung und sogar das

Haar des Propheten gewürdigt. Zum Abschluss will Lena uns in das Restaurant im Mecediye Kiosk einladen.

„Kommt nicht in Frage“, lehnt Margot kategorisch ab. „Danke, Lena, aber das wollen wir gar nicht erst anfangen. Sicher, du kannst dir’s leisten – aber wir könnten uns nicht so nobel revanchieren, Sophie und ich. Gehen wir doch in den Touristenschuppen da vorn.“ Schade, ich würde am liebsten hier draußen sitzen unter einem der Sonnenschirme, von denen Regen tropft, auf den wolkenverhangenen Bosporus dort unten schauen, auf das Marmara-Meer. Wir diskutieren: Nobelrestaurant oder Touristenklasse, zurück zur Stadt, zum Hotel? Da geschieht das Wunder.

„*Yağmur durdu*, der Regen hat aufgehört“, ruft Lena. Die Wolkendecke reißt auf. Die Sonne blinzelt, strahlt, wärmt, trocknet die Schirme. Dampfend verflüchtigt sich die Feuchtigkeit. Ein Junge eilt herbei, putzt Tische und Stühle ab. Innerhalb weniger Minuten ist der Sommer zurückgekehrt. Wir wählen einen Tisch. Hier ist Selbstbedienung. Für ein paar Minuten lassen die Kletten mich allein. Vor mir der Bosporus in goldenem Dunst, glitzerndes Wasser, ruhig dahingleitende Dampfer. Für eine endlose zauberhafte Minute erscheint die Welt als vollkommene Schönheit.

„*Portakal suyu.*“ Margot stellt Orangensaft auf den Tisch. „Der Bosporus ist internationales Gewässer, Sophie. Keinem Schiff darf die Durchfahrt verwehrt werden, egal, was es transportiert – Treibstoff, Apfelsinen, Kohle, Waffen oder Flüchtlinge. Dort drüben am asiatischen Ufer liegt Üsküdar. Morgen werden wir mit der Fähre übersetzen.“

„Endlich wirst du Evas zukünftige Schwiegermutter kennenlernen und deine Mission erfüllen können“, fügt Lena lächelnd hinzu.

Meine „Mission“ – wenn ich das alles nur schon hinter mir hätte! „Wenn ich nun nichts erreiche“, überlege ich laut, „Frau Kaplan hat geschworen, niemals wieder nach Deutschland zu kommen. Und jetzt heiratet ihr Sohn ausgerechnet eine Deutsche. Vielleicht ist sie noch immer voll Hass.“

„Hass auf Deutschland“, Lena schaut mich fragend an, „nur weil ihr Mann sie betrogen hat? So was passiert doch auf der ganzen Welt.“

„War denn Herrn Kaplans Geliebte eine Deutsche?“ will Margot wissen.

„Nein, Spanierin. Aber der Schauplatz des Ehedramas war Berlin. Denis war zwei Jahre alt damals. Seine Mutter ist Hals über Kopf mit ihren beiden Töchtern geflohen, als sie von der Affäre ihres Mannes Wind bekam – zurück nach Istanbul.“

„Sie hat ihren kleinen Sohn einfach zurückgelassen? Das hätte ich nie fertiggebracht“, sagt Margot empört, „lieber hätte ich eine unglückliche Ehe ertragen!“

„Frau Kaplan wollte angeblich ihre Töchter ‚retten‘, sie sollten nicht im sündigen Europa aufwachsen. Und Denis ... Sein Vater war ganz närrisch mit dem Kleinen. Endlich ein Sohn, Jahre hatte er darauf gewartet. Er hätte den Jungen zurückgeholt, wenn seine Frau ...“

„Typisch Mann, da hat er alles, sogar der heiß ersehnte männliche Erbe ist da, und was macht er? Er setzt noch eins drauf. Eine Geliebte!“ faucht Margot, die selbst vor wenigen Jahren den Status der Geliebten eines temperamentvollen verheirateten Mannes sehr geschätzt hatte. „Warum hat Herr Kaplan seine Frau nicht zurückgeholt, Sophie?"

„Er hat es wohl mehrmals versucht, sagt Denis. Aber seine Mutter sei hart geblieben." Viel weiß ich nicht von dieser Fatma Kaplan, die ihren Ehemann nicht wiedersehen wollte. Wegen einer flüchtigen Affäre? Weil sie sich tatsächlich um die Ehre ihrer Töchter sorgte? Denis hatte mir erzählt, wie die spätere zweite Frau seines Vaters, eine Berliner Nachbarin, sich nach der Flucht der Mutter um ihn gekümmert habe. Sie hat den Heiratsantrag meines Vaters nur angenommen, um mich nicht wieder hergeben zu müssen, hatte Denis lachend behauptet. Doch die Berliner Lehrerin Gerda habe ihren Entschluss nicht bereut, bis zu seinem Tod sei Vater Kaplan ein liebevoller und treuer Ehemann gewesen. Meine deutsche Mutter ist eine tolle Frau, sie interessiert sich für türkische Kultur und hat gemeinsam mit mir die türkische Sprache erlernt, hatte Denis geschwärmt. Weder seine türkische *anne* noch seine Schwestern habe er vermisst, die ihm hin und wieder schrieben, als er in die Schule kam. Nur widerwillig habe er ihre Briefe beantwortet. Was hatte ich mit diesen Verwandten in der fernen Türkei zu tun, die mich nie besuchten, mich auch nicht einluden. Doch nach dem Tod meines Vaters hat meine Berliner Mutter zum Glück darauf bestanden, dass ich meine türkische Familie kennenlerne, sagte Denis und lachte mich an: Jetzt habe ich nicht nur eine deutsche Mutter, sondern auch zwei ältere Schwestern, Schwäger, Nichten, Neffen und eine türkische *anne,* meine Mama, und ich Glückspilz bekomme sogar noch eine dritte Mutter, eine deutsche *kaynana*. Womit er mich meinte und mir mein erstes türkisches Wort beibrachte: *kaynana*, Schwiegermutter. Morgen werden wir Evas zukünftige *kaynana* kennenlernen, vor der ich mich ein bisschen fürchte. Wie wird Fatma Kaplan uns empfangen, alleinreisende deutsche Frauen: die dreimal geschiedene Margot, Lena, die ohne ihren Ehemann unterwegs ist, und mich, die Witwe?

„Nun sollst du das Eis brechen, Sophie?" Lena schaut mich nachdenklich an.

„Ja. Denis und Eva träumen davon, dass alle gemeinsam Hochzeit feiern, Deutsche und Türken. Und Denis hofft, wenn ich mit seiner *anne* von Frau zu Frau, von Mutter zu Mutter, rede ..."

„Diese Frau – eine Mutter! Lässt ihren Sohn zurück, nicht zu fassen." Margot kann sich nicht beruhigen. „Ich, ich habe gekämpft um meine Kinder."

„Ja, und du hast gewonnen. Sollten wir nicht aufbrechen?" versuche ich das Thema zu wechseln. Nur jetzt nicht eine von Frau Kletts komplizierten Scheidungsgeschichten.

„Gleich", die Freundin lässt sich nicht beirren. „Lena, war das bei dir nicht so ähnlich wie bei der zweiten Frau Kaplan?"

„Was meinst du?"

„Deine Ehe ... Hast du Justus nicht auch nur geheiratet, um den kleinen Peter nicht zu verlieren?" Margot, um Himmels willen, behalte deine Theorien über Lenas Ehe für dich! Ich gebe der vorlauten Freundin unterm Tisch einen Tritt.

Unsere Schöne Helena schweigt, runzelt nachdenklich die Stirn. Für einen Augenblick erscheint auf ihrem Gesicht wieder der angespannte Ausdruck, der mir gestern schon aufgefallen war, doch dann lächelt sie und sagt ruhig: „Habt ihr noch immer keinen Hunger? Ich schlage vor, wir nehmen ein Taxi und fahren nach Kumkapı zum Fischessen. Ich möchte euch einladen, bitte macht mir die Freude. In Ordnung, *tamam mı*?“

Tamam tamam, stimmen Margot und ich erleichtert zu. Einmal mehr muss ich Lena bewundern – wie lässig sie die taktlose Frage überspielt hat. „Was bedeutet das Wort *kumkapı,* hat was mit Tür zu tun, nicht wahr?“ frage ich. Ein neuer Gesprächsstoff, zum Glück, *çok şükür*.

„Sandtor. *Kum* ist Sand, *kapı* heißt Tür oder Tor“, belehrt mich Lena. „Denke an Topkapı, Kanonentor. In den malerischen Gassen von Kumkapı gibt es wunderbare Fischrestaurants, du wirst staunen, Sophie. Vor den Eingängen locken prächtige bunte Arrangements aus immergrünen Blättern, Zitronen, Tomaten, Hummer und Fisch die Gäste an.“

„Die erinnern mich immer an Sargauflagen.“ Margot ist unverbesserlich. Na, dann *afiyet olsun*. Guten Appetit.

Unser *otelci* ist sichtlich erfreut, als wir zu später Stunde eintrudeln. Morgen früh fährt er nach Bursa, um eins seiner anderen Hotels zu inspizieren. Er hofft sehr, uns noch anzutreffen, wenn er zurückkommt. Mit vollendeter Höflichkeit bittet er uns auf einen letzten Drink an seine Bar. Kann man da widerstehen, wo gibt es bei uns noch derartig charmante Männer – vielleicht in Frankreich, Italien. Diese Eleganz der Bewegung, die gepflegte Erscheinung, seine selbstbewusste Haltung und vornehme Zurückhaltung – nur sein Blick verweilt hin und wieder eine Sekunde zu lang auf Lenas Gestalt.

Whisky, Cognac oder einen kleinen *rakı*? Die Damen möchten Tee trinken, aber bitte, kein Problem, *problem yok*. Ali, der Tag und Nacht dienstbereite Hotelbursche, nimmt die Bestellung mit kaum unterdrücktem Gähnen entgegen. *Çay, normal çay* – Tee, normaler schwarzer Tee für Margot. *Elma çayı,* Apfeltee, für Lena. Der ist gut für die Schönheit. Und für mich? *Adaçayı lütfen*, bestelle ich mutig, Inseltee bitte. Brrr, schmeckt der gesund. *Ada* heißt doch Insel? Reingefallen, Sophie, *adaçayı* ist Salbei. Nicht nur bei uns haben Wörter mehrere Bedeutungen.

Das Gespräch plätschert in englischer und türkischer Sprache dahin. Ob es den eleganten *otelci* wirklich interessiert, dass wir drei uns seit der Schulzeit kennen? Ist es nicht nur professionelle Höflichkeit, wenn er nach unseren ersten Reiseeindrücken fragt? *İyi geceler, iyi uykular*, gute Nacht, angenehme Ruhe, verabschieden wir uns schließlich, da zaubert unser Gentleman *üç gül*, drei Rosen, unter der Theke hervor, überreicht Margot und mir die gelben, und Lena errötet leicht, als sie die lachsrote Blüte entgegennimmt. Die ewige Symbolsprache der Blumen – oder Zufall?

„Zufall, bei Lena? Du weißt doch, wie sie wirkt. Schon immer", brummt Margot und verschwindet im *banyo*, dem Badezimmer.

Schon immer? Von wegen. Noch nach fast vierzig Jahren sehe ich deutlich das blasse, dünne, hochgeschossene Mädchen mit zaghaften Schritten den Klassenraum betreten, in dem sich eine Horde Jungen und Mädchen versammelt hatte, die zukünftige neunte Klasse unserer Oberschule. Von verschiedenen Grundschulen waren wir hierher gekommen, kannten uns noch nicht alle, aber jeder hatte hier einen vertrauten Freund oder eine Freundin aus der alten Schule. Nur diese sommersprossige Rothaarige in dem verwaschenen und viel zu engen karierten Kleid war allein, blieb schüchtern am Eingang stehen. Da löste sich eine lebhafte hübsche Brünette mit wippendem Pferdeschwanz aus einer Gruppe von Jungen und Mädchen. Ich heiße Margot Klett, sagte sie und hielt der Fremden die Hand hin, willst du neben mir sitzen? Hat Margot schon damals Lenas Klasse erkannt? Lena Schöne – wofür steht Lena, für Magdalena? hatte Lehrer Berger beim Aufstellen der Namensliste gefragt. Nein, nein, nicht Ma... Magdalena, hatte die Fremde gestottert. Ich heiße eigentlich Helena, aber meine Eltern nannten mich nur Lena. Helena Schöne, soso, hatte Berger gemurmelt und dann plötzlich trompetet: Helena Schöne, die Schöne Helena in der 9 A, wer hätte das gedacht! Das höhnische Gelächter der Klasse, das fremde linkische Mädchen, das blutübergossen hilflos dastand – und plötzlich Margot Kletts helle Stimme: Haltet die Klappe, ihr Idioten, was kann sie für ihren Namen! Und Margot sprudelte heraus, was sie bereits von Lena erfragt hatte: dass sie aus Ostpreußen kam, dass sie alles verloren hatte, Eltern, Geschwister, ihr Zuhause – dass sie bei einem alten Onkel wohnte, der sie nur widerwillig bei sich duldete. Nein, Margot hat sicherlich nicht geahnt, was in dem hässlichen Entlein steckte. Vermutlich war es schon damals ihre Leidenschaft für Hilfsbedürftige, die sie zu Lena hinzog. Auch heute noch kümmert unsere Frau Klett sich hingebungsvoll um verwaiste Katzen, streunende Hunde, elternlose Jugendliche, um Schwache und vermeintlich Schwache, die sich manchmal ihrer unerbittlichen Hilfsbereitschaft entziehen – wie ihre beiden Söhne.

Langsam hatte Lena sich verändert unter dem Schutz der starken Freundin. Sie wurde lebhafter, wer konnte neben Margot Klett auch ruhig bleiben. Lenas Formen rundeten sich, sie musste nicht mehr hungern. Bei der unvergesslichen Schüleraufführung von „Kabale und Liebe" war sie eine umjubelte Luise Miller, und ihr Spitzname Schöne Helena hatte seinen spöttischen Klang verloren. Margot und Lena waren unzertrennliche Freundinnen geworden, die „Kletten", wie Berger sie nannte, der sie eines Tages entnervt trennte und mir befahl, mich neben Margot zu setzen, der Lena den Platz neben meiner Freundin Jutta zuwies. Berger, der Unglückselige, der die beiden Kletten auseinander bringen wollte und damit die Gründung des „Klett-Quartetts" verursacht hat. Berger sei Dank, über Jahrzehnte haben wir allen Trennungsversuchen widerstanden! Margot, erinnerst du dich an ... Ruhig, Sophie, die Freundin schläft schon. Der erste Tag in Istanbul ist zu Ende. *İyi geceler,* gute Nacht.

3
Hoş geldiniz – Herzlich willkommen

„*Üsküdar'a gider iken*", summt Lena vor sich hin. Auf dem Weg nach Üsküdar... Auch gestern beim Abendessen in Kumkapı hatten Musikanten die alte Volksweise gespielt. Dieses Lied wecke Erinnerungen, hatte Lena gesagt. Schöne Erinnerungen offensichtlich, denn sie steht an der Reling, schaut aufs Wasser, lächelt gedankenverloren.

„Lena will ein bisschen allein sein", sagt Margot verständnisvoll und wendet sich wieder ihrer Nachbarin zu, einer jungen Mutter mit zwei kleinen Kindern, mit der sie sich lebhaft unterhält. Ab und zu verstehe ich ein Wort. Unmöglich, dem Gespräch zu folgen, Jahre wird es dauern, bis ich diese Sprache so gut beherrsche wie meine Freundinnen.

Bald wird die Fähre drüben in Üsküdar anlegen, wo uns Professor Toprak, Schwager von Fatma Kaplan, erwartet – *inşallah*. Denis hatte mir von den kaum lösbaren sozialen Problemen der Millionenstadt am Bosporus erzählt, von den zahllosen Einwanderern, die oft mit ihrer ganzen Sippe aus Ostanatolien kommen, um ihr Glück hier zu suchen, von den hässlichen modernen Vorstädten, den illegalen, aber geduldeten Siedlungen der Armen, den Gecekondus, die vor allen großen Städten der Türkei entstanden sind. Primitive Hütten, *gecekondu*, über Nacht gebaut, oft mit Hilfe von Freunden schnell errichtet, Hütten, die nicht mehr abgerissen werden dürfen, wenn das Dach drauf ist. Doch hier vom Wasser aus ist nichts zu sehen von hässlich verbauten Stadtvierteln, engen Winkeln, holprigen Bürgersteigen, hoffnungslos verstopften Straßen. Vor uns liegt die alte Märchenstadt Stambul mit den Kuppeln der Sultansmoscheen, der Hagia Sophia und dem Topkapı-Palast.

Natürlich will Sophie zuerst die Hagia Sophia sehen, hatte Margot am Morgen geulkt. Auf dem Weg dorthin war sie vor einem kleinen Denkmal stehen geblieben: Dein geliebter Atatürk, Lena. Nein, das ist ja ein Frauenkopf! Ein Denkmal für eine Frau in der Türkei? Das hätte ich nicht erwartet, doch Lena hatte mal wieder Bescheid gewusst: Die Schriftstellerin Halide Edip, eine Kampfgefährtin Kemals, die sich wie er nach dem Ersten Weltkrieg für die nationale Einheit der Türkei eingesetzt hatte. Sie war sogar Sergeant in seiner Armee.

Kemal? Du meinst Mustafa Kemal Atatürk? fragte ich und Lena erklärte, dass angeblich ein Lehrer dem Schüler Mustafa den Beinamen Kemal, Vollendung, gegeben habe. Den Familiennamen *Atatürk*, Vater der Türken, habe der berühmte Staatsmann sich erst später zugelegt. Familiennamen seien in der Türkei erst 1934 per Gesetz eingeführt worden. Atatürk, Atatürk – da steht dir noch einiges bevor, Sophie, unterbrach Margot die Freundin und zwinkerte mir zu: Lena hat nämlich eine Schwäche für den Mann mit den blauen Augen, Mustafa Kemal Atatürk, Gründer der modernen Türkei. Am Tag der Republik, am 29. Oktober, wirst du

Paraden sehen können auf den Schulhöfen, Sophie. Ich überlege, Kinder, die Hagia Sophia habe ich schon so oft besichtigt. Lena, kannst du nicht die Führung übernehmen? Seid mir nicht böse, wenn ich nicht mitkomme ... Unsere kauffreudige Klette zog es schon wieder magisch zum Bedeckten Markt, *Kapalı Çarşı*, wie der Große Basar auf Türkisch genannt wird. Dort hatte sie sich gestern eine zu den neuen Ohrringen passende Kette zurücklegen lassen. Kaufe sie lieber gleich, du wirst sie doch holen, hatte Lena vergeblich geraten.

Nein, wir waren nicht böse, ganz und gar nicht. Machte das nicht den Reiz unserer langjährigen Freundschaft aus, dass wir zu zweit, zu dritt – und früher sogar zu viert – etwas gemeinsam unternahmen, uns trennten und wieder trafen? Auch Lena verließ mich, nachdem wir unsere Billets erstanden hatten: Schau dir die Hagia Sophia erst mal allein an, Sophie, lasse alles auf dich wirken. Danach gehen wir noch mal gemeinsam herum.

Wie hatte sie meinen geheimen Wunsch erraten? Hagia Sophia, Heilige Weisheit Gottes – ich kannte die gigantische byzantinische Kuppelbasilika bereits von Fotos, ihre mehr als tausendjährige Geschichte aus Büchern. Ich hatte gelesen, dass im Jahr 558 die durch Erdbeben beschädigte Kuppel eingestürzt war und in veränderter Form wieder errichtet wurde, dass der berühmte Architekt Sinan die Strebepfeiler ausgebaut hatte, als die Kirche bereits als Moschee diente. Jetzt ist sie Museum – dank Atatürk. Ich hatte mich gut vorbereitet auf die Besichtigung, doch wie konnte Gedrucktes den überwältigenden Anblick dieses Bauwerks auch nur ahnen lassen ...

„Wir legen an." Kopfschüttelnd steht Margot vor mir. „Ich kann es noch immer nicht glauben, ausgerechnet meine Freundin Sophie bekommt einen türkischen Schwiegersohn, eine türkische Familie. Du hattest dich doch nie sonderlich für dieses Land interessiert!"

„Margot, sei nicht ungerecht. Wie gern wäre ich schon früher mit euch hierher gekommen, ich habe dich und Lena immer ein bisschen beneidet um eure tollen Reisen. Aber ich konnte doch nicht weg von zu Hause", wehre ich mich lachend. „Ihr seid nicht ganz unschuldig an Evas Begeisterung für Denis. Ich denke an eure Mitbringsel. Während Jürgen sich nur für den Türkischen Honig interessierte, hat Eva sich selbst und ihr Zimmer gern mit euren orientalischen Tüchern, Ketten, Glöckchen, Vasen, Dosen und Pantoffeln geschmückt."

Üsküdar. Zum ersten Mal betrete ich den asiatischen Kontinent. Ich werde die stolze Frau Kaplan kennenlernen, die mir ein bisschen unheimlich ist. Und Professor Toprak oder wie Denis sagt: Onkel Yaşar, den „interessanten Mann". Mein Herz klopft, woher soll ich nur die Gelassenheit nehmen, die eine Frau meines Alters zeigen sollte. Für die Globetrotterinnen an meiner Seite ist das alles nicht mehr aufregend – oder etwa doch?

„Ich bin gespannt auf den legendären Onkel", ruft Margot mir zu, „er soll ein Frauentyp sein, sagst du?"

Ich nicke. Denis hatte lachend gewarnt: Passt gut auf, er wird euch die Herzen brechen ... Ob Herr Toprak so elegant ist wie der charmante *otelci*? Zu dumm, dass ich nicht weiß, wie er aussieht. Wie soll man hier in dem orientalischen Gewühl einen unbekannten türkischen „Onkel" finden. Am liebsten würde ich jetzt allein durch fremde Gassen schlendern, am Hafen entlang bummeln, mich still in eine Moschee setzen, in die den Frauen vorbehaltene Ecke.

Die Fähre legt wieder ab. Hier ist niemand, der uns abholen will. Nur ein langbeiniger Tourist mit Sonnenbrille, wahrscheinlich ein Amerikaner, kommt winkend angerannt. Zu spät, Pech gehabt, die Fähre ist weg. Warum winkt der Mann noch immer?

„Meint er etwa uns?" fragt Margot verwundert. „Sophie, sieh mal, was der Typ da schwenkt. Ein Foto!"

Unser Foto, eindeutig. Lachend bleibt der Fremde vor uns stehen. „Welche Freude, herzlich willkommen, Frau Klett, Frau Ludewig. Und das ist also meine neue Schwägerin Sophie. Pardon, ich bin etwas spät." Sein Deutsch ist hervorragend.

Der Langbeinige trägt Jeans, ein knallrotes offenes Polohemd, Baseball-Mütze. Der „interessante Mann"? Oh, Denis, wolltest du uns auf den Arm nehmen? Neue Schwägerin – ich! Mir bleibt die Spucke weg, dieser „Onkel Yaşar" ist selbst mit Denis nur um Ecken verwandt. Ein Türke? Er sieht nicht nur aus wie ein amerikanischer Tourist mit seinem lässigen Outfit, er benimmt sich auch so – so salopp.

Lena kneift mich, als wir in dem gelben Taxi sitzen, lächelt undurchdringlich. Denkt sie, was ich denke? Margot redet türkisch mit dem „Amerikaner". Er antwortet in seiner Sprache, übersetzt aber für mich. Höflich ist er immerhin. Margots braune Augen blitzen übermütig. Also doch ein Frauentyp?

Mr. Toprak – ja, so werde ich ihn nennen. Er freue sich sehr über unseren Besuch, erklärt er strahlend. Denis habe ihm schon so viel von uns erzählt. Er ist darüber im Bilde, dass wir drei seit unserer Schulzeit Freundinnen sind, dass Lena mit einem Rechtsanwalt verheiratet ist und Margot Chefin einer Praxis für Physiotherapie, also für Krankengymnastik, Massagen und Lymphdrainage. Ob er noch mehr von uns weiß, erfahren wir nicht, denn das Taxi hält vor einem schönen hell gestrichenen Holzhaus mit einer großen Veranda und Fenstern mit weißen Klappläden. Ein altes türkisches Haus, erklärt „Onkel Yaşar". Eine Dame in perlgrauem Seidenkleid öffnet die Tür. Fatma Kaplan?

„Meine Schwester, Frau Tamay Teker", macht Mr. Toprak uns bekannt.

„*Hoş geldiniz*", begrüßt uns die Dame in Grau mit zurückhaltender Freundlichkeit. *Hoş geldiniz*, schön, dass Sie gekommen sind. Da ist sie, die berühmte Begrüßungsformel.

„*Hoş bulduk*", antworten wir – wie es sich gehört.

Sollen wir unsere Schuhe ausziehen? Margot hat behauptet, das sei üblich in türkischen Haushalten. Vorsichtshalber habe ich meine dicken „Moschee-Socken" eingepackt. Verunsichert schaue ich auf meine Füße, auch die Freundinnen zögern.

Frau Teker lächelt verstehend. „Bitte, behalten Sie Ihre Schuhe an", sagt sie und führt uns durch einen orientalisch eingerichteten Salon zur Veranda. Auch sie spricht unsere Sprache, mit leicht österreichischem Akzent.

„Ein unglaublicher Ausblick. Seht nur, der Bosporus", ruft Margot.

„Atemberaubend", murmelt Lena.

Frau Teker lächelt erfreut: „Auch wir können uns nicht satt sehen." Sie schiebt die Glasfenster zur Seite, offensichtlich eine ganz moderne Konstruktion. Ob wir hier sitzen möchten oder lieber im Salon? Was darf sie uns anbieten – erst einen Fruchtsaft, später Tee. Oder Mokka?

Mokka – das Stichwort für mich. Wo ist meine Tasche mit den Geschenken? Mr. Toprak kommt herein, nein, der Mister ist verschwunden. Yaşar Toprak hat seine Jeans gegen eine bequemere Hose getauscht, trägt ein langärmliges weites Hemd, darüber eine bunte Weste, ist ganz formvollendeter Orientale. Mit einer leichten Verbeugung überreicht er mir meine große Tasche. Ein Schauspieler, dieser „Onkel Yaşar". Ob er sich über uns alte Mädchen lustig machen will? Und wo bleibt Frau Kaplan, wir sind doch wegen Fatma hierher gekommen.

„Meine Schwägerin lässt sich entschuldigen, sie kann erst später hier sein", erklärt die Dame Tamay und zeigt uns das Badezimmer: „Wenn Sie sich frischmachen möchten ... Sie bleiben doch zum Abendessen, mein Bruder wird Sie selbstverständlich zurückbringen zum Hotel."

„Was für ein Luxus", flüstert Margot, die als Erste das *banyo* benutzt hat, mir zwei Minuten später zu.

Schließlich sitzen wir in bequemen Korbsesseln vor den offenen Fenstern der Veranda, schlürfen frisch gepressten Orangensaft, *portakal suyu*, knabbern Nüsse – wie gestern auf der Gartenterrasse des Topkapı-Palasts. Höflich erkundigen sich unsere Gastgeber nach unseren ersten Reise-Eindrücken. Small talk. Will Frau Kaplan uns gar nicht sehen oder sollen ihre Verwandten uns erst beschnuppern? Ich fühle mich in diesem fremden luxuriösen Haus nicht wohl. Vielleicht beobachtet uns Fatma heimlich wie eine Haremsdame hinter einem der geschnitzten Gitter, die den Raum unterteilen.

„Wir sind quasi Kolleginnen", wendet sich Frau Teker an Margot, „ich habe in Wien Medizin studiert." Sie ist Gynäkologin. Wir erfahren, dass sie ihre Praxis in Beyoğlu hat, dem alten Pera. „Dort liegt auch meine Wohnung", erklärt sie, „aber ich komme oft und gern hier heraus ins Haus unserer Eltern. Ich arbeite mit einer jungen Kollegin zusammen, so bleibt mir genug freie Zeit."

Yaşar Topraks Schwester – wirklich? Verstohlen mustere ich die beiden. Tamay Tekers Teint ist heller, ihre lichtbraunen Haare zeigen nur wenige graue Strähnen. Doch das kräftige Kinn ...

„Wir sind uns nicht sehr ähnlich, Sophie, nicht wahr." Dieser unheimliche Mensch, hat er meine Blicke bemerkt? „Einer unserer Urahnen schlägt bei mir durch, unsere Vorfahren waren nicht alle Türken." Herr Toprak wirft den Kopf zurück, lacht auf. Ein seltsames heiseres Lachen. „Wir haben auch Araber in unserem Stammbaum und eine griechische Großmutter."

„Sie müssten meinen ältesten Sohn sehen", sagt Frau Teker lächelnd, „er ähnelt seinem Onkel mehr als seinem Vater. Nur die hellen Augen hat er vom Papa."

Ich nicke, denke an meinen Bruder Alex, den ich als Kind um sein dichtes schwarzes Haar beneidet hatte. Der Junge ist vom Schornsteinfeger, gib's zu, Mathilde, pflegte Vater unsere Mutter zu necken, damals in den kurzen „guten" Zeiten nach Kriegsende, bevor er bei Nacht und Nebel mit einer jüngeren Frau in den Goldenen Westen geflüchtet war.

„Wie wär's jetzt mit dem Mokka oder hätten Sie lieber einen echten Wiener mit Schlag? Um diese Stunde trinkt man doch auch bei Ihnen zu Hause Kaffee." Frau Teker schaut uns fragend an.

Türkischen Kaffee, *Türk kahvesi,* natürlich, sind wir doch in der Türkei. Frau Teker bittet uns sichtlich erfreut in den Salon, führt uns zu Vitrinen, in denen Dutzende von Mokkatassen aufgestellt sind, dazwischen zierliche Porzellanfiguren, Teeservices, verschiedene Kännchen aus Silber und Porzellan: die wertvolle Sammlung, von der Denis erzählt hatte. Meißen, KPM, Fürstenberg, Höchst, Nymphenburger, Rosenthal, Sèvres, Wedgwood, Delft ... Europas noble Marken sind vertreten. Außerdem zierliche chinesische Gebäckschalen, historische und moderne Stücke – ein kleines Privatmuseum. Wir werden gebeten, uns für die Kaffeestunde Mokkatassen nach unserem Geschmack auszuwählen. Na, immerhin keine tote Sammlung. Ich wähle eine schlichte weiße Tasse mit Goldrand im Empire-Stil.

„Oh, Sophie, da haben Sie eine Kopie erwischt," lacht Frau Teker, „sie ist nicht wertvoll. Schauen Sie, hier, das Original ..."

„Mir gefällt die Tasse. Ob wertvoll oder nicht, mir ist das egal", sage ich wenig höflich. Diese Snobs, Tassen sind schließlich für den Gebrauch bestimmt. Unwichtig, ob ein Strich des Markenzeichens nun dicker oder dünner ausfällt.

„Da werden Sie noch Ihre helle Freude haben", schmunzelt Herr Toprak. „In der Türkei wird alles gefälscht, getürkt sozusagen."

Nun muss auch ich lachen. „Denis sagt, er sei ein Berliner – ein getürkter."

„Da bist du ja endlich, Fatma", ruft der Professor einer grauhaarigen kleinen Frau zu, die mit einer Schale Gebäck eintritt.

„*İyi günler*, guten Tag", sagt sie leise mit verlegenem Lächeln. „*Hoş geldiniz*." Und wir braven alten Schulmädchen antworten mit dem unerlässlichen *hoş bulduk*.

„Der *şef* ist nach Bursa gefahren", erklärt der verschlafene Hotelbursche Ali, als wir zu später Stunde die Zimmerschlüssel verlangen. Versorgt mit drei Flaschen *maden suyu*, Mineralwasser, ziehen wir uns zurück und hocken wenige Minuten später zu dritt in unserem Doppelzimmer, hecheln die Ereignisse dieses Tages in Istanbul noch einmal gründlich durch. Wir schwatzen und kichern, wie weibliche Wesen es so gern tun, ob sie nun einmal, zwei- oder dreimal siebzehn sind. Wie vor tausend Jahren auf unseren Strohsäcken in Ferienlagern oder beim Ernte-Einsatz, nur heute zischt niemand: „Ruhe bitte.“

Der „interessante Mann“ hatte uns tatsächlich bis vor den Hoteleingang chauffiert. Nur nachts, so erklärte er, wenn der Verkehr in Istanbul erträglich sei, fahre er selbst. Tagsüber nehme er die Fähre oder ein Taxi. Nachts arbeite er oft in seinem Appartement nahe der Universität. Er schreibe Artikel und Bücher über die zahlreichen Ausgrabungen in der Türkei, arbeite Vorträge aus, die er auch an ausländischen Universitäten halte. Eigentlich sei er fast das ganze Jahr über unterwegs. Übrigens habe auch er in Europa studiert, in Paris, Cambridge und zwei Semester in ... Na, wo schon: in Heidelberg.

„Wie alt mag er sein?“ sinniert Margot.

„Schwer zu schätzen. Jung ist er nicht mehr“, sagt Lena und hebt die Augenbrauen, „aber mit der Baseball-Mütze wirkte er wie ein etwas später Student, trotz der grauen Haare.“

„Yaşar Toprak, der Sportsman, angeblich kam er von einem Training“, murmele ich gähnend. „Der Mann ist ein Chamäleon. Beim Mokka in der bestickten Weste als gastfreundlicher Orientale, zum Spaziergang im leichten Sakko – der Herr Professor als gut informierter Fremdenführer. Und abends mit dunklem Jackett, auf der Nasenspitze die randlose Brille: der elegante Intellektuelle. Ein eitler Schauspieler, sage ich euch, ein Pfau, der vor uns sein Rad geschlagen hat.“

„Ein Schauspieler?“ Lena schüttelt den Kopf. „Eitel vielleicht. Er hat seine Kleidung gewechselt, hat sich äußerlich den Anlässen angepasst, aber sein Benehmen blieb unverändert. Du magst ihn nicht, Sophie?“

„Ich weiß nicht, er wirkt so gar nicht wie ein Gelehrter. Ich finde ihn irgendwie affig, Lena. Oder komisch, wenn du willst. Ein Frauentyp, hat Denis gesagt. Lächerlich.“

„Geschmacksache“, sagt Margot spitz, „zweifellos ist er ein gut aussehender Mann. Ein türkischer Mann ist übrigens nie schön, *güzel*. Nur Frauen oder Sammeltassen, Seidentücher, Blumen und so weiter sind *güzel*. Ein Mann aber ist höchstens *yakışıklı*, gut aussehend, stattlich. Merke dir das, Sophie. Welche Vorstellungen hast du von einem Gelehrten, glaubst du, Herr Toprak sitzt nur in düsteren Bibliotheken zwischen verstaubten Büchern herum? Schließlich ist er Archäologe, er muss zwischen historischen Trümmern herumturnen, da kann es nichts schaden, wenn er sportlich ist. Ich fand es übrigens sehr nett von Onkel Yaşar, uns Üsküdar zu zeigen. War der Friedhof *Karaca Ahmet* nicht hochinteressant mit den alten Grabsteinen? Hat es dir nicht gefallen dort oben im Teegarten? Und dann die nächtliche Stadtrundfahrt ... Wahrscheinlich bist du diesen Typ Mann nicht gewöhnt. Dein Helmut ...“

Ein rascher Blick Lenas und Margot bricht leicht verlegen ab.

„Hört mal, ihr Lieben“, sage ich ruhig, „ihr müsst nicht immer zusammenzucken, wenn Helmut erwähnt wird. Er ist Teil meines Lebens, und wir werden noch oft an ihn denken. Auch müsst ihr nicht krampfhaft Wörter wie Friedhof, Grab und Tod vermeiden. Bitte, ich kann das ertragen, ihr müsst mich nicht mehr schonen. Ich weiß, was du sagen wolltest, Margot. Helmut war anders, ein Mann der Praxis, der am liebsten im Arbeitskittel herumlief. Yaşar Toprak ist ein Theoretiker, ein Intellektueller. Was mich stört an ihm? Ach, ich weiß auch nicht. Und außerdem", ich gähne ungeniert, „bin ich hundemüde. So viele neue Eindrücke wie in diesen beiden Tagen habe ich sonst im ganzen Jahr nicht."

Ich möchte allein sein mit meinen Gedanken, würde am liebsten in Lenas Einzelzimmer verschwinden. Doch die Freundin verabschiedet sich schnell. Margot aber redet im Bett munter weiter. Was für eine moderne Frau doch diese Dame Tamay sei. Und Fatma, die habe sie sich ganz anders vorgestellt, Frau Kaplan wirke so schüchtern, nicht wahr, so gar nicht hart und stark, eher unbedeutend und ...

„*İyi uykular*, schlaf gut, Margot", sage ich nach ein paar Minuten demonstrativ gähnend, „lass uns Schluss machen für heute. Morgen haben wir viel vor."

Endlich ist Margot still. Ich drehe mich zur Seite – und bin hellwach. Morgen, *yarın*. Heute, *bugün*. Gestern, *dün*. Nutzlos, auch das Vokabelspiel hilft nicht weiter. Gern würde ich im Reiseführer lesen, aber ich will Margot nicht stören. Fatma, Fatima ... Hieß die Ehefrau des Kalifen Ali, Mohammeds Tochter, nicht Fatima? Warum habe ich die kostbare Porzellansammlung nicht fotografiert, Yaşar Toprak hatte mich doch aufgefordert, für Eva alles zu knipsen. Vielleicht kommen wir noch mal nach Üsküdar in dieses bemerkenswerte Haus. Ob es der Dame Tamay überhaupt recht ist, wenn ich ihre Schätze ... Tamays Schätze: Der Professor schien sich nicht sehr für die Sammlung zu interessieren.

Wenn ich doch nur schlafen könnte. Das Kopfkissen ist so warm ... Jedenfalls sind die Geschenke gut angekommen. Für Tamay Mokkatassen – aus Sachsen, aus Hessen, eine bayerische. Ein wunderschönes Buch über den Rhein, seine Burgen, ihre Geschichte und Legenden für den Herrn Professor. Ein Volltreffer.

Wie mag Fatma das Album aufgenommen haben? Kein Brief? *Mektup yok mu*? hatte sie mich verlegen gefragt, bevor sie sich mit ihren Geschenken zurückzog. Doch, hier ist ein großer Brief für Sie, hatte ich geantwortet und auf das liebevoll eingepackte dicke Album gedeutet, an dem Denis und Eva wochenlang gebastelt hatten. Fotos, Zeichnungen, Texte in deutscher und türkischer Sprache: die Kindheit der beiden, ihre Jugend, ihr zufälliges Zusammentreffen bei Berliner Freunden, die Geschichte ihrer jungen Liebe – ihr ganzer kurzer Lebenslauf. Und schließlich Briefe an Fatma, von Denis und Gerda Kaplan, von Luise, ein paar Zeilen von mir in holprigem Türkisch. Und zum Schluss Evas gezeichnete Einladung zur Hochzeit ...

„Schläfst du schon? Ich kann nicht einschlafen." Margots helle Stimme lässt mich zusammenzucken.

„Ich schlafe und träume", brumme ich, „ich träume, wir Kletten sind in Istanbul und meiner Freundin Margot ist der Gesprächsstoff ausgegangen. Das kann doch nur ein Traum sein."

„Ein Alptraum, Sophie, *bir karabasan ...*"

„*Çok iyi Türkçe konuşuyorsunuz*, Sie sprechen sehr gut Türkisch." Der freundliche kleine Herr überschüttet Margot und Lena mit Komplimenten. Wie gebildet, *kültürlü*, diese deutschen Damen doch seien. Dass mein Türkisch sehr dürftig ist, scheint ihm noch mehr zu gefallen, kann er doch mit seinen Kenntnissen unserer Sprache brillieren. Er ist Bauingenieur, hat einige Jahre in Duisburg gearbeitet, erfahre ich. Warum ich meine Schuhe in der Hand trage, will er wissen, die könne man unbedenklich draußen stehen lassen. Sicherlich sei ich zum ersten Mal in einer Moschee. Ob mir die Blaue Moschee gefalle ...

„*Çok güzel bir cami*, eine sehr schöne Moschee." Eine geistvollere Antwort fällt mir nicht ein. Und meine Schuhe – na, sicher ist sicher. Gut, dass ich Margots Tipp mit den dicken Socken befolgt habe. Meine erste Moschee? Nein, *cami* nennen sich schließlich auch die vielen Versammlungsräume der in Deutschland lebenden Muslime, Gebäude ohne Minarette, oft sehr bescheiden in irgendwelchen Hinterhöfen. Und in Paris hatte ich die wohl größte Moschee im christlichen Teil Europas bewundern können.

„Wissen Sie, meine Dame, wer die Blaue Moschee erbaut hat?" fragt mein Gesprächspartner.

„Ein Schüler Sinans", kommt Margot mir zu Hilfe, und während sie zu meiner Erleichterung das Gespräch mit dem freundlichen, neugierigen Herrn fortsetzt, zieht Lena mich zur Seite: „Wahrscheinlich ein Teppichhändler", flüstert sie.

„Wer, dieser Herr? Aber er ist Ingenieur, hat in Deutschland gearbeitet", weise ich Lenas Vermutung mit gedämpfter Stimme zurück.

„Das sagt gar nichts. Ob Lehrer, Ingenieur – egal, viele Gebildete verdienen hier so wenig, dass sie mit dem Verkauf von Teppichen oder anderen Tätigkeiten ihren Lebensunterhalt sichern müssen. Oder sie sind auf ein Extra-Geschäft aus. Ich kenne diese Typen, sie kennen sich sehr gut aus mit den Sehenswürdigkeiten, fangen dich mit interessanten Gesprächen."

Der kleine Herr kommt wieder zu mir. Ob ich die wahre Geschichte der sechs Minarette schon gehört habe, fragt er höflich. Ich schüttele den Kopf, sind mir bisher doch erst zwei Versionen bekannt: Der junge Sultan Ahmet I. hatte bei seinem Architekten goldene Minarette bestellt, und wegen eines Hörfehlers ließ der Baumeister *altı*, also sechs, Türme errichten – keines dieser Minarette aus Gold, *altın*. Eine andere Variante berichtet, der Architekt habe sich aus Geldmangel diesen Trick einfallen lassen. Welche Geschichte wird der kleine Herr Ingenieur jetzt auftischen?

„Es gibt da ein paar hübsche Legenden", sagt er. „Der Baumeister Mehmet Ağa, ein Schüler und Mitarbeiter des berühmten Sinan – wie Ihre Freundin vorhin ganz richtig bemerkte –, soll die Wörter Gold und sechs, die im Türkischen ähnlich klingen, verwechselt haben. Nicht wahr meine Damen", wendet er sich an Margot und Lena, „Sie kennen sicher diese Geschichte. Die Wahrheit ist, dass die sechs Minarette die Bedeutung dieser *cami* als Hauptmoschee unterstreichen sollten. Im

Jahre 1617, kurz vor dem Tod des Sultans – er starb bereits mit siebenundzwanzig Jahren – ist die Moschee feierlich eröffnet worden."

Die Wahrheit? Schade, die Legenden gefallen mir besser. Der Herr Ingenieur lädt uns ein, hier in der Nähe seine Lieblingsmoschee zu besichtigen, eine ganz einfache *cami* mit nur einem einzigen Minarett.

„Warum nicht", sagt Margot, „die Blaue Moschee läuft uns nicht weg."

İnşallah. Ich möchte wiederkommen, am liebsten allein, um die Stimmung dieses monumentalen Bauwerks mit seinen 260 Fenstern zu erfassen und die kostbaren blau-grünen Kacheln und farbenfrohen Teppiche, die schönen Schnitzereien und Steinmetzarbeiten in Ruhe zu betrachten.

Auf dem Weg zu „seiner" Moschee führt uns der kleine Herr Ingenieur an einer riesigen Baustelle vorbei. Hier wird ein Gebäudekomplex, der jahrelang als Gefängnis diente, zum Luxushotel umgebaut. Sehr makaber, finden wir, aber der Herr Ingenieur meint nicht ohne Stolz, das Gebäude sei *çok çok güzel*, sehr sehr schön. Eine Nacht in der Präsidenten-Suite werde bestimmt zweitausend Dollars kosten. Dollars! Wegen der dramatischen Inflation sei türkisches Geld nur noch für Alltagseinkäufe von Bedeutung, leider, *maalesef.*

Unser freundlicher Führer bleibt vor einer hohen Mauer stehen, öffnet eine Pforte, und wir betreten den stillen grünen Vorhof einer kleinen Moschee. Der Eingang wird von einem Jungen bewacht. Wir streifen unsere Schuhe ab. Ein fast schmuckloser Raum, einfacher Spannteppich auf dem Fußboden. die Freitagskanzel, *mimber*, und die Gebetsnische, *mihrap*, sind nur wenig verziert. Eine schlichte Treppe führt hinauf zur Frauengalerie. Ob diese *cami* wohl häufig benutzt wird – es riecht leicht modrig hier. Jeden Tag, *her gün,* komme er hierher um zu beten, erklärt unser liebenswürdiger Führer. Meistens sei er allein, wunderbar sei das. Aber freitags zur Predigt sei die Moschee voll.

„Ein schöner stiller Raum für Meditation", meint Lena. „Hier gibt es keine prächtige Ausstattung, die vom Wesentlichen ablenken könnte."

Der kleine Herr Ingenieur nickt, sieht uns durch seine goldgeränderte Brille freundlich an. Als wir uns herzlich bei ihm für die Führung bedanken, fragt er, ob wir ihm die Ehre erweisen würden, einen Mokka oder einen Tee mit ihm zu trinken.

„Danke, sehr freundlich, aber wir sind es, die Sie einladen möchten. Sie haben uns so viel gezeigt", sagt Lena. „Ich hoffe, das verstößt nicht gegen Ihre Ehrbegriffe. Sie wissen ja, wir europäischen Frauen dürfen einen Herrn einladen, es ist nicht mehr *ayıp* bei uns." Unser höflicher Führer weiß das. Nein, nein, so eine Einladung sei nicht ungehörig, *ayıp değil*. Aber zufällig, hier in der Nähe ... Ein Freund ...

Dann sitzen wir wirklich in der Falle – beim *Türk kahvesi* in einem eleganten Teppichgeschäft. Der Freund des Ingenieurs, *şef* des Unternehmens, hat uns mit einem charmanten *hoş geldiniz* begrüßt. Die farbenfrohe Ware zaubert eine anheimelnde Atmosphäre in den großen Verkaufsraum. Lena zwinkert mir zu, beide haben wir Mühe, nicht laut loszuprusten.

Margot rettet die Situation: „Wunderschöne Stücke haben Sie hier.“ Sie erhebt sich, geht auf einen an der Wand hängenden Teppich mit Blütenmuster zu. „Ein Hereke. *İpek*, Seide. *Çok güzel*“, sagt sie bewundernd.

„Mir gefällt der rote dort drüben mit den geometrischen Mustern“, entfährt es mir. Wirklich ein bildschöner Teppich.

„Bergama, nicht wahr“, sagt Margot.

„Oh, Sie haben Ahnung, meine Dame“, ruft der *şef* des Hauses aus. Selbstverständlich ist auch sein Deutsch ausgezeichnet. Er hat einige Jahre im Stuttgarter Raum gelebt.

„Ja, ich kenne mich ein bisschen aus“, seufzt Margot geschmeichelt. „Mein Haus in Deutschland ist voll bestückt mit türkischen Teppichen, leider habe ich keinen Platz mehr. Und auch kein Geld.“

„Aber meine Damen, schauen Sie sich nur um, völlig unverbindlich.“ Der *şef* winkt einen jungen Mann herbei, der mit routiniert elegantem Schwung weitere Schönheiten vor uns ausbreitet. „Jetzt ein Gebetsteppich aus Avanos. Wundervoll der gestufte Mihrap, nicht wahr?“ Liebevoll streicht der *şef* über das kostbare Stück, lächelt Margot zu: „Ein türkischer Teppich ist ein Freund fürs Leben, *değil mi*, nicht wahr?“

Ein Freund ... Erschrocken schaue ich auf meine Armbanduhr: „Wir müssen los, wir können den Professor nicht warten lassen!“ Lena, die Diplomatin, lässt sich Visitenkarten des Hauses geben.

„Wir kommen wieder“, sagt Margot. „Unsere Freundin hier“, deutet sie auf mich, „besitzt noch keinen einzigen türkischen Teppich. Ich glaube, sie hat Feuer gefangen.“

Auf dem Weg zum Hotel sage ich kaum ein Wort. Ich bin verstimmt, verärgert, wütend. „Feuer gefangen! Was soll diese Lügerei, Margot“, weise ich die Freundin zurecht, als wir allein sind. „Nur weil mir ein Teppich gefällt ... Du weißt doch, dass ich mir solche Ausgaben gar nicht leisten kann.“

„Nun beruhige dich wieder, was ist schon dabei. Ich wollte uns einen guten Abgang verschaffen. Lügerei – so ein Unsinn, vielleicht kommen wir wirklich mal wieder hin. Kannst du mir die Kette zumachen, ich finde meine Brille nicht.“

Lena kommt in unser Zimmer. „Seid ihr fertig?“ Wie schick sie aussieht in ihrem flaschengrünen Kofferkleid. Wie toll es schwingt, sicher ein sündhaft teures Stück. Margot weiht ihren funkelnagelneuen türkischen Hosenanzug ein, der ihre etwas rundlichen Hüften geschickt kaschiert. Und ich – in meinem geliebten alten Tausendblümchenkleid und mit der glatten Mädchenfrisur fühle ich mich wie eine überreife Unschuld vom Lande.

„Stell dir vor, Lena, unser Küken regt sich auf, weil ...“

Halte den Mund, Margot, das ist eine Sache zwischen uns, will ich sagen. Zu spät, während Frau Klett ihr Make-up auffrischt, macht sie sich über meinen Ärger lustig: „Lügen – ich? Lächerlich. Höflich war ich, sonst nichts.“

„Nun, der Herr Ingenieur war auch nicht ganz aufrichtig“, meint Lena lächelnd. „Außerdem hatte er offensichtlich Spaß daran, sich mit uns zu unterhalten, auch wenn wir keinen Teppich gekauft haben.“

„Kann sein. Aber mir wäre es peinlich, ihm wieder zu begegnen.“

„Sophie, in welcher Welt lebst du“, ruft Margot spöttisch. „Wir können gehen.“ Sie legt den gesunden Arm um mich. „Dein Kleid – sehr hübsch, ist es neu?“

Der „Immeranwesende Ali“ pfeift uns anerkennend nach. Sein *şef* ist noch nicht zurück aus Bursa.

Eine Bosporus-Fahrt sei für Istanbul-Besucher ein Muss, hatte Professor Toprak erklärt. Er will an der Galata-Brücke auf uns warten. Auf dem Weg dorthin bleibe ich immer wieder stehen, um das fremdartige Straßenbild zu bestaunen und Fotos für meine liebe Eva zu machen.

„Du übertreibst, Sophie“, lacht Margot, „wer soll sich das alles ansehen: Schuhputzer, Lastenträger, Polizisten – die gibt’s hier überall.“

„Lass sie doch“, verteidigt mich Lena, „für Sophie ist alles noch neu. Erinnere dich, wie wir geknipst haben auf unseren ersten Reisen. Schade, dass man sich so schnell an das Fremde gewöhnt.“

„Was balanciert der Junge dort auf dem Kopf?“ will ich wissen.

„Sesamkringel, *simit*, willst du mal probieren? *Simitçi! Üç tane lütfen*“, ruft Margot dem Jungen zu.

Bir, iki, üç – eins, zwei, drei. *Üç tane lütfen* – drei Stück bitte, wiederholt das brave Schulmädchen Sophie stumm. „Wie übersetzt man *simitçi* am besten?“

„Sesamkringelhändler“, antwortet Lehrerin Margot kauend. „Schmeckt’s?“

Ich nicke: „*Çok iyi*, sehr gut.“ *Simitçi* – wie einfach. Dagegen Sesamkringelhändler ...

„Du weißt, wie man im Türkischen Berufe oder Tätigkeiten bezeichnet?“ fragt Margot. „Mit der Nachsilbe *-ci*, die sich wie üblich den hellen oder dunklen Vokalen und den harten oder weichen Konsonanten des Wortes anpasst: Taxi heißt *taksi*, und der Mensch der es fährt ...“

„... ist der *taksici*, der Taxifahrer. Ich weiß. Hotel heißt *otel* und der Hotelbesitzer ist der *otelci*. Der *simitçi* verkauft *simit*. *Yol* ist der Weg, *yolcu* ist einer, der sich auf den Weg macht, der Reisende. Wirklich ganz einfach, aber was ist mit dem Schreiner, dem *marangoz*? Wo ist da die Nachsilbe?“

Margot zuckt die Achseln. „Sei nicht so kleinlich, Sophie, Ausnahmen gibt’s doch in jeder Sprache.“

„Wisst ihr, was *sirkeci* bedeutet?“ Lena schaut uns fragend an. „Essigfabrikant oder Essighändler. *Sirke* heißt Essig. Wollen wir Sophie nicht noch den Bahnhof Sirkeci zeigen, Margot, die Endstation des legendären Orient-Ex...“

„Ja, so viel Zeit muss sein“, fällt ihr Frau Klett ins Wort. „Sophie, du erinnerst dich doch: Agatha Christies berühmter Roman ‚Mord im Orient-Express‘. Du musst dir den prächtigen Wartesaal ansehen.“

Lena hält mich zurück: „Zuerst das Atatürk-Denkmal. Du wirst noch viele Atatürks unterwegs sehen, Sophie. Verstehst du die Inschrift? Sie ist berühmt geworden.“

Der goldene Kopf des großen Staatsmannes schaut aus steinernem Monument vor den Gleisen auf uns herab. „*Ne mutlu Türküm diyene*“, entziffere ich langsam. „*Ne mutlu*, wie glücklich, *Türküm*, ich bin Türke. Und dann ...“

„Glücklich, wer sagen kann: Ich bin Türke“, hilft Lena mir weiter. „Atatürks Aussprüchen und Losungen wirst du oft begegnen, an Denkmälern, auf Wandtafeln, in Schulklassen. Atatürk war es, der den Türken ein Gefühl für nationale Einheit gegeben hat.“

Wenige Minuten später erreichen wir die Anlegestelle an der Galata-Brücke. Schon von weitem erkennen wir den hochgewachsenen Yaşar Toprak, der uns lachend zuwinkt. „Wirklich eine hervorragende Persönlichkeit“, entfährt es mir. Aber wo ist Fatma, ich bin doch nur wegen Evas zukünftiger *kaynana* hier.

„Die drei Grazien, *merhaba,* hallo!“ Gleich wirft er seinen Kopf zurück. Na bitte, da ist es, dieses seltsame Lachen. Ein merkwürdiger Mann. Aber zuverlässig, immerhin.

„Angestaubte Grazien“, murmele ich. „Kommt Fatma nicht mit?“

„Sie steigt unterwegs zu, *Sofya*.“ *Sofya*? Ach ja, Sophie heißt auf Türkisch *Sofya*.

„*Hava güzel*“, sagt Margot vergnügt, „wie im Sommer.“ Recht hat sie. *Hava güzel*, eigentlich *hava güzeldir*, aber die Nachsilbe kann entfallen. Wie praktisch. *Hava güzel*, Wetter schön ...

Auf dem Schiff überlassen mir die Freunde großzügig den Platz direkt an der Reling. „Schließlich ist alles neu für Sophie“, meint Margot und beginnt sofort eine lebhafte türkische Unterhaltung mit unserem „interessanten Mann“.

Dankbar wende ich mich ab, schaue zum anderen Ufer, habe nur einen Wunsch: ein paar Minuten Ruhe. Geistesabwesend nicke ich zu den Erklärungen Lenas: „Dort drüben der Dolmabahçe-Palast, Stil türkische Renaissance, erbaut im 19. Jahrhundert unter Sultan Abdülmecit I., dem Topkapı zu altmodisch geworden war. *Dolmabahçe* bedeutet aufgefüllter Garten, Sophie. Das Gelände ist ein zugeschütteter kleiner Hafen. In diesem Palast ist Atatürk gestorben, am 10. November 1938, im Alter von nur siebenundfünfzig Jahren.“ Siebenundfünfzig – so alt war Helmut, als er starb. Da ist sie, die erste eklige Hitzewelle heute.

Europa – Asien – Europa. Das Schiff fährt zwischen beiden Erdteilen hin und her. So vieles gibt’s zu sehen: Paläste, Festungen, luxuriöse Sommersitze, schöne alte Holzhäuser. *Yalı* nenne man so ein Haus, sagt Lena. Sehr interessant, *çok enteresan.* Ob das Haus Toprak auch ein *yalı* ist?

Plötzlich ist Fatma da, begrüßt uns fast schüchtern. „Für die schönen Geschenke vielen Dank“, sagt sie leise zu mir und nimmt neben Margot Platz. Das ist alles. Ich bin enttäuscht. Ob ihr das Album nicht gefallen hat? Eva und Denis haben so viel Zeit und Liebe investiert. Gern würde ich allein mit Frau Kaplan reden, doch schon beginnt Margot ein Gespräch mit ihr. Fatma bleibt einsilbig, lächelt höflich, wirft mir hin und wieder einen scheuen Blick zu.

Ein *simitçi* preist seine Ware an, ein *çaycı* balanciert geschickt sein Tablett mit gläsernen Tassen. Ein kleiner Junge handelt mit Papiertaschentüchern. Herr Toprak winkt ihnen zu: „Fünf Sesamkringel! Tee bitte." Und dem Jungen kauft er vier Pakete ab. „*Suvenir olarak*", lacht Herr Yaşar, überreicht jeder von uns ein Päckchen. Eine Minute später hören wir die Stimme des geschäftstüchtigen Nachwuchshändlers, der seine Ware als Souvenir, *suvenir olarak*, anpreist.

In Anadolu Kavağı, der letzten asiatischen Station, steigen wir aus. Ein Fischerdorf mit idyllischem Hafen, zahlreichen Restaurants. Später werden wir wieder auf die europäische Seite übersetzen und von dort ein Taxi nehmen, erklärt der „interessante Mann", schlägt einen Spaziergang vor. Hinterher könnten wir *Türk kahvesi* trinken. Oder wünschen die Damen sofort den Kaffee? Wir Wandervögel zögern keine Sekunde, Spaziergang natürlich. Fatma nickt ergeben. Herr Yaşar kauft eine Tüte Walnusskerne, ein Bündel Feigen. Knabbernd machen wir uns auf den Weg, den Hügel hinauf.

Der Professor macht eine weit ausholende Geste: „Dort, meine Damen, das Schwarze Meer, *Karadeniz*. Diese Ruine vor uns hat eine interessante Geschichte. Ursprünglich eine byzantinische Festung, im 10. Jahrhundert von Russen zerstört, später von Genuesen und Türken ausgebaut. Sehen Sie, byzantinische Überbleibsel in den Mauern ..." Der Historiker ist in Fahrt. Mein müder Kopf kann nichts mehr aufnehmen. Während meine Kletten andächtig zuhören und Fatma still dabeisteht, ziehe ich mich zurück, finde eine Mauernische mit atemberaubendem Blick zum Schwarzen Meer. Wieder eine der kostbaren Minuten beglückenden Alleinseins.

Der milde Spätsommerabend verlockt zum Flanieren. Liebespaare, Familien, kichernde junge Mädchen, Nachwuchsmachos, Einzelgänger – Einheimische und Touristen aus aller Welt bummeln durch Beyoğlu. Die Läden sind noch geöffnet, Straßenhändler bieten ihre Waren an. Früchte, Wein, Blumen, Bücher, elegante Modelle internationaler Modeschöpfer – alles ist erhältlich. Hier im europäischsten Teil Istanbuls bewohnt die Frauenärztin Tamay Teker in einem liebevoll restaurierten Gebäude der Belle Epoque ein elegantes Appartement, nur wenige Minuten von ihrer Praxis entfernt. Wir holen sie zu Hause ab, denn sie hat uns alle zum Essen eingeladen und in der *Çiçek Pasajı*, der Blumen-Passage, einen Tisch reservieren lassen.

„Beyoğlu, das alte Pera, ist mein Viertel", erklärt sie, als wir durch die berühmte Grande Rue de Péra schlendern, die jetzige *İstiklal Caddesi*, Straße der Unabhängigkeit. Europäische Einflüsse seien überall erkennbar. „Seid ihr mit der *Tünel* gekommen?"

„Ja, das war ein Spaß", lacht Margot. „Ihr Bruder hat sich geopfert, er ist mit uns rauf und runter und wieder hinauf gefahren."

„Geopfert?“ Frau Tamay lächelt und wirft dem Professor einen zärtlichen Blick zu. „Sie müssten ihn mal in London oder New York erleben. Fahrten mit U-Bahn, Metro, Straßenbahn – seit unseren Kindertagen eins von Yaşars größten Vergnügen. Stimmt's, mein Lieber?“

In der *Tünel*, der angeblich ältesten Standseilbahn der Welt, die auf einer Strecke von nur rund sechshundert Metern einen Höhenunterschied von zweiundsechzig Metern überwindet, hatten wir eine neue Seite des Professors kennengelernt: das Kind im Manne. Die *Tünel* sei ein Werk französischer Ingenieure aus dem 19. Jahrhundert, erklärt er uns jetzt ganz ernsthaft. Die berühmte alte Galata-Brücke sei zwischen 1909 und 1936 von der Nürnberger MAN erbaut worden, die neue Brücke sei ein Gemeinschaftswerk deutscher und türkischer Ingenieure. Schon zu Zeiten der Sultane und Kaiser hätten Deutsche und Türken gute Kontakte gehabt.

In der *Çiçek-Pasajı* herrscht Hochbetrieb. Fast alle Tische unseres Jugendstil-Restaurants sind besetzt. Plötzlich verspüre ich ganz undamenhaften Hunger. Zwei Sesamkringel, Nüsse, ein paar Früchte und zum Mokka rätselhafte klebrig-süße Blätterteigecken – das war alles seit dem etwas kraftlosen Frühstück.

Die türkische Küche ist eine große Überraschung für mich. Nichts hatte ich davon gekannt außer *kebap*, Röstfleisch, das man auch bei uns in einfachen Imbiss-Stuben angeboten bekommt, einmal als *döner kebap*, „Dreh-Fleisch“, vom Grill oder als *şiş kebap* auf dem Spieß, *şiş*. Keine Ahnung hatte ich von der Vielfalt der Vorspeisen, den mit Reis und Pinienkernen gefüllten Weinblättern, den Muschel-Variationen oder einer „Zigaretten-Pastete“, *sigara böreği*: knusprige Blätterteigröllchen, mit Hackfleisch oder Schafskäse gefüllt. Eine Entdeckung die köstlichen gefüllten Auberginen, im Zebramuster geschält, mit dem klangvollen Namen *İmam bayıldı*, den Imam hat's umgehauen.

Wir schlemmen sultansmäßig, plaudern lebhaft, selbst Fatma richtet hin und wieder das Wort an uns. Tamay Teker und Professor Toprak werden von Bekannten begrüßt, stellen uns als Freundinnen aus Deutschland vor. Auf Lenas Rat hin habe ich einen *rakı* zu den Vorspeisen bestellt. Die Freundin, die sonst kaum Alkohol trinkt, schwört auf diesen starken Anisschnaps, von dem sie zu Herrn Topraks Entsetzen kleine Schlucke unverdünnt zu sich nimmt und hinterher Wasser trinkt. Mit einem kleinen *rakı* sei das üppige Essen besser zu vertragen, behauptet sie. Sogar ich Türkei-Neuling weiß, dass man *rakı* wie Pernod mit Wasser verdünnt trinken sollte, dass diese weißliche Mischung scherzhaft *aslan sütü*, Löwenmilch, genannt wird.

Auch hier, wie gestern in Kumkapı, tauchen Musikanten auf, spielen auf alten Instrumenten aus der Nomadenzeit türkische Volkslieder. „Diese Melodien stecken uns im Blut“, erklärt Yaşar Toprak und gibt den Musikanten ein Zeichen. „Jahrzehntelang hat man versucht, unser Volk auch musikalisch zu europäisieren. Doch diese Volksweisen sind nicht totzukriegen.“

„*Allaha şükür*, zum Glück“, murmelt Lena.

Die drei dunkelhäutigen Musiker kommen näher. Der Bläser der türkischen Oboe, *zurna,* verbeugt sich, der Spieler der langhalsigen Laute, *cümbüş,* zupft ein paar Töne, der Dritte hält seine Schellentrommel, *tef,* in die Höhe. Die Melodie setzt ein mit fröhlichem und zugleich melancholischem Klang, steigert sich langsam, wird schneller. Die Gäste beginnen rhythmisch zu klatschen, einige springen auf und tanzen, kreisen mit den Hüften, bewegen Kopf und Arme im Takt.

Lena möchte ihr Lieblingsstück hören, Yaşar Toprak ruft dem Bläser ein paar Worte zu, und die Musikanten spielen eine Melodie, die auch ich erkenne: *Üsküdar'a gider iken*, auf dem Weg nach Üsküdar ... Lena strahlt, singt den Refrain mit. Yaşar Toprak springt auf, zieht sie hoch und beide tanzen inmitten der anderen Gäste. Wie ungezwungen Lena sich zu den fremden Klängen bewegt! Immer wieder bewundere ich die Selbstsicherheit der Freundin, die auch keine Mühe hat, bei einem festlichen Anlass eine launige Rede aus dem Stegreif zu halten, ein Couplet zu singen, Gedichte zu rezitieren. Gelernt ist gelernt, schließlich war das mal mein Beruf, pflegt Lena überschwängliche Komplimente bei derartigen Anlässen abzuwehren.

Jetzt mimt sie eine orientalische Tänzerin, macht mit ihrem duftigen Schal schlangenartige Bewegungen, ihr schlanker Körper biegt sich geschmeidig. Doch alles ist nur Andeutung. Sie würde sagen, ich markiere nur, denn sie wahrt Distanz, bleibt ganz Europäerin, die eine Orientalin darstellt. Ganz anders Yaşar Toprak. Noch nie habe ich einen Mann so tanzen sehen, so voller Lebensfreude, aus dem Bauch heraus, ohne Hemmungen, doch mit stolzen, eleganten Bewegungen. Ein bemerkenswertes Paar, die grazile Frau mit der rotgoldenen Mähne und der grauhaarige Riese.

Herr Yaşar winkt uns alle auf die Tanzfläche. Seine Schwester schüttelt kaum merklich den Kopf und auch Fatma lehnt ab. Margot aber zieht mich vom Stuhl, klatscht in die Hände: Auf, Sophie, *korkma,* keine Bange! Doch mir fehlt der Mut, ich setze mich schnell wieder hin, Schutz suchend bei Fatma und Tamay. Unterm Tisch tanzen meine Füße heimlich mit. Wann habe ich das letzte Mal getanzt – vor hundert Jahren?

Margot beginnt sich zu biegen, zu drehen, sie stampft leicht auf, wirft den Kopf zurück, die braunen Augen funkeln vor Vergnügen, ihre rundlichen Hüften kreisen. Margot tanzt türkisch, *alaturka.* Wo ist die manchmal etwas schwerfällige Freundin geblieben, die über ihr schmerzendes Knie klagt? Diese unbekannte Margot ist ganz Bewegung und Anmut. Wie attraktiv sie ist in dem bunten türkischen Hosenanzug, mit ihren wippenden goldenen Ohrgehängen. Wohl niemand bemerkt, dass sie den rechten Arm leicht schont. Die kranke Hand spielt mit der neuen langen Halskette. Und ihr Mienenspiel – noch nie habe ich Margot Klett so gesehen. Sie markiert nicht wie Lena, sie ist für Minuten eine andere Frau, biegsam, etwas lasziv – und ein bisschen komisch, denn sie hat die Augenbrauen hochgezogen und den Mund leicht gespitzt, als wolle sie pfeifen.

Der Professor tanzt mit beiden, lacht anerkennend, belustigt. Wenn Helmut das sehen würde! Helmut hier – unvorstellbar. Mit dreißig hatte mein lieber Ehemann beschlossen, das „Gehopse“ in Zukunft der Jugend zu überlassen. Doch hatte er sich nie verärgert gezeigt, wenn ich auf einem Fest oder bei irgendeiner der zahllosen Parties unserer frühen Ehejahre mit anderen Tänzern davongeeilt war: Hau nur nicht zu sehr auf den Pudding, Sophie Sommer. Oder zärtlicher: So-So, bleib auf dem Teppich. Und er hatte wohlwollend gelächelt, wenn ich von meinem Tanzpartner zum Tisch zurückgebracht wurde.

Luise ... Ihr würde dieser Spaß hier gefallen. Wie unermüdlich hat sie auf ihrer zweiten Hochzeit „geschwoft“. Ich hatte das damals ein bisschen unpassend gefunden, war Luise doch schon so alt! Alt? Nur wenige Jahre älter als wir Kletten heute. Denis und Eva – würden die beiden jemals so ausgelassen tanzen, hier in der Türkei? Wie viel türkisches Temperament hat Denis noch im Blut? Eva liebt den Tanz. Ich erinnere mich an einen Abend in Milano mit Lena und unseren Töchtern, da war doch die sechzehnjährige Eva als Erste in einer Diskothek auf die leere Tanzfläche geklettert, hatte allein und gedankenverloren vor einer Vielzahl von Spiegeln getanzt: eine unendliche Reihe tanzbesessener Evas. Nie hätte ich ihr das zugetraut. Deine Tochter, das unbekannte Wesen, hatte Lena damals geschmunzelt.

Lena ... Sie hat genug, setzt sich lachend wieder zu uns: „Jetzt ist unsere Frau Klett glücklich.“

Bravo, Margot, *şahane*, wunderbar, Herr Toprak, rufen wir, als der Spaß vorbei ist und die Musikanten weiterziehen. Herr Yaşar macht seinen Tänzerinnen Komplimente: „Wer hätte das gedacht, solche Talente.“

„Talente?“ Margot lacht auf. „Lena ist schließlich Profi, schon auf der Schauspielschule hat sie tanzen gelernt. Und wenn Sie wüssten, wie oft ich geübt habe.“ Sie berichtet von ihrem Bauchtanzkurs, von ihren Schwierigkeiten, diese komplizierten Bewegungen zu lernen: „Ich hab's schließlich aufgegeben. Da sind lauter hübsche junge Dinger im Kurs. Was soll ich alte Schachtel ...“

„Alte Schachtel ...“ Yaşar Toprak wehrt lebhaft ab. „Überhaupt, reizend seid ihr Damen, alle fünf, so attraktiv und prima in Form.“

„*Cami yıkılmış ama mihrap yerinde*“, entfährt es mir.

„Was sagst du da, Sophie?“ Margot mustert mich erstaunt.

Ganz langsam, Wort für Wort und fehlerfrei, wie ich hoffe, wiederhole ich meinen bisher längsten türkischen Satz.

„Und das heißt ...“ Lena überlegt: „*Cami yıkılmış* – die Moschee ist zerstört, *ama mihrap yerinde* – aber die Gebetsnische ist an ihrem Platz. Was soll das bedeuten, Sophie?“

„Ist das so schwer zu verstehen? Es ist symbolisch gemeint, wie Herr Toprak sagte, eine Frau, die trotz fortgeschrittenen Alters noch – na ja, die noch in Form ist.“

„Sophie!“ schreit Lena auf. „Aber Sophie, wie kannst du ...“

Allah, Allah, habe ich was Falsches gesagt, ist diese Redewendung *ayıp,* ungehörig? Schon wieder eine heiße Welle. Lächerlich, ich werde rot wie ein Teenager.

Yaşar Toprak hat die Augen niedergeschlagen, Tamay Teker schaut zur Seite, Fatma kramt in ihrer Handtasche. Lena starrt mich entgeistert an. „Woher hast du diesen Ausdruck, Sophie?" zischelt sie.

„Im Wörterbuch gefunden, rein zufällig. Stichwort *cami.* Was ist so schlimm daran?"

„Stellt euch das illustriert vor, wir als zerstörte Moscheen", sagt Margot.

„Sei doch still, *sus*", wispert Lena verzweifelt.

„Ruinen, *harabeler.* Und gleich drei", Margot lässt sich nicht bremsen, *„üç harabe*, drei Ruinen!"

„Dört harabe, vier Ruinen", sagt die Dame Tamay mit tiefem Seufzer.

Fatma schließt ihre Handtasche mit einem leisen Knall. *„Beş harabe*, fünf Ruinen", fügt sie ruhig hinzu.

„Hilfe, *imdat*!" Herr Yaşar legt seinen Kopf zurück. „Fünf Ruinen und ich mittendrin: Ich bin ruiniert." Er beginnt dröhnend zu lachen, Margots Grübchen vertiefen sich, ihre Augen werden ganz klein, Tränen rinnen ihre Wangen herunter, sie schnappt nach Luft, wird vom Lachen geschüttelt. Die Dame Tamay zeigt grinsend ihre hübschen Zähne, und zum ersten Mal höre ich Fatma kichern.

„Gül, Sofya, lache, Sophie." Yaşar hebt sein Glas. *„Gül, Elen*, lache, Helena." Er prostet uns zu: „Auf euer Wohl, *şerefinize*!"

4
Hamam – Das Türkische Bad

Yaşars Gestalt wird kleiner, winzig, verschwindet. Wir winken noch immer. Längst hat der Zug den Bahnhof Haydarpaşa im asiatischen Teil der Stadt verlassen. Die schönen Tage von Istanbul sind vorüber. *Maalesef maalesef,* leider leider.

Was haben wir nicht alles gesehen – und was alles nicht. Wie sehr haben wir uns an unseren unermüdlichen Cicerone Yaşar gewöhnt, der uns durch Moscheen, Kirchen und Parks geführt hat, hinab in die Unterwelt der großen Zisterne, hinauf auf die Dachterrasse eines Nobelhotels mit bezauberndem Blick aufs nächtliche Goldene Horn. Wir sollen bald, sehr bald wiederkommen. Beim nächsten Mal müssen wir im Haus Toprak in Üsküdar wohnen, es gibt genug Gästezimmer. Falls wir unbedingt ins Hotel wollen – der Professor kennt eine nette Familienpension. Der Professor? Nein, einfach Yaşar, unser Freund Yaşar. Seit dem denkwürdigen Abend in der *Çiçek Pasajı* duzen wir uns alle.

Unser Schmuddelhotel ... Herzlich haben wir Abschied genommen vom *otelci*, der schließlich doch aus Bursa zurückgekommen ist, vom „Immeranwesenden Ali“, der über unser Trinkgeld hocherfreut war, von der ausgesägten Tür, die ich für Eva ebenso fotografiert habe wie die mit filigranem Gitterwerk verzierten „Harems-steckdosen“, auf die Margot mich aufmerksam gemacht hatte.

Wir reisen mit leichtem Gepäck, denn Yaşar hat Margots großen Koffer übernommen und alle Mitbringsel für unsere Lieben zu Hause, die wir im *Kapalı Çarşı* erstanden hatten. Er wird uns alles nach Alanya bringen, will doch auch er noch ein paar Tage im Süden Urlaub machen. Wir werden ihn schon bald wiedersehen, *Allaha şükür*, denn ausnahmsweise sind wir drei uns einig: Yaşar ist wirklich ein interessanter Mann, *enteresan bir adam.* Gebildet, *kültürlü*, höflich, charmant – und manchmal ein bisschen anstrengend.

In den vergangen Tagen war es nicht möglich, seinem Charme und seiner Großzügigkeit zu entkommen. Da stecke was dahinter, hat Margot vermutet: Männer erwarten immer eine Gegenleistung, das hat sogar mein Vater zugegeben. Wetten, dass Yaşar es auf Lena abgesehen hat, Sophie! Dass sie ihm gefällt, war doch deutlich zu merken. Lena aber meinte, unser neuer Freund sei einfach freundlich, „weil Sophie sozusagen zur Familie gehört.“ Außerdem – sind die Türken nicht berühmt für ihre Gastfreundschaft?

Was sollte ich dazu sagen, dieser Mann verwirrt mich, nervt mich. Diese unermüdliche, selbstverständliche Höflichkeit, seine ständige Bereitschaft, uns Wünsche von den Augen abzulesen, seine kleinen Geschenke – wie können wir uns nur revanchieren? Yaşar, wir sind bedrückt, du verwöhnst uns, habe ich gesagt, wir wissen nicht, was wir für dich tun können. Gegrinst hat er, den Kopf zurückgelegt – und dann dieses heisere Gelächter ... Ich komme nach Deutschland, dann könnt ihr drei mir Apfelkuchen backen, jede von euch einen anderen. Ich liebe deutschen Apfelkuchen ...

Als Reiselektüre hat er uns Erzählungen eines türkischen Satirikers in die Hand gedrückt, den wir sehr schätzen: Aziz Nesin. Dieser Autor, ein weltoffener, moderner, großherziger Mensch, dessen Name „*Nesin*, was bist du?" bedeutet, verwendet seine Honorare dafür, Waisen und Kindern aus armen Familien ein Zuhause zu schaffen und für ihre Ausbildung zu sorgen. Nesins Erzählungen in türkischer Sprache – noch viel zu schwierig für mich, Hausaufgaben für den langen Winter. In dieser Nacht habe ich etwas anderes vor: mit Fatma reden, denn wir reisen zu viert, sind für eine Nacht wieder ein Quartett, wir drei Kletten und Evas zukünftige türkische Schwiegermutter.

Fatma will in Ankara ihre älteste Tochter besuchen, hatte Yaşar behauptet. Azize wartet schon seit Wochen auf die Mama, aber Fatma reist nicht gern allein. Wenn ihr mit ihr gemeinsam ... Sophie muss doch die Hauptstadt der Türkei kennenlernen – und die Familie in Ankara natürlich. Fatma hatte zu allem nur genickt. Wir drei waren schnell einverstanden. Eigentlich wollten wir den berühmten Kurort Bursa sehen, in den heißen Quellen baden, von denen unser *otelci* berichtet hatte. Aber warum nicht Ankara. Natürlich kannten Margot und Lena die türkische Hauptstadt. Ankara könne mit Istanbul nicht mithalten, behaupteten sie hartnäckig. Doch wir könnten dort das großartige Hethiter-Museum besichtigen. Also auf nach Ankara – mit dem Linienbus natürlich.

Nein, nicht mit dem *otobüs*, Yaşar hatte einen anderen Vorschlag: Sind die Damen schon mal mit einem türkischen Zug gereist? Das Netz ist nicht bedeutend, die Züge fahren nicht schnell. Abends ab Istanbul, bequem im Liegewagen. Abendessen im Zug. Zum Frühstück seid ihr schon bei Azize. Wäre das nichts für euch? *Tamam, tamam* – wir waren längst überredet.

Im Anatolien-Express durch die Türkei, das ist neu für uns alle drei, und auch Fatma hat leuchtende Augen. Herrlich, spontan planen zu können! Irgendwann in der nächsten Woche wollen wir in Alanya sein. Wir haben Zeit, was für ein Luxus. Nicht einmal der Tag des Rückflugs ist festgelegt, Margot ist ja arbeitsunfähig.

Auch Lena hat es nicht eilig. Vielleicht muss sie vor uns zurück, aber noch kann sie bleiben. Hin und wieder ruft sie zu Hause an, dann zeigt ihr Gesicht für eine Weile diesen gespannten Ausdruck. Ihr Ehemann, der vortreffliche Justus, ist auf einer Tagung. Lucia, Lenas italienische „Haushälterfreundin", hält wie gewohnt die Stellung, und Lena genießt jede Stunde mit uns. Sagt sie.

Ich kann mir ebenfalls Zeit lassen. Arno Simon erwartet mich erst zu Beginn der Adventszeit. Luise geht es gut. Das schöne Wetter am Rhein dauert an. In der nächsten Woche kommt Denis zu Besuch aus Berlin. Noch eine Neuigkeit zu Hause: Eva hat ihrer Großmutter einen kleinen roten Kater geschenkt, Filou. Luise, die Haustiere immer energisch abgelehnt hatte, ist glücklich. Schon als Kind konnte meine Süße die alte Dame um den Finger wickeln. Mit ihrer Arbeit kommt Eva auch gut voran: Die Ruhe in deiner Wohnung ist total super. Nie wieder Wohngemeinschaft. Großmutter inspiriert mich wie immer, der Comic wird toll, du wirst sehen, Mum! Die Stimme meiner Tochter am Telefon hatte begeistert geklungen. Evas erster großer Auftrag: ein Comic über rivalisierende Berliner Jugendbanden. Alles paletti zu Hause, wenigstens im Moment.

„*Güzel bir orman, değil mi*?“ ruft Fatma, liefert die Übersetzung gleich mit: „Ein schöner Wald, nicht wahr? *Almanya'da gibi,* wie in Deutschland.“ Unsere türkische Freundin hat Recht. Wir schauen aus dem Fenster: Wald, Wald, Wald – so weit das Auge reicht. Doch bald verschluckt die Nacht die Schönheiten der Natur.

Die Verständigung mit Fatma klappt immer besser, ihr Deutsch ist fließender als mein Türkisch, das macht ihr Mut. Notfalls helfen ein paar englische Vokabeln. Ein buntes Kauderwelsch mit manchen Missverständnissen, die zu großem Gelächter führen. Seit dem fröhlichen Abend in Beyoğlu ist Fatma wie umgewandelt, aber noch immer habe ich nicht allein mit ihr über meine „Mission“ reden können.

Der Schaffner kommt, um unsere Schlafplätze vorzubereiten. Wir machen uns hübsch fürs Abendessen. Lena steht draußen im Gang, und es dauert keine zwei Minuten, da tritt ein Hüne mit Kindergesicht zu ihr, verwickelt sie in ein Gespräch.

„Lena ist wie Honig, *bal gibi*“, sage ich lachend.

„Da ist aber ein dicker Brummer hängen geblieben“, murmelt Margot sarkastisch und greift nach ihrer Handtasche. „Donnerwetter, was für ein Service“, ruft sie plötzlich. Der *kondüktör* hat unser Abteil abgeschlossen und bittet uns in den Speisewagen. Hat ein *bahşiş* Yaşars dieses Wunder bewirkt?

„Dieser Service ist normal“, sagt Fatma. „Aber ein Trinkgeld hat Yaşar dem Schaffner natürlich gegeben. Auch das ist normal.“

Zum ersten Mal in meinem mehr als fünfzigjährigen Leben sitze ich in einem Speisewagen – ich gebe es offen zu, ernte ein etwas mitleidiges Lächeln Margots. Für sie und Lena ist das nicht neu und auch Fatma ist verwundert: *İlk defa mı*, das erste Mal? Wirklich, Sophie? Ja, das erste Mal. Und ich bin froh, es ist neu für mich, ich fühle mich jung, wie immer, wenn ich etwas Schönes zum ersten Mal erlebe. Geht's euch nicht auch so, ist es nicht die alltägliche Wiederholung der Wiederholung, die uns ermüdet, ans Alter denken lässt? Ja, bestätigen meine Freundinnen und auch Fatma nickt. Zum ersten Mal ist sie mit drei Frauen – Europäerinnen dazu! – auf Reisen. Ohne männlichen Schutz! Hat sie deshalb so gute Laune?

Der Kellner zündet die Kerze auf dem weiß gedeckten Tisch an, fragt nach unseren Wünschen. Zuerst einen kleinen *rakı*, bitte. Einen nur? Vier natürlich. Fatma schüttelt den Kopf, drei sind genug. Stockfinster ist die anatolische Nacht, doch ich sehe den aufgehenden Mond, *ay,* und einen Stern, *yıldız*, eingeschliffen in die Fensterscheibe. *Ay yıldız*, Halbmond und Stern der türkischen Fahne.

„Das ist der echte Orient-Express“, überlege ich, „er fährt wirklich durch Asien – im Gegensatz zu dem berühmten Hochstapler, der Europa durchquert und im europäischen Teil Istanbuls beim ‚Essighändler‘ endet.“

„Darüber habe ich noch gar nicht nachgedacht“, lacht Margot. „Kennst du eigentlich Agatha Christie?“ wendet sie sich an Fatma.

Ob das eine Freundin von uns sei. Gelächter, Erklärungen. Fatma stimmt in unser Lachen ein. Agatha Christie – eine Frau, die sich von ihrem untreuen Ehemann getrennt hat und Schriftstellerin wurde? Einen ihrer bekanntesten Kriminalromane hat sie in Istanbul geschrieben, im Hotel Pera Palas, in Beyoğlu? Krimis! Oh, da konnte sie sich auf dem Papier an dem Treulosen rächen – großartig. Fatma, die Unerbittliche, die Unversöhnliche? Was hat diese warmherzige, humorvolle Frau mit der „schlechten" Mutter zu tun, die Mann und Sohn im Stich gelassen hat?

Wir essen Salat, trinken *rakı*, Fatma schlürft *portakal suyu*, Orangensaft, aber zum Hauptgang nimmt auch sie *şarap,* Wein. *Kırmızı şarap lütfen,* Rotwein, bitte. Lena bestellt Weißwein, *beyaz şarap*, „damit Sophie die Vokabeln lernt!" Diese Lektion gefällt mir. *Şerefe,* zum Wohl! Wein – in einem islamischen Land, türkischer Wein aus Kappadokien. *Çok iyi*, sehr gut, ein überraschend guter Wein. Ich komme aus dem Staunen nicht mehr raus. Wenn Arno Simon uns sehen könnte – vier fröhliche Wein trinkende Frauen, eine davon eine unverschleierte Türkin.

Der *şarap* löst die Zungen, Margot gibt einen Witz zum Besten, einen eher mäßigen Witz, den Fatma nicht versteht, den wir alle zu übersetzen versuchen und damit zu einem tollen Witz machen. Fatma lacht Tränen über unsere Bemühungen, Margots Augen werden ganz klein, wie immer bei ihren unvergleichlichen Lachanfällen. Lenas blasses Gesicht rötet sich, mir bleibt ein Fleischstück in der Kehle stecken, alle klopfen auf meinem Rücken herum. Die Gäste an den Nachbartischen verstehen gar nichts, *hiç bir şey*, schauen ein bisschen erstaunt und ...

„Lachen ist ansteckend – ansteckende Gesundheit", sagt Margot nach Luft schnappend, prostet nach allen Seiten. Wahrscheinlich ist unser Benehmen sehr *ayıp*, aber auch der Kellner, *garson*, stimmt in das Gelächter mit ein. Zum Glück sind die meisten Fahrgäste Touristen – nein, Reisende, wie wir – und an ausgelassen lachende Frauen offenbar gewöhnt. Doch der dicke Herr dort drüben ...

„Lena, ist das nicht dein Verehrer von vorhin?"

„Ja, rate mal, was er von Beruf ist."

„Teppichhändler, *halıcı*." Die flinke Margot ist mir zuvorgekommen.

„Genau. Ein *halıcı* aus Ankara", flüstert Lena, unterdrückt mühsam das Lachen.

Fatma schaut uns ratlos an und begreift, als wir ihr unser Abenteuer mit dem kleinen Herrn Ingenieur in Istanbul schildern. „Tep-pich-händ-ler", wiederholt sie, „*ne kadar güzel bir söz*, was für ein schönes Wort."

Der Dicke verhandelt mit dem *garson*, der schüttelt den Kopf. Resigniert hebt der *halıcı* die Schultern, wendet sich ab, gibt sich plötzlich einen Ruck, steht an unserem Tisch. Ob die Damen vielleicht einen Tee oder Mokka ... Er würde uns gern einladen, ausnahmsweise, der Abend sei doch so schön.

„*Türk kahvesi*, Mokka, sehr gern", sagt Lena und gönnt dem Dicken ein strahlendes Lächeln. Warum nicht einen *kahve* zum Abschluss, ein Narr, wer Schlechtes ... Halt, wir sind nicht in *Almanya*. Fragend schauen wir Fatma an.

„*Bir kere olsun*, einmal sei es", sagt sie. „Einmal ist keinmal."

Mitten in der Nacht wache ich auf. Margot und Lena in den oberen Betten schnarchen leise pfeifend vor sich hin. Fatma – wo ist Fatma, ihr Bett ist leer. Schlagartig bin ich hellwach. Ruhig, nur keine Panik, wahrscheinlich ist Fatma auf der *tuvalet*. Leise stehe ich auf, gehe hinaus auf den Gang. Da steht sie am Fenster, starrt hinaus in die Dunkelheit, die kleine Gestalt in den Mantel gehüllt.

„*Nasılsın*, wie geht's dir, Fatma?" Ist ihr der Wein nicht bekommen? Sie schüttelt lächelnd den Kopf, es ist nichts, *problem yok*. Es geht ihr gut, aber sie kann nicht schlafen. Ein so schöner Abend, sie muss nachdenken – ob ich sie verstehe? Ja, Fatma, ich begreife, auch ich kann nicht mehr schlafen. Und dein Türkisch-Deutsch-Englisch verstehe ich recht gut.

„Sofya", Fatma greift nach meiner Hand, wird verlegen, unsere Blicke treffen sich in der spiegelnden Fensterscheibe. Gleichzeitig beginnen wir zu lachen. Leise, leise, die anderen schlafen. „*Almanca kaynana ne demek*?" wispert sie. „Was heißt *kaynana* auf Deutsch?"

„Schwie-ger-mut-ter", flüstere ich zurück. Wir beide sind Schwiegermütter. Und bald bekommt sie eine deutsche Schwiegertochter, ich einen türkischen Schwiegersohn. „Schwiegervater ist nicht, *kaynata yok*." Wir kichern pietätlos, der Wein ist schuld. Flüsternd gehen wir den Gang entlang, bleiben in der Nähe der Ausstiegstüren stehen. Hier stören wir keinen. Endlich kann ich allein mit Fatma reden.

Stockend, langsam langsam, *yavaş yavaş*, begleitet von den monotonen Geräuschen des rollenden Zuges, entwickelt sich unser Gespräch. Endlich erfahre ich, wie sehr Fatma sich über das Album gefreut hat. Was für eine wunderbare Idee unserer Kinder, fast glaubt sie, Eva schon lange zu kennen, sie freut sich sehr darauf, die Schwiegertochter bald persönlich zu treffen, auch wenn sie selbst nicht zur Hochzeit nach Deutschland kommen kann. Wie schade, dass Eva und Denis nicht mit nach Istanbul gekommen sind, aber Fatma versteht, die Arbeit geht vor. Vielleicht machen die beiden ihre Hochzeitsreise in die Türkei, dann wird Fatma ein großes Fest veranstalten. Mit Yaşar hat sie schon alles besprochen. Er will übrigens die türkische Familie bei der Trauung vertreten.

„*Ne kadar güzel bir sürpriz,* was für eine schöne Überraschung", rufe ich aus und versuche Fatma zu überreden, auch zur Hochzeit zu kommen. Doch sie schüttelt heftig den Kopf. Zwei Mütter zur Hochzeit? *Olmaz*, unmöglich!

Nicht so ungewöhnlich heutzutage bei den vielen geschiedenen Ehen. Gerda Kaplan – sie ist doch nicht der Grund für die Scheidung, frage ich vorsichtig. Lange schaut Fatma mich an, dann drückt sie lächelnd meine Hand. Und zögernd, mühsam nach den richtigen Worten suchend, erzählt sie mir ihre Geschichte, die alltägliche Geschichte einer braven Tochter und eines gehorsamen Sohnes, die sich nach dem Willen ihrer Eltern miteinander hatten verheiraten lassen, obwohl sie sich kaum kannten. Mehmet Kaplan, ein junger Ingenieur – eine gute Partie. Wie stolz waren Fatmas Eltern gewesen, wie sehr hatten ihre Freundinnen sie beneidet, für Mehmet jedoch hatte diese Ehe den Abschied von einem Traum bedeutet, dem Traum von einer modernen, gebildeten Ehefrau, wie sein älterer Bruder Mustafa sie gefunden hatte: Tamay Toprak.

Ich erfahre, dass Tamays Ehe – „eine wirklich glückliche Ehe, Sofya“ – mit dem helläugigen Mustafa Kaplan nur wenige Jahre gedauert hat. Kurz nach der Geburt des zweiten Sohnes starb Mustafa bei einem Unfall. Tamay beendete ihr unterbrochenes Medizinstudium, ließ sich als Ärztin nieder, heiratete den Chirurgen Teker und trennte sich nach fünf Jahren von ihm. „Der Doktor war zu eifersüchtig“, erklärt Fatma. „Außerdem hat er seine Frau ständig bevormunden wollen.“

Fatmas junger Ehemann Mehmet, so erzählt sie, hatte nur ein Ziel: Europa, Deutschland. Freunde hatten ihm begeistert von Berlin berichtet. Hartnäckig versuchte auch er, in das gelobte Land zu kommen. Er hatte Glück, bekam einen Zeitvertrag bei einer deutschen Firma. Fatma, inzwischen Mutter einer Tochter, blieb allein in Istanbul zurück. „*Ne mutlu bana*“, sagt sie, „wie schön für mich.“ Sie lebte mit ihrem Baby im Haus der großzügigen Schwiegereltern, konnte ihre Familie und Freundinnen besuchen, wann immer sie Lust hatte. Der ungeliebte Ehemann war weit fort. Doch dann kam er zu Besuch, Fatma wurde wieder schwanger, und Mehmet nahm seine kleine Familie mit nach Berlin.

Das zweite Kind: wieder eine Tochter. Welche Enttäuschung für den jungen Vater. Schwer erträglich war das Leben für die junge Frau in der deutschen Stadt, sie verstand die Sprache nicht, die Lebensweise war ihr fremd. Sie war nicht so gewandt wie die großstädtischen Ehefrauen der Kollegen ihres Mannes. Sie, die Türkin, war so ungebildet. Aber Mehmet wollte auch nicht, dass sie mit den „dummen Frauen aus Anatolien mit diesen entsetzlichen Kopftüchern“ verkehrte, und so vereinsamte sie immer mehr, war krank vor Heimweh. Ein bisschen besser wurde es, als die Töchter in den Kindergarten und später in die Schule kamen. Langsam lernte Fatma Deutsch. Mehmet war viel unterwegs, hatte jetzt ein festes Arbeitsverhältnis. Sein Plan, in Deutschland für das Vaterland zu lernen, war längst vergessen. Und immer wieder Mehmets Affären. Fatma litt Höllenqualen, aber ging es anderen Frauen besser? Männer waren nun mal so.

Fatma war über dreißig, als sie wieder schwanger wurde. Endlich der lang ersehnte Sohn, *Deniz*, nein, Denis. Sie war so glücklich bei der Geburt, der Vater außer sich vor Freude. Ein Sohn für Mehmet, er würde den Jungen zu einem modernen Europäer erziehen. Frau und Töchter waren zweitrangig geworden. Als Denis zwei Jahre alt wurde, fuhr Fatma in den Sommerferien allein mit den Töchtern zu ihren Eltern. Mehmet hatte sich geweigert, den kleinen Denis mitreisen zu lassen. In Istanbul hatte sich alles verändert. Die Schwiegereltern waren gestorben, die meisten Freundinnen weggezogen. Fatmas Vater war alt und krank, vertrug das immer hektischer werdende Leben und die schlechte Luft der Großstadt nicht mehr. Die Eltern beschlossen, ihren Lebensabend im schönen Bursa zu verbringen. Die Tochter würde ja nach Berlin zurückkehren.

Aber Fatma war klar geworden, wohin sie gehörte: nach Istanbul. Nie würde sie in Berlin Denis zu dem Jungen erziehen können, den Mehmet sich wünschte. Und ein türkischer Sohn gehörte dem Vater. Sie war nur eine Last für ihren Ehemann, nie würde er mit einer Frau wie Fatma ein richtiger Deutscher werden können. Sie bat Mehmet schriftlich um die Scheidung, nach kurzem Zögern willigte er ein. Seine damalige Affäre mit der Spanierin hatte für Fatma keine große Rolle mehr gespielt. Mehmet kam nach Istanbul, um mit seiner Frau die Einzelheiten zu regeln, doch Fatma weigerte sich, ihn zu treffen. Ein Wiedersehen hätte sie nicht verkraftet.

Ihre Schwägerin Tamay half ihr weiter, bot ihr Wohnräume in dem alten Haus in Üsküdar an. Tamay und Yaşar sorgten für eine gute Ausbildung der Töchter, brachten Fatma dazu, sich weiterzubilden. Sie lernte gutes Türkisch, Englisch, Maschineschreiben. „Ausgerechnet Tamay, Mehmets angebetete Schwägerin, schlug sich auf meine Seite, ist das nicht komisch, Sofya?" Jahrelang hat Fatma in Tamays Praxis als Empfangsdame gearbeitet und selbst Geld verdient. Jetzt ist sie *emekli*, Rentnerin, doch manchmal hilft sie noch in der Praxis aus.

Stolz berichtet Fatma von ihrem Berufsleben. „Ich konnte selbst für mich sorgen, war nicht mehr abhängig von meinem Ehemann – was für ein Gefühl! Ich habe Tamay viel zu verdanken. Sie hat mir die Augen geöffnet für die Probleme der Frauen in unserem Land, die von ihren Vätern, Brüdern oder Ehemännern abhängig sind – wie ich früher. Tamay kennt sich aus, was glaubst du, was sie in ihrer Praxis alles erfährt. Ihre Patientinnen sind nicht nur feine Damen aus Beyoğlu. Du würdest die elegante Tamay nicht wiedererkennen, wenn sie ihre mittellosen Patientinnen besucht, die sie oft kostenlos behandelt. Sofya, ich glaube, es wäre besser bestellt um unser Land, wenn es mehr so selbstbewusste, unabhängige und aktive Frauen gäbe wie meine Schwägerin. Ich kann jetzt auch Mehmets Begeisterung für sie verstehen. Zum Glück sind meine Töchter Tamay ähnlicher als mir, sie sind nicht so töricht, wie ich es einmal war. Filiz arbeitet wie Tamay als Ärztin, Azize ist Krankenschwester. Mehmet wäre stolz auf die Mädchen, Sofya."

„Er wäre auch stolz auf dich, Fatma."

„Möglich", sagt sie, lächelt vage. „Wenn Mehmet mir damals in Deutschland erlaubt hätte, Kurse zu besuchen ... Nun, er war kein schlechter Mann. Regelmäßig hat er Geld geschickt für die Mädchen und mich. Das Geld, das für mich bestimmt war, hat Yaşar gut angelegt, es soll Denis gehören und seiner Familie, die er – *inşallah* – bald haben wird. Hoffentlich werden unsere Kinder glücklicher als Mehmet und ich. Denis ist ganz anders als sein Vater, viel liebevoller, diese deutsche Lehrerin war wohl die bessere Mutter für ihn – und die richtige Frau für Mehmet. Frau Gerda hat Denis sogar dazu gebracht, mir regelmäßig zu schreiben und mich nach Mehmets Tod endlich zu besuchen. Sofya, sag, mein Sohn ist doch ein moderner europäischer Mann geworden?"

Ich nicke nur und nehme Fatma in die Arme, die „schlechte" Mutter, die aus Liebe auf ihren Sohn verzichtet und ihren Ehemann freigegeben hat, weil er Deutscher sein wollte.

„*Yorgun musun*, bist du müde?" fragt sie nach einer Weile.

„*Biraz*, ein bisschen. Gehen wir zurück ins Abteil, Fatma?"

„*Gidelim,* gehen wir. Das war wieder ein lustiger Abend, Sofya", schmunzelt sie, „seit Jahren habe ich nicht so viel gelacht wie mit dir und deinen Freundinnen."

„Lachen ist gesund. Ein deutsches Sprichwort, Fatma."

Sie nickt. „Lachen ist gut für Seele und Körper. *Hamam gibi,* wie ein Dampfbad. Margot ist sehr drollig, nicht wahr? Und dieser komische dicke Mann aus Ankara – wie er Elen angeschaut hat. *Ne kadar güzel bir kadın,* was für eine schöne Frau. Das meint auch Yaşar."

Elen, auch Yaşar nennt die Freundin so. Sie gefällt ihm, natürlich, Lena ist sehr anziehend und *çok güzel.* Dieser komische Teppichhändler aus Ankara war ganz hingerissen von ihr. Tolle Frauen, diese Europäerinnen, so unterhaltsam und *kültürlü,* hatte er uns geschmeichelt. Sie sind wirklich verheiratet, meine Dame, und Ihr Mann lässt sie allein verreisen? hatte er Lena gefragt. Seiner Frau würde er das nie gestatten! *Çok yaşayan bilmez çok gezen bilir,* nicht wer lange lebt, weiß viel, sondern wer viel herumkommt, hatte Lena mit einem türkischen Sprichwort geantwortet und honigsüß hinzugefügt: Und das gilt auch für Frauen. Mein Mann freut sich schon heute auf meine Reiseberichte. Natürlich werde ich ihm auch von dem charmanten Herrn aus Ankara erzählen, der uns zum *Türk kahvesi* eingeladen hat ...

„Erschrecken Sie nicht, meine Damen, ganz so wild, wie ich aussehe, bin ich nicht, obwohl ich kurdische Vorfahren habe. Wenn Sie die Mutter meiner Mutter gesehen hätten ... Sie war im Gesicht tätowiert, zum Fürchten. Trotzdem eine ganz liebe Oma, wie Sie sagen würden." Der junge Mann lacht uns an, zeigt kräftige Zähne. „Ich heiße Çetin, der Schwierige, auch das sollte Sie nicht entmutigen. Und mein Familienname Demir ..."

„Eisen, *demir* heißt Eisen", reagiere ich prompt.

„Bravo, Frau Sophie. Also, auch mein Familienname signalisiert Härte. Aber keine Angst, bei so hübschen alten Damen werde ich weich wie Wachs."

Hübsche alte Damen – so ein Frechdachs, dieser Schwager Azizes. Er sieht wirklich ein bisschen gefährlich aus: mittelgroß, drahtig, leicht krummbeinig. Sein widerspenstiges Haar ist fast schwarz, sein Teint dunkel, *esmer.* Starke zusammengewachsene Augenbrauen, kleine schwarzbraune Augen, die imposante Hakennase und das vorstehende Kinn geben seiner Erscheinung etwas Abenteuerliches, Ungezähmtes. Was hat Çetin hier zu suchen in dieser zivilisierten Großstadt, er sollte hoch zu Ross säbelschwingend durch die Wildnis reiten.

Auch er ein Bartloser. Ich habe begonnen, die Männer ohne *bıyık* zu zählen. Zuerst Yaşar, dann der kleine Herr Ingenieur aus der Blauen Moschee, jetzt Çetin und sein Bruder Turgut. Fast alle anderen, der *otelci,* unser *taksici* und der dicke *halıcı* aus dem Zug trugen sorgfältig gepflegte Schnauzbärte – wie die zahllosen Händler, Passanten, der *kondüktör,* der *garson* im Zug ... Und Atatürk, der „Vater der Türken"? Als junger Offizier trug er einen prächtigen *bıyık,* später war der Bart ab. Ob die Bartlosen die „modernen“ Türken sind? Quatsch, winkt Margot ab, aber Lena meint nachdenklich, wir sollten das weiter beobachten.

Çetin studiert Germanistik, befasst sich mit Philosophie, kennt seine Heimat und ihre Geschichte aus dem Effeff, weiß Bescheid in der Weltpolitik, kann sogar Deutschlands politische Parteien auseinanderhalten. Ein heller Kopf. Zwei Tage hat er Zeit für uns, dann muss er eine Reisegruppe aus Stuttgart übernehmen, die letzte in dieser Saison. Çetin ist Reiseführer, finanziert mit diesem Job sein Studium. Auch die Familie unterstützt ihn noch, denn er bewohnt seit kurzem ein winziges Appartement in der Nähe seiner Universität. Früher hatte auch er mit im Haushalt seines Bruders Turgut gelebt, mit Azize und den beiden Kindern. Aber die Wohnung ist zu eng für fünf Personen, zumal der Lehrer Turgut viel zu Hause arbeitet und Azize als Krankenschwester Schichtdienst macht. Vor allem die Kinder brauchen Platz. Und *büyükanne* Fatma, die Großmutter, kommt zwei-, dreimal im Jahr zu Besuch. Alle sind erleichtert, dass Çetin jetzt sein eigenes Reich hat, er kann besser lernen und ungestört mit seiner Freundin Latife zusammen sein.

Wie bitte, mit der Freundin allein in der Wohnung, in der Türkei, in einem Land mit strengen Moralgesetzen? Ich bin fassungslos. Çetin lacht mich gutmütig aus. „Die Türkei hat viele Gesichter“, sagt er. „Auf dem Land gelten noch immer die alten strengen Regeln, aber in den großen Städten, in Izmir, Istanbul und Ankara ist es kaum anders als in Europa. Außerdem, Latife ist das Mädchen, das ich einmal heiraten werde – wenn sie nur will. Sie hält leider nicht viel von der Ehe, an erster Stelle steht für sie der Beruf. Auch Latifes Familie wohnt hier in Ankara, moderne, aufgeschlossene Leute – sie würden Ihnen bestimmt gefallen, meine Damen.“

Die Gruppen, denen Çetin sein Land zeigt, seien zu beneiden, sagt Lena. Sie habe Reiseführer kennengelernt, die Reisende immer wieder in typische Touristenfallen lockten, in von ihnen ausgewählte Restaurants und Läden, um selbst Provisionen zu kassieren. Oder Führer, die sich einen Teil der Eintrittsgelder für die Museen mit dem Mann an der Kasse teilten, die lustlos auswendig Gelerntes in holprigem Deutsch herunterleierten und nicht nur Muse und Meduse verwechselten.

Çetin hört sich Lenas Bericht interessiert an. „Leider gibt’s schwarze Schafe, aber bitte bedenken Sie, dass wir Reiseführer nicht gut bezahlt werden und auf Provisionen angewiesen sind.“ Uns stellt der junge Mann seine Talente kostenlos zur Verfügung, wir sind schließlich so was wie Familie. Aber er hat nichts dagegen, wenn wir ihn zum Essen einladen und freut sich über die Bücher, die wir ihm für sein Studium kaufen. Vor allem hat er einen Wunsch: Deutsch sollen wir mit ihm sprechen, seine Fehler berichtigen, denn er will lernen, lernen! Wie wir als Wessis zur deutschen Einheit stehen ... „Sie sind Ossiwessis? Wunderbar, da kennen Sie beide Seiten. Sind auch Sie enttäuscht von der Wende?“

Ja, wie so viele. Aber wir erzählen ihm auch von unserer Freundin Jutta, die uns kurz vor ihrem Tod ermahnt hatte: Lasst euch die Freude über die Einheit nicht vermiesen, auch wenn’s schwierig wird.

Nach dem Besuch des gigantischen Atatürk-Mausoleums führt uns Çetin in den Park der Jugend, den *Gençlik Parkı*. Wir schlendern durch gepflegte Grünanlagen, trinken mal wieder *çay* in einem Teegarten mit Blick auf einen kleinen See. Stolz schaut Çetin sich um. Ankara sei ein unbedeutendes Provinznest gewesen, als Atatürk den Regierungssitz von Istanbul hierher verlegte, um den Bruch mit den alten osmanischen Traditionen deutlich zu machen, erklärt der junge Mann. Der „Vater der Türken" habe die Stadt zu einer modernen Metropole ausbauen lassen, zum Symbol für die Neugestaltung des Staates nach europäischem Vorbild. „Damals hat sich der Vater meines Vaters hier niedergelassen", sagt Çetin. „Seitdem lebt meine Familie in dieser Stadt. Mein Großvater war ein leidenschaftlicher Anhänger Atatürks, ein Kemalist, wissen Sie."

Atatürk. Lena horcht auf, sie registriert jeden Hinweis auf den großen Staatsmann, fotografiert jedes Atatürk-Denkmal. Das berühmte Reiterdenkmal auf dem Ulus-Platz knipst sie von allen Seiten. „Es gibt auch Denkmäler, die Atatürk als Zivilist zeigen", sagt sie. „Er steht da im offenen Mantel, darunter Frack mit Weste und Fliege, den Zylinder in der Rechten, Handschuhe in der Linken – sehr elegant."

„Quatsch", brummt Margot, „du hast mal wieder zu viel Phantasie, Lena."

„Doch, Ihre Freundin hat Recht", sagt Çetin grinsend, „diese Denkmäler gibt es, dargestellt ist der modern gekleidete Staatsmann Atatürk. Der Hut war ein Symbol für die Europäisierung der Lebensweise. Atatürk hat 1925 den Fes verbieten lassen, der erst im 19. Jahrhundert den Turban abgelöst hatte. Jeder Mann – abgesehen von den islamischen Geistlichen – sollte sich plötzlich westlich kleiden. Der Hut wurde zuerst als Schutz vor der anatolischen Sonne angepriesen. Anfangs ist es wohl zu Versorgungsengpässen gekommen, jedenfalls wurden in ein Dorf sogar Damenhüte für die Männer geliefert."

Drei flott gekleidete junge Mädchen spazieren kichernd vorbei. Studentinnen? Verkäuferinnen? Angestellte wie Latife? Nur wenige Meter hinter ihnen gehen zwei junge Frauen mit langen Mänteln und schweren Kopftüchern, auch diese beiden unterhalten sich lachend.

„Welche Kontraste!" entfährt es mir.

„Ja, Frau Sophie, die Türkei ist ein Land voller Gegensätze, Sie werden es immer wieder bemerken. Das Osmanische Reich war ein Vielvölkerstaat, und auch jetzt leben in unserem Land Menschen verschiedener Volksgruppen mit unterschiedlicher Lebensweise und Tradition. Gar nicht einfach, alle unter einen Hut zu bringen. Es gibt noch viele ungelöste Probleme, wie Sie wissen. Wenn Professor Toprak hier in Ankara ist – leider viel zu selten –, diskutieren wir, Turgut, Azize, Latife und ich, manchmal nächtelang mit ihm über die Entwicklung der Gesellschaft in unserem Land mehr als siebzig Jahre nach dem Ende des Osmanischen Reiches. Wenn wir ungeduldig sind, erinnert Toprak an die Langsamkeit, die historische Entwicklungen haben. Was sind schon siebzig Jahre in der Weltgeschichte, pflegt er zu sagen. Außerdem sei der Fortschritt eine Schnecke, die manchmal sogar rückwärts krieche. Für einen älteren Herrn wie ihn – pardon, meine Damen – haben Jahre ein anderes

Gewicht als für uns Junge. Immer wieder sagt er, es sei erstaunlich, wie unser Land sich seit dem Ende der Osmanen entwickelt habe. Wussten Sie übrigens, dass Deutsche während der Nazi-Zeit hier in der Türkei Schutz vor Verfolgung gefunden hatten?"

Wir nicken alle drei und Çetin fährt fort: „Was Professor Toprak genauso wie uns Junge beunruhigt, ist der zunehmende Einfluss der Fundamentalisten nicht nur auf die Politik. Die Islamisten gewinnen immer mehr Anhänger. Wissen Sie, meine Damen, die Ärmsten der Armen, die nichts haben und nichts sind, gehen immer wieder Fanatikern in die Falle. Wie bei euch während der Nazizeit."

„Das kann man doch nicht vergleichen, Çetin", wehre ich ab.

„Natürlich hinkt dieser Vergleich, Frau Sophie, aber eins haben alle Fanatiker gemeinsam: Intoleranz gegenüber Andersdenkenden. Dabei gibt es hochgebildete, reiche und mächtige Leute unter den Fundamentalisten", sagt Çetin kopfschüttelnd. „Toprak hält auch sie für kurzsichtig, unklug – und gefährlich."

„Manche Fundamentalisten glauben wahrscheinlich ehrlich an ihre Sache, fühlen sich vom zweifelhaften Fortschritt der modernen Welt überrollt", sagt Lena gedehnt.

„Möglich", räumt Çetin ein. „Aber mit ihren verbohrten Ideen können sie die Probleme auch nicht lösen." Er schaut uns forschend an: „Wenn ein gebildetes Volk wie die Deutschen die Nazis nicht rechtzeitig durchschaut hat, wie sollen unsere Leute hier begreifen, dass die Fundamentalisten den Islam für ihre Sache missbrauchen. Fünf Jahre Schule, oft nicht einmal das. Wenn die Familien ihre Dörfer verlassen und in die großen Städte abwandern, entziehen sie ihre Kinder oft der staatlichen Kontrolle. Statt zum Unterricht zu gehen, helfen die Kleinen, den Lebensunterhalt für die Familie zu sichern. Wenn sie älter werden, müssen sie sich irgendwie durchschlagen, aber die Chance, einen richtigen Beruf zu lernen, haben sie meistens nicht mehr."

Wir haben diese Kinder in Istanbul gesehen, sie verkaufen Sesamkringel, Postkarten, Trinkwasser, bunte Bälle, reparierte Einwegfeuerzeuge, Taschentücher, Säfte, Souvenirs. Halbwüchsige tragen Waren durch die engen Straßen um den *Kapalı Çarşı*, die jungen Körper gekrümmt unter schweren Lasten. Kinder überall, in Läden, Werkstätten – immer bereit zu kleinen Diensten für ein *bahşiş*.

„Natürlich ist Kinderarbeit illegal", fährt Çetin fort, „und seit Jahren ist die achtjährige Schulpflicht im Gespräch. Aber die Fundamentalisten wissen das zu verhindern. Es werden mehr Moscheen als Schulen bei uns gebaut. Koranschulen – die entstehen überall, dafür sind Geldgeber da, aber werden die Kinder dort etwa zu weltoffenen und toleranten Menschen erzogen?" Der junge Mann holt tief Luft: „Im Gegenteil. Sie lernen, die ganze westliche Welt sei dekadent, im Besitz aller Weisheit sei nur der Islam, wie die Fundamentalisten ihn interpretieren. Die Frau habe sich zu verhüllen, behaupten sie. Fahren Sie durch unsere Dörfer, da treffen Sie immer mehr Frauen im *çarşaf*, dem Schleier, der den ganzen Körper bedeckt und nur die Augen freilässt. Unsere türkischen Frauen! Wissen Sie, dass sie zehn Jahre vor den Französinnen wählen durften, siebzehn Jahre vor den Griechinnen? Atatürk hatte schon 1925 die Frauen aufgefordert, die Schleier abzulegen, ihre Gesichter der Welt zu zeigen und diese mit ihren Augen aufmerksam zu verfolgen. Atatürk – er würde im Grab rollen."

„... sich im Grab umdrehen", verbessert Margot gähnend.

„Danke, Frau Klett. *Pardon*, meine Damen, ich rede zu viel. Ich habe nichts gegen Religionen, im Gegenteil – wenn sie Toleranz predigen und ihren Anhängern helfen, mit den Schwierigkeiten des Lebens fertig zu werden. Der Fundamentalismus aber treibt einen Keil ... Doch gehen wir, *gidelim*, es gibt noch viel zu sehen."

Unser nächstes Ziel ist das moderne Stadtzentrum. Çetin fährt uns zum Atatürk-Boulevard, deutet stolz auf die zahllosen Läden, Boutiquen, Nobellokale – alles wie in Europa, nicht wahr? Schließlich stürzen wir uns ins Gewühl, Margot zeigt lebhaftes Interesse für die Schaufenster, liebäugelt mit einer seidenen Bluse, verzichtet seufzend. Zu teuer, wirklich, Preise wie in Europa. Çetin schaut öfter auf seine Armbanduhr. Hat er es eilig? Wir hätten ein *randevu*, erklärt er und führt uns in ein ziemlich verqualmtes Bistro, in dem junge Leute sich lebhaft unterhalten oder lesen, schreiben, in Zeitschriften blättern – ein Studententreff.

Ein dunkelblondes Mädchen winkt uns zu: Latife, Çetins Freundin, die uns mit ihrem jüngeren Bruder Celal erwartet. Kaum zu glauben, dass die junge Dame einen vollen Arbeitstag hinter sich hat, wie aus dem Ei gepellt wirkt sie in ihrem grauen Kostüm und der hellen Bluse, mit dem dezenten Make-up. Ihre Arbeit als Bankangestellte gefalle ihr, da sie viel mit Menschen zusammenkomme, sagt sie gut gelaunt. Celal, Student wie Çetin, mustert uns neugierig. Wenige Minuten später sind wir alle in ein lebhaftes türkisch-englisch-deutsches Frage-und-Antwort-Spiel verwickelt. Was die jungen Leute nicht alles wissen wollen, wie unsere Söhne und Töchter, wie junge Menschen in Europa leben – Gesprächsstoff ohne Ende.

„Hoffentlich kommen Ihre Tochter und Denis uns in Ankara besuchen", wendet Latife sich an mich. „Ich habe schon so viel von diesem jungen Mann gehört, der von einer deutschen Frau als Muslim erzogen wurde und perfektes Türkisch sprechen soll."

Denis' deutsche Mutter ist Lehrerin, will ich erklären, aber Çetin sagt grinsend: „Denis ein Muslim? Ich habe ihn im letzten Sommer in Istanbul getroffen, als ich mit einer Reisegruppe dort war. Er interessiert sich genau wie ich für die Geschichte unseres Landes und für die verschiedenen religiösen Bekenntnisse. Wir haben lange miteinander diskutiert und waren uns einig, dass die großen Religionen viele Gemeinsamkeiten haben und trotzdem immer wieder herhalten müssen als Vorwand für grausame Machtkämpfe und blutige Auseinandersetzungen. Denis hat mich auch gründlich ausgefragt über die alte auf Zarathustra zurückgehende Glaubenslehre meiner kurdischen Vorfahren. Auch ihn fasziniert die Idee, die Welt werde von zwei Mächten beherrscht, dem höchsten Gott und dem Geist des Bösen, und allein der Mensch sei frei, sich für eine dieser Mächte zu entscheiden. Denis kennt auch die islamischen Traditionen recht gut, aber er ist ein moderner Mann des 20. Jahrhunderts."

Die junge Dame „Scherz" – nichts anderes bedeutet der Name Latife – schaut ihren jungen Freund streng an, ihre Stimme klingt etwas gereizt: „Was soll das nur immer, Çetin, willst du behaupten, ein Muslim könne kein moderner Mensch sein? Auch wir sind Muslime", sagt sie und lächelt ihrem Bruder zu.

„*Senin dinin sana, benim dinim bana,* dir deinen Glauben, mir den meinen, Latife. Du weißt, ich halte mich lieber an die Philosophie", sagt unser junger Fremdenführer mit versöhnlichem Lächeln und streicht sich eine widerspenstige Haarsträhne aus der Stirn. „Die Philosophie ist weniger aggressiv, lässt alle Fragen zu, stellt vor allem ihre Antworten immer wieder in Frage. Den Stein der Weisen hat noch niemand entdeckt."

Latife lässt sich nicht beirren. Seien nicht auch Jesus und Mohammed moderne Menschen ihrer Zeit gewesen? Beide hätten Gebote Gottes verkündet, Lebensregeln. Sicherlich würde Mohammed heutzutage viele Dinge anders beurteilen, beispielsweise die moderne Frau akzeptieren. „Warum hat er seinen Anhängern gestattet, vier Frauen zu heiraten?" fragt Latife und liefert die Antwort gleich mit: „Weil unverheiratete oder verwitwete Frauen schutzlos waren. Die Vielehe war seinerzeit ein Fortschritt!"

„Auch in Europa hat es legale Vielehen gegeben, als nach dem Dreißigjährigen Krieg Nachwuchs gebraucht wurde", behauptet Çetin.

Wirklich? Davon hatten wir noch nie etwas gehört.

„Heute können Frauen selbständig leben, studieren, einem Beruf nachgehen", fährt der junge Mann fort, „bei uns genauso wie bei euch in Europa. Frauen arbeiten als Ingenieurinnen, Juristinnen, als Ärztinnen, als Angestellte. Manche sind verheiratet, andere nicht. Kein Problem und ..."

„So einfach ist's nun doch nicht", unterbricht ihn Latife ruhig, „eine unverheiratete Frau ist bei uns noch immer suspekt."

„Vor allem für verheiratete Frauen, bei uns in Deutschland jedenfalls", wirft Margot lachend dazwischen.

Latife bleibt ernst. „Ohne wirklich gleichberechtigte und gut ausgebildete Frauen hat ein Land keine Chance", sagt sie, schaut ihren Freund fragend an. „Ich rede von Gleichwertigkeit der Geschlechter, nicht von Gleichmacherei."

„*Haklısın*, du hast Recht, mein Liebling", ist Çetins schnelle Antwort. „Die Zukunft unseres Planenten ... Nun, ich hoffe darauf, dass eines Tages jeder Mensch – egal ob Mann oder Frau – ungestraft leben darf, wie er will, lieben, wen er will und glauben, was er will. Hauptsache, er verletzt die Rechte der anderen nicht." Toleranz sei schließlich das wichtigste Gebot für menschliches Zusammenleben, das habe auch unser Dichter Lessing vor mehr als zweihundert Jahren so eindrucksvoll erklärt. „Sie kennen doch sein Drama ‚Nathan der Weise', meine Damen?" fragt der junge Germanist.

Selbstverständlich, hatten wir doch als Schülerinnen die Ringparabel deuten müssen, die Geschichte eines Königs, dessen Ring seinen Träger vor Gott und den Menschen angenehm machte. Da er seine drei Söhne gleichermaßen liebte, ließ der Vater zwei Kopien des Ringes anfertigen. Nach dem Tod des Königs stritten die Söhne: Welcher Ring ist der echte? Ein Gleichnis: Welche Religion ist die wahre? Die Antwort des Dichters: Nur gutes und richtiges Handeln seines Trägers macht den Wunderring „echt", nur andauernde praktische Humanität ihrer Anhänger lässt eine Religion „wahr" werden.

„Meine Damen, wissen Sie eigentlich, dass Sultan Saladin, der die Kreuzfahrer 1187 in Jerusalem vernichtend schlug, der berühmte Sultan Saladin, dem Lessing in seinem ‚Nathan' ein literarisches Denkmal gesetzt hat, ein Kurde war?"

„Natürlich, Çetin", behauptet Margot und wendet sich dann an Lena: „Du hast doch die Recha im ‚Nathan' gespielt?"

Lena nickt. Jetzt muss sie von ihrer Theaterzeit erzählen. Die jungen Leute sind fasziniert, eine *aktris*, eine Schauspielerin aus Ostdeutschland, *çok enteresan*, sehr interessant. Wie schade, dass sie nicht mehr spielt. Bedauert sie das nicht?

„Es gibt so viele Begabte", winkt Lena lächelnd ab. „Wichtig in diesem Beruf ist Ehrgeiz, ich hatte nicht genug."

Das Gespräch dreht sich jetzt um Film, Fernsehen, Literatur. Erstaunt hören Çetin und seine Freunde, dass wir zu Hause regelmäßig ins Theater gehen, Konzerte und Kabaretts besuchen, wie günstig die Preise für Abonnements sind. Vor allem die geistige Freiheit in Europa beeindruckt sie: Toll, dass man auf der Bühne, in Literatur und Presse seine Meinung ohne Furcht vor Strafe sagen darf.

Schließlich fragt Celal nach unseren Eindrücken von der Türkei, bewundert unsere türkischen Sprachkenntnisse gebührend, hört verblüfft, dass Margot und Lena sogar den Osten des Landes bereist haben: Trabzon, Kars, Van und Urfa – da kennen die deutschen Damen mehr als die meisten Einheimischen. Und die Dame mit den Löckchen hat sogar eine eigene Wohnung in Alanya, großartig, *şahane*!

Çetin ist wirklich ein hervorragender Stadtführer. Auch am zweiten Tag fährt er uns im *otomobil* seines Bruders von einer Sehenswürdigkeit zur anderen. Er schildert die Vergangenheit Ankaras, das in alten Zeiten ein bedeutender Knotenpunkt wichtiger Heer- und Handelsstraßen war. Ist die Stadt eine Gründung der Hethiter aus dem zweiten Jahrtausend vor unserer Zeitrechnung, ist sie noch älter? Die Archäologen machen ständig weitere Ausgrabungen, kommen zu neuen Erkenntnissen.

„Auch durch Ankara sind Kreuzfahrer gezogen", sagt der junge Mann. „Hat Professor Toprak euch erzählt, wie die frommen Retter christlicher Werte auf ihrem Weg nach Jerusalem gewütet haben? Das Mittelalter und die Kreuzzüge sind nämlich eins seiner Steckenpferde."

Wir nicken. Yaşar hat uns lebhaft ausgemalt, wie Glücksritter und christliche Fanatiker die Befreiung des Heiligen Grabes als Vorwand für ihre Jagd nach

Abenteuern missbraucht und auf dem Weg ins Gelobte Land nicht nur im reichen christlichen Konstantinopel brutal gegen jedes der Zehn Gebote verstoßen hatten.

„Sind wir Menschen nicht immer auf der Suche nach Abenteuern, nach einer besseren Welt?“ philosophiert Lena. „Denkt nur an die Völkerwanderungen, den Mongolensturm, den Zug der Turkvölker aus Asien nach Westen, an die europäischen Auswanderer, die in Amerika und Australien ihr Glück suchten oder an uns DDR-Flüchtlinge. Und heute sind es Asylsuchende aus aller Welt, die nach Europa“, sie wirft Margot einen warnenden Blick zu, „die nach Europa strömen. Arme Länder – reiche Länder, da entsteht ein Sog und ...“

Doch Margot lässt sich nicht bremsen: „Kalte Länder – warme Länder, so entsteht der Strom der Touristen“, kalauert sie. Gott sei Dank, kein Wort über Asylanten.

Çetin zeigt uns die Altstadt mit den Resten der Burg. Von hier oben hat man einen bezaubernden Blick über die Stadt, selbst die *gecekondular*, die illegalen Bauten der Zuwanderer, wirken im Licht der herbstlichen Sonne malerisch. Nach einer kurzen Teepause steuert Çetin auf sein Auto zu. Ermüdend, dieses ständige Ein- und Aussteigen, zudem ist es nicht immer einfach für unseren *şoför*, in Ankaras Verkehrsgewühl einen Parkplatz zu finden.

„Çetin, um Himmels willen“, ächzt Margot, „schon wieder ins Auto. Können wir nicht zu Fuß zum Hethiter-Museum gelangen, es ist doch nicht weit.“

Zu Fuß, diese älteren Damen – zu Fuß! Der junge Mann ist entsetzt. Aber bitte sehr, wenn sie es wünschen. Um uns bei Laune zu halten, macht er ohnehin ständig Komplimente über unsere blendende Form. Vermutlich hat Fatma von unserem „Ruinen-Abend“ in Beyoğlu berichtet, aber seine Bewunderung ist echt, als wir mühelos die fünfhundert Meter bis zum Museum bewältigen und ihm von unseren kilometerlangen Wanderungen zu Hause durch Odenwald, Taunus und Hunsrück erzählen.

„*Kaç kilometre*?“ Er ist so verblüfft, dass er auf Türkisch fragt: Wie viele Kilometer?

„Fünfzehn, zwanzig, früher auch mal dreißig, aber in letzter Zeit reichen uns zwanzig“, sagt Margot trocken, „sonst sind wir abends zu müde.“

„*Olmaz*, unmöglich!“ Çetin glaubt uns kein Wort. Dreißig Kilometer – der Tagesmarsch eines Kamels. Keine türkische Frau wäre so verrückt. Und noch immer gehen die Damen zwanzig Kilometer an einem einzigen Tag zu Fuß, durch den Wald, nur weil das Spaß macht? Allein, ohne männlichen Schutz – ist das nicht zu gefährlich?

Eigentlich nicht, versichern wir. Natürlich kann immer was passieren, man kann hinfallen oder sich ein bisschen verlaufen, wenn man ohne Wanderkarte unterwegs ist. Außerdem sind wir nicht ganz ohne männlichen Schutz, bringt Margot doch Wotan mit, den mutigen Zehnrassenhund.

„Wanderkarte, was ist das, *bu ne*?“

Geduldig erklären wir unserem jungen Freund, dass in dieser Karte Rad- und Wanderwege markiert sind, die oft zu sehenswerten Zielen führen, zu einem besonders schönen Ausblick, zu einer Burg, einer Mühle, einem Restaurant. Çetin schüttelt ungläubig den Kopf, das kann er sich alles nicht vorstellen.

„Waren Sie noch nie in Deutschland wandern?“ fragt Lena.

Wandern – in Deutschland! Er kennt *Almanya* überhaupt noch nicht. Wie sollte er, ein Student aus Ankara, fast immer knapp bei Kasse, ohne Verwandte in Deutschland, auch dorthin kommen. Zwar hat Professor Toprak ihm eine Europareise versprochen, aber der arme Mann hat ja nie Zeit.

Sie müssen uns besuchen, Çetin, rufen wir drei fast gleichzeitig und Lena fügt hinzu: „Als Germanistikstudent müssen Sie doch unser Land kennenlernen. Für die Formalitäten werden wir schon sorgen.“ Wenn Lena das sagt, wird sie sich um alles kümmern, leisten kann sie es sich zum Glück. Çetin braucht eine Einladung, ein Ticket.

„Sie könnten Denis und Eva in Berlin besuchen“, überlege ich laut. „Ihr Multi-Kulti-Freundeskreis wird Ihnen gefallen.“ Und die Fahrt dorthin werde ich sponsern – nein, stiften. Wofür habe ich meine kleine eiserne Reserve.

„Bei mir können Sie wohnen, solange Sie wollen“, erklärt Margot großmütig. „In meinem Haus ist viel Platz. Aber, ihr Lieben, sollten wir nicht endlich reingehen ins Museum?“

„Tausend Dank für die Einladung, meine Damen, ich werde kommen!“ Lachend zeigt Çetin seine prächtigen Zähne. „Doch jetzt zu den alten Hethitern.“

Fast zwei Stunden später verlassen wir den ehemaligen gedeckten Basar, in dem das Museum untergebracht ist. Nachdem wir die berühmten hethitischen Sammlungen und die anderen frühgeschichtlichen Schätze ausgiebig studiert haben, brauchen wir eine Pause. Draußen erwartet uns eine unangenehme Überraschung: Schlechtes Wetter, *bozuk hava*. Die Sonne ist hinter dicken Wolken verschwunden. Es ist hier in Ankara ohnehin viel kühler als in Istanbul. Wir frösteln, ziehen unsere Anoraks über. Nur Margot hat nichts dabei. „Wenn ich nur wüsste, wo meine gelbe Jacke ist. Ich habe alles durchsucht. Lena, hast du sie etwa ...“

„Margot, ich habe das gute Stück überhaupt noch nicht gesehen. Vielleicht hast du sie gar nicht eingepackt.“

„Lena, also bitte. Ich weiß doch, was ich ...“

„Oder ist sie in dem großen Koffer, den du Yaşar mitgegeben hast“, überlege ich.

„Sophie, natürlich!“ Margot schlägt sich gegen die Stirn. „Dimitri hat eine Glasschüssel darin eingewickelt. So ein Quatsch, in Alanya werde ich diese warme Jacke kaum brauchen.“ Margot strahlt, ein guter Grund, endlich wieder einkaufen zu gehen. „Wir treffen uns später im Hotel, dann geht's ins *hamam*“, ruft sie uns zu und eilt davon.

Wir anderen machen Pause in einem winzigen Lokal, dessen Spezialität türkische „Pizza“ ist, *lahmacun*, ein im offenen Feuer gebackener Fladen mit Hackfleisch.

„Zuerst eine warme Suppe?“ fragt uns der *garson*.

Seve seve, sehr gern, aber welche *çorba* sollen wir wählen? Drei Suppen sind zur Auswahl: *yayla çorbası*, Almsuppe, *düğün çorbası*, Hochzeitssuppe, mit Rindfleisch und Eiern. Und *bezelye çorbası,* Erbsensuppe. Wir probieren alle, finden sie *çok lezzetli*, sehr lecker. Und während wir Suppe essen ... Halt, nicht essen, Türken trinken oder saugen ihre Suppe. Suppe essen, nicht vergessen, heißt *çorba içmek*. Gesaugt wird auch die Zigarette. „*Sigara içmek*, Zigarette rauchen“, denke ich laut. „Doch was heißt Zigarre, Çetin?“

„*Puro*, Sophie, wollen Sie etwa rauchen?“

„*Teşekkür ederim, sigara içmem*, danke, ich rauche nicht“, sage ich kopfschüttelnd. „Ich dachte nur, wegen der Suppe ...“ Ach, ich habe keine Lust, meine komischen Gedankenverbindungen aufzurollen, da schneidet auch schon Lena ein viel interessanteres Thema an: Çetins Zukunftspläne. Will der Germanistikstudent Deutschlehrer werden? Davon gibt es genug, erfahren wir. Wird er Reiseführer bleiben? Nein, wehrt Çetin lachend ab, er wolle nicht sein Leben lang mit Urlaubern durch die Türkei fahren, obwohl ihm die Tätigkeit Spaß mache und er von seinen deutschen Gästen viel über unser Land erfahren könne. Çetin hat ehrgeizigere Ziele, am liebsten würde er später einmal sein Land als Diplomat im Ausland vertreten.

„Diplomat, warum nicht“, schmunzelt Lena. „Mit uns alten Damen gehen Sie sehr diplomatisch um. Aber Scherz beiseite, Çetin, was machen Sie in Ihrer Freizeit, Sport, Politik?“ fragt sie und berichtet von den zahlreichen Aktivitäten der Medizinstudentin Judith.

„Ihre Tochter kann sich das leisten“, sagt Çetin und kämpft wieder einmal mit einer Haarsträhne. „Freizeit? Ein Fremdwort für mich. Im Winter muss ich lernen, Prüfungen machen. Sobald die Saison beginnt, bin ich wieder unterwegs. Im Sommer komme ich oft tagelang nicht dazu, in ein Buch zu schauen. Ich muss mein Studium selbst finanzieren, meine Eltern können mich nicht mehr unterstützen. Es war schon hart genug für sie, Turgut und mich aufs *lise*, das Gymnasium, zu schicken. Mein Bruder hilft mir ab und zu aus und ich hoffe, ich kann ihm irgendwann alles zurückzahlen. Er braucht schließlich das Geld für seine Familie. Nein, meine Damen, für Sport und Politik habe ich armer Student keine Zeit. Außerdem ist es für meinen Job besser, politisch neutral zu sein“, gesteht er grinsend. „*Bakar mısın*“, ruft er den *garson* heran, der vor dem Eingang des Lokals Ausschau hält nach weiteren Gästen. Zum Abschluss des Essens bestellen wir *çay*.

Gemeinsam und natürlich zu Fuß gehen wir zum Hotel zurück. Margot ist noch nicht von ihrer Einkaufstour zurück. Çetin will sich verabschieden, zögert, wendet sich an Lena: „Was ich Sie noch fragen wollte, haben die Reisen in die Türkei eigentlich Ihr Verhältnis zu den in Deutschland lebenden Türken beeinflusst?“

„Setzen wir uns doch noch einen Moment." Lena deutet auf die Sitzecke im Foyer.

„*Akşama kadar,* bis heute Abend." Ich lasse mir den Schlüssel geben zu unserem Dreibettzimmer und ziehe mich zurück. Jetzt wird Lena unserem jungen Freund von ihrer Arbeit mit ausländischen Kindern an Judiths ehemaliger Schule berichten, von den Schwierigkeiten, die sie und andere Mitglieder des Fördervereins und vor allem die Lehrer mit den Eltern einiger türkischer Schüler haben, die ihren Kindern verbieten, an Schulausflügen oder dem Sportunterricht teilzunehmen. Sie wird Çetin schildern, wie verschlossen oder nahezu aggressiv manche türkische Väter auf weibliche Lehrkräfte reagieren, so dass ihre Söhne oft nicht bereit sind, die Lehrerinnen ernst zu nehmen. Aber Lena wird auch von freundschaftlichen Kontakten zu türkischen Familien erzählen.

Sie wird Margots Abwesenheit nutzen. Gastarbeiter, Flüchtlinge, Ausländer in Deutschland – unsere Frau Klett reagiert in letzter Zeit zunehmend allergisch auf diese Themen. Fast hätte eine kurze Zeitungsmeldung über Asylanten, die mit gefälschten Pässen bei mehreren Sozialämtern kräftig abkassiert hatten, in der Wartehalle des Frankfurter Flughafens unseren ersten Urlaubsstreit ausgelöst. Na bitte, da hätten wir es schwarz auf weiß, empörte sich Margot. Immer mehr Menschen strömten nach Europa, immer mehr Verbrecher, wie die Banden, die unsere Wälder unsicher machten, Banken und Postämter ausraubten. Politische Flüchtlinge, wenn sie das schon höre!

Lena hatte während Margots Tirade unwillig den Kopf geschüttelt, dann aber scheinheilig erklärt, sie verstehe Margots Verärgerung durchaus. Als gebürtige Mitteleuropäerinnen hätten wir schließlich Anspruch auf ein sorgenfreies Leben. Wenn Flüchtlinge schon Heimat, Familie und Freunde aufgeben müssten, so hätten sie doch eins mitzubringen, wenn sie in fremden Ländern bei rechtschaffenen Bürgern Asyl suchten: einen tadellosen Charakter.

Als ich Margot an unsere Erlebnisse als Flüchtlinge im eigenen Land erinnerte, an das unfreundliche Verhalten mancher Bundesbürger gegenüber uns, ihren Landsleuten aus der „Ostzone", erschien die Sturm ankündigende Falte zwischen ihren Augenbrauen. Als ich dann noch Juttas Schock über eine Gruppe Jugendlicher, die sie beim Mainzer Rosenmontagszug als Ossi erkannt und angepöbelt hatte – wenige Wochen nach dem Fall der Mauer –, war Frau Klett nicht mehr zu halten. Halte die Luft an, Sophie! fauchte sie. Betrunkene Narren, was haben die mit dem Thema zu tun, Schwache hacken immer auf Schwächeren herum.

Du sagst es, Margot. Die kleinen Leute giften sich an, und die Mächtigen der Welt rollen sich gegenseitig rote Teppiche aus, sagte Lena ruhig. Margot fauchte: Wie meinst du das? Denkst du, dass ich ... Also, Lena, ich habe doch nichts gegen Ausländer, nur wenn scharenweise Verbrecher ... Ausnahmen, sagst du. Hoffentlich hast du Recht. Ich und ausländerfeindlich, ha, schließlich war ich sogar mit einem Türken verheiratet! Eben, murmelte Lena und fragte sanft, ob Margot möglicherweise deswegen ...

Wegen Ahmet? Auf einmal war Margots Unmut verflogen: Sophie, ich hoffe, du hast mich nicht missverstanden, ich habe doch nichts gegen Menschen wie Ahmet oder Denis. Ahmet ... Wie Recht ihr hattet mit euren Warnungen, Kinder. Ein Mann, der mein Sohn sein könnte, dem meine Küche nicht geschmeckt hat, der nicht gewöhnt war an regelmäßiges Arbeiten – das konnte ja nicht gut gehen. Trotzdem, diese Erfahrung möchte ich nicht missen. Das Thema Männer habe ich endlich abgehakt, für immer. Eine Dummheit, wie die Ehe meines Ex-Mannes Werner mit der süßen Anke, die hat auch nicht viel länger gehalten. Warum sollen immer nur Männer Dummheiten ... Sie lachte: Vergesst bitte nicht die positiven Aspekte meiner dritten Ehe. Habe ich nicht mein Türkisch erheblich verbessert in den Monaten mit Ahmet? Meine Nachbarn und ihr hattet Gesprächsstoff für Monate, meine Söhne sind endlich mal wieder zu Hause aufgetaucht, um den Geisteszustand ihrer Mutter zu testen. Sogar meine vielbeschäftigten Brüder hatten plötzlich Zeit für mich. Sie hätten schon immer mit einem orientalischen Schwager gerechnet, behaupteten sie, waren allerdings enttäuscht, dass Ahmet kein millionenschwerer Scheich war. Und er? Nun, er hat kapiert, dass Deutschland kein Schlaraffenland ist, in dem man ohne zu arbeiten reich wird, dass die europäischen Frauen nicht alle verrückt nach ihm sind. Auch Ahmet hat dazugelernt und mit meinem „Lösegeld" kann er sich in seinem geliebten Silifke an irgendeinem Geschäft beteiligen. Er hat die Ehe mit mir jedenfalls nicht bereuen müssen.

Nein, die schwierige Zeit mit Ahmet habe ihre Einstellung zu Ausländern überhaupt nicht beeinflusst, betonte Margot immer wieder. Aber ihr komme die Galle hoch, wenn sie diese Nichtstuer aus aller Welt herumlungern sehe, die auf unsere Kosten lebten. Oder diese Illegalen, die für geringen Lohn arbeiteten und unseren Leuten die Arbeit wegnähmen. Und wer ist verantwortlich für diese Missstände, fragten wir. Die kleinen Leute etwa – oder die Politik und die modernen Technologien, die zwar hochbezahlte neue Stellen schaffen, aber auch Millionen Arbeitsplätze vernichten?

Frau Klett brummte verärgert, wir könnten nicht mitreden, wenn es um Arbeitslosigkeit gehe, um Existenzprobleme. Lena mit ihrem reichen Ehemann, ich mit meiner sicheren Witwenrente – wenn sie auch bescheiden sei – und meinem Job auf dem noblen Weingut, wir beiden müssten uns doch keine Sorgen machen über Ausländer oder moderne Technik. Sie dagegen, eine alleinstehende Frau, die ihren Lebensunterhalt selbst erarbeiten müsse – dieser tägliche aufreibende Existenzkampf, der Ärger mit dem Personal, mit der Konkurrenz ... Lena und ich hatten das uns sattsam bekannte Klagelied unterbrochen. Ob Margots Patienten nur „Inländer" seien? Warum sie eigentlich stöhne, solange sie sich ihre vielen Reise leisten könne! Woraufhin Margot aufbrauste, für wen sie denn sparen solle, etwa für ihre Söhne, die nie Zeit für ihre einsame Mutter hätten? Wann sie denn reisen solle – wenn sie alt und klapprig sei? Überhaupt, wenn sie an das Alter denke ...

Jemand schlägt gegen die Zimmertür. „Sophie, Sophie! Mach endlich auf!" Frau Kletts vorwurfsvolle Stimme. Ich schrecke zusammen, öffne schnell meinen aufgebrachten Freundinnen. „Sophie, was ist los, warum hörst du nicht? Ach, du hast geschlafen."

„Ja", schwindele ich, „und ich habe von euch beiden geträumt." Was nicht gelogen ist.

„Bist du fertig, Transuse, wir wollen doch ins *hamam*", ruft Margot und wirft ihre Einkaufstüten aufs Bett.

Eine prächtiger Kuppelbau, über uns ein marmorner Sternenhimmel – *hamam,* das Türkische Bad, heidnische Kultstätte zur Pflege des Körpers. Wir drei sitzen auf marmornen Stufen, schöpfen mit kleinen Schalen abwechselnd heißes und kaltes Wasser, das aus Messinghähnen ununterbrochen in halbrunde Marmorbecken läuft, übergießen unsere nicht mehr ganz taufrischen halbnackten Körper, erwarten die heilige Handlung.

In der Mitte der Halle zwei große Opfertische – natürlich aus Marmor. Dort werden bereits andere weibliche Wesen behandelt. Wir sehen, was uns bevorsteht. Hingebungsvoll verrichten die beiden Priesterinnen der Schönheit und Gesundheit ihr Werk. Die ältere, eine mütterliche Mittdreißigerin mit hochrotem Gesicht und üppigen, fast bis zu ihrem Lendenschurz herunterhängenden nackten Brüsten, wirkt erschöpft, arbeitet langsam, bedächtig. Die andere, eine dunkelhäutige knabenhafte Schöne, geht mit energisch vorgeschobenem Kinn ans Werk.

Margot unterhält sich mit einer sehr alten Frau, die an einem der benachbarten Becken mit zitternden Händen geduldig Wasser über ihren ausgetrockneten Körper schüttet. Ich versuche, dem türkischen Dialog zu folgen, aber wieder einmal verstehe ich nichts. Margot lacht, nickt – wie gut sie sich verständigen kann! Ist die Greisin noch älter als Luise? Auch deren Haar ist schütter, aber die Alte hier ist fast kahl, wenige mit Henna rot gefärbte Strähnen kaschieren den blanken Schädel nicht mehr. Beim Sprechen blitzt ein einsamer Zahn in ihrem Oberkiefer auf. Doch die Frau wirkt vergnügt und freut sich sichtlich, als die Mütterliche sie liebevoll über den wasserglatten Marmorboden zum Opfertisch geleitet. Diese Badewärterin gefällt mir, hoffentlich werde auch ich von ihr abgefertigt. Nein, *şansım yok*, „meine Chance ist nicht", die Energische winkt mich zu sich. Meine Kletten nicken mir aufmunternd zu.

„*İyi eğlenceler*, viel Vergnügen", ruft Margot.

„*İyi eğlenceler*", echot die Greisin vom Nachbartisch freundlich. Ich habe sie verstanden!

Die knabenhafte Figur meiner Masseurin wirkt durchtrainiert, kein Gramm Fett zu viel, Brüste – nicht größer als Aprikosen. Dagegen mein erschlaffender Körper ... Obwohl ich mich so viel bewege. Was soll's, diese Frau ist noch jung. Wenn wir nicht vorher sterben, werden wir eines Tages alle so aussehen wie die Greisin nebenan.

Augen zu: Begrüßungsdusche. Meine energische Masseurin gießt immer wieder Wasser über mich, seift mich ein, wobei sich prächtiger Schaum entwickelt. Sie fragt nach meinem Namen, nennt mir ihren: Firuze. Das heißt doch ... Es liegt mir auf der Zunge. Sie liebe Blond, erklärt sie, schaut kurz zu Lena hinüber. Ob sie mein Haar waschen dürfe? Warum nicht, wenn ihr auch mein fades Dunkelblond gefällt. Ihre kräftigen Hände massieren meinen Kopf. Welche Wohltat.

Jetzt ergreift Firuze den *kese*, den Badehandschuh aus Ziegenhaar, beginnt meine Haut abzurubbeln. Ich hab's: *firuze* oder *türkuvaz* – das bedeutet Türkis. Mein „Glücksstein“. Yaşar hatte mir im Istanbuler Basar geholfen, einen hübschen Türkisring zu erstehen: Feilsche ein bisschen, Sofya, das erwartet man hier. Yaşar – wie mag er seine Abende verbringen ohne die anstrengenden Kletten ...

Firuze rubbelt und rubbelt mit zusammengezogenen Augenbrauen. *Allah Allah*, was da alles abgeht – peinlich, peinlich. Aber schon schüttet sie wieder Wasser über mich. Und noch eine Schale, Schaum und Schmutz verschwinden in der marmornen Abflussrinne. Meine Haut ist gerötet, die junge Frau wirkt noch immer kühl und streng, doch ihr Lendenschurz ist klatschnass.

Nun bearbeitet Firuze kraftvoll Hals, Arme, Rücken, Beine, dehnt die Gelenke, es kracht und knackt. Hoffentlich kann ich hinterher aufstehen. Diese Masseurin hat wie Margot goldene Hände, doch massiert sie ganz anders. Augen zu: Abschlussdusche. Wasser, Wasser, überall Wasser. Ich richte mich auf, rutsche auf dem glatten Untergrund hin und her. Lachend hält Firuze mich fest, bis ich in meine hölzernen Badepantinen geschlüpft bin. Wie hübsch sie ist, wenn sie lacht.

Auf einer Marmorbank ruhe ich mich aus, während meine beiden Freundinnen auf den Opfertischen liegen. Später sitzen wir alle im gemütlichen Vorraum, trinken *çay* mit der alten Frau und den beiden Badewärterinnen, die für wenige Minuten Pause machen. Noch zwei Stunden Dienst, dann werden sie abgelöst. Auf die Mütterliche warten Kinder, Ehemann, Hausarbeit. Sie ist müde, *yorgun*, sehr, sehr müde, *çok çok yorgun*. Und Firuze? Sie ist mit ihren einundzwanzig Jahren leider noch nicht verheiratet, wohnt noch immer bei den Eltern. Aber sie spart eifrig, das heißt, sie kauft Gold – für später. Wenn sie ledig bleiben sollte, wird sie mit ihrem Bruder einen kleinen Laden eröffnen. Später einmal.

Die alte Frau murmelt etwas. Ihre faltige Haut ist rosig, die wimpernlosen dunklen Augen funkeln fröhlich. Margot antwortet ihr lächelnd.

„Was hat sie gesagt?“ wende ich mich leise an unsere frisch geschrubbte Chefklette. „Wieso verstehst du sie?“

„Ich muss mir auch manches zusammenreimen, aber jetzt hat sie deutlich *şimdi mutluyum* gesagt. Und dass sie sich *yeni gibi* fühlt.“

Yeni gibi, wie neu. Wie schön für sie, ein sinnliches Vergnügen, dieses Bad, auch noch für alte Menschen. *Şimdi mutluyum*, jetzt bin ich glücklich ... Auch ich fühle mich wie neugeboren, meine Haut ist glatt wie Seide. *Hamam*, ein Bad für den Körper – und für die Seele.

5
Yolda – Unterwegs

Allaha şükür, hatte Margot morgens vor der Abfahrt aus Ankara zufrieden geseufzt, endlich geht's los. Busfahren ist ein großes Vergnügen hier. Jetzt lernst du die echte Türkei kennen, Sophie. Ankara, Istanbul, das sind interessante Großstädte, aber nicht die Türkei. Jetzt triffst du die Hefe des Volkes, nicht nur Intellektuelle. Oder glaubst du etwa, dein lieber Freund Yaşar oder seine vornehme Schwester Tamay würden mit dem Linienbus durchs Land fahren? Nicht mal Fatma ist dazu bereit. Vielleicht unser guter Çetin, der ist jung, unkonventionell.

Unser Freund Yaşar, hatte ich eingewendet, warum sollte er nicht den Bus benutzen, ist er nicht in Istanbul mit uns in der *Tünel* rauf- und runtergefahren, hat nicht auch er die Fähre genommen? Fähre, hatte Margot abgewinkt, klar, die nimmt er, weil sie schneller ist als sein feines Auto. Und die Standseilbahn *Tünel* sei eher eine Attraktion als ein ernst zu nehmendes Verkehrsmittel. Warum betont Margot nur immer wieder, dass Yaşar kein typischer Türke sei, er ist doch nicht der einzige Intellektuelle im Lande.

Dann hatte auch Lena in dasselbe Horn geblasen: Natürlich gibt es hier zahlreiche hochgebildete Menschen wie Professor Toprak, erklärte sie mir geduldig, und clevere Geschäftsleute, die ihre Kinder in Europa oder den USA studieren lassen können. Hat nicht auch Yaşars einziger Sohn Arif in Boston Karriere gemacht und sogar eine Amerikanerin geheiratet. Typisch sind diese Leute jedenfalls nicht für dieses Land, in dem bisher nur fünf Jahre Schule Pflicht sind. Und Lena hatte einen Vortrag gehalten über schlecht ausgestattete Schulen, den Mangel an Lehr- und Lernmitteln, über nicht besonders gut ausgebildete Lehrer, bis Margot ihr mal wieder ins Wort fiel: Hör auf Lena, wir wissen, dass du mit deinem Förderverein eine Studienfahrt gemacht hast und dich ein bisschen auskennst mit dem türkischen Bildungssystem. Aber darum geht's nicht – wir reden hier vom Busfahren.

Und es hängt doch alles zusammen, behauptete Lena hartnäckig, aber bevor sie ihre Gedanken näher begründen konnte, war Fatmas Schwiegersohn Turgut gekommen und hatte uns zum Busbahnhof, dem *otogar*, gebracht. Jetzt, während der langen Fahrt, muss ich den Freundinnen Recht geben. Schwer vorstellbar, dass Yaşar seine langen Beine hier bequem unterbringen könnte. Zeit hätte der Vielbeschäftigte auch nicht genug. Die elegante Dame Tamay wäre ebenfalls fehl am Platz. Die Fahrgäste hier sind wirklich die „Hefe des Volkes", Menschen, die harte körperliche Arbeit kennen, kleine Händler, Angestellte.

Wir beginnen flüsternd zu raten, welche Rolle die Fahrgäste im alltäglichen Leben spielen. Der alte Mann mit den verarbeiteten Händen und der Schildmütze über zerfurchtem Gesicht: Bauer, Straßenhändler? Die junge Frau mit den sehr kurzen Haaren, eine berufstätige moderne Frau: Sekretärin, Arzthelferin, Verkäuferin in einem *süpermarket*, Supermarkt. Dort die beiden dicken jüngeren

Frauen mit den bunten Kopftüchern, die sich aufgeregt unterhalten: Nachbarinnen, Schwestern – Hausfrauen. Und der ältere Herr im verbeulten Jackett in der vorletzten Reihe: ein pensionierter Lehrer? Diese kraftstrotzenden blonden Riesen in Jeans – skandinavische Rucksacktouristen. Schweden, na bitte. Hinter ihnen die jungen Männer in dunklen Lederjacken: Gelegenheitsarbeiter, Kellner, Händler ... Kleine Mädchen in blauen Kleidern mit weißen Spitzenkragen, warum sehen sie alle gleich aus? Die Schuluniform, Sophie, erklärt Lena.

Ständig wechselnde Fahrgäste, die endlose melancholische Steppenlandschaft der anatolischen Hochebene, faszinierende Szenen eines unbekannten Alltags in den ärmlichen Dörfern und kleinen Städten, die wir durchfahren – wo soll ich zuerst hinschauen. „Alles wirkt so improvisiert, unfertig, so lebendig", sage ich flüsternd zu Margot, die vor mir sitzt. „Schon wieder ein Schuppen mit Autowerkstatt, sollen diese Schrottkisten etwa noch repariert werden? Diese vielen kleinen Läden, warum hängen überall Netze mit verstaubten Bällen davor? Und die Obststände – wie hübsch die Früchte präsentiert werden, eine wahre Augenweide. Rauchen eigentlich alle Türken? Arbeiten die Männer hier nicht, warum sitzen sie auf der Straße und spielen – ist das etwa Backgammon?"

„*Tavla* heißt das Spiel hier, es ist sehr beliebt. Fast alle Männer rauchen, sogar dein Freund Yaşar greift manchmal zum Glimmstengel." Margot spricht leise. „Du wirst noch viele Männer herumhocken sehen, sie reden, spielen, trinken Tee, rauchen, lassen ihr *tespih*, die Gebetskette, durch die Finger laufen. Zum Essen gehen sie nach Hause und kommen wieder in diese ungemütlichen Kneipen mit Neonlicht, in denen der Fernseher ständig läuft. Bei schönem Wetter sitzen sie draußen auf der Straße, wieder spielen sie, reden, rauchen, trinken *çay*. Viele haben keine Arbeit, andere sind im Ruhestand, egal, das Teehaus scheint ihr Leben zu sein. Ihre Frauen bleiben daheim, kochen, hüten Haus und Kinder, machen Handarbeiten, schwatzen mit den Nachbarinnen. Oder sie arbeiten in der Landwirtschaft, im Süden beispielsweise als Baumwollpflückerinnen. Eine harte Arbeit! Auch diese Frauen müssen für Haus und Familie sorgen, sie leisten oft mehr als ihre Männer."

Yaşar hatte uns in Istanbul in einen Teegarten nahe der Universität geführt. Dort saßen am hellen Tag Männer jeden Alters herum, redeten leise miteinander oder schwiegen und rauchten friedlich *nargile*, die Wasserpfeife. Wir Frauen hatten uns als Eindringlinge gefühlt, obwohl wir natürlich alle drei versuchten, an Yaşars *nargile* zu ziehen ... „Gehen Männer und Frauen hier nicht auch gemeinsam aus?"

„Doch, in den großen Städten, Sophie", antwortet Lena. „Denke nur an die Restaurants und Bars oder den Dachgarten des großen Hotels, in die Yaşar uns geführt hat. Aber die Leute auf dem Land sind zu arm. Außerdem ist es nicht üblich. Auch bei uns hieß es doch früher, die Frau gehört ins Haus. Küche – Kinder – Kirche, es ist noch gar nicht so lange her. Erst die großen Kriege haben das verändert, plötzlich wurden Frauen als Arbeitskräfte gebraucht, durften den häuslichen Herd verlassen und ..."

„Jaja, schon gut, bitte jetzt keine deutsche Geschichtsstunde", unterbricht Margot Lenas Erklärungen. „Sophie soll die Türkei kennenlernen! Die Balkone, seht euch doch nur diese Balkone an, was für ein Gerümpel da rumsteht. Und die Blumen in den alten Ölkanistern ..."

Warum ist Lena nur immer so geduldig? Gewiss, sie doziert gern – ebenso wie die liebe Frau Klett. Beide wetteifern darin, mich über ihr liebstes Urlaubsland aufzuklären. Wie oft fällt Margot dabei der Freundin ins Wort, doch Lena lächelt und schweigt. Sie hat kein Feuer, meint Frau Klett, nur eine ziemlich temperamentlose Frau wie Lena konnte Herrn Dr. Justus Ludewig heiraten, diesen Langweiler, der noch dazu viel älter ist als sie.

Balkone voller Gerümpel und Brennholz ... Stolz hatte Azize in Ankara uns ihre moderne Wohnung gezeigt, ihre Küche mit den elektrischen Geräten, das deutsch-gemütliche Wohnzimmer, das klassisch-brave Schlafzimmer, das Kinderzimmer mit den grellbunten Stofftieren und ihr Gästezimmer, das vollgestellt war mit Schränken und einem Klappbett. Abstellraum, Speicher oder Keller? *Yok*, gibt's nicht. Wohin also mit dem Kram, den man nicht täglich braucht? Auf die Balkone – bisher habe ich keinen Menschen auf einem sitzen sehen. „Balkone, liebe Margot, dienen hier als Abstellräume", sage ich absichtlich im gleichen belehrenden Ton wie Lena, „und diesen Rückblick auf das alte Europa finde ich sehr interessant. Die Kopftücher beispielsweise ..." Diesmal werde ich unterbrochen, aber nicht von der lieben Frau Klett.

„Sie aus Deutschland?" Eine Frau mittleren Alters steht neben uns, schaut uns neugierig an. Ja, wir kommen aus *Almanya*. Wie schön, sagt die Frau, fragt nach unserem Woher und Wohin. Margot fordert sie freundlich auf, sich für ein paar Minuten zu uns zu setzen.

Die Frau lebt in Izmir, erfahren wir. Sie hat in Ankara ihre Schwester besucht, fährt jetzt zu ihrer ältesten Tochter nach Kayseri. Sie reist gern und viel, und sie reist allein. *Problem yok*, kein Problem – sie ist eine moderne Frau! Busfahren macht doch Spaß, *değil mi*, nicht wahr? Dreißig Jahre hat sie in Sindelfingen gelebt, wo ihr Mann in einer großen Automobilfabrik arbeitete. Jetzt ist er *emekli*, Rentner, bastelt an dem Häuschen, das er von seinen Ersparnissen baut.

Wer war eigentlich noch nicht in Deutschland oder möchte irgendwann dorthin. Unglaublich, wie viele Menschen hier unsere Sprache sprechen. Die Frau lobt das schöne, saubere *Almanya*, die fleißigen Schwaben. Auch das „Schaffe, schaffe, Häusle baue" zitiert sie stolz. Es entspinnt sich das übliche Gespräch, immer die gleichen Fragen: Woher kommst du, bist du verheiratet, hast du Kinder, wie gefällt dir die Türkei? Wie schön, du sprichst Türkisch – warum, hast du einen türkischen Mann ...

Sprachen, sagt die Frau aus Izmir, seien eine komische Erfindung. Da habe doch ein Wort oft ganz verschiedene Bedeutungen. Und lachend erzählt sie, wie sie in ihrem Sindelfinger Wohnhaus zufällig Zeugin eines lautstarken Streits zwischen zwei Nachbarinnen, einer Türkin und einer Deutschen, wurde. Aufgeregt hätten die beiden Frauen sie aufgefordert, Stellung zu beziehen. „Ich sagen nur *bana ne*, was geht mich das an? *Bana ne*? Ich haben nix verstanden von Streit. Deutsche Frau sehr, sehr böse: Warum du immer sagen Banane? Ich lachen, weil ich nicht sagen Banane.“ Die Frau aus Izmir schaut uns fragend an: „Habt ihr verstanden? *Bana ne* – Banane, deutsche Frau denken, ich sagen Banane. *Çok komik, değil mi*, sehr komisch, nicht wahr?“

Ja, die Geschichte ist wirklich komisch, wir lachen mit der Frau aus Izmir, die aus ihrer bauchigen Tasche eine große Tüte mit Trauben herausholt und uns auffordert, mit ihr davon zu naschen. „*Bana ne*, Banane“, wiederholt sie, erzählt die Geschichte vorsichtshalber noch einmal. Wir lachen, futtern die köstlichen Trauben. Bei der dritten Wiederholung verdreht Margot ungeduldig die Augen – ausgerechnet sie, die ihre Alltagserlebnisse so gern in epischer Breite immer wieder erzählt.

Um die gute Frau von ihrem Bananen-Thema abzubringen, erzähle ich, dass der türkische Freund meiner Tochter als Lehrling eine schallende Ohrfeige erhalten hatte, nur weil er einem anderen Lehrling ein türkisches Wort beibringen wollte. *Erik* ist eine Pflaume, hatte er gesagt, zack, da schlug der Geselle Erik zu. Ob der liebe Denis wirklich so unschuldig war? Was soll’s, ich weiß jetzt, was Pflaume auf Türkisch heißt: *erik*. Und das Wort für Birne ist *armut*. „Aber was heißt eigentlich Banane?“

Margot stöhnt auf: „Nein, nicht schon wieder, Sophie.“

„*Muz*, ganz einfach *muz*“, ruft die Frau aus Izmir strahlend und holt tief Luft.

„*Muz,* das sind die kleinen türkischen Bananen“, erklärt Lena schnell, „du wirst sie noch probieren können. Die langen Import-Bananen werden auch *banana* genannt.“

Alle Klarheiten beseitigt. Zum Glück wechselt unsere türkische Freundin freiwillig das Thema, deutet mit den Augen auf einige Frauen, die ein paar Reihen hinter uns sitzen, fragt leise: „In Deutschland auch viele türkisch Frau mit Kopftuch?“

Wir nicken, ja, es werden immer mehr, viele kleine türkische Mädchen müssen sogar im Hochsommer mit Kopftüchern, in langen Röcken, mit dicken Strümpfen herumlaufen – eine Quälerei, außerdem ist es ungesund.

„Schlimm“, sagt Frau Izmir, wie ich sie im Stillen nenne. „Islamisten wollen das so. Ich bin gute Moslemfrau, *Müslüm*, aber was hat Kopftuch mit *Allah* zu tun?“ Ihre Stimme ist lauter geworden, sie schaut sich um, doch niemand scheint sie zu beachten. „Manchmal ich denken, Frauen wollen Haare nicht waschen. Ich bin moderne Frau.“ Sie deutet auf ihre Frisur: „*Perma*, Dauerwelle, ganz frisch. In Ankara ...“

„Auch meine Dauerwelle ist ganz neu“, verkündet Margot auf ihre Löckchen deutend. Sie wird doch nicht ... Lena grinst, ich beiße auf meine Unterlippe. Es kommt, wie’s kommen muss: „Wissen Sie, mein neuer Masseur Dimitri ...“

Margots Löckchenarie, fast jeden Tag erzählt sie irgendeinem unschuldigen Opfer die Geschichte ihrer ergrauenden Haare und der neuen Frisur. Geschickt pflegt sie Informationen über ihren Status als Chefin einer Massage-Praxis – medizinische Massagen natürlich – einzustreuen. Dauerwelle, *permanant*, kurz *perma*, ein Wort aus dem Französischen, das ich nie, nie, nie vergessen werde.

Irgendwann ist auch dieses Lied gesungen. Frau Izmir kehrt zu ihrem Platz zurück. Busfahren in der Türkei ist wirklich ein Vergnügen, aber ein anstrengendes für uns nicht mehr ganz jungen Mädchen. Lena reibt immer wieder meinen schmerzenden Rücken, ich mache *masaj* bei ihr. Zu schade, dass Margot uns nicht durchkneten kann, ihre „goldenen Hände" sind berühmt. „Was ihr nur habt", wundert sie sich, „ich könnte stundenlang so weiterfahren. Wir haben Glück, das ist ein toller Bus hier. Beim nächsten Halt ist Pause, sagt der *şoför*." Sie räkelt sich in ihrem Sitz. Die Glückliche, der Platz neben ihr ist frei.

Früher, als sie jünger waren, wurden ihnen immer die Sitze direkt hinter dem Fahrer zugewiesen, erklären mir die Freundinnen schmunzelnd. Damit ist es leider vorbei. Auf dieser Fahrt sitze ich mit Lena in der dritten Reihe, Margot in der zweiten, die Plätze hinter dem Fahrer sind noch frei – reserviert für wen? Es ändert sich manches, wenn man älter wird. Eva hat das sehr früh begriffen. Als Achtjährige hatte sie nachdenklich gesagt: Mum, ich bin jetzt erwachsen – beim Metzger bekomme ich kein Stückchen Wurst mehr ...

Das ist wirklich ein feiner *otobüs*. Der junge *muavin* geht mit einer großen Flasche Kölnisch Wasser von Reihe zu Reihe: *Buyurunuz kolonya*. Grinsend schüttet er ein paar Tropfen des nach Zitrone riechenden türkischen Duftwassers in unsere Handflächen. Früher sei das in jedem Bus üblich gewesen, erklären mir die Freundinnen. Auch in einem türkischen Haushalt würden Gäste mit *kolonya* empfangen, doch leider verschwinde diese schöne Sitte allmählich.

Der *muavin* ist „Mädchen für alles", er verstaut Gepäck, verteilt die Plätze, beantwortet Fragen, geht dem *şoför* zur Hand, verhandelt mit den Tankwarten, sammelt die Fahrgäste an den Stationen wieder ein. Und der *muavin* einer noblen Busgesellschaft verteilt auch *kolonya* und kleine Erfrischungen – alles im Fahrpreis inbegriffen. Was für ein Service! Pfeift auf die Rückenschmerzen. Sind wir nicht selbst schuld, wenn wir heute so weit fahren wollen? Nirgendwo in Europa hat Busfahren jemals so viel Spaß gemacht. Europa – wie weit liegt das zurück. Sind wirklich erst gut acht Tage seit unserer Ankunft in Istanbul vergangen? Nicht zu fassen – was tut sich schon zu Hause in einer Woche.

Der Bus hält an einer ganz einfachen Raststätte. Schon greifen die meisten Männer nach ihren Zigaretten. Der *muavin* kündigt eine kleine Pause an, gerade ausreichend für eine warme Suppe, Tee und Toilette. Danach trommelt er die Fahrgäste wieder zusammen, während der *şoför*, stolz wie der Kapitän eines großen Dampfers, bis zur letzten Sekunde in aller Ruhe seine *sigara* raucht und *Türk kahvesi* schlürft. Auch während der Fahrt ordert er hin und wieder eine Zigarette von seinem Helfer, bläst den Rauch in eleganten Kringeln hinauf zum Symbol „Rauchverbot" über seinem Sitz.

Weiter geht die Fahrt. Die Reihe hinter dem Fahrer wird besetzt – mit zwei uralten Frauen. Wir sind also nicht mehr jung und noch nicht alt genug für diese Plätze. Immer mehr Fahrgäste machen ein Nickerchen, auch ich kann mich kaum noch gegen die Müdigkeit wehren. Bis in die Nacht hinein hatten wir gestern Abschied gefeiert von Fatma, Azize und ihrer Familie, von Latife und unserem hochgeschätzten Führer Çetin. Hoffentlich sehen wir uns bald wieder.

Mit Tränen in den Augen hatte Azize mich heftig umarmt. Wie glücklich ich sein müsse, in Deutschland leben zu können! Sie habe Berlin damals so ungern verlassen. Wenn sie gewusst hätte, dass die Mutter nicht mehr zurück wollte – nie wäre sie mit nach Istanbul geflogen. Keine ihrer Berliner Schulfreundinnen habe sie jemals wiedergesehen. Anfangs seien ein paar Briefe hin und her gegangen. Aber hier in der Türkei verschwinden Postsendungen manchmal spurlos, Sophie! Briefe, auf die wir warten, Briefe, die wir geschrieben haben. Oder sie erreichen erst nach Wochen ihr Ziel. Kein Wunder, wenn der Briefwechsel einschläft. Wenn du eine wichtige Nachricht loswerden willst, rufe an, schicke ein Fax, aber verlasse dich nicht auf die türkische Post, hatte Azize mir eingeschärft. Sie würde gern zur Hochzeit ihres Bruders nach Deutschland kommen – aber mit der ganzen Familie? Unmöglich, *olmaz*. Ohne ihre Lieben, das bringe sie nicht übers Herz. Denis und Eva sollten in die Türkei kommen, für die beiden sei es einfacher.

Fatma hatte uns alle drei umarmt zum Abschied: Ich bin so froh, euch kennengelernt zu haben, seit langem habe ich nicht mehr so gelacht wie mit euch. Auch Yaşar ist in eurer Begleitung so fröhlich gewesen, ganz wie früher. Der Arme, er hat zur Zeit viele Sorgen. Immer die blöde Politik ... In ein paar Tagen fährt Fatma weiter nach Antalya zu Filiz, ihrer jüngeren Tochter. Dort werden wir uns wiedersehen. Diese Aussicht erleichterte mir den Abschied – ich habe Evas zukünftige *kaynana* längst ins Herz geschlossen.

Ich muss eingeschlafen sein, denn plötzlich lässt mich Margots Stimme auffahren. Auch Lena reibt sich die Augen. „Wie weit noch?" fragt sie schläfrig.

„Ich sagte es eben", Margots Stimme klingt ungeduldig. „Wir sind gleich in Kayseri. Dort suchen wir ein Hotel, machen einen Bummel durch die Stadt und morgen früh geht's weiter. Wir müssen zeitig bei Hülya sein, es wird ja schon so früh dunkel. Außerdem müssen wir umsteigen, zuerst Linienbus, dann *dolmuş*. Eine ziemliche Fahrerei." Plötzlich lächelt Frau Klett mich an: „Endlich wirst du so ein Sammeltaxi kennenlernen, Sophie. Sie fahren bestimmte Strecken ab, halten auf Zuruf, du kannst ein- und aussteigen wo du willst. Die Fahrt an den Endstellen geht los, wenn der Fahrer beschließt, dass sein kleiner Bus *dolmuş* ist, voll geworden, und die Fahrt sich lohnt."

„Morgen früh? Da sehen wir doch gar nichts von Kayseri", wende ich ein. Morgen schon wieder Bus fahren – bei aller Liebe, dazu habe ich gar keine Lust.

„Die Zitadelle und die alte Karawanserei sehen wir uns heute noch an. Und morgen früh gehen wir kurz durch den Basar, ich brauche noch ein paar Kleinigkeiten für Hülya."

„Und die Moscheen, die Hunat-Hatun-Anlage und *Döner Kümbet*, die drehende Gruft, bleibt uns dafür noch Zeit?“

„Morgen nicht, es würde zu knapp, Sophie. Die drehende Gruft dreht sich nicht, dieses Kuppelgrab sieht nur so aus. Ich glaube, wir fahren daran vorbei.“

Schade, aber die Freundinnen haben mir zuliebe auf Bursa verzichtet, und jetzt hat Margot es eilig, ihre junge Freundin Hülya wiederzusehen, die mit Mann und Kind in ein Dorf bei Sivas gezogen ist. Also sage ich nichts. Lena hat meine Enttäuschung bemerkt. Wir kommen auf dem Rückweg noch mal durch Kayseri, tröstet sie mich.

Margot blättert im Reiseführer: „Ich war schon ein paar Mal in dieser Stadt. Kayseri, das alte Caesarea, war zur Zeit der Römer Hauptstadt der Provinz Kappadokien, später gab es hier eine große christliche Gemeinde. Die schönsten Baudenkmäler stammen aus der Seldschukenzeit, damals war Kayseri ein bedeutendes Handelszentrum“, belehrt sie mich eifrig.

„Lange vor den Römern hatten Hethiter diese Gegend besiedelt“, sagt Lena.

„Jaja, Lena.“ Margot holt einen kleinen Spiegel aus ihrer Handtasche, prüft kritisch den Sitz ihrer Löckchen, greift zum Lippenstift. „Heute Abend im Hotel sollten wir unser Gepäck umpacken. Wir brauchen nicht alles mitzunehmen, wenn wir zu Hülya fahren. Den Rest bringen wir zur Gepäckaufbewahrung – wie heißt das auf Türkisch, Sophie?“

„*Emanet*“, antworte ich prompt.

„Also *emanete*, zur Gepäckaufbewahrung. Ein *e* oder *a* am Wortende zeigt die Richtung an. *Otogar*, der Busbahnhof. *Otogara*, zum Busbahnhof, *tamam mı*?“

Tamam tamam, alles klar, antworten Lena und ich ergeben.

Mit klappernder Karosserie zuckelt der alte *dolmuş* den steinigen Weg bergan zum nächsten Dorf. Er ächzt und stöhnt, er ist nicht mehr der Jüngste. Ein Glück, dass sein Motor noch so gut läuft! Sein Chef, der flotte *dolmuşçu* Halil, ist heute besonders gut gelaunt, fährt schneidiger als gewöhnlich, pfeift ein paar schräge Töne aus einem neuen Schlager, schaut öfter als sonst in den Rückspiegel und streicht immer wieder seinen *bıyık* glatt, den prachtvollen Schnauzbart des stolzen türkischen Mannes. Er scherzt mit den Fahrgästen, nimmt mit großer Geste ihre kleinen Geldscheine entgegen und manchen gibt er sogar ein Ticket.

Halils gute Laune ist ansteckend und das alte Vehikel lässt den Motor zufrieden brummen. Heute ist er wirklich *dolmuş*, voll geworden, fast könnte man sagen, er ist *hıncahınç*, brechend voll. Und nicht nur die längst bekannten Alis, Mustafas, Hasans und Turguts und die Fatmas, Ayşes und Lales sind an Bord – nein, Fremde haben sich in diese Gegend verirrt, was leider viel zu selten vorkommt, obwohl doch die Landschaft so schön ist hier oben in den Bergen. Vier Fremde: ein blasser junger Mann mit wunderbar derben Schnürschuhen und drei Frauen, nicht mehr ganz jung, aber doch *iyi kalmış*, gut erhalten. Die Lustige mit den verschmitzten braunen Augen und den vielen Löckchen, die aussehen wie Kohle und Asche, redet wie ein Wasserfall.

Auch die Zweite hat auffallende Haare, rotes Gold, so was sieht man selten. Schade, dass sie diese Pracht in so einen strengen Knoten gezwungen hat, aber immerhin versteckt sie ihr Haar nicht unter einem Kopftuch wie die Frauen hier in dieser ländlichen Gegend. Die Rothaarige sagt fast nichts, hört auch den anderen nicht aufmerksam zu. Wo mag sie mit ihren Gedanken sein? Sie ist zu ernst, würde sie ein bisschen lachen, wäre sie sicher ganz hübsch.

Die Dritte – was die alles wissen will, sie hat noch nie in einem *dolmuş* gesessen, gibt's denn so was? Die drei Frauen sind *okul arkadaşları,* Schulfreundinnen. Na, es dürfte aber eine Weile her sein, seit sie die Tafel abgewischt haben. Der junge Mann gehört nicht zu ihnen, das merkt man sofort, obwohl sie alle miteinander reden in – Donnerwetter! – türkischer und englischer Sprache.

Englisch. Der alte Dolmusch kennt sich aus, in seiner Jugend, als er noch seine ersten fabrikneuen Reifen hatte, ist er in einer großen Stadt feinere Strecken gefahren als diese staubige Piste. Nein, heute ist sie nicht staubig, schließlich hat es heftig geregnet, dafür spritzen ihn die frechen Pfützen schadenfroh voll. Aber die Sonne lacht schon wieder, und auf dem Rückweg werden die nassen Ungeheuer verschwunden sein.

Damals in der Stadt waren täglich Fremde eingestiegen, die in allen möglichen Sprachen der Welt redeten. In seinen mittleren Jahren hat der Dolmusch Dienst in der Nähe einer antiken Ruinenstadt gemacht. Auch da waren Fremde gekommen, hatten dem *şoför* ein paar große Scheine in die Hand gedrückt – dann war er schon mit zwei, drei, vier oder fünf Fahrgästen *dolmuş*. Die Fremden sind in den historischen Trümmern herumgeklettert, er hat mit seinem *şoför* geduldig draußen gewartet, meistens haben sie beide ein Nickerchen gemacht. Seltsame Menschen, diese Fremden. Fast immer waren sie ganz verzückt von der Besichtigung zurückgekommen und hatten gefragt, wie weit es bis zur nächsten antiken Stadt sei. Seit dieser Zeit ist der alte *dolmuş* polyglott.

Der junge Engländer will ganz langsam, *yavaş yavaş*, durchs Land reisen, zu Fuß, mit Bus oder *dolmuş*, und am liebsten würde er bis zum Van-See wandern, aber so ganz allein ist es wohl doch zu gefährlich – leider. Sein Kollege, Reisegefährte und Dolmetscher, ein Kurde, der seit Jahren in England lebt, ist krank geworden und musste nach London zurückfliegen.

Die Dame mit den lustigen Löckchen nickt betrübt: It's terrible, aber der Osten ist im Augenblick wohl nicht ungefährlich für Einzelreisende. Und wenn Sie die Sprache kaum verstehen ... Sie selbst habe diese Gebiete mit ihrer rothaarigen Begleiterin bereits in früheren Jahren bereist und würde auch jetzt überallhin fahren, aber ihre Freundinnen ...

Ob sie denn als Frauen so allein unterwegs keine Angst hätten, will der junge Mann wissen. Ein bisschen schon, sagen alle drei. Oder eigentlich doch nicht, Angst sei das falsche Wort, aber passieren könne immer was. Dieser alte Dolmusch beispielsweise sehe gefährlich unstabil aus.

Empört heult der *dolmuş* auf. Warum müssen Frauen immer nur das Äußere so wichtig nehmen, gewiss, sein Lack ist stumpf, die Polster der Sitze sind zerschlissen, aber der Motor ist in Ordnung, auch die Reifen haben noch genug Profil. Der flotte Halil ist ein tüchtiger Mechaniker, ein guter Chauffeur, der beste, den der *dolmuş* in seinem langen Leben als *otomobil* kennengelernt hat. Halil hätte ihm auch längst eine funkelnagelneue Windschutzscheibe eingesetzt, aber das Geld langt nicht hinten und nicht vorn. Benzin, Reparaturen, Steuern, Versicherungen, Zigaretten – da muss die Scheibe noch warten, auch wenn es eine Schande ist, mit einem Klebeband im Gesicht herumzufahren. Aber so groß ist der Sprung nun auch wieder nicht, bisher ist er der Polizei nicht aufgefallen.

Was sind das für süße Töne, die Neugierige beginnt tatsächlich, ein Loblied auf ihn zu singen: Wenn es in Deutschland auch solche Sammeltaxis gäbe ... Deutsche, drum der komische Akzent der Frauen. Sammeltaxi – ein ungemütliches Wort für *dolmuş*. Fahren in Deutschland keine *dolmuşlar*, gibt es dort nicht alles, ist Deutschland nicht so was wie das Paradies, wie die Leute immer erzählen? Ein Paradies ohne *dolmuş* – da stimmt was nicht. Aha, in Deutschland, *Almanya'da*, gibt's Busse, Taxis und Straßenbahnen – was ist das denn? –, die fahren aber zu selten, halten nur an festen Punkten, lassen niemanden zwischendurch ein- und aussteigen, auch wenn sie direkt an seinem Haus vorbeifahren. Welche Arroganz, selbst die schicken türkischen *otobüsler* sind nicht so stur. Was machen die armen Menschen in Deutschland nur ohne *dolmuş*? Ach so, die meisten haben ein eigenes Auto. Na, da muss was los sein!

Eine unterhaltsame Fahrt heute. Die Lustige spricht tatsächlich mit dem dicken Ali, der sonst den Mund nicht aufmacht. Warum er auf seinem Futtersack sitzt, will sie wissen. Damit er ihn beim Aussteigen nicht vergisst, antwortet das Schlitzohr.

Jetzt kommen Schulkinder. Halil schafft Platz für die Kleinen, fünf Mädchen, drei Buben – sechs, sieben, acht, *altı, yedi, sekiz* – alle da. Taschen, Körbe und Säcke auf der letzten Bank müssen übereinander gestapelt werden. In der zweiten Reihe ist noch was frei, auch die Fremden rücken zusammen. Einen Lärm machen die Kinder heute wieder, da wird sogar die schweigsame Rothaarige munter. Und sie lacht, na, warum nicht gleich, es steht ihr. Sie redet mit den Gören, fragt, wie es in der Schule war. *Çok güzel,* sehr schön! Diese kleinen Schwindler. Nun reden alle drei Frauen mit den Kindern, und auch der junge Mann will was wissen. Diese Fremden immer mit ihrer Neugier, was ist an den Kleinen nur so interessant. Wie brav sie heute sind, jetzt fangen auch sie noch an, Fragen zu stellen: Woher kommt ihr, wie heißt ihr, habt ihr auch Kinder – was, schon so große? Wo habt ihr Türkisch gelernt? Jetzt singen sie doch tatsächlich ein Lied für die Fremden. Da steigen die ersten schon wieder aus und winken, winken ...

Halil, achte auf die Straße! Warnend lässt der kleine Bus den Motor aufheulen: Dreh dich nicht so oft um. Diese Frauen sind viel zu alt für dich.

Die jungen Männer hier, diese Nichtsnutze, *yaramazlar*, bieten den fremden Damen Zigaretten an, das ist ... *Ayıp* ist das. *Allaha şükür*, die Damen lehnen ab. Jetzt reden wirklich alle durcheinander, nur die alte Erksin starrt mal wieder böse vor sich hin, macht die Augen zu. Diese Scheinheilige, als ob sie schlafen könnte bei dem Geschnatter.

Die fremden Frauen wollen tatsächlich bis zum vorletzten Dorf mitfahren. Was wollen sie dort nur, in dem Nest ist doch nichts los, da gibt's nicht mal eine *pansiyon*. Was hat die Lustige da in der Hand, eine Adresse? Eine Freundin will sie besuchen, hier, am Ende der Welt – wenn das mal stimmt.

Wie soll die Freundin heißen, Hülya, Hülya Yıldız? Yıldız heißen viele. Aha, sie ist mit Mustafa Yıldız verheiratet. Ist der nicht nach Ankara gezogen, als seine Mutter im Frühjahr gestorben ist?

Halil, Halil, pass auf! Verzweifelt lässt der kleine Bus seinen Motor aufheulen: Warum drehst du dich um, Halil, *dikkat*, Vorsicht! Die Straße... *İmdat*, Hilfe! Halil, denk an mein Alter, ich verliere das Gleichgewicht ... *İmdat*!

Allaha şükür, stöhnt die alte Frau und lässt sich ächzend in das spärliche Gras plumpsen. *Allaha şükür*, sagt der alte Mann, setzt sich kopfschüttelnd neben sie. *Allaha şükür, Allaha şükür*, murmeln beide verstört, schlagen die Hände zusammen, wiegen ihre Oberkörper hin und her. Der Mann ergreift die Hände der Frau, tätschelt sie tröstend.

„Das ist ja noch mal gut gegangen", sagt Lena, als wir aus dem Dolmusch klettern. Das alte Vehikel ist im Zeitlupentempo umgekippt, hat sich sanft gegen die Böschung gelehnt.

„Wie ist das nur passiert, ich habe überhaupt nichts mitgekriegt!" ruft Margot.

„Der *şoför* hat sich nach uns umgedreht, er wollte deinen Zettel mit der Adresse sehen", erklärt Lena.

„Und da kippt die Karre um? Einfach so – mitten auf dieser ruhigen Landstraße?" Margot schüttelt den Kopf.

„Ich hab's kommen sehen", murmele ich. „Der arme Kerl. So ein Unglück – in dem Alter."

„Alter? Was redest du für einen Unsinn", kanzelt Margot mich ab. „Der Fahrer Halil ist doch ein junger Mann!"

Zum Glück erwartet sie keine Antwort. Wie sollte ich ihr erklären, dass ich den *dolmuş* meine, der während der langen Fahrt durch Halils Witzeleien für mich irgendwie lebendig geworden ist. Inzwischen sind alle Fahrgäste herausgeklettert, betrachten den verunglückten Kleinbus argwöhnisch. Ein junger Mann mit Wollmütze deutet auf den Boden, ein großes Loch in der Fahrbahn ist dem Minibus zum Verhängnis geworden. *Eski bir delik*, ein altes Loch, sagt er, sonst passt der *şoför* immer auf.

Der gewitzte Halil, der noch vor wenigen Minuten mit uns gescherzt und seinen alten Kasten in den höchsten Tönen gelobt hatte, ist blass geworden, hat keine

Sekunde Zeit mehr für uns. Mit finsterem und besorgtem Blick kontrolliert er sein Fahrzeug, zwei junge Männer prüfen die Räder. Zurufe, die ich nicht verstehe, kommen von allen Seiten. Plötzlich scheinen sich die Männer einig zu sein.

„Was haben die vor?“ will ich wissen.

„Vielleicht wollen sie die Karre wieder aufrichten“, vermutet Margot.

Tatsächlich, die Männer packen das altersschwache Gefährt vorsichtig an allen Ecken, heben es sanft an, ganz langsam, *yavaş yavaş*, befreien das rechte Vorderrad aus seiner Falle. Das Vehikel gibt einen ächzenden Laut von sich, als es wieder auf allen vier Rädern steht. Der Fahrer holt unser Gepäck, stellt den großen Korb der Alten ins Gras, setzt sich hinter's Steuer, startet – der alte Karren springt tatsächlich an. Die übrigen Fahrgäste steigen wieder ein, scheppernd setzt sich der klapprige *dolmuş* in Bewegung. Wir drei und die beiden Alten bleiben zurück. Wir winken erleichtert, der englische Jüngling winkt zurück, der *şoför* Halil macht nur ein kurzes Handzeichen.

Allaha şükür, murmeln die Alten und versuchen schwerfällig, sich aus dem dürren Gras zu erheben. *Allaha şükür*, sagen wir und helfen den beiden beim Aufstehen. Der Mann nimmt den Korb, setzt sich langsam in Bewegung. Ein paar Schritte hinter ihm die Frau, der Alte beachtet sie nicht mehr. Das Haus von Mustafa Yıldız sei das letzte am Ende der langen Straße, erklärt er uns. Es liege ein wenig abseits, aber wir könnten es nicht verfehlen, es sei das einzige Haus da oben. Wir bieten dem Alten an, seinen Korb zu tragen. *Lâzim değil*, nicht nötig, sagt er. Er kommt vom Markt, hat sein Gemüse verkauft. Der Korb ist leer. *Allaha ısmarladık*, Gott befohlen, sagt Lena. Wir nicken den beiden zu. *Güle güle*, kommt ihre Antwort. Dann machen wir uns auf den Weg.

Margot reibt ihre rechte Hand, macht ein finsteres Gesicht. „Ich bin gegen die Sitzlehne gefallen, als die Karre umgekippt ist“, brummelt sie, „hoffentlich ist die Hand nicht schon wieder gebrochen.“ Vorsichtig prüft sie das Gelenk. „Alles in Ordnung, glaube ich, es tut zwar weh, aber ...“ Erleichtert seufzt sie auf.

„Sag mal, Margot, du hattest doch Hülya und Mustafa mitgeteilt, dass wir kommen. Haben sie eigentlich geantwortet?“ fragt Lena gedehnt.

„Geantwortet – geantwortet“, Margots Stimme klingt gereizt, „was weiß ich, wahrscheinlich ist die Antwort unterwegs. Du weißt ja, die türkische Post ...“

„Aber Margot“, rufe ich entgeistert, „vielleicht haben die beiden deinen Brief gar nicht erhalten. Oder es ist niemand zu Hause. Mustafa Yıldız soll nach Ankara gezogen sein, wenn das nun stimmt? Was machen wir in diesem Nest, es wird bald dunkel, eine *pansiyon* gibt's hier bestimmt nicht, wahrscheinlich nicht mal ein Gasthaus. Sollen wir etwa im Freien schlafen bei der Kälte hier oben?“

„Rege dich nicht auf, Sophie. Hülya ist immer zu Hause, wo soll sie sonst sein. Und wenn nicht ... Wir werden nicht gleich erfrieren. Mustafa Yıldız in Ankara, so ein Quatsch, er ist doch erst vor ein paar Jahren mit Hülya hierher gekommen, hat Haus und Hof.“ Margot bleibt stehen, atmet tief durch. „Ist die Luft hier in den Bergen nicht herrlich, kein Smog wie in Istanbul oder Ankara. Mustafas“, sagt sie nach einer Weile, „Mustafas gibt's wie Sand am Meer und *Yıldız*, Stern, das ist wie Schmidt oder Becker bei uns. Und wenn alle Stricke reißen, klopfen wir irgendwo und bitten um Quartier."

„Das können wir doch nicht."

„Sophie, du nervst. Man merkt, dass du noch nicht viel in der Welt herumgekommen bist. Immer brave Ehefrau, ängstlich, gut erzogen. Und hilflos, wenn der Ehemann nicht da ist und für sie denkt."

„Margot, du gehst zu weit", ruft Lena empört.

„Jaja, kann sein. Entschuldige, Sophie. Aber ihr zwei seid so verwöhnt, immer muss alles perfekt sein bei euch. Die Welt geht doch nicht unter, wenn wir hier eine Nacht verbringen müssen. Morgen früh fahren wir mit dem Dolmusch zurück. Oder wir bestellen ein Taxi."

Margot, du spinnst. Ein Taxi – hier draußen, wo soll das herkommen! Ob es hier am Ende der Welt überhaupt Telefone gibt? Aber ich sage nichts, und auch Lena schweigt. Unsere Stimmung ist auf dem Nullpunkt, dabei sollten wir froh sein, dass der Unfall vorhin so glimpflich verlaufen ist. Ohne die Böschung ...

Margots Bemerkung war nicht sehr taktvoll, aber irgendwie typisch für eine schlecht gelaunte Frau Klett. Eine Reise zu dritt – eigentlich mag Margot Trios nicht, vielleicht kommt sie da nicht oft genug zu Wort. Zu zweit, zu viert – alles sei besser als ein Trio. Früher haben wir drei uns häufig gestritten, doch sind wir nicht älter geworden, reifer, haben gelernt, uns zurückzunehmen? Ob unsere Freundin ein bisschen Ruhe braucht? Bisher war sie kaum eine Minute allein, abgesehen von ihren Einkaufstouren. Sie sagt zwar, das mache ihr nichts aus. Ich habe jedenfalls gestern in Kayseri das Einzelzimmer sehr genossen.

Der Weg führt langsam bergan. Zu beiden Seiten der staubigen Straße in einiger Entfernung vereinzelte Häuser, umgeben von niedrigen Mauern. Ich drehe mich um, die beiden Alten sind verschwunden. „Das ist gar kein richtiges Dorf", murmele ich.

„Nein, Sophie, mit unseren Dörfern kannst du diese türkischen Bergdörfer nicht vergleichen." Margots Stimme klingt jetzt betont freundlich. „Sieh, eine Art Oase dort unten, ein Bach, an seinen Ufern fruchtbares Land. Davon wird jeder Quadratmeter bepflanzt. Die Häuser werden auf unfruchtbarem Gelände errichtet und stehen ziemlich weit auseinander. Aber schön ist es hier, nicht wahr? Nur komisch, dass wir keinem Menschen begegnen."

Kaum hat sie den letzten Satz beendet, steht ein Mann vor uns – wie aus dem Boden gewachsen. Ein wilder Typ mit struppigem Vollbart, auf dem Kopf eine viel zu große Schirmmütze, an der ein Blechstern blinkt. Er mustert uns mit zusammengekniffenen Augen, presst grunzend ein paar Worte durch die Zähne. Margot fragt nach dem Weg. Seine Antworten kommen stoßweise, wie aus einem verstopften Auspuff. Wieder einmal verstehe ich gar nichts, doch zum Glück ist die Körpersprache einfacher als die türkische. Der Mann deutet mit wilden Gesten nach links, tippt an seine Mütze, verschwindet hinter herbstlich gefärbten Büschen.

Die kluge Frau Klett hat sein Kauderwelsch offenbar begriffen: „Es ist nicht mehr weit, aber Mustafa Yıldız soll wirklich in Ankara sein."

„Diesem bärtigen Ungeheuer möchte ich nicht allein im Wald begegnen", murmele ich.

Margot nickt. „Er wirkte in der Tat ein bisschen abenteuerlich, aber gefährlich? Na, man weiß ja nie. Übrigens wird irgendwo eine Hochzeit gefeiert, darum ist der Ort wie ausgestorben."

Der Weg führt über brachliegendes steiniges Gelände und niedrige Mauern aus lose aufgeschichteten Feldsteinen. Hier oben scheint es seit langem nicht mehr geregnet zu haben. Ziegen suchen gemächlich nach spärlichen Grasbüscheln. Sie beachten uns nicht.

„Dort drüben hinter den Pappeln – ein Haus, hoffentlich das richtige." Lenas Stimme klingt erleichtert.

Unsere Schuhe und Hosenbeine sind staubig, Lena bleibt beim Übersteigen der letzten Mauer an dornigem Gestrüpp hängen. Margot, wegen ihrer verletzten Hand ungeschickter als sonst, lässt ihre Tasche in den Dreck fallen. Ich trete in frischen Ziegendung. Hinter den Pappeln ... „So sah das erste Haus aus, das ich für meine Mutter gezeichnet habe", sage ich verblüfft. „Zwei Fenster links, die Haustür, ein Fenster rechts. Das rote Dach, der große Baum ... Und eine Frau, die Wäsche aufhing – auch sie trug ein Kopftuch!" Ich erinnere mich genau an meine unbeholfene Kinderzeichnung, die Mutter eingerahmt und voller Stolz in der Küche aufgehängt hatte. Auch später waren meine Skizzen von Familie, Freunden und Lehrern bewundert worden, doch nicht ich habe das Zeichnen zum Beruf gemacht, sondern erst Mutters Enkelin Eva.

„Aber die vielen Säcke unter den Fenstern hast du bestimmt nicht gezeichnet", lacht Margot, „außerdem trägt diese Frau eine Pluderhose. Und sie nimmt die Wäsche ab. Hülya", ruft sie halblaut. „*Merhaba,* Hülya!"

Die weibliche Gestalt an der Wäscheleine zuckt zusammen, dreht sich um, schaut uns erstaunt an. Margot geht mit ausgebreiteten Armen lachend auf sie zu. Plötzlich ein spitzer Schrei: „*Margot hanım, nereden geliyorsunuz? Ne kadar güzel bir sürpriz*! Frau Margot, wo kommen Sie denn her? Was für eine schöne Überraschung!" Die junge Frau stürzt sich in Margots Arme, ruft immer wieder: „*Ne kadar güzel bir sürpriz*!"

Eine schöne Bescherung – hat Hülya Margots Brief nicht bekommen? Doch schon, aber ... Lachend kommt die junge Frau auf uns zu, umarmt uns: „*Hoş geldiniz, hoş geldiniz*!"

Hoş geldiniz, schön, dass ihr gekommen seid – na, hoffentlich stimmt das. Wir jedenfalls empfinden die Begegnung mit der hübschen jungen Person wirklich als angenehm: *Hoş bulduk*. Doch stören wir nicht?

Wenige Minuten später sind alle Bedenken verflogen. Hülyas Freude ist aufrichtig, ist riesig. Nein, wenn sie das gewusst hätte ... Zuerst müssen wir Tee trinken. Die Kinder, wo sind nur die Kinder wieder? Natürlich ist Platz im Haus für alle, endlich hat auch sie mal Besuch – und dann noch aus Deutschland. Welche Freude, wenn doch Mustafa hier wäre!

Hülya hat Tränen in den Augen, ihre Stimme überschlägt sich fast. Immer wieder ergreift sie Margots Hand. Mustafa ... Ja, ihr Mann ist wirklich in Ankara, schon seit Monaten. Im Frühjahr, nach dem Tod seiner Mutter, da hat ihn nichts mehr gehalten. Mustafa liebt die Stadt. Wie soll man hier auf dem Land auch eine Familie ernähren. Zuerst ist er nach Kayseri gefahren, wo er schon früher auf dem Bau gearbeitet hatte. Doch jetzt ist er in der Hauptstadt, hat schon einmal Geld geschickt und versprochen, die Familie vor dem Winter zu holen. Er sucht noch eine Wohnung. Mustafa muss bald kommen, jeden Tag wartet Hülya darauf, dass er mit einem Lastwagen vorfährt. Sie hat den ganzen Sommer über Brennholz gesammelt und kleingehackt. Hier die Säcke vorm Haus: *yirmi beş tane*, fünfundzwanzig Stück. Allein ihr Werk, alles für Ankara. Mustafa wird sich freuen. Und Decken hat sie genäht, wunderschöne neue Baumwolldecken. – Aah, da sind ja endlich die Kinder.

Kinder? Wieso Kinder, Margot weiß nur von einem Sohn, Cemal. „Sag nur, Hülya, du hast schon zwei Kinder, warum habt ihr mir das nicht geschrieben?“

„*Selçuk, gel buraya*, Selçuk, komm her!“ ruft Hülya. „*Cemal nerede*? Wo ist Cemal? Ah, da ist er.“ Verlegen kichernd kommen die beiden Lausbuben näher. Der kleine Selçuk streckt uns bereitwillig seine winzige Hand hin, der ältere Bruder zögert, mustert uns scheu.

„Zwei Kinder!“ Margot ist erschüttert: „In so kurzer Zeit, Hülya. Herzlichen Glückwunsch. Noch dazu Söhne, zwei Prachtburschen, da ist Mustafa sicherlich stolz.“

Verräterin – da stöhnt sie immer, wie schrecklich, bei den Türken zählen nur Söhne und dann ... Aber Cemal und Selçuk sind wirklich nette kleine Burschen. Margot kann sich gar nicht beruhigen: „Zwei Kinder. Als ich dich zuletzt gesehen habe, Hülya, ein Jahr nach deiner Hochzeit, da warst du fast siebzehn und Cemal ein Baby. Ihr habt noch in deinem Elternhaus gewohnt. Bei meinem letzten Besuch dort warst du schon weggezogen. Aber wieso siezt du mich eigentlich, wir haben uns doch immer geduzt. Du musst uns alle duzen. Die kleine Hülya – du warst noch ein Kind bei unserer ersten Begegnung, und jetzt hast du selbst schon zwei Kinder. Wie die Zeit vergeht.“

„*İki çocuk*, zwei Kinder ...“ Hülya geht lachend ins Haus und kommt mit einem Säugling auf dem Arm zurück. „Das ist Burçin, ein Mädchen, *bir kız*.“ Drei Kinder! Warum wir so erstaunt sind, will Hülya wissen. Drei Kinder, das ist doch normal. Sie ist immerhin schon fast dreiundzwanzig.

Dreiundzwanzig, so jung war ich, als ich Helmut heiratete. Zu früh, die Zeit der Unabhängigkeit vor der Ehe war zu kurz. Und diese junge Frau hier ist direkt aus der Obhut des Elternhauses zum Ehemann gewechselt – mit sechzehn Jahren. Sie hat keinen Beruf erlernt, hat nie für sich allein gelebt. Wie meine Großmutter, die Mutter meines Vaters, sie hatte mit dreißig fünf Kinder, mit vierzig war sie eine Matrone.

Hülya ist eine anziehende junge Frau mit großen leicht mandelförmigen Augen. Selbst im *şalvar*, dieser bequemen Pluderhose, wirkt sie schlank und biegsam. Ihr Haar versteckt sie nicht wie die konservativen Frauen unter einem schweren bunt bedruckten Tuch, Hülya trägt ein im Nacken gebundenes leichtes weißes Baumwolltuch mit buntem Rand über ihrem dunklen Scheitel.

Für mich ist es nicht einfach, ihrem Wortschwall zu folgen, denn die junge Frau spricht kein Wort Deutsch. Ohne meine Dolmetscherinnen wäre ich aufgeschmissen. Doch jetzt kommt sie auf Lena und mich zu, ergreift unsere Reisetaschen. *Buyurunuz*, bittet sie uns lächelnd ins Haus. Im Flur stehen mehrere Paar Plastiksandalen aufgereiht an der Wand. Wir stellen unsere staubigen Treter dazu, holen leichte Pantoffeln, *terlikler*, aus unserem Gepäck.

„Sophie, es ist so weit“, tönt Margot feierlich, „zum ersten Mal in deinem Leben betrittst du ein echtes türkisches Haus. Hier zieht man seine Schuhe aus, Hülya kommt mit *kolonya* und“, sie wirft einen kurzen Blick in den Wohnraum, „und der Fernseher läuft.“

6
Köyde – Im Dorf

Eine nackte Glühbirne verbreitet trübes Licht. Tagsüber im Glanz der Sonne wirkte der Raum mit seinen beiden Fenstern nach Osten und Süden und den drei Betten anheimelnd, doch bei dieser fahlen Beleuchtung verlieren alle Farben ihre Leuchtkraft, und selbst Lenas Haar sprüht keine Funken mehr. Zum ersten Mal auf dieser Reise teile ich das Nachtquartier nur mit ihr. Margot und Hülya haben sich auf der breiten gemauerten Bank im *oturma odası*, dem Wohnzimmer, eingerichtet, die drei Kinder schlafen im dritten Raum.

Ein Haus ohne Komfort, ohne Bad, ohne *tuvalet*. Die Küche nur eine schmale Kammer. Eine Zinkwanne, in der die junge Frau auf dem Boden hockend das Geschirr spült, für Töpfe und Teller ein kleines Regal, ein zweiflammiger Gaskocher auf wackligem Gestell – das ist alles. Immerhin Wasserleitung, hatte Margot bei der Besichtigung von Hülyas Reich bewundernd ausgerufen und auf einen dünnen Schlauch gedeutet. Ein schönes altes Bauernhaus, Hülya. Viel größer als das Haus deiner Eltern!

Ja, ein altes Haus, vor zwanzig Jahren vom Schwiegervater gebaut, bestätigte Hülya. Vor zwanzig Jahren? Nicht zu glauben, das Haus war jünger als wir. Jedenfalls sei es besser als Hülyas Elternhaus, behauptete Margot: Da gibt's zwar auch fließendes Wasser – ein natürliches Bächlein, das durch den Waschraum geleitet wird. Als ich zu Besuch war, wohnten zeitweise sieben Personen in den beiden Räumen. Doch zum Glück hat Hülyas Elternhaus ein Flachdach, auf dem man im Sommer schlafen kann. Mir war dieses Vergnügen allerdings verwehrt worden – für einen weiblichen Gast wäre es *ayıp*, auf dem Dach zu übernachten.

Hülya hatte bei Margots Schilderung feuchte Augen bekommen. Wie schön war's doch zu Hause, seufzte sie. Wenn Mustafas jüngere Schwester nicht geheiratet hätte ... Sie als *gelin*, als Schwiegertochter, Mustafa als einziger Sohn – sie hatten sich nun um die alte Frau kümmern müssen. Zwar ist dieses Haus größer, aber zu Hause war es besser und viel wärmer als hier in den Bergen – und war es nicht lustig, Margot, als mein Bruder Hasan dich damals heiraten wollte? hatte sich unsere Gastgeberin kichernd erinnert.

„Was war das für eine Geschichte mit Hülyas Bruder? Ich weiß nicht mehr, wie ich diesen Hasan einordnen soll", sage ich zu Lena, die damit beschäftigt ist, ihre Nachtcreme hingebungsvoll im Gesicht zu verteilen.

„Kein Wunder", schmunzelt die Freundin, „wie soll man auch Margots Männer auseinanderhalten. Hasan – das ist Jahre her. Unsere Doña Juana hatte Hülyas Eltern auf einem Markt in Kayseri kennengelernt. Gastfreundlich, wie die meisten Menschen hier, haben die beiden die Türkisch sprechende Frau aus *Almanya* in ihr Dorf eingeladen. Margot, spontan wie immer, hat sofort zugesagt und ist ein paar Tage geblieben. Weil Hülyas ältester Bruder Feuer gefangen hatte und sie umgehend heiraten wollte? Vielleicht. Er hatte kurz zuvor seine junge Frau zu ihren Eltern zurückgeschickt, wünschte sich jetzt eine Europäerin. Hülya war damals noch ein Kind. Margot ist ein paar Mal bei dieser Familie zu Gast gewesen, auch zu Hülyas Hochzeit."

„Hat sie nicht sogar damals mit dem Gedanken gespielt, diesen Hasan zu heiraten?"

„Gespielt, Sophie, du sagst es. Deshalb habe ich sie auch später nicht ernst genommen, als sie verkündete: Ich heirate Ahmet. Ein Fehler, den ich sehr bedauere."

„Ach, Lena, du hättest Margot doch nicht aufhalten können. Wenn sie sich etwas in den Kopf setzt ..."

Lena zuckt die Achseln und wir beginnen, unser Nachtlager vorzubereiten. Zwei ernste Augenpaare verfolgen unser Tun: die dunklen Augen von Mustafas Eltern auf ihrem kolorierten Hochzeitsfoto, das über der Tür hängt. Auf den Betten liegen Stapel von schweren bunten mit Baumwolle gefüllten Steppdecken, die Hülya selbst angefertigt hat. Die meisten sind noch ungebraucht, doch wir dürfen uns bedienen, hatte unsere Gastgeberin freundlich versichert und uns noch dicke bunt bestickte Kissen gebracht.

„Das dritte Bett mit der großen Decke sieht seltsam aus, Lena, als würde jemand darin liegen. Irgendwie unheimlich."

„Stimmt. Na, sehen wir doch mal nach." Lena hebt die Decke vorsichtig an. Erleichtert lachen wir auf. Das „Bett" entpuppt sich als Gestell, auf dem Berge von hauchdünnen trockenen Fladen aufgestapelt sind.

„*Yufka ekmeği*, Sophie. Ein Riesenvorrat."

„Wer soll das alles essen? Ob Hülya damit handelt?"

„Nein, diese Fladen werden immer auf Vorrat gebacken. Vielleicht will Hülya sie nach Ankara mitnehmen", sagt Lena. Sie habe schon öfter zugeschaut, wenn Frauen dieses dünne Brot backen. „*Yufka ekmeği* ist sehr haltbar. Wenn man die Fladen anfeuchtet, werden sie wieder weich. Man füllt sie mit Käse, Fleisch, Eiern oder Gemüse, rollt oder faltet das Ganze zusammen – fertig ist eine Pastete."

Wie unser Abendessen: Rührei, Tomaten und Petersilie, eingewickelt in einen dünnen Fladen – eine einfache, aber wohlschmeckende Mahlzeit. Dazu hatten wir klares Quellwasser getrunken. Zum Abschluss bereitete Hülya frischen *çay*. Als sie mit dem Tablett aus der Küche kam, folgte ihr eine dünne alte Frau in schmutzigem *şalvar*, nickte kurz, ohne uns anzuschauen, huschte zielstrebig zum Ende der breiten gemauerten Sitzbank, kauerte sich dicht neben den kleinen glutheißen gusseisernen Ofen und begann wortlos, an einer Häkelarbeit herumzufummeln. Gierig griffen ihre dünnen Finger nach dem Teeglas, das Hülya schweigend hingestellt hatte. Das ausgemergelte dunkle Gesicht der Greisin war von einer unterdrückten Wildheit, die mich schaudern ließ. Eine Zigeunerin, flüsterte Margot auf Deutsch, was will die hier? Doch bevor sie Hülya in die Küche folgen konnte, um sie über die Besucherin auszufragen, trat eine zweite alte Frau ein, begrüßte uns lebhaft, hockte sich dicht neben uns auf die gemauerte Bank, presste ein paar Wörter aus zahnlosem Mund, die ich nicht verstand. Das kann ja heiter werden, die Bank ist groß genug für ein Dutzend Frauen – ob sich unsere Ankunft herumgesprochen hat? Margot schüttelte ratlos den Kopf und verließ den Wohnraum.

Die lebhafte Alte hielt Lena und mir plötzlich einige bunte wollige Gegenstände unter die Nase: handgearbeitete Taschen in Form von türkischen Socken. *Otuzmark otuzmark*, zischte sie. Wollte sie die Dinger verkaufen? Für *otuz mark,* dreißig Mark? Lena palaverte mit der Alten, tatsächlich, die Frau wollte uns ihre bunten Beutel andrehen – für dreißig Mark pro Stück. Ein stolzer Preis, in Kayseri hatten wir derartige Beutel viel billiger angeboten bekommen. Offensichtlich hielt die Alte uns für *çok zengin*, sehr reich. Sie drückte jeder von uns eine ihrer bunten Taschen in den Schoß, redete ununterbrochen. Was tun? Eine aufdringliche, unangenehme Person.

Hülya war mit finsterer Miene wieder eingetreten. Sie reichte auch dieser Alten einen *çay*, legte mit heftiger Geste die bunten Beutel zur Seite, sprach mit leiser Stimme eindringlich auf die Frau ein. Margot kam wieder herein, gähnte demonstrativ. *Çok yorgunum,* ich bin sehr müde. Wir alle sind sehr müde, sagte sie laut und blinzelte uns zu. Es dauerte eine Weile, bis die beiden Alten begriffen hatten und uns verließen. Noch an der Tür versuchte die Taschenhändlerin, ihre Ware loszuwerden. Sie hielt meine Hand fest, drückte mir einen der Beutel in die Hand, redete zischelnd auf mich ein. Fast gewaltsam musste ich mich freimachen.

Als die Frauen endlich draußen waren, verriegelte Hülya die schwere Haustür. *Allahtan*, zum Glück – sie sind weg, seufzte sie. Die beiden Frauen, alleinstehende Nachbarinnen, scheuten den Weg nicht und kamen jeden Abend vorbei, seit Mustafa nicht mehr da war – um Hülyas Tugend zu bewachen. Denn eine junge Frau allein in einem Haus ... Dabei hat die Alte mit den bunten Beuteln selbst einen schlechten Ruf, sie sucht dringend wieder einen Mann, kicherte Hülya. Was, diese unsaubere alte Frau? *Olmaz,* unmöglich! Doch, doch, versicherte Hülya, niemand will mit ihr was zu tun haben, aber was kann man machen – sie kommt einfach her, schwatzt und schwatzt. Die *çingene karısı*, die Zigeunerin, sagt dagegen fast nie ein Wort. Unsere junge Gastgeberin versuchte, uns ihre Gefühle zu erklären: Einerseits waren ihr die Frauen zuwider, andererseits war sie froh, abends nicht allein zu sein ...

„Bist du fertig, Sophie?" unterbricht Lena meine Gedankengänge. „Dann mach's Licht aus, wir reden im Dunkeln noch ein bisschen." Doch schon bald verraten ihre tiefen Atemzüge, dass sie eingeschlafen ist.

Die Glückliche. Ich Prinzessin auf der Erbse finde keine Ruhe auf meinen harten Baumwollmatten. Unsere Betten sind nichts anderes als eine breite gemauerte Eckbank. Der Platz im Winkel reicht gerade fürs Gepäck. Auch hier – wie im *oturma odası* – kein Schrank, kein Tisch, kein Stuhl. Nicht mal ein Ofen. Doch wie schön ist dieses innen und außen weiß getünchte Haus ohne verlogene Versatzstücke, die bei uns so große Mode sind: falsche Fenstersprossen, winzige Erker, Fachwerk-Attrappen, überflüssige Säulen ... Bad und Toilette im Haus wären zwar wünschenswert, doch hatten manche Bauernhäuser bei uns nicht auch bis vor wenigen Jahren das „Häuschen" im Hof?

Ich höre Gepolter im Flur, Flüstern, das Quietschen des Türriegels, Kindergeschrei, tapsende Schritte. Wieder der Riegel. Endlich ist alles still. Das bleiche Licht des türkischen Mondes schimmert durch die Vorhänge der vergitterten Fenster. Vollmond – ich werde die ganze Nacht kein Auge zumachen. Unruhig wälze ich mich hin und her, spüre die Last der schweren Baumwolldecke, fühle eine unbestimmte Sehnsucht, eine vage Traurigkeit in mir aufsteigen, für die ich keinen Grund weiß. Mondnachtmelancholie, alles um mich her scheint sich aufzulösen, ich bin ein Nichts in einer leeren Welt ...

Nach einer Weile beginnt unsere Zimmertür leise zu knarren. Hatten wir sie nicht fest geschlossen? Schlurfende Schritte, beißender Geruch, eine schattenhafte Gestalt – wer ist hier? Ich will aufspringen, Lena wachrütteln, doch ich bin wie gelähmt. Der Schatten kommt näher, gleitet auf mein Bett zu, ich will schreien, bekomme keinen Ton heraus. Ein dunkles Gesicht beugt sich über mich. Die geschwätzige Alte! Sie reißt den zahnlosen Mund auf, sagt kein Wort, umfasst meinen Hals mit kalten Fingern, drückt zu. Mein Angstschrei erstickt in gurgelnden Lauten. Da lässt die unheimliche Frau von meiner Kehle ab, rüttelt mich an beiden Schultern.

„Sophie, um Himmels willen, wach auf!" Lenas Stimme! „Sophie, wach auf, du träumst."

Ich fahre hoch, meine Stirn ist schweißnass. Lena hat mich an den Schultern gepackt: „Ein Alptraum. Du hast schreckliche Laute von dir gegeben."

Nur langsam finde ich mich zurecht. „Lena", flehe ich, „mach das Licht an, bitte." Ein Alptraum, *bir karabasan*. Stotternd erzähle ich der Freundin meine nächtlichen Hirngespinste. Sogar der unangenehme Geruch der Alten hatte mich bis in den Traum verfolgt.

„Die arme Frau", lacht Lena, „wenn sie wüsste ... Sie roch wirklich sehr ... Aber wie soll man sich hier richtig waschen. Auch Hülya riecht leicht nach Schweiß. Arme Sophie, unsere verwöhnten europäischen Nasen sind überempfindlich." Lena legt den Arm um mich. „Alles ein bisschen viel für dich, täglich neue Gesichter."

„Kann sein." Jetzt muss auch ich lachen. „Die schwere Decke hat wohl gegen meine Kehle gedrückt, wegen der Kälte hatte ich sie bis zum Hals hochgezogen."

Wir nutzen die Gelegenheit zu einem nächtlichen Ausflug auf den weitläufigen Hof. Dort steht der kleine Bretterverschlag mit dem *açıkgöz*, dem „offenen Auge", wie das türkische Klo, ein Loch in der Erde, scherzhaft genannt wird. Daneben eine Kanne mit Wasser zur papierlosen Reinigung, die mit der „unreinen" linken Hand vorgenommen wird – zum Glück haben wir uns mit Lenas bewährten Erfrischungstüchern eingedeckt. Die schlichteste *tuvalet*, die ich jemals benutzt habe, selbst unser unvergessliches Holzhütten-Sechserbrillen-Klo im Thüringer Ferienlager von 1954 war komfortabler als dieses türkische Loch. Dort gab's immerhin Zeitungspapier, Waschschüssel, Seife, Handtücher. Aber eins haben beide Einrichtungen gemeinsam: die hervorragende natürliche Lüftung. Welten liegen zwischen dieser Örtlichkeit und dem blitzenden Luxuskabinett, das wir kürzlich in einem Istanbuler Nobelhotel bewundern konnten. Ein Wunder der Technik: sanfte Musikberieselung während der Benutzung, vollautomatische Lüftung und Reinigung des WCs, grifflose Wasserhähne aus blinkendem Chrom, blütenweiße flauschige Handtücher, riesige Kristallspiegel, Zerstäuber mit Eau de Cologne ... Beide Einrichtungen, die komfortable und die primitive, dienen erfolgreich demselben Zweck. Eva, denke ich, du solltest eine Weltreise unternehmen und einen „Klomic" zeichnen. Ich werde eine Skizze von diesem Häuschen für dich machen.

„Sophie, Sophie, mach die Taschenlampe aus, schnell", höre ich Lenas eindringlich flüsternde Stimme, „hier schleicht jemand ums Haus!"

Blitzschnell bin ich draußen. Wir verstecken uns hinter einem großen Handkarren. Da, tatsächlich – Schritte, leises Geklingel von Metall, plötzlich ein Lichtkegel, der uns zum Glück nicht erfasst. Der Schatten einer männlichen Gestalt mit riesigem Kopf erscheint auf der Bretterwand der Hütte. Ein Mann – ganz in unserer Nähe! Wieder dieses metallische Geklingel, schlurfende Schritte – plötzlich ist der Spuk vorbei.

Lena seufzt erleichtert auf. „Hast du den Typ erkannt? Der seltsame Mensch, dem wir bei unserer Ankunft begegnet sind – was hat er nachts hier zu suchen? Ein Glück, dass er uns nicht gesehen hat."

Beide sind wir froh, als die Haustür wieder von innen verriegelt ist. Wie unheimlich wirkt dieses einsame Haus nachts. Wo mögen nur die seltsamen Nachbarinnen wohnen? Kalt ist es und ich bin froh, wieder in die warme Höhle zwischen den schweren Baumwollmatten kriechen zu können.

„Nicht einfach für Hülya, so allein hier oben", sage ich gähnend. „Hoffentlich holt ihr Mustafa sie bald. Wie ungemütlich muss es erst im Winter sein, schon jetzt pfeift dieser eisige Wind ums Haus. Und die kalten Räume ... Keine Heizung, kein fließendes warmes Wasser – welchen Komfort wir dagegen zu Hause haben. Wenn ich an unser ehemaliges Haus denke, an eure Villa oder Margots ‚Teppichlager', selbst Luises Häuschen ist ein Palast gegen dieses türkische Haus. Und trotzdem gefällt's mir hier."

„Ja, ein richtiges Zuhause mit viel Platz rundherum, ein kleines Paradies für Kinder. Dagegen Ankara ... Hoffentlich kommt Hülyas Mann überhaupt noch, sie hat seit Wochen keine Nachricht von ihm. Ganz aufgeregt war sie, als sie hörte, dass wir in der Hauptstadt waren. Ob Margot Mustafa dort nicht getroffen habe! Was hat das Mädchen bloß für Vorstellungen von der Stadt."

„Hülya – der Name bedeutet Phantasie, Illusion", sage ich nachdenklich.

„Das wusste ich nicht." Auch Lena gähnt jetzt vernehmlich. „Diese Namen, Burçin, die Hirschkuh, Selçuk, der Seldschuke, Cemal, Größe, Vollkommenheit, Halil, guter Freund, Mustafa, der Auserwählte."

„Und der Name Toprak ... *Toprak* ist das Wort für Erde. Gute Nacht, *iyi geceler*, Lena."

„Schlaf gut, *iyi uykular*, Sophie. Weißt du, was Yaşar bedeutet?“ Lenas Stimme klingt ganz sanft. „Das kommt von *yaşamak*, leben.“

„Und Yaşar?“

„Ganz einfach, Sophie, *yaşar* heißt: Er lebt.“

Lena zieht die Vorhänge zurück. Was für ein schöner Morgen! *Güneş pırıl pırıl,* strahlende Sonne. *Gök yüzü masmavi*, das Gesicht des Himmels leuchtend blau – wie diese Sätze aus einem meiner Lehrbücher heute zutreffen. Die Gespenster der Nacht lösen sich in Wohlgefallen auf. Wir lehnen uns aus dem Fenster, schnuppern frische Bergluft, erblicken zwei Hinterteile in Pluderhosen, ein schmächtiges und ein prächtiges. Hülya und ... Schon wieder Besuch?

„*Günaydın*, Hülya“, ruft Lena, „*günaydın*. Ach, Margot, du im *şalvar*?“

„Guten Morgen, ihr Langschläfer, los, beeilt euch, *kahvaltı hazır*, das Frühstück ist fertig!“ Margot erhebt sich mit hochrotem Kopf aus der Hocke. Fröhlich blitzende Augen, unternehmungslustig vorgeschobenes Kinn – diesen Gesichtsausdruck kenne ich, nichts wird ihren Tatendrang heute bremsen können. „Wir weichen Wäsche ein“, ruft sie, „ihr könnt eure schmutzigen Sachen rauswerfen!“

„Wäschewaschen“, Lena lacht glucksend, „Margots liebste Urlaubsbeschäftigung. Schauen wir nach, ob wir was finden.“

Für unsere Morgentoilette stehen zwei Kannen mit Wasser bereit, aber wo sollen wir uns waschen? „Katzenwäsche“, schlägt Margot vor. „Später könnt ihr runter zum Bach gehen. Das Wasser fließt hier oben sehr langsam aus dem Schlauch und wird heute für die große Wäsche gebraucht.“ So erfrischen wir uns nur flüchtig, aber Zähneputzen muss sein. Wir stehen vorm Haus, spucken neben die Malven, die in dem kärglichen Boden vor unserem Zimmerfenster wachsen.

Der kleine Cemal schaut uns verwundert zu, verschwindet im Haus, kommt blitzschnell mit seinem Schulranzen zurück. Eine nagelneue Zahnbürste holt er heraus, nickt verstehend, beginnt ungeschickt, seine Zähne zu putzen. Ich schüttele den Kopf, zeige ihm, wie man's richtig macht, drücke Zahnpasta auf seine Bürste. Ah, die schmeckt! Mit Feuereifer ist der Junge bei der Sache. Nach jeder Mahlzeit musst du die Zähne putzen, versuchen wir ihm zu erklären, doch er schüttelt ungläubig den Kopf. Die Zahnbürste hat Cemal in der Schule bekommen, sagt Hülya verlegen. Die einzige Zahnbürste der Familie, heute benutzt der Junge sie zum ersten Mal.

Margot mischt sich ein: „Putzt ihr euch die Zähne nicht?“ Hat Hülya das nicht zu Hause gelernt? Margot hält einen Vortrag über Mundhygiene, doch die junge Frau zuckt nur die Achseln. „Willst du eines Tages so aussehen wie deine zahnlose Nachbarin?“ trompetet Frau Klett. Hülya zuckt zusammen, das hat gesessen. Wir werden Zahnbürsten kaufen für die ganze Familie.

Frühstück im Freien? Margots Vorschlag wird einstimmig abgelehnt. Sollen wir etwa auf dem schmutzigen Boden sitzen, in dieser Kälte! Hülya zieht die Schultern hoch, schüttelt sich: „*Çok üşüyorum*, ich friere sehr.“ Aber auch im Wohnraum ist es kalt, doch Hülya schiebt Holz in den kleinen Ofen. Flammen züngeln auf, verbreiten einen Hauch von Wärme.

Der Fernsehapparat läuft, eine rundliche Dame singt mit schmachtender Stimme von Sehnsucht und Liebe. Wir ziehen unsere Pullover an, darüber warme Jacken, hocken uns auf die Sitzbank und schlürfen heiße *yayla çorbası*, Almsuppe. Margot hat sie mit Hülyas Hilfe gekocht. Wasser, Yoghurt, Reis, Mehl, Salz, etwas Rosenpaprika und vor allem frische Minze, verrät sie uns das Rezept. Das wärmt und erfrischt. Dazu ein hartgekochtes Ei, eingewickelt in einen aufgewärmten dünnen Fladen – eine Pastete, *börek*, zum Frühstück.

Wir berichten von unserem nächtlichen Ausflug und der Begegnung mit dem unheimlichen bärtigen Mann. Hülya hört angespannt zu, doch dann verzieht sich ihr Mund, sie beginnt schallend zu lachen. Dieser Mann – das ist *Aptal Ali*, der närrische Ali, er ist nicht ganz richtig im Kopf, aber völlig harmlos. Ein gutmütiger Kerl, leider hat er eine fürchterlich zänkische Frau. Ali hat sich eine Sheriff-Mütze besorgt und sich selbst zum *bekçi* ernannt, zum Wächter des Dorfes. Und das klingelnde Geräusch? Vermutlich sein großes Schlüsselbund. Ali ist ständig draußen unterwegs, auch nachts, mit einer riesigen Taschenlampe – schaden kann es ja nichts. Wahrscheinlich ist *Aptal Ali* gar nicht so dumm, überlege ich laut, als *bekçi* hat er immer einen Grund, seinem Hausdrachen zu entfliehen.

„Ihr beiden könnt euch vormittags das Dorf ansehen", sagt Margot und stellt das Geschirr zusammen. „Cemal wird euch führen. *Tamam mı*?" *Tamam, tamam*. Margot hat mit Hülya im Haus und im Gemüsegarten unten am Bach zu tun, und sie wird das Mittagessen vorbereiten. Wir tun ihr einen großen Gefallen, wenn wir verschwinden. Aber Margot soll ihre rechte Hand schonen! „Ach, die Hand, die ist ja schon viel besser." Schwere Gegenstände wird sie nicht heben, und langsam muss sie die Hand wieder trainieren.

Cemal hat sich nicht nur die Zähne geputzt, auch Gesicht und Hände sind auffallend sauber, seine braunen Haare hat er nass gekämmt. *Gidelim*, fordert er uns auf, gehen wir! Minuten später sind wir umringt von den Kindern des Dorfes. Die Kleinen springen unbefangen vor uns her, lachen, stellen tausend Fragen auf einmal. Aus einiger Entfernung beobachten uns die Halbwüchsigen, kommen nur zögernd näher. Cemal spreizt sich wie ein Gockel, gibt scheinbar nur widerwillig Auskunft: Die Damen sind Freundinnen von Mama. Eigentlich sind es drei. Sie kommen aus Deutschland, *Almanya'dan*.

Unser junger Beschützer führt uns zu einem kleinen Gebäude, vor dem die türkische Fahne neben einer Atatürk-Büste flattert: die Schule. „Eine Grundschule, *ilkokul*, vielleicht können wir sie mal besichtigen. Jungen und Mädchen werden zusammen unterrichtet, das ist Gesetz", erklärt Lena. „Sicher gibt's auch im Klassenzimmer dieser Dorfschule einen ‚Atatürk-Altar', eine Wandzeitung mit Bildern und Aussprüchen des großen Mannes." Heute am Sonntag ist die *okul* geschlossen. Zum Glück, *çok şükür*, rufen die Kinder lachend.

Hier unten stehen Häuser und Hütten dichter beisammen, also doch ein *köy*, ein richtiges Dorf. Fenster und Türen sind geöffnet, um die wärmenden Strahlen der Sonne hereinzulassen. In einer Hütte sehen wir eine Frau an einem Webstuhl sitzen, der den ganzen Raum einnimmt. Sie schaut auf, als die fröhliche Meute der Kinder sich nähert, lächelt, winkt uns heran. Stolz zeigt sie uns ihre Arbeit, einen Webteppich, *kilim*, mit farbenfrohem Streifenmuster, ein Hochzeitsgeschenk für ihren Sohn. Ähnliche Kelims liegen in Hülyas Wohnraum auf der gemauerten Sitzbank und hängen an der Wand dahinter als Schmuck und Schutz vor der Kälte.

„Wer seid ihr, wo kommt ihr her, wo wohnt ihr ..." Eine ganze Reihe von Fragen müssen wir beantworten. „Ihr kommt aus Deutschland, *ne kadar güzel*, wie schön. Ach, ihr wohnt bei Hülya." Dann leise, nach einem kurzen Blick auf Cemal, der mit seinen Freunden vor der Tür wartet: „Die arme Frau, hoffentlich kommt ihr Mann doch noch, um sie und die Kinder nach Ankara zu holen." Die Teppichweberin entdeckt meinen Fotoapparat: *„Bir foto çek lütfen*, mach bitte ein Foto." Cemal steckt den Kopf zur Tür herein, jetzt müssen wir die ganze Rasselbande knipsen und versprechen, die Fotos aber auch zu schicken, *elbette*, ganz bestimmt.

Nur wenige Meter entfernt ein weiß gekälktes kleines Gebäude. Zwischen Mehlsäcken, kleinen Haufen getrockneter Zweige und einem hohen Stapel frisch gebackener dünner Fladen hocken vier Frauen im *şalvar* auf festgestampfter Erde. Sie lachen, winken uns herein, schon sitzen wir neben ihnen vor dem riesigen gemauerten Backofen mit fast mannshohem offenen Feuerloch. *Nereden*, woher? *Nereye*, wohin? *Evli mi*, verheiratet? *Kaç çocuk*, wie viele Kinder? Was, du hast schon Enkel? Die Frauen überschütten uns mit den üblichen Fragen. Cemal und seine Freunde draußen vorm Eingang werden ungeduldig. Danke, rufen wir, ihr braucht nicht zu warten, wir finden allein zurück. Erleichtert hüpfen die Kinder davon.

Auch diese Frauen tragen ihre Kopftücher lose nach hinten gebunden. Eine Hübsche mit lustigen Augen, an deren Arm ein schmaler Goldreifen funkelt, hat ihr blaues Tuch als Turban um den Kopf geschlungen, *çok güzel*. Praktische Kopfbedeckungen bei dieser Arbeit, keine religiösen Symbole, so scheint es. Auch ich trage manchmal ein Kopftuch, sage ich, beim Kochen oder bei schlechtem Wetter. Wirklich, deutsche Frauen tragen auch Kopftücher? Wer hätte das gedacht. Eine der Frauen zaubert aus den Weiten ihres *şalvar* ein einfaches weißes Tuch hervor und bindet es mir um. *Çok güzel*, sehr schön, lachen die Fladenbäckerinnen, jetzt bist du Türkin!

Mit offensichtlichem Vergnügen weihen die Frauen mich, die unerfahrene Ausländerin, in die Kunst des Fladenbackens ein. *Ne kadar ilginç,* wie interessant. *Hamur*, der Teig, liegt in großen flachen Blechschüsseln. *Bak*, schau, so wird's gemacht: Eine Kugel formen, diese mit dem langen Nudelholz, dem *oklava*, auf dem niedrigen Holztischchen hier ausrollen – dünn wie einen Lappen, *bak*. Dann dort auf das heiße Eisen im Backofen. Wenden. Ayşe mit dem Turban ist für das Feuerchen unter dem *saç*, dem Eisen, zuständig. Es darf nicht rußen, verstehst du? *Bakın*, seht ihr, diesen Stapel hier haben wir schon gebacken. Sind wir nicht fleißig? Fertig, *hazır*. Macht ein Foto von uns. Ihr müsst die Fladen probieren, so faltet man sie zusammen. Behalte das Kopftuch, zur Erinnerung, *suvenir olarak*.

Danke, ein Fladen reicht uns. *Çok lezzetli*, sehr lecker, ohne jede Füllung, aber *taptaze*, ganz frisch. Für das schöne Tuch vielen Dank, *çok teşekkür*. Wir kommen wieder, sehr gern und die Fotos schicken wir ganz bestimmt, *elbette*. Tschüss, *hoşça kalın* ...

„Das war ein Spaß, Lena, ein türkisches Backhaus! Aber wieso backen die Frauen heute am Sonntag? Wie heißt das eiserne Backgestell? Ich weiß gar nicht, wie ich die Eindrücke alle verdauen soll."

„Mir ging's bei meiner ersten Reise durch dieses Land nicht anders, Sophie. Das eiserne Gerät ist ein *saç*. *Saç* bedeutet aber auch Haar. Und der Sonntag ist der offizielle arbeitsfreie Tag, doch der eigentliche Feiertag für Muslime ist der Freitag, der Tag, an dem die Gläubigen in die Moschee gehen zum Freitagsgebet. Aber auch freitags wird fast überall gearbeitet und in Alanya ist Markttag. Sonntags sind in den großen Städten und Touristenzentren Läden geöffnet, manche Supermärkte sogar täglich rund um die Uhr, doch der Basar von Istanbul hält die Sonntagsruhe ein. Aber jetzt sind wir es, die ein bisschen Ruhe brauchen. Wollen wir uns nicht die Umgebung des Dorfes ansehen, von dem Hügel dort haben wir sicher einen wunderbaren Blick."

Tamam, Lena. Nach dem Aufstieg setzen wir uns auf große sonnenwarme Steine zwischen vertrocknete Gräser, blinzeln in die Sonne, schweigen. In Gedanken beginne ich, diese herbe Landschaft zu zeichnen. Braun und ausgedörrt die Erde. Zu unseren Füßen, umgeben von hohen Pappeln, die Häuser des Dorfes mit ihren roten Ziegeldächern. Auf halber Höhe Hülyas Haus. In der Ferne bläulich schimmernde Gipfel, unten im Tal das kleine grüne Paradies – Oase an den Ufern des Baches, der in den Bergen entspringt.

Auf dem Rückweg kommt Cemal uns entgegengelaufen. *Çabuk olun,* macht schnell, ruft er schon von weitem. *Yemek hazır,* das Essen ist fertig! Margot hat's möglich gemacht, der „Tisch" ist im Freien gedeckt: ein alter Kelim, ausgebreitet auf der Plattform vorm Haus. Darauf ein riesiges rundes Tablett aus verzinntem Kupfer, ein *tepsi.* Als Vorspeise eine große Schüssel Salat mit *çok çok maydanoz,* viel viel Petersilie. Zum Hauptgang für jeden ein Spiegelei, *sahanda yumurta*, dazu roh gebratene knusprige Kartoffeln mit *çok çok maydanoz.* Wir trinken *ayran*, mit Wasser verdünnten Joghurt, der mit einer Prise Salz gewürzt ist. Gemeinsam futtern wir aus den Schüsseln, essen langsam unsere „Teller" auf – frische dicke Fladen, *pide*.

Die junge Frau stellt ihren *yoğurt* und den weißen Käse, *beyaz peynir*, selbst her. Milch dafür liefern die Ziegen und ihre Kuh, die bei einem Nachbarn im Stall steht. Auch ein paar Hühner scharren vorm Haus im Sand. Alle Tiere sind bereits so gut wie verkauft. Im nächsten Sommer, wenn Cemal Schulferien hat, will Hülya wieder hier sein – dann wird sie eine andere Ziege haben. Doch wenn Mustafa viel Geld verdient, bleiben sie alle in der Stadt.

Patates, domates, maydanoz, salata, Kartoffeln, Tomaten, Petersilie, grüner Salat – alles hat Hülya angebaut auf ihrem Stück Land dort unten am Bach. Sie freut sich, dass es uns schmeckt. Ein so einfaches Essen, ohne Fleisch. Die meisten Türken essen wenig Fleisch, erklärt Margot, als die junge Frau in die Küche geht, um *Türk kahvesi* zu kochen. Fleisch ist teuer. Doch einmal im Jahr gibt's genug davon, am *Kurban Bayramı*, dem Opferfest, das an Abrahams Bereitschaft, Gott seinen Sohn Isaak zu opfern, erinnert. Überall wird geschlachtet, und die Reichen geben den Armen – wie der Koran es fordert.

Auch *Türk kahvesi* könnte sich Hülya nicht leisten. Gut, dass wir ein Paket mitgebracht haben. Schokolade, Pulverkaffe, feine Seife, Hautcreme, dicke Strumpfhosen für Hülya, ein Pulli für Cemal: Margot und Lena hatten gewusst, was hier gebraucht wird. Lena packt einen kleinen Bagger aus mit dazu passendem Lastwagen. Zwei Teile, zum Glück. Außer einem rostigen Schraubenzieher und einer alten Taschenlampe ohne Batterie besitzen die beiden Jungen keinerlei Spielzeug. Jetzt können sie es kaum erwarten, die neuen Geräte im Sand vorm Haus auszuprobieren.

Wenige Minuten später beim Mokka sagt Margot: „Wie stellt ihr euch den Rest des Tages vor? Machen wir einen Plan, ich übernehme die Küche, danach gehen wir runter zum Bach und waschen uns gründlich. Anschließend zeigt ihr mir das Dorf, wir gehen auf einen Sprung zu dieser Hochzeit ..."

„Hochzeit? Aber wir sind doch gar nicht eingeladen", wende ich ein. „Wir machen einen Plan, hast du gesagt."

Margot ist großmütig: „Morgen könnt ihr bestimmen. Doch heute geht Hülya zu diesem Fest und nimmt uns mit. Wir brauchen keine Einladung. Erwarte aber nicht zu viel, Sophie, da sitzen nur Frauen herum und trinken Tee."

Aber wir haben kein Geschenk.

Hediye lâzım değil, ein Geschenk ist nicht nötig, versichert Hülya. Doch Margot weiß Rat. Da ist doch das feine französische Parfüm vom Istanbuler *Kapalı Çarşı*. Fünf Packungen hatte sie erstanden, zu einem sagenhaft günstigen Preis. Zum Glück hat sie den Beutel mit den kostbaren Düften dabei, eins der Päckchen wird sie opfern. Gut, dass Margot damals nicht auf Lena und mich gehört hat – eindringlich hatten wir vom Kauf abgeraten, als der Junge im Basar mit der verlockenden Ware ständig neben uns herlief: Fünf verschiedene französische Parfüms – ein türkischer Preis, Sonderangebot zum Ende der Saison! *Çok ucuz*, ganz billig! *Elli Mark*, fünfzig Mark. Billig? Nein, das war teuer, *pahalı*. Lena und ich waren einfach weitergegangen. Margot hatte den Kopf kurz zurückgeworfen, mit der Zunge geschnalzt. Wahrscheinlich ist das *ayıp*, lachte sie, aber es wirkt mehr als jedes Nein-Danke. Merke dir das, Sophie. Und tatsächlich: *Kırk mark*, vierzig Mark, kam ein neues Angebot. Margot runzelte die Brauen, warf den Kopf zurück, schnalzte ... *Otuz mark*, rief der Bengel, tanzte vor uns herum, schwenkte seine durchsichtigen

Plastikbeutel mit den verlockenden Päckchen. Margot zögerte kurz, zückte ihre deutsch-türkische Geldrolle: Dreißig Mark, *otuz mark, tamam*.

Aah – jetzt ist sie stolz, sie hat ein passendes Geschenk. Welches Parfüm nehmen wir, fünf französische Nobelmarken, die Auswahl ist schwierig. Hülya bekommt glänzende Augen, Margot gibt sich einen Ruck, hält ihr den Beutel unter die Nase: „Suche dir auch eins aus." Andächtig hält Hülya die eleganten Packungen in der Hand. Welches Parfüm soll sie wählen?

„Sie sind alle toll", behaupte ich. „Frag Lena, die kennt sich aus."

Eins ist ein Herrenduft, weiß die Kennerin, aber den mag sie auch. Da schließt Hülya genussvoll die Augen, angelt eins der Päckchen aus dem Beutel. Aufmachen, fordern wir, und vorsichtig entfernt sie die durchsichtige Hülle, öffnet langsam den bunten Karton, entnimmt ihm den kostbaren Flakon. Von wegen Flakon, eine kleine Flasche aus billigem Pressglas!

Margots Unterkiefer fällt herunter. „So ein Mist, da ist wahrscheinlich nur Wasser drin."

Hülya schraubt die Flasche auf, schnuppert. „*Kötü değil*, nicht schlecht." Es riecht nicht übel, aber ... Es duftet nicht, französisches Parfüm – getürkt. Wir erzählen Hülya die Geschichte vom Gelegenheitskauf in Istanbul. Margot hat Tränen in den Augen. Hülya klatscht sich auf die Schenkel, *Allah Allah*, so hat sie seit langem nicht mehr gelacht. Reingefallen, ausgerechnet die kluge Margot! Die betrogene Kennerin orientalischer Basare spritzt das nicht duftende Duftwasser durch die Gegend.

„Jetzt riecht's hier wie im Bordell", kichert Lena.

Margot schnappt nach Luft: „Woher weißt du , wie es da riecht!"

Cemal und der kleine Selçuk tanzen um uns herum, quietschen begeistert. Doch da beginnt Baby Burçin laut zu brüllen, die kleine „Hirschkuh" holt uns auf den Boden der Tatsachen zurück.

Am Abend verriegelt Hülya die Haustür beizeiten. Heute benötigt sie keine neugierigen Tugendwächterinnen. Im *oturma odası* verbreitet der kleine gusseiserne Ofen im Umkreis von zwei Metern wohlige Wärme. Der Fernseher läuft. Eine falsche Blondine singt mit wohlklingender Stimme von Sehnsucht und Liebe: *Sevgilim, sevgilim* ... Mein Liebster, mein Liebster ... Mehr verstehe ich nicht, aber die Melodie hat melancholischen Reiz, geht unter die Haut. Dieses Geplärre, brummt Margot und schaltet den Apparat ab. Ein unvollendetes *sevgil*... bleibt im Raum hängen. Der kleine Selçuk kommt hereingestolpert, knipst den Fernseher mit routinierter Geste wieder an. Eine andere Sängerin tritt auf, und diesmal wird Lena hellhörig. *İstanbul hatırası*, Erinnerung an Istanbul, murmelt sie. Als Margot sich wieder erhebt, um den Kasten auszuschalten, springt Lena auf: *Dur*, halt, nur das eine Lied, bitte ... Jetzt ist aber Schluss, man kann sich gar nicht unterhalten, wird Margot energisch, als die letzten Töne verklungen sind. Cemal kommt herein, in der Hand den Zeichenblock und die Buntstifte, die ich ihm geschenkt habe. Er nimmt neben mir auf der breiten Bank Platz, nachdem er den Fernseher so ganz nebenbei wieder angeschaltet hat. Margot bleibt unbeirrt, die nächste Sängerin wird abgeblendet. Hülya bringt *çay* und bevor sie das Tablett auf der Bank absetzt, drückt sie auf den Schalter des Apparates. Hülya, du hast den Fernseher angemacht, musste das sein? fragt Margot sanft. Unsere Gastgeberin ist erstaunt: Habe ich das? Ist mir gar nicht bewusst ...

„*Bu ne,* was ist das?" will Cemal wissen und hält mir meine Geschenke unter die Nase. Hat der Junge noch nie einen Zeichenblock gesehen? Wie soll man hier zeichnen, *masa yok*, einen Tisch gibt's nicht. Der Junge mustert mich neugierig. Ich beginne, einige Linien zu ziehen. „*Bir ev*, ein Haus", kommt es erstaunt. „*Evim*, mein Haus!" Cemal kann es nicht fassen.

„Dein Haus, *evin*", nicke ich.

Hülya schaut mir über die Schulter. „*Evimiz*, unser Haus", strahlt sie.

Da springt Lena auf, schaut auf meine Zeichnung: „Tatsache. *Eviniz*, euer Haus, Hülya", ruft sie lachend. „*Evim, evin*, mein Haus, dein Haus – der reine Türkischkurs für Anfänger." Stimmt. *Evimdeyiz*, wir sind in meinem Haus, *ev-im-de-yiz*, Haus-mein-in-wir sind – mein erster türkischer Satz hatte aus einem einzigen Wort bestanden.

Nun beginnt Cemal ungeschickt, einen dünnen Strich zu ziehen. Ist das schwierig! Noch einen, jetzt einen Querstrich, krumm und schief sind sie, aber der Junge gibt nicht auf. Wir zeichnen beide und ich führe die kleine Hand: So musst du es machen, *bak*, guck. Cemal beißt sich auf die Zunge. Zeichnen – nicht einfach. Weiter. Das Dach machen wir rot, *kırmızı*, den Himmel blau, *mavi*. Margot zeichnet einen Vierbeiner. *Bu ne*, was ist das? Ein Hund, *bir köpek*, ist doch klar. Ein Hund, *bir köpek mi*? Cemal schüttelt den Kopf: Ein Hund ist viel kleiner, das hier ist ein Esel, *bir eşek*. Endlich sind wir fertig mit unserem Meisterwerk. Da steht es, das schlichte Haus der Familie Yıldız. Vor dem Eingang aufgereiht Mama, Margot, Lena und Sophie mit Cemal. Margots Eselhund trägt das Körbchen mit Burçin. Selçuk schwenkt in der Hand einen riesigen Brief – aus Ankara, vom *baba.*

Staunend betrachtet der Kleine die Zeichnung und zieht unter dem Fernseher ein Couvert hervor. „*Mektup*", kräht er. Margots Brief – ungeöffnet.

„Wie kommt mein Brief dahin, warum hat ihn niemand gelesen?" Margot ist sprachlos.

Lesen? Cemal schaut uns erstaunt an. *Baba* ist doch in Ankara. Er selbst fängt gerade erst an mit der Schule.

Und die Mutter?

„*Anne okuyamaz*", sagt der Junge, „Mama kann nicht lesen."

Dolmuş geliyor, der Dolmusch kommt! Cemal tänzelt aufgeregt vor uns her. Zu dieser frühen Stunde sind wir die einzigen Fahrgäste. Plötzlich schießen mir Tränen in die Augen. *Hoşça kalın*, lasst es euch gut gehen, Selçuk und Burçin, du putzige kleine Hirschkuh. Auf Wiedersehen, mein kleiner Freund Cemal.

Ach, es ist uns allen schwer ums Herz. Lena hat die beiden Kleinen hochgehoben, Cemal umklammert meine Hand, Margot und Hülya liegen sich laut schluchzend in den Armen. Die stille Frau des Lehrers übergibt dem *şoför* unser Gepäck, sie ist früh aufgestanden, um sich von uns zu verabschieden.

Aptal Ali schiebt seine viel zu große Sheriff-Mütze nach hinten, überwacht mit wichtiger Miene die tränenreiche Abschiedsszene, schüttelt dem Fahrer die Hand: „*Merhaba Halil.*" Tatsächlich Halil, der flotte *dolmuşçu*, der uns hergebracht hatte. Wie hat Ali nur wieder Wind gekriegt von unserer Abreise? „Ich bin so klein", sagt er schmunzelnd zu Lena, „steck mich in deine Tasche, nimm mich mit nach *Almanya*." Ich habe ihn verstanden, obwohl Ali auch heute seine Sätze stoßweise durch das dichte Gestrüpp seines Vollbarts presst. Da drückt der Fahrer kräftig auf die Hupe, es ist so weit. Noch eine letzte Umarmung und ...

„Auf Wiedersehen, Hülya, *Allaha ısmarladık*", rufen wir.

„*Güle güle*", kommt die Antwort.

„*Bin bin bin*!" ruft *Aptal Ali* wichtig. „Einsteigen einsteigen einsteigen!"

Der alte Dolmusch setzt sich in Bewegung. Noch ziemlich flott, der alte Knabe. Wir winken mit Taschentüchern, Hülya schwenkt ihr weißes Kopftuch, Cemal wirbelt seinen Ranzen durch die Luft, Selçuk bohrt in der Nase. Die Frau des Lehrers legt einen Arm um die Schulter der jungen Frau. Eine tröstliche Geste, hat Hülya hier eine zuverlässige neue Freundin gefunden?

Da vorn unser alter Bekannter, das große Loch, doch diesmal fährt der *dolmuşçu* Halil lachend in elegantem Bogen daran vorbei. Noch einmal nach der Kurve sehen wir in der Ferne für einen Augenblick die kleine Gruppe unserer Freunde.

Nur zwei alte Männer sitzen bereits in dem kleinen Bus, hinten auf der letzten Bank. Sie haben die Augen geschlossen, schnarchen leise. Schweigend starren wir aus dem Fenster. Unsere Augen sind gerötet, ich habe einen Kloß im Hals. Der flotte Halil mustert uns verwundert, verliert aber bald das Interesse an diesen traurigen Ausländerinnen. Damals, bei unserer Ankunft, haben wir ihm offensichtlich besser gefallen.

Damals ... Aber es sind doch erst ein paar Tage vergangen seit unserer Ankunft. Ich rolle die bunte Zeichnung auseinander, die Cemal mir zum Abschied geschenkt hat. Strichmännchen, die kann er inzwischen aus der Hand schütteln. Eins mit Kringeln, eins mit rotem Gekritzel – unverkennbar Margot und Lena. Mama – ein Strich mit Pluderhose. Neben ihr Selçuk mit dem Bagger. Vorn neben Sophie, die an Suppenkasper im Endstadium erinnert, der Künstler selbst. Er trägt seinen Ranzen auf dem Rücken, in den Händen den Zeichenblock und eine riesige Zahnbürste. Links im Bild ganz groß ein Ungetüm mit Rädern, *bir kamyon*, ein Lastwagen, voll beladen mit Holzsäcken und dem Babykörbchen. *Baba* beugt sich über die Motorhaube. *Baba* ist gekommen, aus Ankara – auf dem Papier. Ein Talent, der Junge.

Wie gern wären wir länger geblieben. Diese Hochzeit dauert nur zwei Tage? hatte sich Margot gewundert, als wir am Tag nach unserer Ankunft zum Haus der

Bräutigams gingen. Nur das Wochenende, der junge Mann arbeitet in Istanbul, muss morgen schon zurück, bestätigte Hülya. Im Hof des Hochzeitshauses waren Frauen und Kinder zusammengekommen. Die Männer hatten unter sich gefeiert und waren jetzt unterwegs, um die Braut abzuholen.

Unsere Ankunft hatte sich bei den Dorfbewohnern herumgesprochen. Drei Frauen aus *Almanya*, die ohne männlichen Schutz reisten, Türkisch sprechende Frauen – sehr interessant! Hülyas Augen strahlten, ihre Gäste waren eine Attraktion. Freundliche Neugier, die üblichen Fragen, die selbst ich inzwischen auf Türkisch beantworten konnte. *Evliyim*, ich bin verheiratet, sagte Lena. Ich bin geschieden, *boşandım*, gab Margot zu. *Dul*, Witwe. Ich bin Witwe, *dulum*, erklärte ich und erntete mitleidige Blicke. Verheiratet, *evli* – die Kurzform von *ev ile*, mit Haus, mit Heim. Zwar hatten wir drei nicht alle einen Ehemann, aber zum Glück ein *ev*, ein Zuhause.

Die Hochzeitsgäste tranken Tee oder Saft, lachten, schwatzten, tanzten zum monotonen Gesang zweier dunkelhäutiger Zigeunerinnen mit reglosen tausendjährigen Gesichtern. Die meist rundlichen Dorfbewohnerinnen bewegten sich mit erstaunlicher Anmut und sinnlicher Freude in ihren langen Röcken und Hosen, wackelten mit den Hüften, schnippten mit den Fingern, trillerten, juchzten. Tanzt doch mit, riefen sie uns zu. Kinder zogen uns auf die Tanzfläche. Margot legte ein fröhlich beklatschtes Bauchtanzsolo hin. Lena meinte, sie komme sich vor wie eine Giraffe zwischen diesen Frauen. Wie ein Kamel, *deve gibi*, verbesserte ich lachend, so sage man doch hier, wenn jemand besonders groß sei – diese Redewendung hatte ich von Yaşar aufgeschnappt. Die dunkelhäutigen Musikantinnen fingen mit ihren Tambourins geschickt kleine Geldspenden auf. *Allah – Allah*, sangen sie. Oder *Deli deli*, verrückt verrückt, und *Mavi, mavi, masmavi,* blau, blau, blitzeblau – immer wieder die gleichen Lieder.

Die Mutter des Bräutigams lud uns als „Ehrengäste" zum Essen ein. Wieder saßen wir um ein großes rundes *tepsi* herum, aßen gemeinsam mit der Familie aus verschiedenen Schüsseln das bescheidene Festmahl: Salat, Kichererbsen, Reis, Hammelgulasch, Yoghurt mit Honig und Fladenbrot. Dazu eine Karaffe Wasser, ein einziges Glas ging von Mund zu Mund.

Die Angehörigen der Braut feierten im Nachbardorf, im Haus ihrer Eltern. Bräute dürfen nicht lachen, nicht reden, bis der Ehemann sie übernimmt, erklärte Margot. Doch dann kamen sie alle, der stolze Bräutigam mit seinen Freunden, seine lächelnde Braut in dem irgendwie unpassend wirkenden europäischen Brautkleid, eine fröhlich lärmende bunte Hochzeitsgesellschaft. Mit lautem Gehupe war ein kleiner Lastwagen vorgefahren: die Aussteuer der Braut.

Eine seltsame Hochzeit, meinte Margot und die Alten pflichteten ihr bei. Bräuche ändern sich. Seine Eltern hatten die Braut ausgesucht, erfuhren wir vom Bräutigam, und mit den Eltern des Mädchens den „Brautpreis" ausgehandelt: goldene Armreifen, lange Ketten: die Goldreserve der jungen Frau, ihre Absicherung im Fall einer Scheidung. Gold sei eine bessere Kapitalanlage als Geld.

Eine jungverheiratete Nachbarin, die lange Goldketten – angeblich drei Meter – um den Hals geschlungen hatte, erzählte uns, dass sie einen Meter Kette bereits für die Haushaltskasse opfern musste.

Die Braut sei ein braves Mädchen, nicht so anspruchsvoll wie die Mädchen in der Stadt, hatte der Bräutigam zufrieden erklärt. Ob sie das Leben in der Großstadt kenne, fragten wir vorsichtig. Nicht genau, antwortete das brave Mädchen, aber sie sei nicht allein, ihre Nachbarn in Istanbul kämen auch aus dieser Gegend hier. Gäste steckten der jungen Frau Geldscheine ans Brautkleid. Peinlich? Margot schüttelte den Kopf, zückte ihre Geldrolle: Das ist Brauch.

Cemal setzte sich mit einigen Freunden zu mir, begann, mit einem Stöckchen Rechtecke in den Sand zu ritzen. Plötzlich lautes Lachen. Lena, mit hochrotem Kopf, umringt von einigen älteren Frauen, rief mir zu: *Gel buraya*, Sophie, komm her –weißt du, was mir die gute Frau hier geraten hat? Sie deutete auf eine kugelrunde kleine Alte, die Lenas Lachen strahlend erwiderte: Als sie hörte, dass ich nur ein einziges leibliches Kind habe – nur eine Tochter außerdem –, hat sie mir einen türkischen Liebhaber empfohlen. Die Männer hier seien *çok güçlü*, sehr stark.

Çok güçlü, echote die Alte, musterte mich neugierig mit schwarzen Knopfaugen, tätschelte lachend Lenas Hände. *Çok güçlü*, kicherte die Freundin, umarmte die Alte zärtlich, die scheinbar kein Wort von ihr versäumen wollte: Türkische Männer machen schöne Söhne, sagt sie und will nicht glauben, dass wir aus dem Alter fürs Kinderkriegen raus sind. Außerdem haben mein Mann und ich helle Augen, türkische Männer aber dunkle, wenn ich nun plötzlich ein schwarzäugiges Baby ... Wie ärgerlich, meinte die Gute, da hätten türkische Frauen es doch einfacher, Ehemann, Nachbarn, Freunde – fast alle hätten dunkle Augen ... Lena schüttelte sich vor Lachen, die rundliche Alte klatschte vergnügt auf ihre prallen Schenkel. Sehr aufschlussreich, amüsierte sich Margot, die sich zu uns gesellt hatte, und begann sofort ein Gespräch über ihre Erfahrungen mit Ehemännern mit der lustigen „Kugel-Oma", das auch mit lautem Gelächter endete.

Später unterhielt Lena sich lange mit einer Frau, deren feines, stilles Gesicht mich an Fatma erinnerte. Die Frau des Lehrers, die denkbar interessanteste Gesprächspartnerin für unsere Freundin. Eine Brünette in unserem Alter, die wie die Lehrersfrau im Gegensatz zu den meisten anderen Frauen weder *şalvar* noch Kopftuch trug, hatte Margot und mich auf Deutsch angesprochen: Mein Mann und ich sind die Einzigen im Dorf, die in Deutschland waren, mehr als fünfundzwanzig Jahre, in Wolfsburg, erklärte sie stolz. Unser ältester Sohn lebt noch dort, hat eine deutsche Frau ... Rückkehrer aus *Almanya* also, leicht spöttisch Deutschländer genannt, *Almancı*. Zwitterwesen – kein *Alman*, Deutscher, aber auch kein richtiger *Türk* mehr. Wie sich diese „Frau *Almancı*" gefreut hatte, mit uns deutsch sprechen zu können. Besucht mich doch morgen, sagte sie freundlich. Mich auch, lachte die Lehrersfrau. Immer mehr Frauen luden uns ein, kommt auch zu uns, wir wohnen da und da ... Wochen hätten wir benötigt für diese Besuche. Da hatte die kluge Frau *Almancı* eine Idee.

Und so haben wir uns am nächsten Tag alle bei ihr getroffen. Endlich hatte die Gute einen Anlass, ihr zweistöckiges Haus mit der europäischen *tuvalet* und der Waschmaschine den Nachbarinnen vorzuführen. Was bedeutete es schon, dass die Wasserspülung nicht lief und die Waschmaschine nicht angeschlossen werden konnte, weil es im Dorf noch keine zuverlässige Wasserleitung gab. Das Haus mit den zahlreichen Mitbringseln aus Deutschland wurde von uns und den Frauen des Dorfes jedenfalls gebührend bewundert.

Auch bestaunten wir eine Etagenheizung, die mit getrockneten Kuhfladen betrieben wurde. Frau *Almancı* ist tüchtig, eine richtige deutsche Hausfrau, lobte Margot mit einem Anflug von Nationalstolz. Ihr Kuhfladenvorrat, das Kräuterbeet, der Vorgarten – alle Achtung. Was für eine Blumenpracht auf diesem kargen Boden! Habe ich alles in Deutschland gelernt, erklärte Frau *Almancı* stolz, als sie uns zu ihren beiden preußisch ordentlichen Komposthaufen führte. Ob sie ihre bemerkenswerten Kenntnisse nicht an ihre Nachbarinnen weitergeben könne, fragte Lena. Ach, die Frauen hier, die sitzen herum, klatschen, machen Handarbeiten – sie sind doch so träge – und neidisch, antwortete die deutsche Türkin in unserer Sprache. Einfach sei es nicht für Heimkehrer in diesem Dorf am Ende der Welt. Vielleicht hätten sie doch besser in *Almanya* bleiben sollen. Andererseits, Heimat ist Heimat. Und ist es hier nicht wunderbar? Die saubere Luft, die Weite der Landschaft ... Dort unten am Bach ist alles so frisch und grün, sagte Frau *Almancı* stolz, fast wie im Paradies des Korans.

Da hatte die Frau des Lehrers sich eingemischt: Großartig, dass mal alle Frauen des Dorfes zusammengekommen sind. Sollten wir das nicht öfter tun? Alle? Wo waren denn Hülyas Tugendwächterinnen? Die Frauen wehrten ab: Die *çingene karısı*, dieses Zigeunerweib – die lädt niemand ein. Keiner weiß, woher sie kommt. Ein Mann, der längst gestorben ist, hatte sie vor vielen Jahren mitgebracht. Damals war sie wunderschön, *çok güzel*, aber sie hat fast nie mit den Dorfbewohnern gesprochen. Heute ist sie *çok yaşlı*, sehr alt. Wovon sie lebt? Sie hat ihr Häuschen, eine Ziege, einen kleinen Garten. Und sie macht feine Häkelarbeiten. Mustafa, Hülyas Mann, hat die Sachen früher zusammen mit den Arbeiten seiner Frau nach Kayseri mitgenommen und dort an Händler verkauft.

Und die andere Alte? Ach die, die Zahnlose, auch sie verkauft ihre Handarbeiten. Ihr Benehmen ist sehr schlecht, *çok ayıp*, sie läuft hinter den Männern her, riefen die Frauen des Dorfes durcheinander. *Erkek delisi*, mannstoll ist sie – in ihrem Alter! Reden wir nicht von ihr ...

Lautes Stimmengewirr holt mich in die Gegenwart zurück. Der alte Dolmusch tuckert von Station zu Station, füllt sich allmählich. Halil, der immer zu Scherzen aufgelegte Fahrer, winkt uns drei auf die Plätze direkt hinter seinem Sitz. Margot hat sich offensichtlich ein bisschen mit ihm angefreundet. Hier sind wir noch gut für die erste Reihe.

„Bald verlassen wir dieses schrottreife *dolmuş*, steigen um in den *otobüs*", sagt die Klettenchefin leise. „In Kayseri werden wir am *otogar* unser Gepäck holen. Sophie, was heißt ‚von der Gepäckaufbewahrung'?"

Türkisch ist eine Sprache der Nachsilben. Ich habe es begriffen und antworte ohne Zögern: „*Emanet* – die Gepäckaufbewahrung. *Emanete* – zur Gepäckaufbewahrung, *emanetten* – von der verdammten Gepäck... Schrecklich, unsere langen deutschen Wörter. Aber warum", überlege ich laut, „warum sagen wir eigentlich: der *otobüs*, der *otogar*, die *emanet*? Komisch, dass wir den Wörtern Artikel verpassen, obwohl es doch im Türkischen gar keine gibt."

„Du hast Recht, Sophie", lacht Lena, „wir setzen einfach unsere deutschen Artikel davor: der Autobus, der Busbahnhof, die Gepäckaufbewahrung ..."

„Aber warum sagt ihr das Dolmusch?"

„Das Vehikel, das Sammeltaxi", versucht Margot eine Erklärung.

„Seltsam", wende ich ein, „für mich ist *dolmuş* ein männliches Wesen, dieser hier zum Beispiel ein Typ, der seine Glanzzeiten längst hinter sich hat, aber noch ganz gut in Form ist. Wie wir."

7
Kapadokya – Kappadokien

Plötzlich ist er da – unser erster richtiger Streit. Wir stehen in Kayseri vor der *emanet* des Busbahnhofs, unsere Stimmung ist auf dem Nullpunkt. Eigentlich zanken sich Lena und Margot, ich höre nur zu, was Margots Wut noch steigert: Nimm Stellung, Sophie! Was soll ich sagen, Margot möchte bis Konya durchfahren, dort übernachten, kurz die Stadt besichtigen, die im Übrigen nicht ihr Fall sei. Abends schon wären wir in Alanya.

„Alanya, du und dein Alanya, was ist mit Avanos, mit Kappadokien? Soll Sophie das etwa nicht kennenlernen?“ fragt Lena verärgert.

„Wir können nicht alles sehen, und wir sind länger als geplant bei Hülya geblieben. Vielleicht sollten wir wirklich durchfahren“, sage ich.

„Aber Alanya ist ein ziemlich blödes Touristennest“, behauptet Lena. „Dagegen Kappadokien ... Auch Jutta war begeistert!“

Jutta ... Kappadokien, das musst du erleben, Sophie, die schönste Landschaft der Türkei, hatte sie geschwärmt. Schade, nun wird's wohl nichts damit ... Ich habe eine Idee. „Wie wär's, Margot“, sage ich vorsichtig, „Lena und ich bleiben einen Tag in Avanos, einen in Konya – du fährst schon nach Alanya. Dann hast du dort ein paar Tage für dich und ...“

„Ihr wollt mich loswerden, ich gehe euch auf die Nerven, gebt es zu“, braust Frau Klett auf. „Zu dritt reisen ist fürchterlich! Auch damals mit Jutta ...“

„Margot, bitte!“ Lena faucht wie eine Katze. Margot bellt. Und ich bin die Maus, die sich in irgendeinem Loch verstecken möchte. Dieser Streit ist lächerlich, aber er war fällig. Ein Wort gibt das andere. Was uns fehlt, ist eine Pause vom „Wir“. Das ständige Zusammensein mit Hülya und ihren Kindern, mit den Leuten im Dorf, unsere endlosen Diskussionen über Mustafa Yıldız und die Zukunft der jungen Familie in Ankara – wir sind erschöpft. Vor allem Margot, die wie Frau Saubermann persönlich ohne Rücksicht auf ihre „Schonhand“ Hülyas Haus und Garten auf den Kopf gestellt hatte, während Lena und ich mit den Kindern im Sand vor dem Haus spielten, mit Cemal zeichneten, die kleine Burçin versorgten und lange Spaziergänge hinauf in die Berge machten. Faul, *tembel*, waren wir die meiste Zeit und Margot *çok çalışkan*, sehr fleißig. *Çok çok çalışkan*, hatte Hülya gelobt, aber warum so viel putzen, wo sie doch nach Ankara zieht ... Vielleicht ist die junge Frau nicht nur traurig über unsere Abreise.

Margot schimpft laut vor sich hin, macht mal wieder das Trio für ihre schlechte Laune verantwortlich.

„Keiner will dich wegschicken, liebe Frau Klett“, sage ich mit meiner sanftesten Stimme. „Es ist doch viel schöner, wenn wir alle zusammen sind. Aber wir sind traurig, erschöpft, ein bisschen schmutzig, wir brauchen Zeit zum Ausruhen, nur einen Tag. Wir könnten Pamukkale auslassen. Ich träume von einem hübschen

Hotel, einer heißen Dusche, einem Glas Wein. War der *şarap*, den wir neulich im Zug getrunken haben, nicht aus Kappadokien? War nicht Jutta ganz begeistert von Avanos? Mir hat sie einen wunderschönen Teller von dort mitgebracht."

Das Gewitter verzieht sich, die Luft ist gereinigt, hinter einer letzten Unmutswolke bricht Margots Lächeln strahlend hervor. Alles atmet erleichtert auf. Frau Klett zeigt ihre hübschen Grübchen: *Tamam*, auf nach Avanos! Und drei Übernachtungen müssten schon sein, es gebe so viel zu sehen. Für Konya reiche ein Tag, diese Stadt sei erzkonservativ und eigentlich nichts für alleinreisende Frauen. Lena bittet Margot um Verzeihung wegen der abfälligen Bemerkung über Alanya. Ach, eigentlich habe Lena Recht, räumt die Chefklette großmütig ein: Mein geliebtes Alanya wird durch den Massentourismus tatsächlich immer hässlicher.

Lena umarmt uns beide. In Avanos kennt sie ein schönes kleines Hotel, sie war vor zwei Jahren dort, mit Lehrern und dem Förderverein des Gymnasiums. Ganz einfache, aber sehr anheimelnde Zimmer, zum Teil aus dem kappadokischen Tuffstein herausgehauen. Schlichte weiße Wände, dunkle Holzmöbel, bunte Kelims, ein verwinkelter Innenhof mit den Pflanzen des Südens ...

Wir kaufen Billets für den Bus, trinken *çay*, den der *biletçi* der Busgesellschaft für uns bestellt hat. Ein kurzes Telefonat des Fahrkartenverkäufers, und ein blutjunger *çaycı* war mit seinem Schaukel-Tablett erschienen, hatte uns die heiße Erfrischung mit würdevoller Miene serviert. Wie erwachsen dreizehn-, vierzehnjährige Jungen hier bereits wirken.

„Sie müssen früh Pflichten übernehmen, das prägt", sagt Lena.

Kinder arbeiten, noch rüstige Männer hocken beim *Tavla*-Spiel in den Cafés herum oder lassen stundenlang ihre Gebetskette, *tespih*, durch die Finger gleiten. Diese jungen Burschen hier, wie höflich sie sind, wie hilfsbereit. Nicht ein einziger „Prol", wie Eva die rüpelhaften Schmuddeltypen zu Hause zu nennen pflegt, ist uns bisher begegnet. Dabei sind die meisten jungen Leute hier viel ärmer als ihre Altersgenossen in Europa.

„Schlitzohren und Gauner gibt's auch hier", behauptet Margot, „aber die jungen Muslime haben viel mehr Haltung als unser Nachwuchs. Das liegt an der strengen Erziehung." Plötzlich wechselt sie das Thema: „Was hast du da in der Tasche, Lena?" ruft sie. „Herzeigen!" Lena will die kleine Reisetasche, die sie für den Ausflug ins Dorf erstanden hatte, schnell schließen, aber Margot reißt sie ihr lachend aus der Hand, zieht einen bunten wolligen Gegenstand heraus. Ein Beutel der zahnlosen Alten. Nein, zwei, drei, vier – fünf Stück, *iki, üç, dört – beş tane*. Lena hat sich breitschlagen lassen, das darf nicht wahr sein!

Doch die Freundin zuckt nur die Achseln. „Für unseren Weihnachtsbasar. Ich habe der Frau geraten, auch bunte Schals und Strümpfe zu stricken und ihre Waren zu vernünftigen Preisen auf den Märkten selbst zu verkaufen. Sie spart jede Lira – für den Zahnarzt, für ein künstliches Gebiss. Versteht ihr, ein Gebiss! Sie ist in keiner Krankenkasse, Sozialhilfe bekommt sie auch nicht. Es ist hier nicht so einfach wie bei uns. Das soziale Netz – hier ist das die Familie. Diese Frau aber ist Witwe, lebt allein, ohne Familie aber ...“

„Ich weiß, ich weiß“, unterbricht Margot ungeduldig. „Du hättest doch Lehrerin werden sollen, Lena, wie der alte Berger es vorgeschlagen hatte.“

Warum nur wehrt Lena sich nicht, wenn Margot ihr ständig ins Wort fällt. Jetzt nickt sie und sagt nachdenklich: „Vielleicht hätte mich dieser Beruf mehr ausgefüllt als die Schauspielerei. Doch damals hatte ich nur das Theater im Kopf, selbst mein strenger Onkel meinte, ich müsse wohl in die Fußstapfen meiner Großmutter treten. Aber warum sagst du immer der ‚alte‘ Berger, Margot, der Gute war damals viel jünger als du heute, höchstens vierzig.“

Das sitzt, Frau Klett zuckt zusammen, die Freundin hat ihren wunden Punkt getroffen. „Hatte Berger nicht unserem ganzen Quartett diesen Beruf empfohlen, weil damals Lehrer gebraucht wurden?“ fährt Lena ungerührt fort. „Erkläre du Sophie bitte, wie wichtig die Rolle der Familie hier ist.“

„Hör auf, das weiß sie doch längst“, stöhnt Margot.

„Nein“, widerspreche ich, „viel weiß ich nicht. Zwar hat Fatma mir erzählt, wie Tamay und Yaşar ihr nach der Scheidung weitergeholfen haben und das fand ich bemerkenswert.“

„Das ist es auch, denn beide sind keine nahen Verwandten Fatmas“, gibt Lena mir Recht. „Diese Alte im Dorf aber hat weder Familie noch Freunde, die sie unterstützen könnten. Ihr einziger Sohn ist als Kind gestorben. Die Frau ist eine verbitterte Außenseiterin. Die Leute im Dorf lehnen sie ab und sagen, die Alte ist mannstoll, sie will neue Zähne, damit sie den Männern gefällt. Könnt ihr euch vorstellen, wie es ist, wenn man alt und gebrechlich wird und kein Geld hat für ärztliche Hilfe?“ Lena schaut uns fragend an. „Ich habe der Frau eine meiner billigen Fertig-Lesebrillen gegeben. Sie hat geweint vor Freude – und ich habe mich geschämt. Wir kommen hierher als wohlhabende Touristen, machen ein paar Geschenke, trinken Tee mit den Leuten und kommen uns furchtbar interessant vor mit unserem europäischen Wohlstandsgehabe.“ Sie holt tief Luft und endlich verliert sie ihren sanften Tonfall: „Diese schreckliche Alte, meine Lieben, ist jünger als wir. Und ohne unsere hübschen Klamotten, ohne die Kunst unserer Friseure und der Ärzte, die uns Kontaktlinsen verpassen, Krampfadern strippen, schmerzende Knie behandeln und hübsche Zahnbrücken bauen, sähen auch wir ganz schön alt aus!“

Avanos am Abend. Mild ist die Luft hier in Kappadokien. Wir schlendern die Hauptstraße entlang bis zu einem großen Denkmal, das Teppichknüpferinnen, Töpfer und Winzer bei der Arbeit zeigt. Die Läden sind noch geöffnet, wir betrachten farbenprächtige Auslagen der Juweliere, kostbare Teppiche, bunt bemalte Töpferware, formschöne Gefäße aus Messing, hübsche Trachtenpuppen. Wohl fühlen wir uns nach der heißen Dusche, mit frisch gewaschenen Haaren, in sauberen Kleidern. Lena führt uns in ein einfaches *restoran*, das sie von der letzten Reise her kennt. Wir genießen *kırmızı şarap,* roten Wein, essen nur eine Kleinigkeit. Während der letzten Tage im Dorf haben wir gelernt, mit wenig auszukommen.

Das Dorf. Noch immer beschäftigen unsere Erlebnisse dort unser ganzes Denken. Hülya, liebe Hülya ... Wenn sie doch hier bei uns sein könnte! „Vielleicht wird Hülya in ihrem ganzen Leben nicht nach Avanos kommen", grübele ich. „Wir Ausländer reisen fröhlich durch dieses wunderschöne Land, und die Mehrheit der Einheimischen kommt mal gerade bis zur nächsten Kreisstadt."

In Hülyas Dorf gibt es keine Ärzte, keine Apotheke. Der einzige Krämer hatte außer billiger Seife, ein paar Dosen Öl und einer Anzahl verstaubter Tüten und Päckchen nicht viel zu bieten. Zahnbürsten? Gibt's nicht, *yok.* Die Frau des Lehrers hatte Margot und Hülya mitgenommen, als sie im Auto ihres Mannes zum Einkaufen nach Sivas fuhr. Mehrere Nachbarn hatten ihre Wunschzettel mitgegeben. Schwer beladen waren unsere Freundinnen zurückgekehrt: Waschpulver, Babypuder, Kaffee, feines Duftwasser für Hülya, Zahnpasta und natürlich Zahnbürsten, vor allem aber feste Schuhe für die junge Frau. Von Mustafas Geldsendung hatte Hülya zwar Schuhe für die Kinder gekauft, aber sie selbst lief bei Wind und Wetter nur in offenen Plastiklatschen herum. Wir Kletten hatten zusammengelegt, das Loch in der Reisekasse war für uns Lira-Millionärinnen leicht zu verkraften.

„Hoffentlich kümmert sich die Frau des Lehrers ein bisschen um Hülya", überlege ich und gönne mir ein zweites Glas Wein.

„Die Frau des Lehrers?" Lena schüttelt den Kopf. „Weißt du nicht, dass ihr Mann versetzt wird? Die Familie zieht in die Stadt, die Kinder sollen das *lise*, das Gymnasium, besuchen. Schon jetzt fahren sie täglich mit dem *dolmuş* in die Mittelschule, die *ortaokul.* Kinder haben keine großen Möglichkeiten im Dorf mit seiner winzigen *ilkokul,* der Grundschule. Keine Bücherei, keine Turnhalle, kein richtiger Sportplatz. Auch Spielzeug besitzen die Kinder kaum. Wenn ich an die Kisten mit Bausteinen, an die Spiele, Puzzles und Bilderbücher denke, die unsere Gören hatten ..."

„Dafür können die Jungen und Mädchen im Dorf in der unverbauten wunderbaren Landschaft herumtoben, Baumhäuser bauen, am Bach Seeräuber spielen", wende ich ein. „Wie wir früher."

Lena nickt: „Diese Freuden kennen unsere Stadtkinder fast nur noch aus dem Fernsehen. Und ihre Abenteuer simulieren sie mit dem Computer. Doch was Hülya betrifft: Ich zähle eher auf Frau *Almancı.* Unsere hübsche Strohwitwe ist den Frauen im Dorf ein Dorn im Auge. Gut, dass sie von den beiden Nachbarinnen bewacht wird. Hülya ist sehr begehrenswert, auch Herr *Almancı* scheint für ihre Reize nicht unempfänglich zu sein. Seine Frau will ihren jüngsten Sohn, der in Ankara Lehrer ist, nach Mustafa Yıldız forschen lassen. Es gibt dort Teesalons, in denen sich Landsleute treffen. Ob Hülyas Mann irgendwie nach Europa gelangt ist? Oder irgendwo untergetaucht? Wie schnell kann ein Mensch verschwinden in einer der großen Städte zwischen den zahlreichen illegal dort lebenden Menschen.

Andererseits, haben nicht alle bestätigt, wie sehr Mustafa an seiner Familie hängt? Hoffentlich ist ihm nichts passiert."

Wenn nun Mustafa wirklich nicht zurückkommt? Verhungern würde Hülya nicht, sie hat ihr Haus, den Garten, Vieh. Auch sie macht Handarbeiten, die ein bisschen Bargeld einbringen. Sie würde einen anderen Mann finden.

„Wie wenig man eigentlich zum Leben braucht, wir alle besitzen zu viel, kaufen ständig Dinge, die wir gar nicht benötigen", seufzt Margot plötzlich. „Haben wir bei Hülya etwa einen Tisch vermisst, beim Essen mussten wir auf der Bank oder dem Fußboden hocken – geschmeckt hat's trotzdem. Und waren die Dorfbewohner trotz aller Armut nicht viel fröhlicher als die meisten von uns Wohlstandsbürgern?"

Ich muss mir das Lachen verkneifen. Ausgerechnet Margot, deren Haus mit den vielen Zimmern überquillt von Möbeln, Reiseandenken, „Stehrümchen" und Teppichen, singt jetzt das Lied vom einfachen Leben. Auf was man nicht alles verzichten könne. Staubsauger, Waschmaschine, Geschirrspüler, Radio, Badezimmer, Kleiderschränke, Tische, Stühle – das alles besitze Hülya nicht. Noch nicht, wenden wir ein. Denn in Ankara wird Mustafa ihr nach und nach eine moderne Wohnung einrichten. *İnşallah.*

„Andererseits", spinnt Margot ihren Faden weiter, „die Wohnzimmer der meisten Dorfbewohner waren ja nicht gerade gemütlich mit ihren grellen Neonlampen an der Decke und den grün gestrichenen Wänden. Nicht einmal echte türkische Teppiche können die Menschen im Dorf sich leisten. Ein bisschen Komfort muss schon sein, fließendes kaltes und warmes Wasser, ein Badezimmer, Stühle und Tische natürlich, denn das Aufstehen vom Boden wird doch langsam schwierig. Ein Auto brauchen wir zu Hause auch, wo es doch keine Dolmuschs gibt. Und Zeitung. Stellt euch ein Leben vor ohne Zeitung, ohne Telefon."

Telefon! Wir sind wie elektrisiert, und mich überflutet eine der blöden Hitzewellen, die ich fast vergessen hatte. Telefonieren, warum haben wir im *otel* nicht daran gedacht, tagelang haben wir uns nicht zu Hause gemeldet, hatten kaum einen Gedanken übrig für unsere Lieben. Die Rechnung bitte! Heute bin ich an der Reihe, für uns alle zu zahlen. Getrennte Zahlung – scherzhaft *Alman usulü*, deutsche Sitte, genannt – ist lästig und in der Türkei nicht üblich. Gibt es hier Telefon, fragen wir den *garson*. Natürlich, auf der Post oder nebenan bei der Reiseagentur können die Damen telefonieren, auch ins Ausland, sagt er. Tatsächlich, auch die Reiseagentur ist noch geöffnet. Natürlich kann man hier telefonieren, auch wenn man keine Tour bucht. Hier oder nebenan beim *kuyumcu*, dem Juwelier, können wir Geld umtauschen, überhaupt ist fast jeder bereit, unser deutsches Geld zum Tageskurs zu wechseln. Die D-Mark behält ihren Wert, türkische Lira dagegen ...

Wenige Minuten später hat Lena ihr Gespräch beendet. „Ich werde zu Hause nicht gebraucht", sagt sie mit unfrohem Lachen, „ich kann also mit euch zurückfliegen."

Margot aber kommt freudestrahlend aus dem Laden der Agentur: „Zu Hause *her şey tamam*, alles in Ordnung. Bei dem Rheumawetter in Deutschland läuft die Praxis super, auch ohne mich. Ich habe Prospekte mitgebracht für eine Kappadokien-Rundfahrt, wäre das nichts für uns?“

Rheumawetter zu Hause – wahrscheinlich leidet Luise wieder. Wie schnell die Verbindung klappt, die Stimme meiner Tochter ist so deutlich – ein Segen, diese moderne Technik. Eva hat Gäste: Schulfreunde, ehemalige Nachbarn. Das Wetter? Regen, nichts als Regen. Doch Luise hat eine neue Therapie gegen ihre Schmerzattacken entdeckt: Kater Filou darf mit in ihrem Bett schlafen, das schnurrende Fellbündel ist sehr sensibel, verträgt kein Geschrei. Oma ist die Ruhe selbst, sie schmust mit dem Kätzchen, das hilft ihr mehr als alle Medikamente. Die Zeit der Wutanfälle ist vorbei, Mum, behauptet Eva. *İnşallah* ... Dein Winzer lässt grüßen, er fragt oft nach dir, ist da was im Busch? sagt meine Tochter kichernd, bevor ich auflege. Mein Winzer, Arno Simon, hatte er mir nicht irgendwann einen Heiratsantrag gemacht? Ich werde dem Guten eine Flasche Wein aus Kappadokien mitbringen – falls ich es nicht vergesse ...

Lena wirkt noch immer verstört. Was mag sie nur bedrücken? Ärger mit Justus? Es hat keinen Sinn zu fragen, sie ist nicht so mitteilsam wie Margot. Im Dorf ist Lena immer guter Dinge gewesen, wie hatte sie mit uns gelacht, als die Kinder bei unserem Besuch der kleinen Dorfschule sich über unser seltsames Türkisch amüsierten. Jetzt hört sie Margot zu, die ausführlich ihr Telefonat mit Dimitri schildert, doch ihre Gedanken sind offensichtlich nicht bei der Sache.

„Madame Hélène, c'est pas vrai, das darf nicht wahr sein. Madame Hélène!“ Französische Laute, eine angenehme Abwechslung. Touristen aus Frankreich?

Lena bleibt abrupt stehen. „Kadir, welche Überraschung, quelle surprise!“ Über ihr eben noch so angespannt wirkendes Gesicht geht ein Leuchten. Sie geht auf einen dunkelblonden bartlosen jungen Mann zu, der sie begeistert begrüßt. Madame Hélène – ist damit etwa unsere Freundin gemeint? „Das ist Kadir“, sagt Lena und stellt uns vor. „Ich habe euch von ihm erzählt. Ein vielseitiger Künstler. Er und seine Brüder stellen nicht nur wundervolle Töpferwaren und Schmuck her, Kadir ist auch ein wahrer Meister auf dem *saz*.“

Margot erinnert sich nicht, doch mir fällt ein, dass Lena den begabten jungen Mann erwähnte, als ich einen ausgefallenen Halsschmuck an ihr bewunderte, einen mit ungeschliffenen Halbedelsteinen besetzten Nofretete-Kragen aus vergoldetem Silber. Ein junger Türke – aber warum spricht er französisch?

„Es kommen viele Franzosen nach Kappadokien, sie bevorzugen diese Region“, erklärt Kadir strahlend. Er liebt die französische Sprache und er beherrscht sie gut. Sein Deutsch ist dürftig, er ist erleichtert, dass er sich auch auf Türkisch mit uns unterhalten kann. „Die Damen sind Schulfreundinnen, *çok enteresan*, sehr interessant.“ Margot, die sonst ungern ihr Alter verrät, sagt kalt lächelnd, dass wir drei uns seit fast vierzig Jahren kennen. Der junge Mann zuckt nicht mit der Wimper und bombardiert Lena mit Fragen: Wann ist sie angekommen, warum war sie noch nicht bei ihm, wie lange bleibt sie – hoffentlich diesmal ein bisschen länger ... „Mögen die Damen türkische Musik? Wissen Sie, was ein *saz* ist – ein Saiteninstrument mit langem Hals. Ich spiele heute Abend in meinem Club, würden Sie mir die Ehre erweisen?"

Einverstanden, d'accord, *tamam*, aber zuvor muss er uns durch seine Läden führen, bittet Margot. Und der Musiker Kadir lässt dem Kaufmann Kadir selbstverständlich den Vortritt.

Günaydın, günaydın, guten Morgen, guten Morgen, begrüßen wir uns gut gelaunt am nächsten Morgen im malerischen Hof unseres kleinen Hotels. Ich bin steile Stufen herabgestiegen von meinem Quartier mit Ausblick über die Dächer der Stadt, habe Lena abgeholt, deren Zimmer nur über eine von Reben umrankte „Seufzerbrücke" zu erreichen ist. Warum können nicht alle Hotels in touristischen Gebieten lokalen Charme haben wie diese anheimelnde Anlage. Die schönste Unterkunft bisher. Mein spontaner Vorschlag, lasst uns doch hier alle Einzelzimmer nehmen, war sogar von Margot sofort angenommen worden.

„Jetzt haben wir Avanos am Hals", kalauert Frau Klett und deutet auf die originellen getöpferten Souvenir-Plaketten, die wir an Lederbändern tragen: Geschenke von Lenas Freund Kadir, die er uns gestern bei der Besichtigung seiner Töpferwerkstatt überreicht hat.

Der junge Mann hatte uns geduldig die Herstellung seiner zerbrechlichen Waren demonstriert, zuerst das Formen der Gegenstände aus dem gut abgelagerten Schlamm des *Kızılırmak*, des Roten Flusses. Wie viele Arbeitsgänge so ein hübscher Gegenstand erfordert, wie oft er in den Brennofen wandert, bevor er im Verkaufsraum landet. Kadır ist ein wahrer Meister seines Fachs, mehrere Auszeichnungen schmücken die Wände seines Ateliers. Diese Farbenpracht! Liebevoll bemalte Wandteller mit Blumen- und Tiermotiven, formschöne Vasen, Kerzenständer, Dosen, Amphoren, Aschenbecher ... Selbst ich, die nicht viel für „Schnickschnack" übrig hat, wäre fast einem Kaufrausch verfallen, doch Kadir hatte uns geraten, erst mal alles zu überschlafen.

Er führte uns auch in sein kleines Juweliergeschäft ein paar Häuser weiter. Dort trafen wir einen seiner Brüder, auch er begrüßte Lena herzlich. Natürlich erinnert er sich an mich, flüsterte sie mir zu. Ich habe damals unsere ganze Gruppe hergebracht, ein tolles Geschäft für die beiden ... In den Vitrinen lagen ausgefallene Schmuckstücke. Alles eigene Entwürfe, eigene Herstellung, bezahlt wird wie überall nach Gewicht zum aktuellen Gold- oder Silberpreis, der Wert der Arbeit bleibt meist unberücksichtigt, hatte man mir erklärt.

„Weißt du eigentlich, was das ist?" fragt mich unsere Klettenchefin jetzt und deutet auf die blauen Glasperlen an unseren neuen Anhängern.

„*Tabiî*, natürlich, ein *mavi boncuk*, ein Glücksbringer, du selbst hast mir doch von deinen Reisen ein paar mitgebracht. Auch einen *boncuk* Lenas aus Izmir trage ich an meiner Kette." Und die „Zugabe" des Juweliers vom Großen Basar in Istanbul. Ich besitze schon eine kleine Sammlung dieser blauen gläsernen Perlen und Augen.

Das Frühstück wird uns im *yemek salonu* serviert, dem mit massiven Holzmöbeln eingerichteten Speisesaal, einem aus dem Berg herausgehauenen Tonnengewölbe. Die gedeckten Tische der anderen Hotelgäste – Engländer, Franzosen und ein sehr flottes junges Paar aus Istanbul – sind zu dieser frühen Morgenstunde noch unberührt.

Der müde wirkende Jüngling vom Empfang, der *resepsyoncu* unseres Hotels, kommt in Begleitung eines ebenfalls schläfrigen jungen Mannes an unseren Tisch: Necip, ein Freund Kadirs – unser *şoför*, der uns mit kaum unterdrücktem Gähnen und fast unhörbarem Guten Morgen, *günaydın,* begrüßt. Seine dunklen Augen mustern uns neugierig und ein bisschen vorwurfsvoll. Noch nicht ausgeschlafen, junger Mann? Trinken Sie ein Glas *çay* mit uns – aber dann nichts wie los!

„*Rehber değilim*, ein Fremdenführer bin ich nicht, aber ein guter *şoför*, ihr werdet schon sehen", erklärt Necip unterwegs. Von der Geschichte und den Kunstwerken dieser Gegend hat er nicht viel Ahnung. „Alles ist sehr sehr alt, *çok, çok eski*. Und die Vulkane, vor allem der Erciyes Dağı und die Hasan-Berge, sind für die Landschaft mit ihren Felskegeln und Feenkaminen verantwortlich. Unterirdische Städte gibt es hier, auch die sind *çok, çok eski*. Und Höhlenkirchen, jede Menge, mit bunten Bildern vom Propheten der Christen, Jesus. Vor langer, langer Zeit sollen hier ja überall Christen, *Hıristiyanlar*, gelebt haben." Die seien verschwunden – und mehr weiß Necip nicht. Aber sein Freund Kadir habe gesagt, die Dame mit den roten Haaren könne alles erklären.

„Ja", lacht Lena, „ich war zweimal ..."

Margot fällt ihr ins Wort: „Keine Sorge, Necip, ich kenne Kappadokien."

Ich schwenke meinen neu erworbenen illustrierten Führer: „*Problem yok*, wir werden schon zurechtkommen."

Alles ist besser als eine organisierte Tagestour, hatte Lena gestern Abend in Kadirs Club unerwartet energisch erklärt, als wir unser Programm für den nächsten Tag diskutierten. Leider bieten oft unerfahrene Unternehmer diese Touren an, sagte sie. Zu kurze Besichtigungen, mangelhafte Erklärungen, zurück zum Bus – und dort wartet man auf den, der immer zu spät kommt. Und das ein paar Mal hintereinander, von einer Sehenswürdigkeit zur anderen. Nein, wir wollen unser Programm selbst gestalten und Pause machen, wann und wo wir wollen. Wir mieten uns ein Auto. *Tamam*, einverstanden, aber mit Chauffeur, *şoför ile* oder verkürzt *şoförlü*. Kadir hatte sich eingemischt. Einer seiner Freunde sei *taksici*, der könne uns fahren. Ich musste mir ein Lachen verkneifen, hatte nicht Margot gerade erst erklärt: Ein Türke, der etwas nicht liefern kann, kennt immer einen anderen Türken, der das Gewünschte hat. Er vermittelt das Geschäft, bekommt Provision oder eine Gegenleistung: Eine Hand wäscht die andere ... Welche Provision wird der wohlhabende Kadir von Necip erhalten?

Eifrig versuchen Lena und Margot gleichzeitig, mir die Entstehung dieser einzigartigen bizarren Landschaft zu schildern. Aufhören, aufhören, bitte, ich hab's verstanden – im Großen und Ganzen. Gebirge haben sich verworfen, Lava und

Asche der Vulkane lagerten sich auf den Felsen ab, im Lauf von Jahrmillionen formten sich – und formen sich noch immer – Täler, Canyons, Kegel, riesige Pilze, Türme und Kamine durch Erosion aus dem Tuffstein. Dieser Stein lässt sich gut bearbeiten, Städte, Häuser, Klöster, Kirchen und unzählige Taubenschläge wurden aus den Bergen herausgehauen.

Kappadokien – eine Oase in der melancholischen Steppenlandschaft des anatolischen Hochlandes. Eine Landschaft wie versteinerte Träume, so was hast du in deinem ganzen Leben noch nicht gesehen, hatte Jutta geschwärmt. „Die wilde Beschaffenheit der endlosen Gelände erweckt mit ihren weißen, rosigen und gelben Felsstücken seltsame Gefühle“, sagt mein gedruckter Reiseführer lapidar. Ich schaue, staune und bin froh, meine Ergriffenheit nicht in Worte fassen zu müssen.

Frühzeitig legen wir in Ürgüp eine Mittagspause ein. Wir alle haben Durst, ein bisschen Hunger, unser *şoför* ist völlig erschöpft. Er kommt aus dem Staunen nicht raus: Diese deutschen Damen – unglaublich stark, *çok, çok güçlü*! Er ist so müde, obwohl er immer in der Nähe des Autos auf uns gewartet hat. Wie lange die Damen in der unterirdischen Stadt Derinkuyu waren oder auf der Felsenburg von Ortahisar – eine Zigarette nach der anderen hat er rauchen müssen mit den anderen Fahrern, die auf ihre Gäste warteten. Und am Nachmittag wollen die Damen noch nach Göreme und Zelve. Unglaublich. Doch jetzt erst mal Pause, zum Glück, *çok şükür.*

Lena kennt ein „tolles Restaurant mit wunderschönem Ausblick und hervorragender Küche“. Heute ist sie an der Reihe, uns alle freizuhalten. Necip zögert, Lenas Einladung anzunehmen. *Genellikle*, im Allgemeinen, wartet er beim Auto. Doch wer kann schon unserem geballten Charme widerstehen.

„Ein bescheideneres Lokal hätte es auch getan. Madame muss mal wieder auf den Putz hauen. Na, nicht unser Problem“, murmelt Margot, als wir ein bisschen ratlos an der riesigen Vorspeisentafel stehen.

„Ich kann euch nur raten, alles zu probieren“, ruft uns Lena zu, die ihren Teller bereits mit bunten Klecksen gefüllt hat. *On beş meze*, fünfzehn kalte Vorspeisen, eine verlockender als die andere. Zum Hauptgang bestellen wir Fisch. Margot wirft mir einen vielsagenden Blick zu. Fisch! Ein teures Vergnügen hierzulande. Necip nickt anerkennend. *Çok lezzetli*, sehr lecker. Zum Dessert *biraz meyve*, ein wenig Obst. Und *kahve*, Kaffee. *Türk kahvesi* natürlich. *Şekerli – şeker ile* – mit Zucker, für Necip. Weniger süß für uns drei: *orta*, mittel. Und ohne Zucker: *şekersiz* ... Na, wer trinkt schon seinen Mokka ohne Zucker.

Die Rechnung, *hesap*, Margot will sie sehen. Ich natürlich auch, falls es zu teuer wird, legen wir zusammen. Gleichzeitig zücken wir drei unsere Lesebrillen, was Necip ungeheuer komisch findet. Lena zahlt mit routinierter Geste. Das geht zu schnell, ich komme mit diesem Geld noch immer nicht klar. Margot reicht mir kopfschüttelnd das Stück Papier. „Unglaublich“, flüstert sie in unserer Muttersprache, „unglaublich preiswert.“

„Für uns Mitteleuropäerinnen, vergiss das nicht“, flüstere ich zurück.

Im riesigen Freilichtmuseum von Göreme besuchen wir zwei der zahlreichen Felsenkirchen Kappadokiens. Gewölbe, Säulen, Altäre – alles wurde aus dem Tuffgestein der Berge herausgearbeitet, mit Wandmalereien und Fresken mit biblischen Motiven verziert. Teile der Kirchen sind verschüttet. Hier in Kappadokien soll Paulus die Bewohner zum Christentum bekehrt haben, erzählt mein gedruckter Reiseführer in holprigem Deutsch. Später hatten sich Christen vor ihren Verfolgern in den riesigen Labyrinthen der unterirdischen Städte versteckt, die wir am Vormittag besichtigt haben. Wie Ameisen müssen ihre Erbauer an diesen tief in die Erde reichenden und oft beängstigend engen Unterschlüpfen gearbeitet haben. Wohn- und Versammlungsräume, Küchen, Vorratsräume, Treppen, Ställe, Kirchen, Grabnischen, Lüftungskanäle, geheime Ausgänge und schwere Verschluss-Steine für den Notfall – an alles hatten sie gedacht.

Im Dorf Göreme sitzen wir endlich in einem kleinen Teegarten, erholen uns von unseren kulturellen Anstrengungen. Wir sind die einzigen Gäste. Die unermüdliche Lena schlägt einen kleinen Rundgang vor. Margot und Necip winken ab, sie kennen das alles. Der Ort wirkt wie ausgestorben, keine Menschenseele in den Gassen. Vor einem Laden schlafen Hunde und Katzen einträchtig nebeneinander in den wärmenden Strahlen der herbstlichen Sonne. Auf flachen Dächern sind Weintrauben zum Trocknen ausgebreitet, vor weiß getünchten Häusermauern stapeln sich Berge von Kürbissen. Ein ausgemergelter Mann repariert sein Dach. Wo sind die anderen Dorfbewohner? Dumme Frage. Auf den Feldern, in den Weingärten. Fruchtbar ist das Land zwischen den Felsen und Taubendreck guter Dünger. Erntezeit, Weinlese. Wie in biblischen Zeiten tragen Esel ihre Reiter oder große Körbe mit Früchten nach Hause.

Wir beschließen den Ausflug in Zelve. Helle Felsen und Feenkamine erinnern an eine Ansammlung steinerner Riesen mit hohen spitzen Mützen. Der Boden ist karg, mit Felsbrocken übersät. Margot streikt: „Ich bleibe bei Necip, ich spüre meine Knie. Lasst euch Zeit, es ist schön, in der Sonne zu sitzen." So gehen Lena und ich allein durch das stille Tal.

Sanfte Strahlen der sinkenden Sonne verleihen dem hellen Stein der bizarren Landschaft rosigen Schimmer, weiche bläuliche Schatten. Vor einem der Höhleneingänge bleibt Lena stehen, deutet auf einen flachen Felsbrocken: „Dort habe ich mit Jutta in der Sonne gesessen, im November 1989." Sie schaut mich nachdenklich an: „Zum ersten Mal hatte Jutta vom Sterben gesprochen. Sie ahnte wohl, dass ihr nicht mehr viel Zeit blieb, doch ihre Krankheit erwähnte sie nicht. Sophie, wir haben Juttas trauriges Ende, ihren körperlichen Verfall miterlebt. Aber ich will sie in Erinnerung behalten, wie sie hier saß und ganz gelassen sagte: Diese Steine werden noch hier liegen, wenn wir längst nicht mehr sind. Auch sie haben ihre Zeit, irgendwann zerfallen sie zu Staub, etwas Neues beginnt." Lena schaut zum Himmel, blinzelt, wendet sich plötzlich ab, springt über lose Felsbrocken und klettert eine steile Leiter hinauf zu einer der zahlreichen Höhlen.

Ich lasse mich auf Juttas Stein unter dem weit geschwungenen natürlichen Felsenbogen nieder, sehe die Sonne langsam hinter dem hell leuchtenden Bergmassiv versinken. Jutta ... Ein paar Jahre waren ihr noch geblieben nach ihrer türkischen Reise. Im letzten Frühling, wenige Wochen vor ihrem qualvollen „Endspurt", wie sie ihren Abschied genannt hatte, war unser Quartett zum letzten Mal zusammengekommen. In Juttas Garten auf ihrem Lieblingsplatz unter dem alten Apfelbaum hatten wir beim Kaffee endlose Weißt-du-noch-Gespräche geführt, Reisepläne geschmiedet. Die Freundin, scheinbar gut erholt nach ihrer letzten Chemotherapie, mit rosigem Teint und kräftig nachgewachsenen Haaren – endlich wieder ohne die verhasste Perücke! –, hatte tapfer mitgespielt: Wir vier in die Türkei, Kappadokien wiedersehen – ich freue mich, rief sie, deutete auf die Blütenpracht über uns: Fahren wir nach der Apfelernte, dann ist's nicht mehr so heiß. Und ich werde noch besser in Form sein.

Allein hatte ich im Sommer an ihrem Krankenlager gesessen, das Juttas Familie so liebevoll am Fenster zum Garten hergerichtet hatte. Wie oft haben wir da draußen gespielt, Sophie. Unser Apfelbaum wird noch blühen und Früchte tragen, wenn unsere Enkel erwachsen sind, sagte die todkranke Freundin, und nur ihr Lächeln erinnerte noch vage an das Mädchen von einst. Gut, dass wir nicht wissen, ob wir als Knospen, Blüten oder reife Früchte enden, sagte sie leise. Wir hatten Glück, Sophie, doch jetzt verfault der Apfel Jutta. Letzten Endes kommt alles auf eins raus. Was zwingt uns nur, so viel über unser Dasein zu grübeln, über ein Leben nach dem Tod, sind Himmel und Hölle nicht in uns selbst, um uns herum? Mir geht's heute so gut, ich habe keine Schmerzen, endlich bekomme ich die starken Spritzen. Meine Leute verwöhnen mich, du bist hier, die Sonne scheint, unser Apfelbaum trägt Früchte – wenn das nicht der Himmel auf Erden ist ...

Es ist kühl geworden. Die Sonne Kappadokiens verschwindet endgültig hinter einer Bergspitze, hinterlässt im dunklen Blau des Himmels einen matt leuchtenden Schimmer. Die noch vor Sekunden hell bestrahlten sanften Steinformationen erscheinen plötzlich schroff, unnahbar. Kein Laut ist zu hören in diesem steinernen Garten Eden.

Eine breite Rampe führt langsam hinab ins Innere der Erde, doch wir landen nicht in der Hölle. Vor uns öffnet sich ein weitläufiger, hell erleuchteter Raum, in der Mitte eine große freie Fläche, rundherum offene Nischen, in denen Gäste beim Essen sitzen. Wände, Stützen, Gewölbe, die großen runden Tische und Bänke – alles wurde aus dem Berg herausgearbeitet.

Unser letzter Abend in Avanos. Kadir hat eine der Nischen reservieren lassen für uns und seine Freunde – einen Lehrer, einen einheimischen Weinhändler mit Ehefrau, einen Arzt aus Lyon, einen Musiker aus seinem Club und dessen Verlobte, eine „grüne" Politikerin.

Eine Grüne in der Türkei? „Ja, wir Umweltschützer sind im Kommen", erklärt uns die junge Frau stolz. „Noch sind wir nicht sehr zahlreich, aber unser Programm ist riesig: Kontrolle der Baumaßnahmen, sanfter Tourismus, Reinhaltung der Gewässer, Schutz der Arten. Kennen Sie die Geschichte der Meeres-Schildkröten von Dalyan, deren Brutplätze einem Hotelkomplex weichen sollten? Wir Umweltschützer haben uns sogar mit einem Hungerstreik gewehrt – erfolgreich! Jetzt ist die Region ein geschützter Naturpark." Die junge Politikerin hat regelmäßigen Kontakt zu Gesinnungsgenossen in Europa, vor allem in Deutschland. Unser Land kennt sie gut, mit ihrer Familie hat sie in Hamburg gelebt und dort studiert.

Der *garson* kommt mit *rakı*, Säften, Nüssen ... Danach eine üppige türkische Mahlzeit. Das ist zu viel, unsere Mägen sind doch entwöhnt. Diesmal wage ich mich an die sehr süßen Nachspeisen heran, doch mehr als ein kleines Stück *baklava*, eine Leckerei aus Honig, Nüssen und Blätterteig, schaffe ich nicht.

Junge Männer und Mädchen in bunten Trachten führen Volkstänze vor. Begleitet vom Getrommel der *davul* und dem Oboenton der *zurna* schreiten und singen sie in endlosen Wiederholungen, schnalzen mit der Zunge, trillern schrill. Kadir erklärt die Bedeutung der Tänze, die vom Alltagsleben der Bauern erzählen. Jetzt ein Hochzeitstanz, die Tänzer tragen die alte anatolischen Festtracht. Schade, sagen wir, Bräute auf der ganzen Welt ziehen heutzutage das langweilige europäische weiße „Prinzessinnen-Kleid" vor. Die Trachten hier sind viel schöner.

Die Gruppe verabschiedet sich, andere Musiker erscheinen, der Tanz für alle beginnt, Tanz *alaturka*, paarweise und doch jeder für sich. Kadir bittet Lena, die in ihrem grünen Kleid wieder hinreißend aussieht, auf die glatt polierte steinerne Tanzfläche. Der Herr Lehrer verbeugt sich vor mir, beginnt sofort ein Gespräch über die Unterschiede der türkischen und europäischen Schulsysteme. Ich hinterhältige Freundin rate ihm, darüber doch mit Lena zu diskutieren, die mehr von der Sache verstehe.

Margot müht sich mit dem Weinhändler ab, verzieht ihren Mund – hat sie Schmerzen? Lena tanzt hingebungsvoll, wie berauscht. Heute markiert sie nicht. Kadir wirft ihr begeisterte Blicke zu, doch sie beachtet ihren Partner kaum. Für wen tanzt sie, an wen denkt sie – wen will sie vergessen? Ihre Lippen sind leicht geöffnet, doch sie lächelt nicht. Kadir starrt seine Tanzpartnerin fasziniert an. Halt, Lena, möchte ich rufen, halt, lass es gut sein, du entfachst ein Feuer, das du nicht löschen kannst! Margot zieht die Augenbrauen zusammen, deutet mit missbilligenden Blicken auf die schöne Tänzerin in Grün, schüttelt vielsagend den Kopf. Ich zucke die Achseln und atme erleichtert auf, als der Herr Lehrer mich zum Tisch zurückbegleitet.

Wenige Minuten später nimmt Margot neben mir Platz. „Meine Knie", seufzt sie, „Sophie, wir sind nicht mehr die Jüngsten. Was sagst du zu Lena, hast du sie schon mal so gesehen? Wie sie dem jungen Mann den Kopf verdreht, nicht sehr geschmackvoll – in ihrem Alter!"

„Pst, nicht so laut", weise ich die Freundin zurecht. Was heißt schon Alter. Sie soll sich an die eigene Nase fassen, Lena diesen vergnügten Abend gönnen.

Vergnügt? Lena wirkt so abwesend. Wo sind ihre Gedanken, zu Hause? In Istanbul? Mit Kadir hat sie bestimmt nichts im Sinn. Und wenn, morgen reisen wir ab.

Plötzlich stehen die rothaarige Verführerin und ihr bedauernswertes Opfer vor uns: Entschuldigt, wir haben was zu besprechen, es ist so wenig Zeit, haltet uns nicht für unhöflich, bleibt bitte noch ... Kadirs Freund, der Musiker, werde den Gastgeber vertreten. Sie haben was zu besprechen? Margot glaubt den beiden kein Wort. Die stolze Lena, wer hätte das gedacht. Dieser Kadir muss völlig verknallt sein. Gewiss, wir haben einiges bei ihm gekauft – aber was er uns noch alles dazu geschenkt hat! Ungewöhnlich, sagt Margot, äußerst ungewöhnlich. Und diese Einladung heute Abend ... Doch bevor sie weitere Mutmaßungen anstellen kann, taucht Necip auf, unser *şoför*. Wir können morgen mit ihm in seinem Kleinbus nach Konya weiterfahren, sagt er. Unsere Freundin Lena und die anderen Fahrgäste, ein paar junge Franzosen, seien einverstanden. Allerdings wollten sie unterwegs noch eine Karawanserei besichtigen.

Franzosen? Margot überlegt. „Eigentlich wollen wir ja nicht mit Touristen ... Was meinst du, Sophie?“ Mir ist es recht. „*Tamam*“, sagt auch sie schließlich, „da sparen wir Zeit.“ Als Necip sie zum Tanz auffordert, vergisst sie ihr würdiges Alter und die schmerzenden Knie sofort.

Rund zwei Stunden später klopft Margot hartnäckig an die Tür meines Hotelzimmers, weckt mich aus kappadokischen Träumen: „Meine Knie tun weh, alle beide, ich halte es nicht aus, hast du eine Tablette? Meine Haare gehen aus, ob das an der Dauerwelle liegt? Ich kann nicht einschlafen, und Lena ist auch noch nicht zurück!“ Ihre Stimme klingt gereizt, ihr Gesicht wirkt seltsam fahl im spärlichen Licht der Deckenlampe, zwischen den Augenbrauen erscheint die gefürchtete Ärgerfalte. Margot leidet.

„Wie hast du die vielen Stufen zu mir herauf geschafft mit deinen Knien?“ frage ich. „Hier sind Tabletten, aber du hast doch selber ... Jeder Mensch verliert fast hundert Haare am Tag. Woher weißt du das mit Lena? Lass mich bitte schlafen.“

„Ihr Zimmer ist direkt über meinem“, kommt die Antwort, „ich höre das Wasser rauschen, wenn sie im Bad ist, bisher hat’s noch nicht gerauscht. Lena hat was mit dem Jungen, da wette ich mit dir um eine Flasche *rakı*, dabei könnte er ihr ... Na, Kadir ist bestimmt fünfundzwanzig Jahre jünger!“

Margot hat es geschafft, ich bin hellwach. „Er ist sechsunddreißig und ich glaube nicht, dass Lena ...“

„Du bist schrecklich naiv, Sophie. Unsere Schöne Helena hat es faustdick hinter den Ohren, glaube mir. Eine Heimlichtuerin, immer mimt sie die Dame, die kein Wässerchen ... Denke nicht, ich würde ihr ein bisschen Abwechslung nicht gönnen, im Gegenteil. Justus, ha! Zugegeben, als Anwalt ist er einsame Spitze. Wenn ich ihn schon bei meiner Scheidung von Kurt gekannt hätte ... Neulich habe ich meinen ersten Ex in der Stadt getroffen, ein alter Mann, sage ich dir. Naja, Kurt wirkte schon zu unseren Zeiten vorzeitig vergreist, er war auch so ein Langweiler wie Herr

Dr. Ludewig, nicht auszuhalten! Bin ich froh, dass ich ihn los bin. Und Justus möchte ich nicht geschenkt haben, auch wenn er noch so viel Geld hat. Dieser Snob! Übrigens kann er mich genauso wenig leiden wie ich ihn, ich bin dem vornehmen Herrn vermutlich nicht fein genug. Dass Lena es mit ihm aushält, dass sie so gar nichts aus sich macht, schade, aber sie hat überhaupt kein Feuer."

Oh, Frau Klett, wie gern bezeichnet sie selbst sich als weiblichen Casanova, als femme fatale, hält Lena und mich für viel zu brav, für wahre „Schlaftabletten" und nun ... „Kein Feuer? Trotzdem denkst du, dass sie mit Kadir ... Sei nicht ungerecht, Margot! Wieso macht Lena nichts aus sich, sie hilft ihrem Mann in der Kanzlei, hat seine Kinder erzogen, führt sein Haus, bewirtet seine zahlreichen Gäste. Und ihre Ehrenämter halten sie ganz schön in Trab."

„Dass ihr diese Rolle genügt, sie hat doch in ganz anderen Stücken gespielt. Kinder erziehen – Peter und Judith sind längst erwachsen. Warum halst sie sich jetzt die Arbeit mit diesen kleinen Ausländern auf, warum ist Lena nur so närrisch mit Kindern, ich war froh, als meine aus dem Gröbsten raus waren. Ich verstehe Lena nicht, aber man kann mit ihr nicht über dieses Thema reden, sie blockt sofort ab. Glaubst du, dass sie ihren Seltenfröhlich liebt? Ist dir nicht aufgefallen, wie sie aufblüht, wenn sie mit uns unterwegs ist? Als hätte sie Hafturlaub. Ehrlich, Sophie, möchtest du mit Justus verheiratet sein?"

Ich? Absurder Gedanke. „Um Himmels willen", entfährt es mir. Soll ich Margot von Arno erzählen, um sie von Lena abzulenken? Mit Begeisterung würde Frau Klett sich auf das Thema stürzen, aber unsere Nachtruhe wäre endgültig dahin.

„Wenn du klug bist, heirate nie wieder. Obwohl – du bist wie geschaffen für die Ehe", sagt Margot jetzt und nimmt mir die Entscheidung ab: Kein Wort über Arno. „Wie du das ausgehalten hast all die Jahre mit nur einem ... Und jetzt, wo du frei bist, opferst du dich für deine Schwiegermutter auf. Apropos Schwiegermutter – war Helmuts Mutter nicht älter als wir und hat noch mal geheiratet?"

„Sogar noch zweimal. Sie war eine vitale Frau, hat nie über das Älterwerden gejammert. Zwar haben ihre Kräfte in letzter Zeit merkbar nachgelassen, doch noch immer ist sie mir eine gute Freundin, ist humorvoll, großzügig, unternehmungslustig – wenn sie keine Schmerzen hat. Ich opfere mich nicht auf für meine Schwiegermutter. Gewiss, die Pflege wird immer anstrengender, aber notfalls werden wir eine Hilfe suchen. Luise war dreimal verheiratet, wie du, Margot. Doch ich habe mehr Ehejahre hinter mir als ihr beide, Luise würde sagen: Du hast dein Ehesoll erfüllt, Sophie. Vielleicht stimmt das, jedenfalls habe ich mich ans Alleinsein gewöhnt."

„Auch ich habe das. Männer ... Das ist vorbei. Nie mehr ein Mann!"

„Wer's glaubt, du wiederholst diesen Satz zu oft, meine Liebe."

„Du kannst Gift darauf nehmen, Sophie. Frauen und Männer passen einfach nicht zusammen – auf Dauer, meine ich. Du und dein Helmut, ihr wart doch auch Gegensätze wie Tag und Nacht, ich habe mich oft gefragt, was du an ihm gefunden hast. Männer ... Du verliebst dich, heiratest, eines Morgens wachst du auf und fragst dich, was der Fremde neben dir im Bett zu suchen hat. Liebe! Irgendwie wird das alles lächerlich in unserem Alter, darum meine ich auch, dass Lena ... Wie sie sich damals über Ahmet mokiert hat, nun hat sie selbst einen jungen ..."

Eine heiße Welle überrollt mich, eine Welle des Ärgers – wie immer bei Margots taktlosen Bemerkungen. Sprich nicht so über Helmut, was weißt du schon von ihm und mir, von der Zuneigung, die wir füreinander hatten, trotz aller Gegensätze. Und Lena – von wegen ihr ein bisschen Abwechslung gönnen! Was soll die steile Falte zwischen deinen Augenbrauen, liebe Frau Klett, warum presst du die Lippen zusammen – du leidest, aber es sind nicht deine Knie, die dich quälen. Neidisch bist du, eifersüchtig wie ein Teenager, weil nicht du es bist, die in dieser Nacht draußen herumschwirrt. Oh, Margot, wenn du wüsstest, wie alt dich deine Eifersucht aussehen lässt, rufe ich stumm, denn ich bin zu feige für eine nächtliche Auseinandersetzung – und zu müde. „Meine liebe Frau Klett", sage ich scheinbar ruhig und gähne ungeniert, „erstens hat Lena sich nie über Ahmet mokiert. Zweitens bin ich todmüde. Und drittens, selbst wenn Lena ... *Sana ne*, was geht's dich an?"

Margot schluckt betroffen. „*Haklısın*, du hast Recht", seufzt sie und erhebt sich widerwillig, „was geht uns das an, *bize ne ...*"

„*Zengin bir adamsın*", stellt Margot bewundernd fest, als wir Necips gepflegten Kleinbus besteigen. „Du bist ein reicher Mann, du besitzt einen Fiat und diesen hübschen Bus hier."

Nein, erklärt uns Necip, reich sei er nicht, im Gegenteil, er sei ein armer Mann, *fakir bir adam*. Beide Automobile gehörten zwar ihm und seinem Freund Tunay – aber erst zu einem Bruchteil, denn sie hätten die Fahrzeuge mit einem privaten Kredit bezahlt, den sie mit Zinsen zurückzahlen müssten, und zwar in Deutscher Mark oder Dollars. Nicht einfach, aber der Kreditgeber sei geduldig. Seine gestrigen Einnahmen zum Beispiel habe er direkt weitergeleitet. Wer gibt denn private Kredite, wollen wir wissen.

„Na, *Kadir bey*, Herr Kadir", sagt unser *şoför*.

„Aha", triumphiert Margot, „ich hab's doch gewusst. Eine Hand wäscht die andere, da haben wir's. Deshalb hat er die Fahrten vermittelt. Lenas feiner Freund ist auch nicht besser als andere."

„Was wollt ihr?" fragt Necip erstaunt. „*Kadir bey* ist ein Freund, seine Zinsen sind niedriger als die anderer Geldgeber. Ist es nicht natürlich, dass er sich um Kunden für uns bemüht?"

Auch Lena sieht das so. Margot bellt: „Natürlich, du musst deinen Liebhaber verteidigen!"

„*Sus*, sei still", faucht Lena zurück, „du weißt nicht, was du redest."

Allah, Allah, denke ich, *yeni bir kavga*, ein neuer Streit – aber da steigen die jungen Franzosen mit freundlichem „Bonjour, mesdames" und höflichen Verbeugungen vor dem Alter in den Bus, und die Damen nehmen sich zusammen. On parle un peu français, man spricht ein bisschen französisch, und erstaunt stellen beide Seiten fest, dass auch eine türkische Unterhaltung möglich ist. Quelle belle surprise

– *ne kadar güzel bir sürpriz* – was für eine nette Überraschung! Wir sprechen türkisch, mit französischem und deutschem Akzent zwar, aber immerhin. Margot wirkt ein bisschen pikiert. Hatte sie uns für die einzigen Türkei-Fans gehalten? Jedenfalls zeigt sie kein Interesse an der Unterhaltung, zieht sich auf die letzte Bank zurück, legt ihre Beine hoch, schließt die Augen.

Sofort beginnt Necip mit einer der jungen Französinnen zu flirten. Er streckt sich, streicht seinen prächtigen Schnurrbart glatt, den rabenschwarzen *bıyık*, betrachtet seine makellosen Zähne im Rückspiegel, wirft dem Mädchen feurige Blicke zu.

„*Bak*, schau“, sage ich leise zu Lena, „*Sadakatsız Ali gibi*, wie der Treulose Ali.“

Lena lächelt zustimmend. „Was hat der Bursche nur davon, schon in Konya ist alles vorbei.“

„Training“, vermute ich, „Flirten scheint hier eine Art Volkssport zu sein. Wenn doch die Männer zu Hause ein bisschen von diesem südländischen Feuer hätten.“

Sadakatsız Ali, der Treulose Ali – mit diesem Spitznamen haben wir einen jungen Tischnachbarn bedacht, der an unserem ersten Abend in Avanos Hand in Hand und Auge in Auge mit einer dicklichen jungen Touristin sein Abendessen eingenommen hatte. Am Morgen darauf waren wir beiden wiederum begegnet. Eng umschlungen standen sie vor einem Reisebus, das mollige blonde Mädchen schluchzte, sprach hastig auf den jungen Mann ein. Er nickte ergeben, zwirbelte seinen *bıyık*, betrachtete über die Schulter des Mädchens hinweg sein Spiegelbild im Schaufenster eines Juweliers. Der Busfahrer hupte, das bedauernswerte Mädchen stieg weinend ein, rief noch ein paar verzweifelte schwedische Abschiedsworte und immer wieder: Ali, Ali, Ali ... Sie winkte mit ihrem Taschentuch, er winkte zurück, legte mit großer Geste die Hand auf sein Herz, warf ihr eine Kusshand zu, strich über seinen *bıyık*, streckte sich – und steuerte beschwingten Schrittes auf den *berber salonu* zu, den Friseursalon für die Männerwelt.

Am Abend, wir waren soeben von unserer Tour zurück, sahen wir ihn wieder. Ali promenierte Arm in Arm mit dem dicken Mädchen auf der Hauptstraße von Avanos, warf ihr feurige Blicke zu, streichelte seinen *bıyık*, spiegelte sich im Schaufenster des Reisebüros. Die üppige Blondine schmachtete ihn an. War die verliebte Schwedin zurückgekehrt? Wieder ergoss sich ein Wortschwall über den Liebhaber rundlicher blonder Weiblichkeit, doch jetzt in englischer Sprache: Ali, my dear ... Treuloser Ali! Wieso eigentlich treulos, *sadakatsız*? Im Gegenteil, ist er nicht *sadakatlı*? Dass er Frauen und Sprachen wechseln muss, ist Schicksal. Seinem Typ aber ist er treu ...

„Warum fahren wir nicht los?“ meldet sich Margot von der Hinterbank. „Sind wir noch nicht komplett? Ah, der Liebhaber.“

Mit hochrotem Kopf kommt Kadir angerannt, schwenkt in der Hand eine Plastiktüte. Lena strahlt, springt aus dem Bus, bekommt den Beutel überreicht. Umarmung, Küsschen rechts und links. „*İyi yolculuklar*, bon voyage, gute Fahrt“, ruft Kadir ins Wageninnere, bittet uns nochmals um Pardon wegen gestern. Ein letztes „Au revoir, chère Hélène" und endlich startet Necip. Wir winken, bis Kadir, Juwelier, Töpfermeister, Musiker, Finanzier Necips – und Liebhaber unserer Freundin? – unseren Blicken entschwunden ist.

Neugierig öffnet Margot den großen Beutel. Ach so, kappadokische Weintrauben. Trauben für uns alle und die Kassetten, die Kadir uns versprochen hatte. Da ist noch ein liebevoll eingewickeltes Päckchen, doch das steckt Lena wortlos in ihre Tasche.

Einer der Franzosen schaut interessiert herüber. Türkische Musik? Können wir die mal hören? Spontan drückt Margot dem jungen Mann ihre Kassette in die Hand: Bitte, Sie können sie behalten. Wenige Augenblicke später erfüllt Kadirs dunkle, etwas rauhe Stimme, untermalt von den Klängen des *saz*, den kleinen Bus. Seine Lieder erzählen vom schneebedeckten Gipfel des *Erciyes Dağı*, von den grünen Ufern des Roten Flusses, des *Kızılırmak*, von der Ihlara-Schlucht und dem klaren Wasser des Melendiz, von heißen Sommern, kalten Wintern, von Felsenhöhlen und den Menschen, die einst dort lebten. Kadir singt von den Farben der anatolischen Steppe, von Liebe, von Sehnsucht nach der fremden Schönen. Sehnsucht, *hasret* ... Kadirs schwermütiger Gesang geht unter die Haut, bringt in mir längst verstummte Saiten zum Klingen. Meine Augen füllen sich mit Tränen. Ist es *hasret*, was ich spüre, Sehnsucht – aber wonach?

Margot gibt missbilligende Laute von sich. Immer dieses Gedudel, murmelt sie, erhebt aber keine Einwände, schließt die Augen und – *çok şükür* – den Mund. Wir sind wohl alle dem Zauber der fremdartigen Musik verfallen, denn wir reden erst wieder, als Necip vor einer Festung in der weiten Ebene hält, der seldschukischen Militär-Karawanserei *Sultan Hanı*. Plötzlich sind aus dem Nichts Kinder aufgetaucht, die lärmend gestrickte bunte Socken zum Kauf anbieten. Natürlich können wir nicht widerstehen. Werden uns die warmen Strümpfe im kalten deutschen Winter nicht gute Dienste tun? Zwei Paar für Luise und ... Halt, bremst mich Lena, du wirst noch viele Kinder treffen, die Socken verkaufen wollen.

Der menschenleere Hof der Karawanserei ist durchglüht von der herbstlichen Sonne. Wir bewundern die kraftvolle schlichte Architektur der hohen Mauern, die wuchtigen Bögen der Arkaden, prachtvolle Steinmetzarbeiten. An den bedeutenden Karawanenstraßen stand früher etwa alle dreißig Kilometer ein *han*, diese Strecke schafft ein Kamel in neun Stunden – ein Tagesmarsch. Für einen Augenblick glaube ich, Stimmen und Geräusche, Farben und Gerüche von Menschen und Lasttieren der Karawanen vergangener Zeiten wahrzunehmen.

„Dein drolliger Reiseführer hat Recht", meint Lena später, als wir die weite Ebene von Konya durchfahren, „diese Landschaften erwecken ‚seltsame Gefühle'. Vielleicht ist diese Stadt deshalb zum Zentrum islamischer Mystiker geworden. Wir werden das ehemalige Kloster des Derwisch-Ordens, das Mevlana-Museum in Konya besichtigen. Hast du schon von den Tanzenden Derwischen gehört, Sophie?"

Ich gestehe, dass ich sie früher für eine Art Folklore-Gruppe gehalten hatte. Jetzt, liebe Frau Lehrerin, weiß ich, dass Derwisch das persische Wort für Bettelmönch ist, dass die Derwische von Konya sich durch drehende Bewegungen in Trance versetzen, um sich von allem Irdischen zu lösen und mit dem Göttlichen zu vereinen. Sie tragen wallende weiße Gewänder und hohe rote Hüte – Symbole für Leichentücher und Grabsteine – ihre rechte Handfläche weist zum Himmel, die linke zur Erde. Begleitet von den Klängen der Rohrflöte, kleiner Trommeln und Streichinstrumente beginnen sie ihr Tanzritual ganz langsam, steigern sich bis zur Ekstase. „Atatürk hat den Derwisch-Orden 1925 verboten. Warum, Lena?"

„Immer das alte Lied, Sophie", kommt die Antwort prompt. „Die Grundsätze der Lehre des Mystikers Celaleddin Rumi, den seine Anhänger ‚Mevlana, unser Vorbild', nannten – nämlich sich selbst aufgebende Liebe zu Allah, Nächstenliebe, Sanftmut, Gewaltlosigkeit –, sind sie nicht Kern vieler Religionen? Aber dann greift das Menschlich-Allzumenschliche ein, Politik mischt mit. Im Osmanischen Reich ist der Orden sehr einflussreich geworden, hatte viele Privilegien. Das Oberhaupt des Ordens durfte dem Sultan bei der Thronbesteigung das Schwert umgürten. Natürlich war der Derwisch-Orden gegen die Gründung einer türkischen Republik, deshalb wurde er von Atatürk verboten. Jetzt wird der Tanz der Derwische, ‚Sema', nur noch einmal im Jahr öffentlich aufgeführt, am 17. Dezember, Mevlanas Todestag."

„Im Museum, unter der großen grünen Kuppel, kannst du die Sarkophage Mevlanas, seiner Familienmitglieder und Schüler bewundern, Sophie", mischt sich plötzlich Margot in unser Gespräch, „insgesamt mehr als sechzig Särge. Mich bringst du da nicht noch mal rein. Mit Jutta haben wir damals alles ausgiebig besichtigt. Sie war kaum wegzukriegen, erinnerst du dich, Lena?"

„Natürlich, du hast sie ständig wegen ihrer ‚mystischen Ader' aufgezogen, Margot. Aber auch mich hatte die Stimmung in diesem Mausoleums-Museum beeindruckt. Diese Särge ... Unter einer goldbestickten Prachtdecke der Sarkophag Mevlanas, geschmückt mit seinem hohen Derwisch-Hut, um den ein Turban gewickelt ist. Erinnerst du dich noch an die steinernen Turbane von Üsküdar, Sophie?"

Plötzlich sehe ich ein Meer aufrecht stehender, von Gras überwucherter Grabsteine unter hohen Zypressen vor mir. Yaşar hatte uns in Üsküdar auf dem Karaca-Ahmet-Friedhof Kindergräber, mit Blumen oder Muscheln verzierte Stelen der Frauen und Grabsteine der Männer mit imposanten steinernen Turbanen gezeigt, er hatte arabische Inschriften gelesen wie Seiten eines offenen Buches. Wenn der Turban seitlich verschoben ist, liegt da unten ein Enthaupteter, hatte er augenzwinkernd gesagt und damit Erinnerungen an gruselige Geschichten meiner Kindheit geweckt. Wenn du stiehlst, Sophie, wächst später deine Hand aus dem Grab, pflegte meine Mutter scherzhaft zu drohen. Vergeblich – enttäuscht und erleichtert zugleich – hatte ich auf dem Friedhof nach herausragenden Händen gesucht: In unserer Stadt gab es offensichtlich keine Diebe.

Yaşar ... Bald werden wir ihn wiedersehen. Übermorgen sind wir in Alanya!

8
Alanya, Alanya! – Alanya, Alanya!

„Ein *otogar* ist eine Art Karawanserei der Neuzeit“, sinniert Lena, „Busse fahren in alle Richtungen, Reisende können ihr Gepäck deponieren, essen, trinken und notfalls übernachten, denn eine *pansiyon* oder ein *otel* ist immer in der Nähe. Die Fahrgäste sind in guten Händen, vor allem wir Frauen können unbesorgt sein.“

„Ställe für Kamele oder Pferde sind nicht mehr nötig“, spinne ich den Faden fort, „die Pferdestärken stecken in den Motoren. Überfälle auf Reisende unterwegs gibt's zum Glück nicht mehr.“

„Dafür ganz ordinäre Verkehrsunfälle, überschwemmte Straßen, Esel und herrenlose Hunde, die über die Fahrbahn laufen“, ergänzt Margot trocken.

„Antalya, Antalya!“ schreit ein Mann über den Platz. Ich fahre hoch. Lena hält mich zurück: „Ruhig, Sophie, wir wollen nach Alanya.“

Wir sitzen in einem sehr, sehr einfachen *restoran* neben den Schaltern der verschiedenen Busgesellschaften, beobachten das bunte Gewimmel der Fahrgäste, ankommende und abfahrende Busse. *Anababa günü gibi* – ein Gewühl wie am Auferstehungstag. Mit Papier und Plastiktellern gedeckte Tische, wacklige Stühle, ein paar Geranien in Öldosen – einladend ist das *restoran* nicht gerade. Margot hatte mein Zögern bemerkt: Nur Mut, Sophie, hier essen Busfahrer – und die lassen sich nichts vormachen. Recht hat sie, unsere *köfte*, die kleinen türkischen Frikadellen, und Lenas Fleischspieße, *Adana kebabı*, schmecken überraschend gut. Das weiße Brot ist knusprig, knackig frisch der Salat. Und die Preise sind günstig.

„In vielen Lokalen gibt's eine spezielle Speisekarte für Touristen“, erklärt Margot. „Einheimische zahlen weniger, auch manchmal auf den Märkten.“ Gut so, denn die Mehrzahl der Leute verdient schrecklich wenig, und uns erscheinen selbst die höheren Touristenpreise niedrig.

Der dickbäuchige Wirt fragt uns aus: „Woher kommen die Damen, wo wollen sie hin?“

„*Almanya'dan – Antalya'ya*, aus Deutschland – nach Antalya“, sage ich.

„Nein“, Sophie, fährt Margot dazwischen, „*önce Alanya'ya*, zuerst nach Alanya.“ Ach so, nickt der Dicke verstehend, die Damen aus Almanya wollen zuerst nach Alanya und später nach Antalya.

„Alanya, Alanya!“ Unser Bus – endlich. Er kommt aus Antalya, fährt nach Alanya. Der Dicke macht dem *muavin* unserer Busgesellschaft ein Zeichen, schon wird unser Gepäck eingeladen. Wir verabschieden uns mit Händedruck von unserem freundlichen Wirt: „Alles Gute, *hoşça kalın*!“

„*Güle güle*“, kommt die Antwort.

Nun dauert es nicht mehr lange, Margot wirkt freudig erregt, sogar die ruhige Lena schaut immer wieder auf ihre Uhr. Längst haben wir das anatolische Hochland verlassen, die kurvenreiche Fahrt durch die faszinierende Bergwelt des Taurus gut überstanden und endlich die berühmte türkische Riviera erreicht.

„Das Mittelmeer, Sophie", ruft Lena jetzt, „auf Türkisch *Akdeniz*, helles Meer, im Gegensatz zum Schwarzen Meer, *Karadeniz. Kara* bedeutet dunkel, stark, böse. Denke an deinen schrecklichen *karabasan* von der zahnlosen Alten."

Endlich das Meer im Schein der rotgolden sinkenden Sonne. Morgen werden wir schwimmen – es ist November! Sophie, siehst du ... Guck doch hin ... Die Stimmen der Freundinnen überschlagen sich fast. Diese Neubauten waren im vorigen Jahr noch nicht da, die Hotelanlage dort drüben, was hat dieser Klotz mit Türkei zu tun, ein austauschbares Luxus-Ghetto, würdest du da Urlaub machen, ich möchte nicht mal fotografiert dort hängen, wann hört die Bauwut endlich auf, schade um die schöne Küste, dieselben Fehler wie in Spanien, der Tourismus zerstört ... Aber dort der Strand ist noch ganz ursprünglich ... Mein Gott, wer soll bloß in diesen zahllosen Bettenburgen wohnen ...

Seid still, möchte ich rufen, das alles habt ihr mir schon hundertmal erzählt, ihr habt mir eure Fotos gezeigt. Früher war es sicherlich schöner – aber seht das Meer, noch unverbaut – *Allaha şükür*. Und da die berühmte Postkartenansicht, die Felsnase von Alanya mit der seldschukischen Festung.

Alanya – endlich! Der *otogar*. Wie viele Busse, sogar zweistöckige. Schnell, schnell das Gepäck, ein *taksi* – und schon sind wir angekommen in Margots Gasse, vor dem mehrstöckigen Wohnhaus, das ich ebenso von Fotos kenne wie das *restoran* nebenan und seinen freundlichen *patron*, den kurzbeinigen dicken Murat. *Hoş geldiniz* Mar-Lena! ruft er über die Straße, schickt seinen jungen Helfer, der sofort freundlich grinsend unser Gepäck zum Haus trägt. Mar-Lena, so nennt der Wirt die Freundinnen vereinfachend, auch diesen Scherz hat man mir angekündigt. Jetzt kommt er selbst, Margot macht uns bekannt, sein von einem mächtigen Schnauzbart fast verdeckter Mund verzieht sich zu einem breiten Lächeln. Herzlich willkommen heißt uns auch ein weißhaariger Mann, den Margot und Lena als *amca*, Onkel, begrüßen. Aha, der hilfsbereite Nachbar, der vorn an der großen Straße einen fahrbaren Andenken-Stand betreibt. *Hoş geldiniz*, sagt auch er, schüttelt jeder von uns die Hand. *Hoş bulduk*, antworten wir im Chor.

Wie war die *sezon*, will Margot wissen. *Amca* und Murat zucken die Achseln, machen sorgenvolle Gesichter. Der „Onkel" macht eine vielsagende Handbewegung. *Şöyle böyle*, so la la – es habe schon viel bessere Jahre gegeben. Murat seufzt, es gebe immer mehr Konkurrenz, selbst hier in der Gasse.

Konkurrenz ..., stöhnt Frau Klett verständnisvoll, dirigiert uns ungeduldig zum Haus. Neben dem Eingang – ist das der von Margot und Lena im Vorjahr liebevoll angelegte Rosengarten? Ein Müllplatz, wie befürchtet. Das Treppenhaus, schmutzig, ohne elektrisches Licht, auf den Podesten die Schuhe der zahlreichen Bewohner. Noch ein Stockwerk. Eine Tür öffnet sich. Margots Nachbarin Johanna?

Sie ist es: „Wie schön, da seid ihr endlich, und das ist also Sophie. Wie wär's mit einem Tässchen Kaffee zur Begrüßung?"

„Uff", sagt Margot, „endlich zu Hause. Lass dich umarmen, meine Liebe."

Alles ist so, wie es die Freundinnen beschrieben hatten und doch ganz anders. Keiner hatte mir gesagt, dass Johanna Berlinerin ist, dass sie Luises jüngere Schwester sein könnte. Der trockene Humor, der Tonfall, die selbstverständliche Hilfsbereitschaft – alles erinnert an Helmuts Mutter. Auch Johanna leidet unter Rückenschmerzen, doch die Glückliche kuriert sie hier im heißen Sand. Spontan bietet sie mir ihr Gästezimmer an. Ihre „Suite", sagt sie, sei größer als Margots Wohnung. Außerdem freue sie sich über ein bisschen Gesellschaft.

Dann sitzen wir im Süden der Türkei in einem deutschen Wohnzimmer, trinken Filterkaffee aus Rosenthal-Porzellan, essen selbstgebackenen Streuselkuchen. Im Regal Bücher aus aller Welt, in deutscher Sprache. Doch die Möbel sind hier angefertigt worden, nach deutschem Entwurf, aber viel, viel billiger als zu Hause. Ein bisschen Heimat muss sein, erklärt Johanna, denn sie lebt ständig hier. Sie liebt Alanya, und dem milden Klima hier verdankt sie, dass sie noch lebt. Denn es ist nicht nur der Rücken, der ihr Beschwerden macht.

„Sophie, auf diesem Sofa haben wir mit Jutta gesessen – am 10. November 1989", meldet sich Lena zu Wort und erzählt ihre Geschichte dieses denkwürdigen Tages: „In der Stadt hatte mich ein Mann angesprochen: Du deutsch Frau? Du wissen, Loch in Mauer? Ich dachte, die Anmache treibt immer seltsamere Blüten, weit und breit waren alle Wände intakt. Als ich schwer bepackt hier die Treppe raufkam, riss Johanna die Tür auf: Komm rein, Lena, schnell schnell – die Berliner Mauer ist offen! Da saßen sie alle vor dem Radio: Jutta, Margot, die deutschen Gäste aus der Nachbarschaft, sie tranken Sekt und heulten Rotz und Wasser." Lena legt ihren Arm um mich: „Das war ein Augenblick, noch heute bekomme ich Gänsehaut, wenn ich daran denke."

Meine Augen sind feucht. Auch Jutta hatte mir diese Szene geschildert. Dass ich das erleben durfte, sagte sie immer wieder, die deutsche Einheit! Ein Wunder, ohne Blutvergießen! Ein Wunder, ein wahres Wunder ... Als später die Probleme und wirtschaftlichen Schwierigkeiten der Wende auch in ihrer Familie nicht ausblieben, beschwor sie uns: Denkt an den November 1989, Freude verbindet Menschen mehr als Hass, wir haben es erlebt. Und wenn's jetzt schwierig wird, erinnert euch daran, wie die Leute in den schlechten Zeiten nach 1945 zusammengehalten haben.

Margots türkisches Zuhause ist schöner als ich dachte – und schrecklicher. Schöner, weil Fotos den Gesamteindruck dieses lichtdurchfluteten euro-orientalisch eingerichteten kleinen Salons mit den farbenfrohen Teppichen und Kelims, den Kristall-Lüstern und zahllosen Souvenirs nicht wiedergeben können. Schrecklicher, weil Margots Aufnahmen gnädig die riesigen Astlöcher in den roh gezimmerten Türen, den lieblos über die Zargen geschmierten Putz und die viel zu dünnen Wände verschweigen. Einige Fenster lassen sich kaum öffnen, darunter pfeift der Wind durch – eine automatische Lüftung. Eigenwillig die Türklinken, manche schließen sogar. Einen Abstellraum gibt's auch hier nicht. Mein DIN-verwöhntes Holzauge leidet beim Anblick der missratenen Schreinerarbeiten. Helmut, gut, dass du das nicht sehen musst.

Lena, die zu Hause eine elegante Jugendstilvilla bewohnt, meint, man gewöhne sich. „Es ist nicht so wichtig, ob Türen Astlöcher haben oder nicht. Dünne Wände sind manchmal praktisch, wir können uns mit Johanna nebenan prima verständigen."

Stolz zählt Margot auf, welche Verbesserungen sie bereits veranlasst hat. So den Einbau der Badewanne. „Davor gab's nur ein Loch im Fußboden, man musste das Wasser der Dusche reinschieben. Überschwemmung jedes Mal! Die Wasserspülung der Toilette – na, diese Geschichte würde zu weit führen. Das komische Ding hier ist ein Durchlauferhitzer, heißes Wasser gibt's jetzt immer, auch wenn die Sonnen-Energie – *güneş enerjisi*, ein wichtiges Wort, Sophie – mal versagt. Doch zum Glück scheint *güneş*, die Sonne, fast täglich." Sie setzt die Führung fort: „Die Küche, viel Platz ist ja nicht ..."

„Donnerwetter", sage ich bewundernd, „eine Arbeitsplatte aus Marmor." Das gute Stück ist genauso lieblos eingebaut wie unser marmornes Waschbecken im Hotel von Ankara.

„Sogar Bürgersteige werden mit Marmorbruch gepflastert, *mermer* gibt's genug in der Türkei", fährt Frau Klett vergnügt fort. „Zentralheizung ist nicht, *kalorifer yok*. Wir sind hier am Mittelmeer, wenn es kalt und regnerisch ist – auch das kommt vor –, wird dieser rollbare Gasofen angezündet. Du musst aufpassen mit den Gasflaschen, Sophie, die Dinger sind gefährlich!"

Lena verstaut Vorräte im Kühlschrank, die sie in dem kleinen Laden unten im Haus gekauft hat. „Anfangs stand hier ein mannshohes Monstrum, das für eine Fußballmannschaft ausgereicht hätte", sagt sie. „Es gab nur das eine Modell, überhaupt erinnerte alles ein bisschen an die alte DDR."

„Dass man hier noch einkaufen kann um diese Zeit!"

„Lebensmittelläden gibt's genug, den einen im Haus, einen gegenüber, einen *süpermarket* an der nächsten Ecke. Überall kann man noch spät abends einkaufen. Ein *süpermarket* in der Nähe hat sogar Tag und Nacht auf, auch die Post von Alanya ist vierundzwanzig Stunden geöffnet." Lena drückt mir eine Schale mit Früchten in die Hand: „*Muz*, kleine türkische Bananen. Erinnerst du dich an die Frau aus Izmir?"

„Nicht alles auf einmal, Lena, wie soll Sophie sich das merken", brummt Margot und setzt selbst die Erklärungen fort: „Taxistand und Bushaltestelle sind in der Nähe, zum Strand läuft man fünf Minuten."

Das hört sich alles großartig an. Aber Klingeln hat das Haus nicht, wenn nun Yaşar ...

„Besucher rufen laut auf der Straße, falls die Haustür abgeschlossen ist. Man wirft den Schlüssel runter. Außerdem bekommt die Tür in Kürze eine Schließanlage, das Treppenhaus erhält elektrisches Licht, die Klingeln werden angeschlossen. Nach acht Jahren! Der Fortschritt ist auch in der Türkei nicht zu bremsen", lacht Margot und hält mir mit stolzer Miene ein Dokument unter die Nase: „Mein *tapu*, der Eigentumsnachweis für die Wohnung. Wie jung ich auf dem Foto ... Als Eigentümer steht hier: Margot, Wilhelms Tochter. Wenn mein lieber Vater geahnt hätte, dass sein Name eines Tages in einem türkischen Grundbuchauszug erscheinen würde ..."

„Komisch", wundere ich mich, „Familiennamen sind doch schon zu Atatürks Zeiten eingeführt worden."

Lena zuckt die Achseln. „Die meisten Leute reden sich hier noch immer mit Vornamen an. Dein Vater", wendet sie sich an Margot, „er würde sich freuen über seine Erwähnung im Grundbuch von Alanya."

Margot nickt nachdenklich. Auch ich bin dieser Meinung, hatte doch Vater Klett als junger Mann den ganzen Orient bereist und seinen Kindern später oft sein dickes Album mit faszinierenden Schwarzweiß-Aufnahmen gezeigt. Später einmal werde auch ich diese Länder sehen: Ägypten, Marokko, Algerien, Syrien, die Türkei, hatte bereits das Kind Margot angekündigt und von den Erwachsenen nur ein mitleidiges Lächeln geerntet. Unmöglich, schließlich lebte man in der DDR! Doch Margot hat den Arbeiter- und Bauernstaat verlassen und ihren Traum verwirklicht. Alle Orte, die ihr Vater Ende der Zwanziger Jahre bereist hatte, konnte sie in Farbe fotografieren.

Von der Straße her sind Stimmen zu hören, der Knall einer Wagentür.

„Früher war das eine ruhige Gasse. Ich bin zum Balkon gestürzt, wenn ich ein Auto gehört habe, oft war es für mich. Damit ist's vorbei", seufzt Margot. „Ein Vorteil des Alters."

Die Stimmen unten werden lauter. „Mar-Lena, Mar-Lena, Besuch für euch", ruft Murat. Margot eilt zum Balkon.

„Orhan?" frage ich.

Lena schüttelt den Kopf: „Der weiß, wie er reinkommt."

„Unten steht ein Herr", sagt Margot, „mit meinem großen Koffer."

Yaşar! Heiße Freudenwelle. Yaşar mit unserem Gepäck, woher weiß er, dass wir heute ... Lena eilt mit Schlüssel und Taschenlampe nach unten. Minuten später ist sie zurück, beladen mit unseren Istanbuler Einkäufen. Sie hält die Tür auf, leuchtet ins Treppenhaus. Margots Koffer wird hereingeschoben.

„*İyi akşamlar*, guten Abend", tönt eine sonore Stimme, die zu einem grauhaarigen langnasigen Fremden gehört. „Ich bin Kamil Duru. Professor Toprak hat mich gebeten ..."

„*Hoş geldiniz*", sagt Margot.

„*Hoş geldiniz*", echoe ich.

Herr Duru möchte uns das Gepäck übergeben, erklärt Lena. Er ist ein Freund Yaşars aus Istanbul und besucht Freunde hier in Alanya. Der Professor selbst musste unverhofft in die Vereinigten Staaten fliegen. Ist Lena sehr enttäuscht? Sie lässt sich nichts anmerken und Margot strahlt: „Fast wie in alten Zeiten, die Buschtrommeln funktionieren noch immer. Kaum ist man angekommen, schon ist Besuch da. Woher wussten Sie, dass wir hier sind? Trinken Sie *çay* mit uns?" fragt sie den auffallend schlanken Freund Yaşars.

Später sitzen wir unten in Murats *lokanta* unter einem wackligen improvisierten Verandadach auf wackligen Plastikstühlen, an wackligen Tischen, warten auf das Essen, trinken *rakı*. Der schwergewichtige Murat thront breit lächelnd neben der Kasse, dirigiert seinen *garson*, den etwa fünfzehnjährigen Kleinen Ali, *Küçük Ali*, mit energischer und zuweilen etwas boshafter Stimme hin und her. Der Junge lässt sich nicht aus der Ruhe bringen. Er hat den *rakı* serviert, ist schnell mit dem *taksi* zum *kasap* gefahren, dem Fleischer, um frisches Hackfleisch zu besorgen. Mit einem derartigen Ansturm habe er nicht gerechnet, sagt Murat entschuldigend. Nachsaison, die meist einheimischen Gäste, die jetzt noch kämen, bestellten oft nur eine Suppe. Dabei hatte er selbst die Werbetrommel gerührt: Mar-Lena sind da! Ihr erster Abend in Alanya gehört traditionell ihm. Der Wirt hat auch den Herrn aus Istanbul informiert, der ihn darum gebeten hatte, und die reifen europäischen Damen, die sich nach und nach einfinden und auch mich lebhaft begrüßen: Sie sind also Sophie, wie reizend, wir haben schon so viel von Ihnen gehört ...

Ich bin vorbereitet auf diese Anna-Berta-Dora-Helgas, Frauen, die wochenlang Ferien hier machen oder ständig in Alanya leben und fast alle mit türkischen Männern liiert sind. Wie diese hübsche Blondine aus Köln, Murats Freundin, die im Lokal für Ordnung und Blumenschmuck sorgt und die Tischdecken wäscht. Alles nur Freundschaftsdienste, denn eine Arbeitserlaubnis bekommt sie nicht. Vielleicht sollte sie doch den Witwer Murat heiraten, überlegt sie laut, auch wenn er fünfzehn Jahre jünger ist. Das fällt übrigens nicht auf bei seinem Leibesumfang, stimmt's? Keiner widerspricht. Aber soll die Kölnerin ihre Witwenrente opfern, etwa auch noch Türkin werden? Nein, so weit geht die Liebe nicht. Wie sie ihren Murat kennt, würde er nur noch auf der faulen Haut liegen, bis mittags schlafen, abends Fußball im Fernsehen gucken, und sie hätte alle Arbeit am Hals. Schon jetzt behandelt er sie manchmal wie eine Sklavin, und sie ist es, die seine Arztrechnungen bezahlt, sogar manchmal das Hackfleisch für die *köfte*. Warum sie das tut? Ach, sie liebt ihren Murat nun mal. Und ohne Freund hier in Alanya – nein, das wäre noch schlimmer.

Sehr späte Backfische, diese Frauen, fast alle bereits leicht verwittert wie wir, einige noch älter, viel älter. Anna-Berta-Dora-Helga reden alle durcheinander. Was gibt's Neues in Europa? Aber ohne eine Antwort abzuwarten, stimmen sie ihr Klagelied an über die unlösbaren Probleme mit ihren Ahmet-Bekir-Fuat-Mehmets. Immer der gleiche Text: Er behandelt mich schlecht, er versteht mich nicht, er will Geld von mir – aber ich liebe ihn doch so ...

Ohne einen türkischen Freund läuft nichts, klären mich die Damen auf. Manche Liebhaber sind zwar in festen Händen, gestandene Familienväter, aber natürlich „unglücklich" verheiratet. Oder junge Männer, die das Brautgeld für eine Ehefrau nicht aufbringen können. Die meisten einheimischen Mädchen sind noch immer tabu vor der Ehe, aber ein Mann ist schließlich ein Mann – und eine Geliebte steigert Lebensfreude und Ansehen. Europäerinnen kennen die Liebe, sie sind hübsch, selbstbewusst, nicht prüde, haben was zu erzählen, sind fleißig – und „reich"! Warum sollen die Frauen ihre türkischen Freunde nicht ein bisschen unterstützen,

Männer, die ihnen immerhin mehr Liebe geben, als ihre müden Albert-Bernd-Detlef-Erichs zu Hause jemals für sie übrig hatten.

Endlich ist das Essen fertig. Zum zweiten Mal genieße ich heute *köfte*, die türkischen Fleischklößchen. Wieder ein üppiger Salatteller für alle, doch das Brot ist weich wie Watte. Margot, mal wieder Mittelpunkt der Runde, lässt Anna-Berta-Dora-Helga an ihrem reichen ehelichen Erfahrungsschatz teilhaben. Lena unterhält sich mit Yaşars Istanbuler Freund, dessen Vorname *Kamil* so viel bedeutet wie „wohlerzogen, gebildet, in reiferem Alter" – was auf den dünnen Herrn zutrifft – und „fehlerlos", was noch zu prüfen bleibt.

Was habe ich eigentlich hier zwischen diesen schnatternden Frauen zu suchen? Wo sind denn die heiß geliebten Ahmet-Bekir-Fuat-Mehmets, zu Hause bei ihren Ehefrauen? Im Spielsalon? Vorm Fernseher in irgendeinem den Männern vorbehaltenen mit Neon beleuchteten *restoran*? Ich bin so müde, habe Heimweh nach – nach Avanos, nach Hülyas Dorf, nach Istanbul ... Nun werden wir Yaşar doch nicht wiedersehen. Was soll ich hier in diesem Lokal in einer staubigen Nebenstraße Alanyas zwischen lieblos gebauten hohen Häusern? Gibt es eigentlich nichts anderes zu essen als *köfte*?

„Nein danke", sage ich, als Kamil die Flasche erhebt, „für mich bitte keinen *rakı* mehr. Ich gehe rauf, bin müde, ich will Johanna nicht so lange warten lassen."

Unsinn, rufen die anderen, bleibe hier, du hast deinen Schlüssel, Johanna geht immer spät schlafen. Aber wenn du willst ...

Johanna ist tatsächlich noch auf. Sie brauche wenig Schlaf, erklärt sie, aber auf Kneipe habe sie nur noch selten Lust. „Übrigens hat eine Frau Fatma angerufen, sie meldet sich wieder. Viele Grüße auch von Herrn Yaşar, er wird Sie in Antalya treffen. Sie können jederzeit von hieraus telefonieren, Sophie", sagt meine Gastgeberin, „ich bin so eine Art Telefonzentrale für die Nachbarschaft. Es gibt ja jetzt diese modernen Gebührenzähler, sogar ein Faxgerät ist angeschlossen – die Technik ist auch hier auf dem Vormarsch. Endlich kommen meine Nachrichten zuverlässig zu Hause an. Obwohl – die Romantik bleibt auf der Strecke, einen Brief von einem lieben Menschen zu öffnen ist doch was anderes als so ein Fax, nicht wahr. Ich rede mal wieder zu viel, Sie sind sicher müde, Sophie."

Nein, keine Spur, warum sollte ich ... Schön ist es in Alanya. Hier ist Leben, abends kann man noch im November mit Freunden auf der Straße in einem *lokanta* sitzen und ganz frische *köfte* essen. Diese drolligen deutschen Frauen – ist es nicht toll, dass sie hier leben? Wenn man bedenkt, wie viele Türken sich in Deutschland niedergelassen haben. Und in ein einer Woche fahren wir nach Antalya.

Zu Johannas Freude bin ich bereit, *bira* mit ihr zu trinken, türkisches Bier, das den Namen einer antiken Stadt trägt: *Efes*, Ephesus. Ein Genuss! Dazu Vollkornbrot mit Schweizer Käse, eine Delikatesse für mich nach dem schlappen Weißbrot. Früher, so erfahre ich, hatte Johanna jeden, der nach Deutschland flog, gebeten: Bring Schinken mit, Käse, Schwarzbrot. Doch jetzt ist fast alles hier zu haben. Ausländische Waren sind teuer, aber sonst sind die Preise nicht hoch – für Europäer.

Niedrige Mieten, billige Eigentumswohnungen – in der Türkei kann man mit sehr wenig Geld auskommen. Und in Alanya ist fast das ganze Jahr über Sommer, ein wahres Senioren-Mekka, schwärmt Johanna. Es leben viele Rentner aus Europa hier, so viele Deutsche. „Sogar einen eigenen Friedhof haben wir inzwischen. Mich zieht's da allerdings nicht hin, wenn meine letzte Stunde naht, geht's nach Hause, nach Berlin."

„Vor allem Frauen leben hier, nicht wahr", sage ich, „Europäerinnen, mittelalt und älter, Frauen, die mit meist verheirateten Türken verbandelt sind."

„Oder mit Türken verheiratet. Es gibt sogar einige Fälle, wo das ganz gut klappt, doch meistens ... Wie können Berlinerinnen nur so blöde sein", sagt meine Gastgeberin plötzlich mit tiefem Seufzer, „heißt es nicht immer, wir seien helle? Gucken Sie nicht so, Sophie, ich rede von mir und Tina, einem Prachtmädchen von fünfundzwanzig. Sie ist weder auf den Kopf noch auf den Mund gefallen, hat eine solide kaufmännische Ausbildung, ist auffallend gut gebaut – eine Schönheit, sage ich Ihnen: haselnussbraune Locken, Augen wie heller Bernstein, endlose Klimperwimpern ... Und dieses Mädchen fällt auf ein Ekel rein, ein charmantes, verlogenes Ekel. Entschuldigen Sie, aber der Ausdruck ist noch zu fein für diesen Scheißkerl."

„Ist Bettina eine Freundin von Ihnen?"

„Eine Reisebekanntschaft, wir haben uns auf einer Tour kennengelernt. Zwei alleinreisende Berlinerinnen in der Türkei – das verbindet, da spielt der Altersunterschied keine Rolle. Hüseyin war der Reiseführer. Vom ersten Moment an hatte er es auf die Kleine abgesehen, hat ihr den Hof gemacht nach allen Regeln der Kunst, hat uns beide eingewickelt. Hingerissen waren wir von seinem Charme. Heute kann ich es nicht mehr begreifen – zu spät, die beiden sind verheiratet. Anfangs war der Knabe wohl wirklich in Tina verknallt, jedenfalls hat es ihm sehr geschmeichelt, dass ausgerechnet er die begehrte Blüte ... Und jetzt, ein paar Monate nach der Hochzeit ..." Johanna schlägt sich gegen die Stirn. „Hüseyin hat eine billige Wohnung genommen, ein dunkles Loch, fast ohne Möbel. Ihm macht es nicht viel aus, er ist täglich unterwegs mit seinen Reisegruppen. Tina muss jeden Abend auf ihn warten, immer bereit sein für ihn, dabei weiß sie nicht mal, ob der Herr überhaupt nach Hause kommt. Er gibt ihr nur Geld für das Allernötigste, aber arbeiten darf sie nicht. Hüseyin hat seiner Frau jeglichen Kontakt mit anderen jungen Leuten verboten, angeblich ist er besorgt um ihren guten Ruf. Er will eine ehrbare islamische Frau aus ihr machen – was immer er darunter versteht. Welches Spiel läuft hier, der Bursche ist viel zu intelligent um zu glauben, was er sagt!"

Mir ist diese ganze Geschichte rätselhaft. Worauf will Johanna hinaus? „Was will der Mann Ihrer Meinung nach erreichen?" frage ich.

„Vielleicht nur die unbegrenzte Aufenthaltsgenehmigung für Deutschland. Oder es macht ihm Spaß, das Mädchen zu quälen. Bettina hat sich total verändert. Seltsam, den Kontakt zu mir hat Hüseyin ihr nicht verboten. Glaubt er etwa, dass ich noch immer auf seinen Charme reinfalle – oder hält er mich für ungefährlich wegen meiner siebzig Lenze? Er wird sich noch wundern!"

„Was haben Sie vor?“

„Ich hoffe auf Margot, sie hat so eine besondere Art, schwierige Dinge ... Vielleicht kann sie das Mädchen wachrütteln. Bettina träumt davon, ihrem geliebten Hüseyin die perfekte Ehefrau zu werden. Dabei betrügt der Mistkerl sie mit jeder willigen Touristin – ein offenes Geheimnis. Ahnt Tina wirklich nichts – oder tut sie so, findet sich ab mit dem Los vieler türkischer Ehefrauen? Wir müssen einen schnell wirkenden Schlachtplan schmieden und behutsam dabei vorgehen. Wollen Sie mir helfen, Sophie? Wenn Bettina erst ein Kind ... Kinder gehören dem Mann, das ist hier so. Wenn meine Süße schwanger wird, sitzt sie endgültig in der Falle. Morgen komme ich mit ihr zum Strand. Aber wir müssen das Gift in kleinen Dosen verabreichen, noch liebt die Kleine ihren Macho.“

„Der Kleopatra-Strand – fast menschenleer. Die legendäre ägyptische Königin soll auf ihrer Hochzeitsreise mit Antonius hier gebadet haben. Jetzt dürfen wir ‚Proletarier aller Länder‘ uns hier tummeln, im Sommer liegen die Sonnenhungrigen wie Ölsardinen im Sand“, sagt Lena, zieht sich blitzschnell aus, stürzt sich in die Fluten – eine Nixe, die zu lange auf dem Festland war.

Am Ufer brechen sich schäumende Wellen, doch weiter draußen wird das Meer ruhiger, auf dem Wasser tanzen Sonnenstrahlen. Lena schwimmt selbstvergessen, unermüdlich. Wann habe ich sie jemals so gelöst gesehen! Sie winkt mir zu: „Es ist November, Sophie!“ Welche Wonne – ich beneide mich selbst. Wir schwimmen auf den weit ins Meer ragenden Burgfelsen zu. „Vor der Zeitenwende war dort oben ein Piratennest“, ruft Lena prustend, „Seeräuber sollen das ganze Mittelmeer unsicher gemacht haben.“

Ein Blick zurück zum Ufer. Die Betonwüste der Stadt wird unbedeutend vor der majestätischen Kulisse der Berge. Die Freundinnen hatten mir Fotos gezeigt vom alten Alanya. Verwinkelte Straßen, malerische bescheidene Häuser zwischen Bananen- und Orangengärten – wie schön hätte Alanya werden können ohne die planlos erstellten Touristensilos: ein idyllischer Ferienort im türkischen Stil.

Wo ist die berühmte Fernsicht zum Taurus? hatte ich Margot beim Frühstück gefragt. Zugebaut, war die resignierte Antwort, die Häuser stehen so dicht beieinander, jetzt wird noch ein Kasten dazwischen gesetzt – nicht zu fassen. Vier Stockwerke sind erlaubt, aber auf den Flachdächern sind bereits Balkone vorhanden für eine Aufstockung. Und schon werden höhere Gebäude gebaut.

In der Türkei sei alles käuflich, Baugenehmigungen eingeschlossen, hatte Yaşar behauptet. Wie schon im Osmanischen Reich. Vielleicht sei es in anderen Ländern ähnlich, aber Türken seien besonders bestechlich – kleine Beamte, die nicht genug verdienten, reiche Politiker ...

Die türkische Nachbarin im Haus gegenüber hatte uns von Balkon zu Balkon ein fröhliches „*Günaydın nasılsınız*? Guten Morgen, wie geht es Ihnen?“ zugerufen und sich eine Weile mit Margot unterhalten. Ihre Stimmen hatten die beiden dabei nicht anstrengen müssen, der Nachbarbalkon war zum Greifen nah. Dann bediente die brave Frau ihren Ehemann, der im Schlafanzug Zeitung las und seinen Morgentee schlürfte, während sie geduldig wartend neben dem Tisch stand. Eine Greisin in der Wohnung darunter putzte mit unbewegtem Gesicht Gemüse und saß dabei in ihrer bunten Pluderhose auf dem Fußboden der Küche. Alte Gewohnheit, erklärte Margot, früher stand das Bauernhaus der Familie auf diesem Grundstück. Sie haben verkauft, sind jetzt wohlhabend. Immer mehr Bauernhäuser und Gärten verschwinden.

Und die alte Frau hat den Boden unter den Füßen verloren. War der Graubart mit der Wollmütze, der auf einem Balkon in der Nachbarschaft saß und stundenlang in die Gegend starrte, auch ein ehemaliger Bauer? Kann sein, der Opa sitzt immer da, seit Jahren schon, trägt immer dieselbe Mütze, hatte Margot achselzuckend geantwortet ...

Mit kräftigen Zügen schwimmt Lena zum Ufer zurück. Ich folge ihr langsam. Am Strand erwarten uns Johanna und Margot, neben ihnen hat sich eine Türkin niedergelassen. Keine Türkin – wie bitte, diese junge Frau im langen Mantel mit dem großen bunten Kopftuch, das sämtliche Haare bedeckt, diese blasse, schüchterne Person soll Bettina sein, das kesse Berliner Mädchen, die angekündigte Schönheit? Johanna hatte uns auf die veränderte Bettina vorbereitet, aber mit einem derartig ätherischen und verängstigten Wesen hatte wohl keine von uns gerechnet.

Ist es Liebe, die Frauen immer wieder dazu bringt, sich bis zur Selbstaufgabe an ihren Partner anzupassen? Oder ist es der natürliche Unterwerfungstrieb des Weibchens, wie Margot es nennt, ein Trieb, der bei ihr selbst „leider zu schwach ausgeprägt“ sei. Beim Frühstück hatten wir drei diskutiert, wie wir die junge Deutsche „retten“ könnten – wenn sie überhaupt gerettet werden will – und einmütig beschlossen, vorsichtig zu sein, uns lieber nicht einzumischen in fremde Tragödien.

„Gehen Sie nicht schwimmen?“ frage ich.

„Nein“, erklärt die junge Dame leise, „es ist November, da geht man nicht mehr baden.“

Wer ist „man“?

„Die Einheimischen“, kommt die Antwort. „Nur Touristen gehen noch ins Wasser, aber wir ...“ Bettinas Mann will jedenfalls nicht, dass seine Frau schwimmt.

„Schwitzen Sie nicht in Ihrem Mantel, oh, Strümpfe tragen Sie auch – bei dem tollen Wetter! Aber im Sommer schwimmen Sie wohl täglich?“ erkundigt sich Margot und mustert die junge Berlinerin mit unverhohlener Neugier.

„Nein, im Sommer ist es zu heiß“, erklärt die junge Dame. „Mit wem soll ich auch zum Strand gehen, Johanna verlässt bei der Hitze das Haus nicht.“ Und allein? Unmöglich, das wäre *ayıp,* würde dem Ansehen des Ehemannes schaden. Aus diesem Grund zeigt eine anständige Frau auch nicht ihr Haar oder gar nackte Arme und Beine.

„Eine junge Frau wie Sie hat doch sicher gleichaltrige Freunde ... Freundinnen“, sagt Lena.

„Ja, nein ...“ Bettina zögert. „Ich habe – ich hatte eine Freundin, aber leider ist sie keine gute Frau. Mein Mann ist dagegen, dass ich sie noch treffe.“ Die Freundin, hier könnten wir nachhaken. Die Stimme der jungen Frau hatte Bedauern anklingen lassen.

Wir erzählen von unseren Reise-Erlebnissen, schildern absichtlich ausführlich das moderne türkische Liebespaar Çetin und Latife aus Ankara, ich berichte von Eva und Denis. Bettina aber spricht von ihrer großen Liebe zu Hüseyin, dem wunderbarsten Mann der Welt, von ihrer ebenso großen Liebe zum Islam, der großartigsten aller Religionen, die nur das Beste für die Menschheit wolle.

„Das sagen sie alle“, murmelt die Protestantin Margot zwischen den Zähnen, „und was kommt dabei raus? Bruderkrieg – wie in Jugoslawien, Streit in den Familien. Religionen ...“ Ein Wink Johannas bringt sie zum Schweigen. Keine Diskussion über Religion, hatten wir uns am Morgen geeinigt, das ist ein zu weites Feld – und wir verstehen nicht genug von den Feinheiten des Islam, auch wenn wir alle den Koran gelesen haben. Die Auslegungen der Texte sind so unterschiedlich. Wie bei der Juristerei, hatte Lena nachdenklich gesagt, die Gesetze sind gar nicht so schwer zu verstehen, aber die Interpretationsmöglichkeiten – selbst Fachleute kommen ins Trudeln.

Mehr und mehr Badegäste finden sich ein, doch diese letzten Gäste der Saison rücken sich nicht auf die Pelle. Links von uns hat sich eine Gruppe hochgewachsener hellhäutiger Skandinavier niedergelassen. Lachend stürmen die prächtig gebauten jungen Leute ins Wasser, spritzen sich gegenseitig nass, albern ungeniert herum. Junge Türken, im Mund die unvermeidliche Zigarette, schlendern voll bekleidet am Strand entlang, lassen sich im Sand nieder, werfen verstohlene Blicke auf die blanken Busen der Mädchen.

Nichts gegen Freikörperkultur – aber hier, in einem islamischen Land! Werden diese Touristen von ihren Reisebüros nicht aufgeklärt über die Sitten ihres Gastlandes? Sind auch unsere braven Einteiler hier *ayıp*? Wo ist die Grenze, was diese Türkin dort macht, ist bestimmt nicht die Lösung: Voll bekleidet mit *şalvar*, Bluse und Jacke, die Haare unterm Kopftuch versteckt, setzt sie sich ans Ufer, lässt sich von den Wellen umspülen, quietscht vergnügt – und ist im Nu klatschnass. *Allah Allah*, sie wird sich erkälten. Nein, nein, nein, Moralbegriffe sämtlicher Religionen in allen Ehren – das geht zu weit. Warum soll eine Frau nicht schwimmen, sich sonnen, sich des Lebens freuen? Soll sie verzichten – nur weil das angeblich so starke Geschlecht beim Anblick reizvoller Weiblichkeit seine Triebe nicht beherrschen kann? Müssen Frauen sich deswegen verhüllen, ist es nicht Pflicht der Männer, Zurückhaltung zu lernen? Du gehst zu weit, So-So, das wäre wider die Natur, höre ich Helmuts gutmütige Stimme in mir, die Stimme meines geliebten Paschas, der mich verlassen hat und doch immer bei mir ist.

Ein saisonmüder *simitçi* schlendert lustlos zwischen den Sonnenanbetern herum. Wir kaufen ihm ein paar Sesamkringel ab, sofort belebt sich seine Gestalt. *Simit – taptaze,* ganz frisch, schreit er und zieht weiter.

„Die *teyze*, Margot, da drüben kommt die *teyze*!“ Lena springt hoch, geht auf eine kleinwüchsige alte Türkin zu und umarmt sie herzlich.

„Die *teyze*?“ Margot reckt ihren Hals. „Eine alte Freundin, Sophie.“

„*Merhaba, merhaba*, wie schön euch zu sehen.“ Die Frau setzt sich ächzend zu uns in den Sand, will wissen, wer ich bin, spricht nur türkisch. „Ach, wie schön“, sagt sie zu Margot, „noch eine Schulfreundin von dir ...“

„Die *teyze* verkauft Handarbeiten hier am Strand, die von Frauen aus ihrer Nachbarschaft angefertigt werden. Alle nennen sie *teyze*, Tante“, klärt Lena mich auf. „Eigentlich sind fliegende Händler am Strand unerwünscht, die Feriengäste sollen sich ungestört hier grillen dürfen. Aber die *teyze* treffen wir jedes Jahr hier. Wir geben ihr manchmal gut erhaltene Kleidungsstücke, die verteilt sie an ihre Nachbarn. Sie selbst ist Witwe und kinderlos, aber einsam ist sie bestimmt nicht.“

Aus ihrer Tasche fischt die Alte ein großes Tuch, faltet es auf und breitet ihre Ware vor uns aus. Kleine runde Häkeldeckchen für Teegläser, immer sechs Stück zusammengefasst: ein „Satz“, *bir takım*. Größere Decken mit hübschen Blumenmustern – wer legt bei uns heutzutage noch Spitzendecken auf? Wer trägt weiße Häkelkragen? Türkische Schulmädchen, sagt Margot. Aber was sollen wir damit, was für ein Aufwand für nutzlose Dinge – doch eigentlich sind die Sachen sehr hübsch. Ob Luise Spaß hätte an einer gehäkelten Spitzendecke für ihr altes Vertiko?

Natürlich kaufen wir alle etwas, nur Bettina hält sich zurück. Für diese Dinge habe ich kein Geld, erklärt sie leise. Sie führt Buch über ihre Ausgaben und muss genau abrechnen mit ihrem wunderbaren Hüseyin.

Lena ersteht einen ganzen Stapel der kleinen Kunstwerke – für den Weihnachtsbasar ihrer Schule natürlich. Die *teyze* strahlt – ein gutes Geschäft heute – und macht jeder von uns ein kleines Geschenk. Auch Bettina geht nicht leer aus, doch sie will das Gratisdeckchen nicht annehmen. Die Alte tätschelt die Hand der junge Frau, redet freundlich auf sie ein und Bettinas Gesicht leuchtet auf.

„Morgen bringen wir Kleider mit“, verspricht Margot, „auch Schuhe.“

Die Alte trägt wie Hülya billige Plastiklatschen. Ihr ausgewaschener langer Rock, Bluse und Strickjacke sind mehrfach ausgebessert. *Hava çok sıcak*, sehr warmes Wetter, seufzt sie nach Beendigung der Geschäfte und nimmt ihr Kopftuch ab. Ihr dünner grauer Haarknoten wird sichtbar. Bewundernd greift die *teyze* in Lenas rotgoldene Mähne. *Çok güzel*, sehr schön, findet sie auch Margots ergrauende Löckchen, selbst mein langweiliges Dunkelblond scheint ihr zu gefallen.

Ist es die Hitze, ist es Eitelkeit – in diesem Augenblick zieht Bettina zögernd ihr Tuch vom Kopf und wird mit einem vielstimmigen „Aaaah“ belohnt. Die junge Frau hat ihr prachtvolles nussblondes Kraushaar zu einem schweren Zopf geflochten. Auch der lange Mantel liegt plötzlich im Sand. Johanna hat nicht übertrieben, dieses schlanke Mädchen mit den seltsamen hellen Bernsteinaugen ist eine Schönheit. Bettina hat alles, was wir niemals mehr haben werden: Jugend, straffe Glieder, makellosen Teint. Und ein ganzes Leben vor sich – aber was für ein Leben ...

Kamil ist Nichtraucher – wie angenehm. Der erste türkische Nichtraucher, den ich kennenlerne. Und Kamil ist ein guter Fahrer – wie beruhigend. Trotzdem verursacht der Anblick der steilen Abhänge in mir leichte Übelkeit. Und sein präziser Bericht über den schrecklichen Unfall eines Jeeps hier oben in den Bergen des Taurus und den Tod von zwei Touristen gibt mir den Rest. *Dur*, anhalten, mir ist schlecht, möchte ich rufen, lasst mich aussteigen, ich gehe zu Fuß weiter. Aber ich schweige und höre dem endlosen Gespräch Lenas und Kamils über Katastrophen in aller Welt zu. Kamil ist Fachmann für das Elend dieser Erde, er ist Journalist. Die beiden springen von einem Krisenherd zum anderen. Bosnien, Afghanistan, Algerien, Irland, Korea, Palästina ... Und mit besorgter Stimme zählen sie die neuesten Terrorakte auf: Anschläge islamischer Fundamentalisten auf Touristen in Ägypten, Anschläge kurdischer Separatisten auf touristische Einrichtungen in der Türkei und in Deutschland, Anschläge von jungen Neonazis in Deutschland gegen Türken und andere Ausländer. Der dünne Kamil ist nicht zu bremsen, er spricht türkisch und englisch, wirft ab und zu einen deutschen Brocken dazwischen. Yaşars Freund ist fasziniert von Lena, die den Koran gelesen hat und die Sprache dieses Landes ganz passabel spricht. Dass sie als Christin sich so gut mit dem Islam auskenne ...

„Christin? Ich gehöre keiner Kirche an“, sagt Lena. „Zufall, Schicksal ...“ In kurzen Worten spricht sie von ihrer Kindheit, der Flucht aus Ostpreußen, vom Vater, der katholisch und ihrer Mutter, die Protestantin war. „Ich weiß nicht viel von ihnen, von ihrer religiösen Einstellung, ich weiß nicht mal, ob sie mich taufen ließen in den wirren Zeiten damals.“ Bei allem Respekt für die verschiedenen Weltanschauungen, sie könne sich nicht für Lehren erwärmen, die einerseits Nächstenliebe und Hilfsbereitschaft forderten, auf der anderen Seite zum blutigen Kampf gegen Andersgläubige oder Ungläubige aufriefen. Blutiger Kampf? Ach, meint Kamil, im Islam sei das eher symbolisch gemeint. Eigentlich sollten alle Menschen nur dazu gebracht werden, die Grundregeln des Korans zu befolgen, wie die Christen ihre Zehn Gebote, um damit ein friedliches Zusammenleben zu erreichen.

Symbolisch gemeint ... Die Geschichte von Adam und Eva ist symbolisch gemeint, die Qualen der Hölle natürlich auch, Sophie, hatte unser Kaplan im Religionsunterricht behauptet, als ich nicht fassen konnte, dass Säuglinge im Höllenfeuer schmoren sollen, wenn sie vor der Taufe sterben. Noch heute sehe ich seinen drohenden Blick, als er uns kleine Katholiken davor gewarnt hatte, an einem evangelischen Gottesdienst teilzunehmen. Eine Todsünde! Wir sind hier in der Diaspora, hatte er stirnrunzelnd verkündet, wir müssen für unseren Glauben eintreten, er ist der allein selig machende. Ich hatte die Todsünde begangen, mehrmals sogar und ohne Gewissensbisse, denn eine meiner liebsten Freundinnen war Pfarrerstochter. Oft hörte ich mit ihr die gemütvollen Predigten ihres Vaters an, war gern in ihrer fröhlichen evangelischen Großfamilie zu Gast. Bis der Herr Pfarrer mich eines Tages auszufragen begann über mein katholisches Glaubensleben und sich lustig machte über Prozessionen, Ohrenbeichte, Zölibat. Von diesem Augenblick an war mir dieser Pfarrer genauso zuwider wie unser bigotter Kaplan. Nie mehr habe ich diese Familie besucht ...

Lenas Gesicht glüht vor Eifer, der langnasige Journalist wirft ihr bewundernde Blicke zu. Fragmente ihres Gesprächs rauschen an meinen Ohren vorbei: Juden, Christen, Muslime, Toleranz, Aufklärung, Fundamentalismus ... Es ist anstrengend, dieser lebhaften mehrsprachigen Diskussion zu folgen, immer wieder schweifen meine Gedanken ab. Kamil fuchtelt mit den Händen – er sollte lieber auf die Fahrbahn achten. Diese Kurven! Wenn wir abstürzen ... Ob wir dann gemeinsam in der Hölle landen – oder jeder von uns in einem anderen Himmel? Warum fährt der dünne Mann plötzlich ganz langsam, macht ein feierliches Gesicht?

„... weltoffene Religion ... Kunst und Wissenschaft beflügelt ... den Frauen mehr Rechte ..." Wovon spricht er, vom Islam? Ich sollte doch zuhören. „Warum redet ihr immer nur vom Fundamentalismus", fährt Kamil fort. „Das sind Verirrungen, Einflüsse uralter persischer frauenfeindlicher Ideen, auch Verfremdungen durch die Gedankenwelt der asiatischen Turkvölker." Ob nicht auch das Christentum viele Gesichter habe, wie frauenfeindlich es sei mit dem Bild der sündigen Eva. „Der wahre Islam ist die toleranteste aller Religionen. Und *Allah* der einzige Gott, der Gott für alle."

Aha, schon wieder ein Superlativ.

„Und der Mensch schuf Gott nach seinem Bilde", murmelt Lena lächelnd.

„Was sagen Sie, der Mensch schuf Gott ... Wie meinen Sie das, Lena?" fragt Kamil verblüfft, hält den Wagen am Rande eines Hochplateaus an. Wir steigen aus, gehen ein paar Schritte, atmen tief die kühle Bergluft ein, setzen uns auf einen umgestürzten Baum. Der Morgendunst löst sich allmählich auf, nur die Gipfel der höchsten Berge bleiben wolkenverhangen. Heftige Gewitter der vergangenen Nacht über dem Taurus haben ihre Spuren hinterlassen: Schlamm, Geröll, Pfützen ... Vergessen ist das staubige Alanya.

„Sie sind mir noch eine Antwort schuldig, Lena." Kamil ist hartnäckig. „Der Mensch schafft Gott nach seinem Bilde – wie ist das gemeint? Nun weichen Sie mir bitte nicht aus."

„Ich bin in Heimen aufgewachsen, bei Pflegeeltern, habe eine Zeit bei einem alten Onkel gelebt", beginnt Lena, „überall, auch in den christlichen Familien meiner Freundinnen, wurde von Gott gesprochen. Doch ich konnte nicht glauben, dass immer von demselben Gott die Rede war. Gott: der gütige Vater, der Strafende, der unerbittliche Rächer, der Friedensbringer, der Kämpfer gegen Ungläubige, der alles Verzeihende ... Entwirft nicht jeder Mensch für sich das Gottesbild, das seinem eigenen Wesen entspricht? Ein renommierter evangelischer Theologe hat mir gestanden, für ihn sei Gott nichts anderes als Mitmenschlichkeit."

Kamil runzelt nachdenklich seine dichten Brauen. Wenige Augenblicke später geht die lebhafte Diskussion über Fragen, auf die es tausendundkeine Antwort gibt, zwischen den beiden weiter. „Sie sagen gar nichts, Sophie", wendet der Journalist sich plötzlich an mich. „Sind Sie Protestantin, Katholikin, welches Gottesbild haben Sie?“

Es langt, möchte ich rufen, habt ihr keinen Blick für die Schönheit um euch herum? Auch die fernen Gipfel leuchten jetzt in der Morgensonne. „Kamil, ist Gott Ihrer Meinung nach eine männliche oder eine weibliche Kraft?“ antworte ich hinterhältig mit einer Gegenfrage.

Er beißt an. „Allah ist männlich, natürlich, die schöpferische männliche Kraft dieser Welt“, kommt es wie aus der Pistole geschossen. Lena schluckt, doch bevor eine neue Diskussion beginnen kann, stehe ich auf, laufe zum Rand des Plateaus. „Fragen wir die Berge, ob die schöpferische Kraft männlich oder weiblich ist, ob Gott nun Jude, Christ oder Muslim ist oder der ‚große Vorsitzende‘ aller Religionen“, rufe ich meinen Begleitern zu. „Diese Felsen haben schon existiert, als es uns neugierige Lebewesen noch gar nicht gab. Vielleicht wissen sie die Antwort.“

Nach einigen sehr stillen Minuten brechen wir auf, zum Glück zwingen immer steiler und schmaler werdende Serpentinen Kamil zu voller Aufmerksamkeit. Kein Wort mehr über Religion, Politik, Terror, abgestürzte Jeeps. „Gleich erreichen wir unser erstes Ziel“, erklärt der Journalist nach einer Weile.

Ein Bild wie aus längst vergangenen Zeiten – auf einer Bergwiese inmitten seiner riesigen Schafherde die scheinbar mit dem Hütestab verwachsene reglose Gestalt des Hirten in langem Ziegenhaarmantel. Wenige Minuten später halten wir an, und zum ersten Mal erblicke ich ein Nomadenzelt. Der Weg dorthin ist aufgewühlt, schlammig. Eine nicht mehr junge dunkelhäutige Frau mit leuchtend rotem Kopftuch und langem Rock über ihrem *şalvar* taucht am Eingang des Zeltes auf, mustert uns neugierig aus wachen Vogelaugen, begrüßt ihren alten Freund Kamil lachend, wobei sie einige funkelnde Goldzähne entblößt. Freundlich bittet sie uns einzutreten: *Buyurunuz ...*

Unsere schmutzigen Schuhe lassen wir am Eingang stehen. Wie geräumig das Zelt ist, wie wohnlich. Dicke Matten und Teppiche auf dem Fußboden, ungewöhnlich hoch die umlaufende Sitzbank. Nur ein Schutz gegen den Wind, sagt Kamil, die Zeltbewohner sitzen und schlafen davor auf den dicken Matten. In der Mitte des Zeltes verbreitet ein gusseiserner Ofen mit langem Rohr wohlige Wärme. Wir lassen uns auf den Teppichen nieder. Kamil hat einige frische Weißbrote mitgebracht, für die Nomaden hier oben eine Delikatesse. Unsere Gastgeberin *Nilüfer*, die „Seerose“, röstet für uns alle einige Scheiben auf der Ofenplatte. Zwei halbwüchsige kichernde Bengel tauchen am Eingang des Zeltes auf, mustern uns grinsend, verschwinden sofort wieder. Eine schwarze Ziege begehrt hartnäckig Einlass, wird von Nilüfer geduldig immer wieder hinausgescheucht.

Wir trinken *çay* und beantworten die üblichen Fragen: Wie heißt du, woher kommst du, hast du Kinder, wie gefällt dir die Türkei? Ich sage, dass ich zum ersten Mal, *ilk defa*, ein Nomadenzelt sehe, und Nilüfer führt mich stolz herum. Bald sei die schöne Zeit vorbei hier oben auf der *yayla*, der Alm, seufzt sie. Dann gehe es hinunter ins Dorf, bis zum Frühling. Sie ziehe das Leben in den Bergen vor, selbst wenn der Alltag unten im Dorf viel bequemer sei. Nur hier oben fühle sie sich frei.

Dach und Wände des rechteckigen Zeltes bestehen aus Ziegenhaar, erklärt die Nomadin. Aber ich hatte draußen doch auch Plastikplanen gesehen. Ja, gibt Nilüfer lächelnd zu, die sind wasserdicht und *çok pratik*, nicht wahr? Auf einem Holzgestell einfache Küchengeräte, dahinter in der Ecke ... Ich traue meinen Augen nicht, ein Fernsehapparat läuft! Die texanischen Übeltäter einer allzu bekannten amerikanischen Serie sprechen fließendes Türkisch. Ein alter Mann schläft vor dem Apparat. *Dede*, der Opa, sagt Nilüfer lachend, er hört nicht gut, ist immer müde. Doch da wird der *dede* wach, begrüßt uns verwundert und setzt sich mit zum Ofen. Auch er will wissen, wer wir sind, wie wir heißen, wie viele Söhne wir haben.

„*Çok teşekkür ederim*, thank you, danke", sage ich, als wir eine Stunde später wieder im Auto sitzen. „Danke, Kamil, das war ein starker Eindruck." Ich glaube zu verstehen, warum noch heutzutage in diesem Land die Schuhe ausgezogen werden vor der Wohnungstür – ein Relikt aus der Zeit, als die Türken in Zelten lebten? Und die außergewöhnliche Gastfreundschaft dieser Menschen, die offen gezeigte Freude an der Unterhaltung mit Besuchern – ist in der Einsamkeit der Berge ein Gast nicht höchst willkommen, bringt er doch Neuigkeiten mit.

„*Allah belâsını versin*", ruft Kamil plötzlich aus, und ich verstehe mal wieder gar nichts. Seine Stimme klingt wütend.

„Das heißt: ‚Gott möge ihn strafen'. Die Schlingel haben die Kassette aus dem Recorder gestohlen", erklärt Lena. „Das Auto war nicht abgeschlossen."

„Die Kinder der Nomaden? Ärgern Sie sich nicht zu sehr, Kamil, das sind schließlich arme Leute."

„Arm? *Fakir mi*? Nein, Sophie", ruft Kamil verärgert aus, „sie sind nicht arm. Diese Familie besitzt einige große Herden, ein solides Haus unten im Dorf. Beim Dienst auf der *yayla* wechseln sich die Familienmitglieder ab."

Ich bin verwirrt, hatte ich doch einige Bücher gelesen über Nomaden, über ihre faszinierenden Mythen und Legenden, über ihre unendlichen Schwierigkeiten, sich dem modernen Leben anzupassen. Kamil zuckt die Achseln. Diese Nomadenfamilie hier, wiederholt er brummend, habe es jedenfalls geschafft. Der Diebstahl der Jungen – ein dummer Streich, sonst nichts. „Übrigens, der älteste Sohn der Familie studiert in Istanbul und wissen Sie, was er werden will?" Jetzt lacht der Journalist übers ganze Gesicht: „*Avukat*, Rechtsanwalt."

Unser nächstes Ziel ist das Sommerhaus von Kamils Schwager Can. Viele Familien besitzen Häuser hier oben auf der *yayla,* erfahre ich. Wenn die Touristenströme aus Europa kommen und die Hitze unten an der Küste nahezu unerträglich wird, flieht jeder, der kann, so oft wie möglich hier herauf in die Berge.

Cans Haus ist einfach möbliert, aber sehr geräumig. Verwandte und Freunde der Familie seien hier jederzeit willkommen, sagt er lachend. *Can* bedeute Seele, Lebenskraft, flüstert Lena mir zu, denn genau wie ich hat sie Spaß an der Übersetzung türkischer Namen.

Der Hausherr serviert uns *yayla çorbası*, die uns bereits bekannte Almsuppe. Er kocht gern und hat im Gegensatz zu den meisten Männern keine Angst davor, für einen *kılıbık*, einen Pantoffelhelden, gehalten zu werden. Seine Frau ist schon zurückgekehrt nach Alanya, um die Wohnung für die Ankunft des Hausherrn vorzubereiten. Can will noch die letzten schönen Tage hier oben genießen – ob wir ihm nicht alle drei Gesellschaft leisten wollen? Schön wär's. Aber leider nicht möglich, *mümkün değil*.

Der leichte Minzegeschmack der Suppe, der weite Blick über die Gebirgslandschaft, das alles lässt uns an Hülya und ihr Dorf in den Bergen denken. Wir berichten den beiden Männern von unseren Erlebnissen bei den anatolischen Bauern. Kamil hört aufmerksam zu, macht sich Notizen. Warum schreibt er mit, wollen wir wissen, kennt er das Leben in diesen Dörfern nicht?

Doch, doch, sagt Kamil. Er weiß nur zu gut, wie schwer das Leben der Landbevölkerung ist, er selbst stammt aus einem Dorf in der Nähe von Nevşehir. Die Winter dort sind nicht so streng wie in den Bergdörfern weiter im Osten. Kamils Mutter war auch Analphabetin wie Hülya, sein Vater einfacher Bauer. Als Einziger von fünf Geschwistern durfte Kamil die Universität besuchen, die ganze weit verzweigte Familie hat seine Ausbildung finanziert. Mindestens zweimal im Jahr ist er zu Besuch in seinem Heimatdorf, und nun ist er es, der den anderen hilft.

Kamil notiert, was uns Europäerinnen in Hülyas Dorf besonders aufgefallen war, dass viele Frauen weder lesen noch schreiben können und die kleine Schule nur über wenige Lehrmittel verfügt, wie schlecht die medizinische Versorgung ist. Die Rückkehrerfamilie aus Deutschland hat zwar ein europäisches WC und eine Waschmaschine mitgebracht, kann diese aber nicht anschließen. *Restoran yok*. Und im kleinen Krämerladen hatten wir nicht mal Zahnbürsten bekommen. Zwar gibt's auch bei uns immer mehr Dörfer ohne Kneipe und Läden, doch besitzt fast jeder ein Auto.

„Schreiben Sie aber bitte auch, dass wir auf einer türkischen Hochzeit getanzt haben, dass die Gäste mit *çay* und Musik zufrieden waren", sage ich. „Und lassen Sie sich erzählen, wie freundlich wir von nahezu allen Dorfbewohnern empfangen wurden – bei uns zu Hause undenkbar. Kein Mensch hatte übrigens nach unserer Religion gefragt, keine einzige Frau war verschleiert. Eine Moschee haben wir auch nicht entdeckt."

„Kein Wunder", sagt der Hausherr vergnügt. „Ihre Freunde sind Aleviten, Anhänger der Lehre des lebensbejahenden Hacıbektaş Veli, der im 13./14. Jahrhundert lebte. Sehr tolerante Menschen, Frau Sophie. Auch ich bin *Alevi*, wir Aleviten – immerhin rund ein Viertel aller Türken – halten Mohammeds Schwiegersohn Ali für seinen rechtmäßigen Nachfolger. Wie die Schiiten im Iran – das ist aber auch alles, was wir mit diesen humorlosen Glaubensbrüdern gemein haben, *Allaha şükür*." Can grinst uns an. „Wir Aleviten lassen uns keine Vorschriften machen über unsere Lebensweise, gehen nicht in Moscheen, haben keinen Fastenmonat, trinken manchmal Alkohol und halten nichts von Polygamie! Unsere Frauen sind uns

Männern gleichgestellt, sie verschleiern sich nicht und tragen Kopftücher nur, wenn sie Lust dazu haben. Trotzdem sind wir gläubige Muslime, doch den Fundamentalisten sind wir ein Dorn im Auge. Immer wieder kommt es zu Anschlägen auf Aleviten, so beim Schriftstellerkongress in Sivas 1993. Haben Sie davon gehört?"

„War nicht Aziz Nesin auch dort?" überlegt Lena.

Kamil nickt finster: „Mehr als dreißig Menschen haben bei dem Brandanschlag auf das Hotel, in dem der Kongress tagte, ihr Leben verloren – alles Aleviten. Ihr kennt Aziz Nesin? Einer unserer beliebtesten Autoren – unser Freund Toprak schätzt ihn sehr. *Allahtan*, zum Glück, hat Nesin Sivas überlebt, er konnte sich über eine Feuerleiter retten."

Auf der Rückfahrt fragt Kamil uns weiter aus, ihn scheint alles zu interessieren. „Neugier ist meine Berufskrankheit", entschuldigt er sich. Natürlich kennt er Fatma und die Familie in Ankara. Erstaunt ist er über Çetins Fortschritte beim Studium – wo der junge Mann als Kind doch ein unausstehlicher Faulpelz war –, spricht endlich auch von Yaşar, mit dem er seit Studententagen befreundet ist. „Wir stimmen zwar nicht in allem überein", sagt Kamil lächelnd. „Topraks Ansichten sind vielen zu modern, zu westlich. Auch wir streiten uns bei jedem Treffen, doch profitieren wir beide von unserem Meinungsaustausch." Wie lange bleibt Yaşar noch in den USA, will ich fragen, doch da haben wir die letzte Etappe unseres Ausflugs erreicht.

Haruns Fischrestaurant – wie oft hatten meine Kletten davon erzählt. Ich war sofort einverstanden mit Kamils Vorschlag, den Tag dort zu beenden. Ein verrostetes, halb zugewachsenes Schild am Eingang eines engen Tals kündigt an, dass Haruns Spezialität Forellen sind. Ob das Lokal überhaupt noch existiert, frage ich. Keine Angst, Sophie, lacht Kamil, wir sind gleich da. Tatsächlich, zwischen hohen Büschen parken einige Autos. Ein Trampelpfad führt zu einer primitiven Hütte. Die *tuvalet*, flüstert Lena mir zu. Ein paar Meter weiter steigen wir schmale steinerne Stufen zwischen großen Forellenbecken herab, landen vor einer roh gezimmerten überdachten Theke.

Der Chef Harun persönlich eilt auf uns zu. „*Hoş geldiniz, hoş geldiniz*", begrüßt er uns eifrig, umarmt Kamil und Lena, schüttelt mir die Hand. „Wo ist Margot *hanım*, ist sie nicht mitgekommen?"

Sie wäre gern ... Leider habe Frau Margot keine Zeit, erkläre ich kurz. Unsere Freundin hat wirklich viel um die Ohren, muss Behördengänge wegen ihrer Wohnung machen und sich um Bettinas angebliche Eheprobleme kümmern. Gemeinsam mit Johanna nutzt sie jede Stunde, um die bedauernswerte Landsmännin aus den Fängen ihres undurchsichtigen Ehemannes zu retten. Lena und ich haben uns für Nichteinmischung entschieden, doch falls die hübsche Tina uns brauchen sollte ...

Harun bittet uns mit schwungvoller Geste, ihm zu folgen und einen Platz zu wählen. Unter mächtigen Bäumen, über Felsvorsprüngen neben den Teichen thronen mehrere hölzerne Podeste auf hohen Stützen. Nur zwei dieser luftigen Terrassen sind besetzt. „Die Saison geht zu Ende", sagt der türkische Forellenwirt, „noch ein paar Tage, dann wird's abends zu kalt, um auf dem *çardak* zu sitzen. Im Sommer, wenn an der Küste tagsüber mehr als vierzig Grad im Schatten gemessen werden, strömen die Touristen in Scharen hierher in unser kühles Tal."

Wir entscheiden uns für ein *çardak* unter einer hohen Platane, das auf zwei Seiten von hohen Büschen umwachsen ist. Steile Stufen führen hinauf. Das Podest mit dem hölzernen Geländer ist bedeckt mit billigen bunten Teppichen. Wir ziehen unsere Schuhe aus, setzen uns auf flache Polster vor einen niedrigen runden Tisch. Wohin mit den Beinen, Schneidersitz, Knie anziehen – oder? Wie du willst, lacht Lena, suche dir die bequemste Haltung.

Zum ersten Mal sitze ich auf einem *çardak* – schon wieder eine Premiere für mich. Letzte Strahlen der untergehenden Sonne vergolden die herbstlich gefärbten Blätter der Bäume, kühle Luft steigt von unten hoch. Kamil ist besorgt um uns, doch wir haben dicke Jacken dabei. Harun bringt Decken.

Rakı muss her, der wird uns wärmen. Der *garson* kommt bereits mit Schnaps und Wasser heraufgeklettert. Diesen Anisbranntwein trinken Lena und ich unverdünnt, was Yaşar zu Kopfschütteln veranlasst hatte. *Rakı* pur sei gefährlich, hatte er immer wieder betont. Viel zu stark für den Magen! Ihr müsst viel, viel Wasser danach trinken, immer etwas dazu essen: Obst, Nüsse, Salat ... Lena und ich hatten nur genickt, warum sollten wir dem Herrn Professor verraten, weshalb wir Wasser und *rakı* aus getrennten Gläsern tranken. Eine praktische Lösung, hatte Lena mir am ersten Tag in Istanbul eingeschärft, so merken die Tischgenossen nicht, wenn wir ihnen nur mit Wasser zuprosten.

„*Şerefe*!" Kamil hebt sein Glas und zum Aufwärmen nehme ich einen „gefährlichen" Schluck. Leichtes Brennen, wohlige Wärme – aah, das tut gut.

Harun persönlich erscheint mit einer weiteren Flasche, balanciert in der linken Hand eine appetitliche Salatplatte. „Ich werde euch Gesellschaft leisten", erklärt er breit lächelnd. Er freue sich sehr, meine Bekanntschaft zu machen. „Noch eine Schulfreundin von Margot *hanım*, das muss eine tolle Klasse gewesen sein – lauter hübsche Mädchen. Nun trinkt doch, *şerefe*!"

Ich hebe mein Wasserglas: „Prost, Herr Harun, *şerefe, Harun bey*!"

„Nein", sagt er, „das ist nicht richtig. *Bakınız,* sehen Sie, wie ich es mache." Er verdünnt den Schnaps mit Wasser, bis sein Glas fast voll ist von der milchig trüben Mischung, genannt *aslan sütü*, Löwenmilch. „So ist es richtig!"

Ich schüttele den Kopf, hebe eins meiner Gläser. „Nein, danke, ich mag nur *rakı* pur. *Şerefe*." Der Schnaps bringt mein Blut in Wallung, ich fühle mich leicht, beschwingt. Wir schwatzen, essen, lachen. Die Nacht ist hereingebrochen. In den Bäumen hängen bunte Lichterketten, auf dem Tisch flackert ein Windlicht. Harun kommt und geht, nimmt einen Schluck *aslan sütü*, bringt den Fisch. Forelle, *alabalık*. Sehr lecker, *çok lezzetli*. Auch ich gönne mir noch einen Schluck *rakı*, nein Wasser. Pass auf, Sophie, du verträgst nicht viel.

Kamil spricht leise mit Lena, seine schöne tiefe Stimme gurrt. Kein Wort mehr von Politik, von Religionen, ich höre geflüsterte Komplimente. Lena kichert. Wirkt der *rakı*, ist es die novemberliche Spätsommernacht? Die Freundin wirkt entspannt, die süßen Worte scheinen ihr zu gefallen. Sie lächelt ihr bezauberndes Lächeln, Kamil spielt andächtig mit einer ihrer verführerischen Locken. Harun ist zu einer anderen Tischgesellschaft gerufen worden. Ich nehme noch einen Schluck aus jedem meiner beiden Gläser, lehne mich zurück, schließe die Augen. Da ist ein Raunen und Wispern um mich her, ein Summen und Rascheln – Geräusche der Nacht. Die schöne rothaarige Titania neben mir säuselt mit ihrem langnasigen Tischnachbarn, der zum verliebten Esel wurde. Leises Klirren von Gläsern, ein geflüstertes *şerefe*. Novembernachtstraum ...

Ein schriller Misston lässt mich hochfahren. Harun hat wieder am Tisch Platz genommen, zieht ein piepsendes weißes Monstrum aus seiner Jackentasche. Ein schnurloses Telefon – hier in der Wildnis! Der Zauber der Nacht ist gebrochen. Haruns Stimme überschlägt sich fast vor Stolz: Ich sitze hier mit zwei schönen Frauen aus *Almanya*, flötet er in den Apparat. *Çok selâm söyle*, kichert Lena. Viele Grüße bestellt auch Kamil dem unbekannten Gesprächsteilnehmer. Selbst ich rufe ein perfektes *çok selâm* und ergreife mein Wasserglas. Harun ist begeistert. Kurze Zeit später wählt er eine andere Nummer, das Spiel wiederholt sich. Ist das nicht lustig? Prost, *şerefe*!

Die schöne neue Welt der Technik, endlich hat sie auch dieses stille Tal erreicht. Schrecklich, seufzt Lena. Auch ich fühle leises Bedauern, aber es bleibt keine Zeit für melancholische Gedanken, denn Harun lässt die Puppen tanzen. Telefonisch ruft er den *garson* an den Tisch, der auf den hübschen Namen *Şeref* hört, was Ehre, Würde oder Ruhm bedeutet und uns zu albernen Wortspielen veranlasst: *Şerefe*, *Şeref*, zum Wohl, Şeref ... Wir bestellen ein Dessert. Kaum ist der Junge die Leiter wieder hinuntergeklettert, ordert Harun eine neue Flasche *rakı*, die wir gar nicht brauchen. Phantastisch, diese moderne Technik, ruft er immer wieder. Ich erwähne den Fernseher im Nomadenzelt. Doch das findet Harun nicht erstaunlich, *televizyon* gibt es überall heutzutage. Aber diese tragbaren Telefone, ist das nicht eine tolle Sache? Irgendwann wird jeder damit herumlaufen, seine Gäste werden hier oben auf dem *çardak* sitzen und mit Istanbul telefonieren, mit Berlin, Moskau, New York und Paris! Wer weiß, was noch alles erfunden wird, *şerefe*! Unglaublich, diese Mikroelektronik. Er wird seinen Forellen Chips an die Flossen hängen und sie per Fernbedienung aus dem Teich springen lassen, *şerefe*!

„Eines Tages werden deine Gäste per Knopfdruck vom Tisch aus ihre Bestellung aufgeben, du wirst einen vollautomatischen Herd haben, die Forelle springt hinein und kommt hinten fertig gebraten heraus“, prophezeit Kamil.

„Und irgendwann wird die *Çardak*-Illusions-Software erfunden“, sage ich. „Ein kurzer Mausklick genügt, man erlebt einen schönen Abend zu Hause und muss nicht mehr den steilen Weg hier herauf fahren. Man nimmt eine Pille und hat den Geschmack von gebratener Forelle, von *rakı*, *bira*, *şarap* oder *Türk kahvesi* auf der

Zunge. Wenn man *biraz sarhoş* ist, ein bisschen beschwipst, gibt's keine Probleme. Eines Tages wird niemand mehr wirklich verreisen, alle werden nur noch in diesem komischen Internet herumsurfen, von dem man jetzt so viel hört. Und wenn die Technik sich so rasant weiterentwickelt, werden Computer wirklich alles für uns erledigen, wir Menschen sind überflüssig und werden aus dem System geklickt. *Şerefe*!" Ich proste dem verdutzten Harun mit Wasser zu.

Lena gibt mir einen diskreten Wink, und wie in unseren Tanzstundenzeiten machen wir uns gemeinsam auf den Weg zum stillen Örtchen, zur *tuvalet*. Eine unbekannte Melodie summend klettert Lena die Stufenleiter herunter, geht zielbewusst nach links anstatt nach rechts und ich folge ihr. Kennt sie eine Abkürzung? Ja, sie nimmt den direkten Weg nach oben über den glitschigen schmalen Steg zwischen den Forellenbecken. Summend und tänzelnd schwebt Titania vor mir her, ich ungeschickter Erdenwurm kämpfe mühsam um mein Gleichgewicht. Wir erreichen das bewusste Häuschen. Lena singt ein Lied ohne Worte. Wenige Minuten später machen wir uns auf den Rückweg, diesmal über die steinerne Eingangstreppe, wie es sich gehört. Eine neue Schikane: Quer über die Stufen schießt aus einem Schlauch ein fast waagerechter Wasserstrahl, der sich in eins der Fischbecken ergießt.

„Halt, Lena, pass auf!" rufe ich. Zu spät, mit träumenden Augen geht Titania direkt auf den scharfen Strahl zu, springt – nein schwebt – darüber hinweg, geht unbekümmert leichten Schrittes weiter, trällert leise vor sich hin. Ich steige vorsichtig über das spritzende Hindernis. Geschafft, aber mein linkes Hosenbein ist nass. Lena schwebt die Stufen des *çardak* hinauf, streift ihre Schuhe ab, lässt sich graziös auf den Polstern nieder, legt sich zur Seite – und schläft auf der Stelle ein. Titania hat einen Rausch.

„Wir sollten bald gehen", sage ich.

Kamil ist einverstanden. Noch einen *Türk kahvesi* und die Rechnung bitte. Wir versuchen vergeblich, Lena wachzurütteln. Schließlich tragen die beiden Männer die berauschte Feenkönigin die steile Stufenleiter hinunter. Ihre Augen sind geschlossen, doch ihre Füße bewegen sich automatisch, als sie Boden unter den Füßen hat. Kamil und ich nehmen sie in unsere Mitte, Harun stellt den Wasserschlauch ab. Wie irdisch schwer diese beschwipste Titania ist. Lena trinkt doch sonst fast nichts – was ist los mit ihr? Und Kamil, wie soll er den Rest der Strecke fahren, sollten wir nicht lieber ein Taxi ...

Nicht nötig, unser Fahrer ist erstaunlicherweise stocknüchtern: „Gute Nacht, Harun, *iyi geceler*."

„*İyi geceler*, Kamil , *iyi geceler*, Sophie. Ihre Idee von der *Çardak*-Software und diesem Internet – möge Gott uns davor schützen, *Allah göstermesin*!"

9
Kavga – Streit

Günaydın, günaydın! Nach allen Seiten wünschen wir einen guten Morgen. *Günaydın*, kommt es verwundert zurück. Eine alte Frau scheucht ein laut gackerndes braunes Huhn von der Straße. Vor der Tür seines kleinen Ladens hockt ein grauhaariger Händler in der Sonne neben der noch vollen gläsernen Brotvitrine und nickt uns freundlich zu. Was wollen diese fremden Frauen zu so früher Stunde hier oben? Zur Burg, *kale*, nur wegen der schönen Aussicht? *Yaya*, zu Fuß? Seltsam, sehr seltsam, diese Fremden.

Früher war hier alles anders, sagt Margot immer wieder. Kleine einfache Gebäude wie das Häuschen dieses Händlers, üppige Gärten – eine Idylle. Und jetzt – riesige Wohnblocks verdrängen nach und nach die alten türkischen Häuser. Davor eine Alibi-Grünanlage oder nur eine befestigte Müllkippe. Wie ein Krebsgeschwür ziehen sich hässliche Neubauten auf Alanyas berühmtem Burgfelsen nach oben.

Immer wieder bleiben wir stehen, nicht weil der Weg steil ist – das macht uns trainierten Wanderern nichts aus. Die Aussicht ist überwältigend, der Blick hinunter auf das in der Morgensonne funkelnde Meer, zu dem noch menschenleeren Kleopatra-Strand, hinüber zu den Gipfeln des Taurus. Und dann diese Betonwüste der Stadt ... Von hier oben sieht man nicht, wie dicht die Häuser stehen, manche so eng beieinander, dass sie sich gegenseitig jeden Sonnenstrahl wegnehmen und den Blick auf die Schönheiten der Umgebung versperren. Auf den flachen Dächern wahllos montierte einfache Solaranlagen – rechteckige Kollektoren, tonnenförmige Wassertanks. Eine Anlage pro Wohnung, die Dächer sind vollgebaut. Dazwischen flattert Wäsche. Doch auf einigen Dächern erkennen wir zwischen all der modernen Technik von Weinranken bewachsene Holzgestelle, *çardaklar*.

Margot stößt einen tiefen Seufzer aus. „Jedes Mal, wenn ich herkomme, denke ich, jetzt haben sie genug gebaut. Aber es geht immer weiter. Und manche Gebäude scheinen nie fertig zu werden, wahrscheinlich fehlt das Geld. Der Massentourismus zerstört wirklich fast alles, was einmal unverwechselbar war. Ob es stimmt, dass die kurdische und die russische Mafia hier ihre Schwarzgelder investieren? Erinnerst du dich an die Umweltschützerin aus Avanos mit ihren Sprüchen? Von wegen landestypische Architektur! Hier darf scheinbar jeder machen, was er will. Hauptsache, viele, viele Touristen werden untergebracht. Ob die immer wieder herkommen, wenn sie in hässlichen Feriensilos wohnen müssen und die Strände eines Tages total überfüllt sind? Irgendwann haben sie die Nase voll und wenden sich anderen Zielen zu."

„Aber die Türken selbst träumen doch den Traum von der Südküste, auch jene, die in Europa leben. Wer es sich leisten kann, besitzt eine Ferienwohnung hier, hat Kamil erzählt. Und ein paar schöne Grünanlagen sind immerhin gebaut worden. Feriensilos sind wirklich das Krebsgeschwür der Mittelmeerländer. Doch sieh den

Neubau dort, es geht also auch anders. Die schönen Balkone und Fenster erinnern an Häuser im osmanischen Stil. Wie geschickt die Solaranlagen hinter dem Ziegelkranz des Daches versteckt sind."

Doch Margot hört nicht zu. „Kamil, Kamil – hör mir nur auf mit diesem Typ. Lena so abzufüllen!"

„Wieso verdächtigst du ihn, du warst doch gestern gar nicht dabei. Was hätte er von einer betrunkenen Lena? Du hättest sehen sollen, wie besorgt er war. Ich verstehe das alles nicht, Lena hatte wie immer ihre beiden Gläser, eins mit *rakı*, eins mit Wasser, genau wie ich. Was ist nur schiefgelaufen? Zu dumm, dass sie nicht mit zur Burg kommen kann."

„Sie wird wohl den ganzen Tag mit ihrem Kater im Bett verbringen. Aber sei nicht traurig, Sophie, sie ist diesen Weg schon oft mit mir gegangen."

Endlich haben wir die Stadt und die hässlichen Neubauten hinter uns gelassen. Ein schmaler Pfad führt über felsiges Gelände unter knorzigen Kiefern hinauf zur Festung. Tief atmen wir würzigen Harzgeruch ein, ich bewundere winzige wilde Alpenveilchen, auf die Margot mich aufmerksam macht. Wir durchstreifen Reste der Altstadt unterhalb der Burg, doch bevor wir die Festung stürmen, stärken wir uns in einem Teegarten. *Kahvaltı lütfen*, Frühstück bitte, ordert Margot für uns beide. Wir nehmen auf einem großen *çardak* mit Tischen und Bänken Platz, strecken die Nasen in die milde Novembersonne.

„Na, habe ich zu viel versprochen?" fragt Frau Klett so stolz, als habe sie die im Morgendunst bläulich schimmernden Berge und den Hafen Alanyas dort unten im Osten der Stadt selbst erschaffen.

„*Çok güzel, değil mi*?" fragt die Wirtin, als sie ihr Tablett abstellt. „Sehr schön, nicht wahr?" Ja, es ist wirklich *çok çok güzel* und ich bedauere, dass mein türkischer Sprachschatz zu gering ist, um meine Begeisterung differenzierter auszudrücken. Vor uns türmt sich knuspriges Weißbrot. Das ist ein Frühstück: frisch gepresster Orangensaft, heißer Tee aus großen gläsernen Tassen, Oliven, Gurken, Tomaten, weißer Käse, Butter, schöne Aussicht – und *iki rafadan yumurta*, zwei weich gekochte Eier. Das Mittagessen kann ausfallen. Wie geht's uns heute gut, wir sitzen hier vergnügt in der Sonne und zu Hause backen brave Frauen schon Weihnachtsplätzchen.

Nach dem Frühstück besichtigen wir die Ruinen der imposanten Festung, bewundern Reste von Fresken in einer kleinen byzantinischen Kapelle, klettern hinauf zum Hinrichtungsplatz, von dem aus zu Zeiten der Römer zum Tode Verurteilte über die Felsen hinunter ins Meer gestürzt wurden.

„Angeblich hatten die Todeskandidaten eine letzte Chance", sagt Margot und hebt einige Steine auf. „Versuche mal, ob du einen ins Meer werfen kannst."

„*Mümkün değil*, unmöglich", resigniere ich nach dem fünften Wurf.

„Die Verurteilten hatten nur drei Versuche, ein Treffer hätte ihnen das Leben gerettet. Das dürfte wohl keiner geschafft haben. Setz dich in diese Schießscharte, ich mache ein Foto. Sophie vor dem *Akdeniz,* sehr hübsch."

„Die alte Frau und das Meer", murmele ich.

Margot hört mich nicht mehr, sie steuert auf einige Frauen zu, die Handarbeiten zum Kauf anbieten: Spitzendeckchen, Häkelkragen, Kopftücher mit buntem Saum, orientalische Schönheiten aus kleinen bemalten Kalebassen. Später bummeln wir auf der Straße bergab, vorbei an Gärten, kleinen Teerestaurants und Verkaufsständen. Wie im Hof der Burg preisen Frauen hier ihre selbstgefertigten Waren an. *Merhaba, Merhaba* ... Nein danke, wir gehen nur spazieren.

„Schön sind die Sachen ja, aber man kann doch nicht immerzu was kaufen", seufzt Margot. „Allerdings – diese bunten langen Socken sind wirklich prima. Und gar nicht teuer. Bei uns im Winter ..."

„Ach, Margot, ich weiß, aber wie sollen wir all die Schätze nach Hause transportieren. Wir kaufen nichts."

Wir kaufen nichts. Doch als wir unten in der Stadt ankommen, trage ich einen Beutel mit einem reizenden Kalebassen-Pärchen, während Margot schwer bepackt ist. Nein, nein, *mersi*, danke, hatte sie immer wieder ausgerufen, war mit bedauerndem Kopfschütteln an den orientalischen Verlockungen vorbeigegangen. Geschafft! Sie hat durchgehalten, dachte ich bewundernd. Doch da war Margot ruckartig stehen geblieben und wie von magnetischen Kräften gezogen, war sie umgekehrt, hundert Meter wieder bergauf. Diese dicken Socken waren doch preiswerte Mitbringsel, und der bunten Sofadecke konnte sie einfach nicht widerstehen, genau das, was sie schon immer gesucht hatte.

Diese Stadt ist wie ein großer Basar, an jeder Ecke Verführungen. Und alles *çok ucuz*, so billig – für uns Touristen. Schon wieder spricht uns ein Händler an, der „unglaublich preiswerte" Pullover loswerden will. Margot schnalzt, wirft den Kopf nach hinten, sie will wirklich nichts mehr kaufen! Der Händler ruft uns einen wenig freundlichen Satz nach, den Margot versteht und schnippisch im gleichen Stil beantwortet. Nur ein Wort verstehe ich: *moruk*, alter Knacker. Der arme Mann kommt aus dem Staunen nicht raus. Gut, dass ich in meiner Ehe mit Ahmet türkische Flüche gelernt habe, meint die Freundin lachend und feilscht im nächsten Laden erfolgreich um eine wunderbar flauschige Mohairjacke.

Und nun, wohin mit dem ganzen Kram? Wollte Margot mit mir nicht noch alte Freunde besuchen, Mehmet, den Ledertaschenhändler und den *kuyumcu*, bei dem sie im letzten Jahr die hübsche Saphirkette gekauft hat? Dieser alteingesessene Juwelier handelt mit altem Schmuck und Antiquitäten, schüttelt nur den Kopf über die vielen neuen Schmuckläden, die überall Massenware anbieten und gute Geschäfte machen. Margot hat eine hübsche mit bunten Glassteinen verzierte orientalische Messinglampe bei ihrem alten Freund erstanden, die will sie jetzt abholen. Aber mir langt's für heute, so nehme ich ihr sämtliche Beutel ab und mache mich allein auf den Heimweg. Schließlich muss sich jemand um Lena kümmern.

Lena ... Diese Frau dort im Café ähnelt ihr ein bisschen, ähnelt ihr sehr – sie ist es. Das darf doch nicht wahr sein, quietschvergnügt sitzt das *rakı*-Opfer im Sonnenschein, unterhält sich offenbar sehr angeregt mit einem Unbekannten. Umso besser, da habe ich ein bisschen Zeit für mich.

„Sophie, hallo Sophie!"

Auch das noch – Bettina. Tina, das arme Kind, wie blass sie aussieht, wie verschüchtert. Wieder trägt sie ihren langen Mantel, Strümpfe und das scheußliche Kopftuch – bei diesem tollen Wetter.

„Darf ich Sie zum Tee einladen, Sophie, bei mir zu Hause?" Offensichtlich freut sie sich, mich zu sehen. „Hüseyin ist verreist", kommt es zögernd. „Ich habe Zeit."

Warum nicht, Tinas Wohnung liegt auf meinem Weg. Gern, sage ich, aber schon wieder *çay*? Doch die junge Frau weckt mütterliche Instinkte auch in mir. Wortlos nimmt sie mir einen Teil meiner Tragetaschen ab, ich habe die Hände frei, um Kuchen für uns zu kaufen und ein Paket Kaffee. Tina strahlt, das wird ein richtiger deutscher Kaffeeklatsch.

Vor uns her stöckeln zwei junge Damen mit abenteuerlich kurzen Miniröcken und hochtoupierten Haaren. Nataschas, sagt die sittsame junge Ehefrau eines Draufgängers und schaut zu Boden. Johanna hatte mich aufgeklärt: Nataschas, russische Prostituierte, überall laufen sie rum in den Touristenzentren. Am schlimmsten ist es am Schwarzen Meer. Da sind gebildete Frauen dabei, die sich nie hätten träumen lassen, dass sie mal so ihr Geld verdienen müssen. Türkische Männer verbrauchen ihren Lohn für so eine ‚russische Erfahrung' – und die Familien haben das Nachsehen ... Eine Tragödie. Wo sind die „brüderlichen sozialistischen" Menschen geblieben nach dem Zusammenbruch der Sowjetunion? Wenige Russen sind schnell sehr reich geworden – die russische Mafia. Die cleveren türkischen Geschäftsleute haben sich längst auf ihre neuen Kunden aus dem Osten eingestellt, sie lernen Russisch und die kyrillische Schrift.

Tinas Wohnung im zweiten Stock eines Mietblocks ist trostlos. Zwei fast leere Zimmer, ein Regal ohne Inhalt, auf dem Boden Schlafmatten, in einer Ecke stapeln sich ein paar Kartons. Nur in der Küche steht ein Tisch mit vier Plastikstühlen, diesen unerfreulichen Sitzgelegenheiten unserer Wegwerfgesellschaft, die ihren Siegeszug um die Welt angetreten haben, weil sie billig sind, wetterfest, leicht und einfach zu stapeln – und die nach wenigen Jahren unansehnlich werden, deren Lehnen und Beine sich verbiegen und brechen, an denen man festklebt, wenn man längere Zeit ohne Kissen darauf sitzt. Wie hat Helmut diese „Möbel" verachtet. Liebevoll hatte er unsere hölzernen Gartenstühle und den schweren fahrbaren Tisch gepflegt. Solides Holz – nie zu kalt, nie zu warm, unempfindlich gegen Kinderfüße und Kratzer. Mehr als zwanzig Jahre haben sie schon durchgehalten und noch immer keine Spur von Altersschwäche. Wenn nun jeder seine Sachen so lange behalten würde, pflegt Margot zu frotzeln. Wir müssen konsumieren, Sophie, das sind wir der Wirtschaft schuldig.

Diese Wohnung ist eine simple Unterkunft, mehr nicht. Keine Bücher, keine Bilder, nichts, was den Räumen eine persönliche Note gibt. Der Balkon ohne Blumen hängt voll Wäsche. Hier kommt die Sonne nie hin, das Nachbarhaus steht viel zu nah. Doch der Kaffee, den die junge Frau aufbrüht, ist stark, der klebrige Kuchen schmeckt überraschend gut, und wir unterhalten uns vergnügt über den türkischen Alltag.

Plötzlich wird Tina noch blasser, starrt erschrocken zur Tür. Ein noch junger und sehr eleganter Mann ist eingetreten: Hüseyin. Dunkle Augen mustern mich kalt. Eine Zornesfalte zwischen den Brauen kündigt Ärger an. Welcher Ehemann ist schon begeistert, wenn er nach der Arbeit seine Frau beim Schwatz antrifft, doch hatte Bettina nicht gesagt, Hüseyin sei verreist? Und warum kommt er nicht herein wie ein normaler Mensch, warum schleicht er sich an?

„Da – da, das ist Frau Sophie, ich habe dir von ihr erzählt“, stottert die junge Hausherrin.

„Frau Sophie? Oh, wie reizend, wir haben Besuch.“ Unglaublich, dieser Mann, der mich noch eben mit seinen Blicken fast umgebracht hat, verbeugt sich vor mir, lächelt: „Ich freue mich sehr, Ihre Bekanntschaft zu machen. Meine Frau hat mir bereits von Ihnen erzählt.“

Hat sie das? Doch ja, Tinas Ehemann ist informiert, er kennt den Anlass meiner Reise, weiß, dass meine Tochter einen Istanbuler Berliner heiraten wird. Wie schön, meint er – und sein Deutsch ist nahezu fehlerfrei –, wieder eine Europäerin, die sich zum Islam bekennt. Meine Tochter? Ein Missverständnis, Herr Hüseyin.

Oh, wie schade. Herrn Hüseyins hübsches Gesicht legt sich in bekümmerte Falten. „Sie als Christin, Frau Sophie, sind Sie einverstanden mit dieser Mischehe? Haben Sie schon über den Islam nachgedacht?“

„Habe ich“, antworte ich vorsichtig. Zu dumm, dass meine redegewandten Kletten nicht hier sind, doch schließlich habe auch ich den Koran gelesen. Vieles sagt mir zu, anderes nicht, und als Herr Hüseyin weiter bohrt, gestehe ich, dass mir die Kampfansage gegen „Ungläubige“ sehr missfällt. Überhaupt nicht einverstanden bin ich mit der Vorrangstellung des Mannes, die es scheinbar rechtfertigt, Frauen zu unterdrücken.

Unterdrückung der Frau? Der Hausherr ist verwundert. „Wir Muslime lieben unsere Frauen.“ Zärtlich ergreift er Bettinas Hand, wirft seiner Frau liebevolle Blicke zu. „Alles, was Sie vielleicht Unterdrückung nennen, dient nur ihrem Schutz. Die Frau verhüllt sich, ist geschützt vor unzüchtigen Blicken. Sie bewahrt ihre Würde. So verlangt es der Koran. Die Frau unterwirft sich dem Mann, und er beschützt sie. Dafür ist sie ihm dankbar und treu, denn von ihr hängt *namus* ab, die Ehre des Mannes.“

„Ich verstehe“, sage ich gedehnt, „Islam bedeutet Unterwerfung. Der Mann unterwirft sich Gott. Die Frau unterwirft sich Gott und ihrem Mann.“ Plötzlich muss ich lachen. „Wissen Sie, was uns bei vielen in Deutschland lebenden Türken auffällt? Die Männer tragen beim Einkaufen stolz Verantwortung und Portemonnaie, ein paar Schritte hinter ihnen schleppt die schüchterne Ehefrau geduldig die ganzen Pakete, angeblich ist es unter der Würde des türkischen Mannes, den Kram selbst zu tragen. Bei uns Europäern gilt dieses Verhalten schlicht als unhöflich, *nezaketsiz*. Wie sehen Sie das?“

Bettinas Ehemann lächelt unverbindlich. „Das sind einfache Anatolier, Frau Sophie. Ich gehe nie mit meiner Frau einkaufen, ich lasse ihr da jede Freiheit – im Gegensatz zu den meisten meiner Landsleute.“ Die arme Bettina muss also alle Einkäufe allein nach Hause schleppen – und auf die Lira genau mit ihrem Hüseyin abrechnen.

Die Ehre des Mannes wird vom Verhalten der Frauen bestimmt, sogar eine leichtfertige Schwester schadet seinem Ansehen. Auch bei uns ist dieser seltsame Ehrbegriff noch nicht ganz überwunden. Hängt die Ehre eines Menschen nicht allein vom eigenen Verhalten ab? Hat das um die Frauenehre so besorgte Männchen im Manne etwa nur Angst davor, ein „Kuckucksei“ großziehen zu müssen, Angst vor der Schadenfreude der Mit-Männchen? Denn türkische Frauen sind auch nicht ohne. Hatte die Kugel-Oma nicht volles Verständnis für Margots Scheidungen gehabt?

Ich berichte dem jungen deutsch-türkischen Ehepaar von unseren Gesprächen mit Türkinnen über die ihnen zugewiesenen Ehemänner, die sie hinnehmen wie das Wetter, während ihr Herz oft für einen ganz anderen schlägt. „Sklavinnen“ lernen es, ihre „Herren“ auszutricksen, nur darf nichts nach außen dringen wegen der mancherorts von der Gesellschaft noch immer erwarteten Blutrache. Der umstrittene Ganzkörperschleier hat Frauen der muslimischen Welt immer auch Schutz geboten vor allzu neugierigen Augen, selbst vor den kontrollierenden Blicken ihrer Ehemänner. Viele Männer hier gehen jedoch in aller Öffentlichkeit fremd, brüsten sich sogar mit der Zahl ihrer Geliebten. Diese Doppelmoral – mir kommt die Galle hoch, ich werde eine Ausrede finden und schnellstens verschwinden. Männer! Diese Machos, was denkt sich Adam nicht alles aus, um Eva zu beherrschen. „Danke für den Kaffee, Tina.“ Ich erhebe mich, doch der Hausherr schüttelt lächelnd den Kopf.

„Bleiben Sie, Frau Sophie, bitte, es ist sehr interessant, sich mit Ihnen zu unterhalten.“ Er füllt meine Tasse noch einmal, lächelt mir zu, streichelt Bettinas Hand. Einen gewissen Charme hat er ja. Ist auch er nur so ein typischer *kelebek*, ein Schmetterling, der Treue fordert, sie aber nicht geben kann? Will Herr Hüseyin mich bekehren, aufs Glatteis führen, um seiner Frau zu imponieren? Wäre ich doch nur besser vorbereitet auf dieses Gespräch.

„Sie denken sehr europäisch, Frau Sophie, was Sie da von türkischen Frauen und anderen Musliminnen berichten ... Ausnahmen, bedauerliche Ausnahmen“, sagt der Herr des Hauses und beginnt einen langatmigen Vortrag über die Vorzüge des Lebens einer muslimischen Frau: Sie bleibt keusch bis zur Heirat, die Eltern erwählen den Ehemann. Sie ist für Haus und Kinder zuständig, das ist von Gott gewollt. Sie reist nicht allein in der Gegend herum wie diese Touristinnen, die türkische Männer vom Pfad der Tugend abbringen. Womit er natürlich nicht mich meint, denn ich habe ja keinen türkischen Liebhaber – oder? Die meisten europäischen Frauen sind unmoralisch wie Prostituierte, haben einen schlechten Einfluss auf die Männer hier, auch auf die braven Muslim-Frauen. „Deshalb tragen anständige muslimische Frauen ihr Kopftuch: um sich von den unmoralischen Touristinnen zu unterscheiden. Können Sie das nicht verstehen, Frau Sophie?"

Glaubt er, was er sagt – dieser *zampara,* dieser Don Juan, wie Johanna ihn genannt hatte, warum erzählt er mir das alles? Ich sollte gehen, jede Antwort wäre ein Wort zu viel. Aber ich kann nicht an mich halten und wenn einmal der Damm gebrochen ist ... „Sie kennen Europa, sprechen unsere Sprache, Sie wissen, dass die meisten europäischen Frauen berufstätig und trotzdem gute Ehefrauen und Mütter sind. Sie selbst leben vom Tourismus, haben eine europäische Touristin geheiratet, die Ihre Eltern nicht für Sie ausgesucht hatten. Sie wissen genau, dass Sport gesund ist, auch für Frauen, dass der Körper Licht und Luft braucht und die Verhüllung der Frau mit Moral nichts zu tun hat, vom Koran auch so nicht verlangt wird. Fordert der Koran nicht züchtiges Verhalten von Mann und Frau? Warum lauft ihr Männer nicht verhüllt herum?"

Herr Hüseyin lächelt undurchdringlich, betrachtet seine polierten Fingernägel. „Sie müssen doch zugeben, Frau Sophie, dass viele europäische Frauen hierher nach Alanya kommen, deren Moral äußerst zweifelhaft ist."

Unmoralische Europäerinnen? Wer nutzt die Touristinnen hier aus, erzählt ihnen was von Liebe und will in Wirklichkeit nur Sex, ein bisschen Abwechslung, nicht selten auch Geld. Wer prostituiert sich eigentlich, diese naiven Frauen etwa? Ich werfe Tinas wunderbarem Ehemann die tragikomischen Abenteuer der Anna-Berta-Dora-Helgas und ihrer Ahmet-Bekir-Fuat-Mehmets an den Kopf. Da ist die verliebte Endvierzigerin, die ihren gesamten Grundbesitz verkauft hat, um ihren türkischen Freund zu unterstützen – der nach und nach alles verspielt. Oder die Rentnerin, die ihre Kröten zusammenkratzt, um ihrem türkischen Geliebten die Miete zu bezahlen, sein Gebiss sanieren zu lassen, die seinen Laden in Ordnung hält, während er vor dem Fernseher auf der faulen Haut liegt. Und die romantisch veranlagte Lehrerin, die sogar Geschenke für Ehefrau und Kinder ihres Liebhabers mitbringt. Oder die gutgläubige Verkäuferin, die ihren Liebhaber beauftragt, für sie in Alanya eine Wohnung zu kaufen und eines Tages vor verschlossener Tür steht: Das Schlitzohr hat das Türschloss auswechseln lassen, die Besitzurkunde, *tapu,* läuft auf seinen Namen, die Wohnung gehört ihm. Eine neue Freundin hat er natürlich auch. „Die arme Frau ist ruiniert: Geld weg, Freund weg, keine Wohnung, keine Hoffnung mehr", sage ich empört.

Doch nicht genug. Ich berichte Herrn Hüseyin und der staunenden Bettina von dem braven Familienvater, der uns drei Freundinnen von seinen züchtigen Töchtern und seiner liebenswürdigen Ehefrau mit Obst, Tee, Fernsehen und Mokka – *meyve, çay, televizyon ve Türk kahvesi* – bewirten ließ und danach sein Glück bei uns allen versuchte. Vergeblich, doch er hatte nicht aufgegeben, ob wir ihn nicht mit einer der Anna-Berta-Dora-Helgas bekannt machen könnten? Wie hatten wir über den hartnäckigen Mann gelacht – und uns über seine Missachtung unserer „weiblichen Würde" geärgert. Was hatte den Guten bewogen, weibliche Gäste, die sich mit den Frauen seines Hauses freundschaftlich unterhalten hatten, derart zu missachten ...

„Einige türkische Männer heiraten eine Touristin nur, um die Aufenthaltserlaubnis für ein europäisches Land zu bekommen“, fahre ich fort. „Manche zwingen ihre europäische Ehefrau, nach den Regeln des Korans zu leben, gegen die sie selbst ständig verstoßen.“

Halt, Sophie, jetzt bist du zu weit gegangen. Doch nein, der smarte Herr Hüseyin zuckt nicht mit der Wimper. „Traurige Geschichten“, meint er. „Aber diese Frauen – übrigens doch nur Ungläubige oder Andersgläubige – sind schließlich selbst schuld, warum bleiben sie nicht in ihrem Land? Und warum reisen Sie und Ihre Freundinnen ohne männlichen Schutz, Frau Sophie? Eines Tages, da bin ich sicher, werden die Regeln des Korans von allen Menschen akzeptiert, dann wird es diese Probleme nicht mehr geben, dann wird auch keine Gewalt mehr nötig sein, um Ungläubige zu bekämpfen, denn sie werden erkennen, dass es keinen Gott gibt außer *Allah* – der übrigens nie einen Sohn hatte.“ Hüseyin sieht uns Beifall heischend an. „Der Islam ist jeder anderen Religion überlegen“, sagt er mit erhobener Stimme, „denn er ist nach dem jüdischen Glauben und nach dem Christentum entstanden. Nach Mohammed wird es keinen weiteren Propheten mehr geben, nur der Koran verkündet das unverfälschte Wort Gottes!“

„Wann hören wir endlich auf, uns um den Bart des Propheten zu streiten“, murmele ich wütend. Allein selig machende Kirche, eine allen anderen überlegene Religion – ich kann es nicht mehr hören. Wie viel Kraft wird vergeudet, wie viel Blut vergossen wegen dieser unseligen Machtansprüche! Haben wir nicht wichtigere Probleme auf der Welt als den Streit um die richtige Religion? Wir brauchen Gesetze und ethische Grundregeln, die für alle Menschen gelten, für Frauen und Männer, für Gläubige und Ungläubige. „Wann erkennen wir endlich, dass wir alle im selben Boot sitzen? Hat nicht Atatürk bereits gesagt, dass man die gesamte Menschheit als einen Körper, die Nation als Teil dieses Körpers betrachten muss?“

Ich bin aufgesprungen. Bettina schaut erschrocken von einem zum anderen. Verflixt, da bin ich pathetisch geworden wie in meinen Jugendtagen. Und unhöflich, jetzt wird mich der Hausherr hinauswerfen. Doch der lächelt nur, geleitet mich mit einer galanten Verbeugung zum Ausgang: „Wie Sie reden, Frau Sophie, Sie sind sehr, sehr europäisch.“

Schon im Treppenhaus höre ich das Geschrei. Margot – eindeutig ihre wütende Stimme. Schimpft sie mit Lena? Die beiden haben sich oft gestritten, als wir gemeinsam die Schulbank drückten. Lebhafte, im Grunde harmlose Plänkeleien zwischen Freundinnen, fast immer wegen des anderen Geschlechts. Es war die eifersüchtige Margot, die immer wieder einen Streit vom Zaun brach. Jünglinge, Männer – noch im Altersheim werden sich die beiden um den letzten Opa rangeln.

Am Ende ihrer zweiten Ehe, als ihre Nerven blank lagen, hatte die verletzte und hilflose Margot auch ihre Kinder angeschrien, ihren untreuen Ehemann, bekam auch später immer wieder cholerische Koller, die ihre ratlosen Mitmenschen trafen wie Blitze aus heiterem Himmel. Mit den Jahren ist Margot ruhiger geworden, gelassener. Nur Ahmet, ihr dritter Ehemann, hat sie wieder aus der Reserve locken können mit seinen finanziellen Ansprüchen, seinen Flirts, seinem Unverständnis für das europäische Leben.

Ich verharre auf der Treppe. Wen brüllt Margot an, warum antwortet ihr niemand? Da öffnet Johanna ihre Wohnungstür. „Ich habe dich kommen sehen, bei euch drüben ist dicke Luft“, sagt sie und zieht mich in ihre Diele. „Mein Gott, bist du bepackt!“

„Fast alles Margots Kram. Johanna, ich komme von Tina.“ Wie gern würde ich ihr von dem unerquicklichen Gespräch mit Herrn Hüseyin erzählen, aber die wütende Stimme hinter der dünnen Wand beruhigt sich nicht. „Mit wem schimpft Margot – mit Lena?“

Johanna führt mich in ihr Wohnzimmer. Margots Geschrei wird zu bedrohlichem Gemurmel gedämpft. „Ja, es geht mal wieder um Orhan, wie in alten Zeiten. Margot ist eifersüchtig, Lena lacht sie aus. Das bringt Frau Klett zur Raserei.“ Orhan, Lena – ich verstehe gar nichts. Was hat Lena mit Orhan zu tun? „Eigentlich nichts“, sagt Johanna, „aber Margot glaubt es nicht. Orhan hat natürlich sofort mit Lena geflirtet, als sie zum ersten Mal herkam. Er hat mit jeder Freundin geflirtet, die Margot mitgebracht hat. Ein *kelebek*, ein Schmetterling, der von Blüte zu Blüte flattert und seine Wirkung auf die holde Weiblichkeit ausprobieren muss.“

„Und Lena?“ frage ich.

„Lena ist eine Frau“, sagt Johanna, „eine Frau genießt es immer, wenn sie gefällt. Aber Lena und Orhan? Ach nee, nun wirklich nicht, Lena sucht keine Abenteuer, sie liebt ihren Mann, auch wenn sie sich manchmal ein bisschen von ihm erholen muss“, schmunzelt sie.

Da bin ich mir nicht so sicher. „Was ist an Orhan nur so außergewöhnlich?“

„Außergewöhnlich – Orhan?“ Johanna lacht auf. „Ein netter Bursche mit Mutterwitz, wie viele. Doch Margot hat nun mal einen Narren an ihm gefressen. Die Affäre mit ihm war es wohl, die ihr nach dem Ende ihrer zweiten Ehe wieder Auftrieb gegeben hatte.“

Ja, so hatte sie es auch Lena und mir geschildert. Aber diese Romanze war doch längst vorbei, danach hat sie Ahmet geheiratet, auch das ist schon wieder Geschichte. Die letzte Dummheit, wie Margot heute sagt, ein für alle Male die letzte.

Johanna schüttelt den Kopf. „Ihre letzte Dummheit – glauben Sie das wirklich, Sophie? Eine Frau, die so gebaut ist ... Außerdem hat sie ihren Orhan noch immer nicht ganz vergessen. Ich denke manchmal, die Ehe mit Ahmet damals war ein Versuch, den Freund eifersüchtig zu machen.“

„Mein Gott, was erzählen Sie da, Johanna. Margot ist eine erwachsene Frau!“

„Erwachsen?“ lacht Johanna, schüttelt energisch den Kopf. „Unsere sonst so gewitzte Freundin ist in mancher Hinsicht ein großes Kind, handelt oft sehr spontan. Wir Weiber altern leider“, kichert sie, „aber wirklich erwachsen werden die wenigsten von uns, Gott sei Dank.“

Ist Orhan nun eifersüchtig gewesen auf Ahmet? Wir tratschen wie zwei Waschweiber, wir sollten uns schämen. Johanna kichert noch immer. „Ja, natürlich klatschen wir. Doch werden wir nicht gegen unseren Willen zu Ohrenzeugen dieses Streits? Eifersüchtig", überlegt sie, „nein, das war Orhan wohl nicht so sehr, eher beleidigt, wütend, fürchtete den Spott seiner Freunde. Typisch Mann, nicht wahr? Anfangs war der Knabe sehr verliebt in unsere temperamentvolle Freundin, das war nicht zu übersehen. Aber mit der Zeit – nun, er hatte wohl längst andere Flirts. Ach Gottchen, das ist ja normal. Ein Jahr ist lang, und Margot kam immer nur für ein paar Tage her. Sie selbst ist auch nicht gerade der Nonnentyp, nicht wahr?" Johanna lächelt nachdenklich. „Andere Touristinnen erleben hier ähnliche Liebesgeschichten, die nur selten von Dauer sind." Sie verschwindet in der Küche und kommt wenige Minuten später mit einem Teller voller Stullen zurück. „Greifen Sie zu, Sophie. Wo waren wir stehen geblieben? Orhan – ich habe ihn einmal in der Stadt getroffen, da wollte er von Margot nichts hören. Ich bin Muslim, die Ehefrau eines anderen Muslims existiert nicht für mich, tönte er stolz. Seitdem habe ich ihn nicht mehr gesehen, vielleicht ist er gar nicht mehr in Alanya."

In Margots Wohnung knallt eine Tür zu. Die zeternde Stimme ist verstummt. Wir neugierigen Weiber stürzen zum Balkon. Kurz danach sehen wir, wie Lena vorn an der Straßenecke ein Taxi besteigt.

„Mit Kamil habe ich gestern den ganzen Abend darüber gestritten, ob Allah nun männlich oder weiblich ist oder beides. Da hast du was angerichtet mit deiner Frage neulich, Sophie", ruft Lena lachend, als sie vor mir in kräftigen Zügen zum Ufer schwimmt.

„Und habt ihr euch geeinigt?" frage ich und nehme prompt einen Schluck Mittelmeer zu mir.

„Nein, Kamil bleibt bei seiner Ansicht. Allah sei die ‚Kraft an sich' und selbstverständlich männlich."

„Was meinst du, Lena?" frage ich prustend, als wir endlich Grund unter den Füßen haben.

„Die schöpferische Kraft ist das Ewigweibliche, Gott ist Frau!" ruft Lena vergnügt. „Das Gegenstück Mann ist der Teufel, *şeytan,* gar keine Frage." Übermütig peitscht sie Wasser einer heranrollenden Woge über meinen Kopf, ich spritze kräftig zurück. Wir zwei alten Mädchen liefern uns eine heftige Wasserschlacht, bevor wir ziemlich außer Atem zu unserem Liegeplatz zurücklaufen. Wir lieben diese frühen Morgenstunden, der Strand gehört uns fast allein. Später kommen dann nach und nach die Touristen. Es werden immer mehr, leider, bedauert Lena, es hat sich herumgesprochen, wie schön es hier im November sein kann. Sie hat aber in früheren Jahren auch trübe, stürmische Herbsttage in Alanya erlebt. Abends in den schlecht isolierten Wohnungen ist es dann ziemlich ungemütlich trotz der elektrischen oder gasbetriebenen Öfen. Die *güneş enerjisi*, die Sonnen-Energie, funktioniert nicht. Wäsche hängt tagelang feucht auf den Leinen, Straßen verwandeln sich in Seen, und während die Natur nach dem heißen Sommer aufatmet, beschweren sich Alanyas Gäste verärgert über unzureichende Unterkünfte, wenig einladende Restaurants, aufdringliche Verkäufer und über ihren Reiseprospekt, in dem alles so schön bunt dargestellt ist.

In diesem Jahr haben wir großes Glück, zwar regnet es ab und zu in den Bergen, graue Wolkenwände türmen sich über dem Taurus, doch hier unten an der Küste ist noch immer Sommer. Lange wir es nicht mehr dauern. Der alte *yufkacı* aus der Nachbarschaft hat uns vorhin einen Wetterwechsel angekündigt, als wir eine große Portion *yufka*, Blätterteig, für den Abend bei ihm bestellten. Er spüre seinen Rücken und außerdem ... Kritisch hatte er die wolkenverhangenen Berge gemustert, auf die ersten Wolkenschleier über dem Meer gedeutet. Diesmal wird es auch hier an der Küste regnen. Doch noch scheint die Sonne.

Kein Wort hatten Margot und Lena heute beim Frühstück über ihren Streit verlauten lassen. Alles war wie immer, die leichte Spannung, die ich zu spüren glaubte, existierte wohl nur in meiner Einbildung. Ich schilderte den beiden mein Gespräch mit Bettinas undurchsichtigem Ehemann. Die Freundinnen lieferten nachträglich zahlreiche geistreiche Argumente, die ich hätte anbringen können, wenn ...

Oh, da fällt mir eine tolle Sache ein, die Kamil mir gestern erzählt hat, sagte Lena lachend, die hättest du Tinas Ehemann berichten können – eine unglaubliche Geschichte, die sogar wahr sein soll. Mach es nicht so spannend, brummte Margot und Lena legte los. Hört zu: Eine reichlich reife Europäerin – also eine Frau wie wir – hatte ihrem sehr jungen türkischen Liebhaber Geld gegeben, mit dem er hier für sie eine Wohnung kaufen sollte. Die übliche Geschichte. Dem jungen Mann – noch nie im Leben hatte er so viel Geld in seinen Händen gehabt – kam eine glänzende Idee. Er würde ein bisschen für sich selbst abzweigen, sozusagen als Provision. Endlich konnte er seine Verlobte heiraten, eine Hochzeitsfeier ausrichten, sich selbst eine Wohnung ausstatten. Auch seine Familie hatte einige kleine Wünsche. Als die Europäerin sich anmeldete, um ihre neue Wohnung zu besichtigen, kam die Ernüchterung, der ganze Reichtum hatte sich in Wohlgefallen aufgelöst. Was tun? Der Familienrat tagte. Als die reife Geliebte des jungen Mannes eintraf, wurde sie von seinen verzweifelt weinenden Angehörigen empfangen – und auf den Friedhof geführt zu einem funkelnagelneuen Grabstein, der den Namen des Liebhabers trug.

Lena kicherte. Ich fand die Geschichte gar nicht komisch. Der junge Mann hatte sich das Leben genommen – wegen der Familienehre? Das Leben genommen? prustete Lena los. Hast du nicht zugehört, Sophie? Für einen Grabstein hatte das Restgeld gerade noch gelangt – das Grab war natürlich leer! Die Europäerin – zum Glück eine wohlhabende Frau – soll um ihre verlorene Liebe sehr geweint und einen riesigen Kranz auf das Grab ohne Inhalt gelegt haben, was die Familie des jungen Mannes sehr komisch fand.

Auch ich musste lachen, obwohl mir die geprellte Frau ein bisschen leid tat. Margot, die stirnrunzelnd zugehört hatte, schüttelte unwillig den Kopf, da habe Lena sich einen riesigen Bären aufbinden lassen. Überhaupt Kamil! Wie er sie neulich betrunken gemacht habe ... Kamil schwört, die Geschichte sei wahr, und ich halte es durchaus für möglich, sagte Lena achselzuckend. Betonst du nicht immer, wie gut die Menschen sich hier zu helfen wissen, liebe Frau Klett? Und was ihren Rausch in Haruns *restoran* angehe ... Sie sei ins Gespräch mit Kamil vertieft gewesen, habe einen großen Schluck Wasser trinken wollen und dummerweise das Glas mit dem *rakı* erwischt. Schnell habe sie mit Wasser nachspülen wollen, doch auch im anderen Glas sei Schnaps gewesen: Ein dummer Zufall, lachte sie, auf keinen Fall war Kamil schuld, er ist doch kein alberner Junge! Doch Margot war skeptisch geblieben. *Boş ver*, hak's ab! rief Lena schließlich, was wirklich dahinter steckt, ist eins der ungelösten Rätsel des Orients ...

Auch heute ist Margot nicht mit zum Strand gekommen. Sie ist keine leidenschaftliche Schwimmerin wie Lena, am liebsten werkelt sie in ihrer türkischen Wohnung herum – du brauchst kein schlechtes Gewissen zu haben, hatte Lena mir am ersten Tag versichert, unsere Frau Klett ist froh, wenn wir uns verdrücken.

Margot sagt, sie sei ein Familienmensch, obwohl es ihr nicht gelungen ist, die eigene Familie bei der Stange zu halten. Sie heiratet immer den Falschen, und Männer, die ihr treu ergeben sind, langweilen sie, hatte Jutta behauptet. Doch Margot findet immer wieder Wahlverwandte, um die sie sich kümmern kann, die ihr über Jahre verbunden bleiben: Alte, Kranke, junge Menschen in schwierigen Lebenslagen. Und jetzt umsorgt sie uns Kletten, wäscht mit wahrer Leidenschaft unsere Wäsche, schwatzt mit den Nachbarn. Margot kocht und putzt, schrubbt den Balkon, geht ganz auf in der Rolle der Superhausfrau. Das mache ich doch alles mit links, pflegt sie doppeldeutig zu scherzen, wenn wir sie zu bremsen versuchen. Noch immer schont sie ihre Unfallhand ein bisschen.

Die türkischen Nachbarinnen werden offenbar angesteckt von der fleißigen Deutschen, meint der dicke Wirt Murat. Sie fegen ihre Balkone öfter als sonst mit kurzen gelben Reisigbesen, schütteln Decken und Teppiche aus, und Nebile, die unter uns wohnt, lässt jeden Morgen ihre *süpürge makinesi*, die „Besenmaschine“, brummen. Ihre Wohnung ist von Verlängerungskabeln durchzogen, die sie unter Teppichen versteckt, denn die blond gefärbte Ehefrau eines Hotelmanagers besitzt nicht nur einen Staubsauger, sondern auch Waschmaschine und Geschirrspüler. Doch leider gibt es in jedem Raum nur eine Steckdose, und in der Diele fehlt selbst diese einzige *priz* ...

„Woran denkst du?“ unterbricht Lena meine Grübeleien über den türkischen Alltag. „Gehst du mit ins Wasser? Die letzte Gelegenheit heute, fürchte ich.“

„Ich habe an unsere Frau Klett gedacht. Da reist sie in ein fernes Land und was tut sie? Sie arbeitet stundenlang in ihrem Mini-Haushalt. Irgendwie verrückt.“

„Es macht ihr Spaß, du weißt ... Du hättest sie erleben sollen, als sie ihre Wohnung eingerichtet hat. Tagelang ist sie durch die Geschäfte gezogen auf der Jagd nach Möbeln. Es war schwierig, etwas Passendes zu finden, kein Vergleich mit dem Alanya von heute. Was sich hier in den wenigen Jahren alles getan hat ... Sogar Stühle kann man jetzt einzeln kaufen, früher musste man sechs Stück abnehmen.

Margot hat damals stundenlang mit den Händlern geredet, gelacht und gefeilscht – und dabei die Sprache gelernt. Ich war ein paar Mal mit ihr unterwegs, an manchen Einkaufstagen haben wir rund zwanzig Gläschen Tee getrunken. Und jetzt? Es ist alles hektischer geworden durch den Tourismus, leider. Aber nun wird geschwommen, Sophie, nutzen wir den letzten Sonnentag. Los, komm, *gidelim*!"

„Hallo, wie geht's? Sie aus Deutschland?" fragt eine männliche Stimme.

Schon wieder einer der Strand-Casanovas. Ein junger Mann in Lederjacke, im Mund die unentbehrliche Zigarette, hockt sich neben uns in den Sand, betrachtet uns neugierig. Unangenehm, so gemustert zu werden. Ja, wenn wir siebzehn wären ... Warum glauben diese Knaben nur, wir Frauen seien wegen ihrer männlichen Qualitäten in ihr Land gekommen? Weil wirklich einige Europäerinnen auf Abenteuer aus sind? In der Saison geht hier tatsächlich die Post ab, erklärte Johanna, als ich ihr von meinem Gespräch mit Herrn Hüseyin berichtet hatte. Viele Männer amüsieren sich mit unternehmungslustigen Touristinnen, kaum eine dieser Frauen denkt daran, dass sie auch ihr Heimatland repräsentiert. Die dummen Jungs hier glauben, alle Europäerinnen seien so leicht zu haben, sie lassen sich von verliebten Weibern beschenken, machen sich über sie lustig, bezeichnen sie als Dreck, als Huren. Wenn die Frauen verstehen würden, was man ihnen manchmal nachruft ... Die Schande bleibt natürlich nur an Frauen hängen. Frage mal so einen Macho, ob nicht er es ist, der sich prostituiert, wenn er Geld und Geschenke annimmt. Natürlich gibt's auch wirkliche Liebesgeschichten, aber die sind eher die Ausnahme ...

Der junge Mann ist hartnäckig, offensichtlich hat er Zeit. Lena spricht türkisch mit ihm. Normalerweise sind diese Burschen überrascht, wenn man in ihrer Sprache antwortet, sie werden plötzlich ganz höflich und ziehen sich nach einem kurzen Gespräch zurück. Dieser aber will wissen, wieso Lena so gutes Türkisch spreche, wie alt sie sei, sicher habe sie einen Freund hier?

„*Yaşı at pazarında sorarlar*, nach dem Alter fragt man auf dem Pferdemarkt", gibt sie lachend zur Antwort. Und einen Freund? Sie schüttelt den Kopf, doch plötzlich überlegt sie es sich anders: „*Evet, arkadaşım var*, ja ich habe einen Freund", behauptet sie. Einen Türken, *Türk*, natürlich! „Er ist sehr stark."

Die Neugier des Jünglings wächst. Ob der Freund *yerli* sei, von hier?

„*Evet, o yerli*", bejaht Lena lachend. „Er wartet jahraus, jahrein geduldig auf mich, begrüßt mich mal stürmisch, mal ganz sanft. Willst du auch seinen Namen wissen? *Deniz*, heißt er, *Akdeniz*." Übermütig wirft sie eine Handvoll Sand in dic Luft, läuft hinunter zum Ufer und stürzt sich in die Wellen. Wie sie sich verändert hat in den letzten Tagen!

Nach und nach trudeln sie alle ein, die Anna-Berta-Dora-Helgas – und Tina, mit Kopftuch, in ihrem langen Mantel. Ich habe ein flaues Gefühl bei der Begrüßung. Doch die junge Frau umarmt uns herzlich, wirft ihre türkische Verhüllung sofort in den Sand, lässt ihr Kleid fallen und steht im Badeanzug vor uns: eine schlanke Schönheit im vollen Glanz der Jugend. „Es wird Regen geben", ruft sie uns zu, „einmal muss ich noch schwimmen! Wer kommt mit?"

Natürlich ist die Wasserratte Lena sofort bereit. Und jetzt, als sie der jungen Frau nachläuft, sehe ich mit grausamer Deutlichkeit: Lena Schöne, unsere Schöne Helena, gehört auch bald zum alten Eisen. Wir werden alt, verdammt noch mal. Unsere Glanzzeiten sind endgültig vorbei, Sonnenbräune und Wohlbefinden können nicht darüber hinwegtäuschen. Unsere Haut wird faltig, das Kinn legt sich ein Kinn zu. Die Haare werden langsam grau, bald werden Margots Löckchen weiß sein. Unsere Bewegungen sind schwerfälliger geworden, das Aufstehen macht manchmal Mühe.

Endlich taucht auch Margot auf. Mit einem tiefen Seufzer wirft sie ihre Badetasche in den Sand: „Es ist vorbei mit mir, ich werde alt, Kinder. Wisst ihr, wie mich der Obstverkäufer vorhin angeredet hat? *Teyze*, Tante. Bisher hieß es immer *abla*, ältere Schwester. Und nun das! Ob das an meinen grauen Haaren ... *Teyze* – der Anfang vom Ende."

Ich muss lachen: „Gerade habe ich übers Altwerden nachgedacht, Margot. Wir Kletten – drei Tanten, *üç teyze*. Wir werden es mit Fassung tragen. Sieh mal, unsere türkische *teyze*, na, so weit sind wir zum Glück noch nicht."

Die alte Händlerin kommt in Begleitung einer jungen Frau, setzt eine große Tasche in den Sand: das Picknick, das sie uns versprochen hatte. Die junge Türkin wünscht uns guten Appetit, *afiyet olsun*, und zieht sich in die Grünanlagen zurück, um weitere Häkelkunstwerke für den Verkauf herzustellen. Die *teyze* aber begrüßt uns herzlich, lässt sich mit einem leichten Stöhnen zwischen uns nieder, packt ihre Schätze aus. Für eure Kleidung vielen Dank, *çok teşekkür*, sagt sie und deutet auf ihre Füße: Margots Schuhe, die passen ihr selbst. Eine Nichte freut sich über die dicke Jacke, die andere hat Lenas bunten Rock und Sophies Tausendblümchenkleid bekommen, eine Nachbarin die gelbe Bluse. *Çok çok teşekkür* ... Die *teyze* hat ein Tuch im Sand ausgebreitet, eine Flasche mit Wasser hingestellt. Ein Glas für alle, ein Messer. Sie legt Tomaten, Orangen und weißen Käse auf das Tuch. Und frisches dickes Fladenbrot, *pide*, eingewickelt in Zeitungspapier. *Ye Margot, ye Elen, ye Sofya, afiyet olsun*, guten Appetit. Sie nickt auch Bettina aufmunternd zu: *Ye*, iss! Doch die junge Frau zögert.

„Greifen Sie zu, Tina, zieren Sie sich nicht! Die Fladen schmecken prima, es ist alles sauber, Sie brauchen sich nicht zu ekeln", wird Margot energisch. Nein, Bettina ekelt sich überhaupt nicht. Sie will uns nichts wegessen. Doch dann greift auch sie beherzt zu, nimmt einen Fladen, füllt ihn mit Tomaten und weißem Käse, klappt ihn zusammen. Die *teyze* freut sich: Wie eine Türkin, *çok güzel.*

Çok teşekkür ederiz, wir danken vielmals, es hat prima geschmeckt. Die *teyze* lächelt zufrieden. Diese netten Damen haben ihr neulich Kleider gebracht, heute hat sie die Damen bewirtet. Alles in Ordnung, *her şey tamam*.

„Verrückte Welt", sagt Margot ungewohnt nachdenklich, nachdem die alte Frau sich von uns verabschiedet hat. „Hier, wo Baumwolle auf weiten Feldern wächst und riesige Schafherden flauschige Wolle liefern, in diesem Land, das Textilien exportiert, gibt es Menschen, die sich mit abgelegten Klamotten von Touristen begnügen müssen. Hier in der Heimat der berühmten türkischen Teppiche und

Kelims können sich viele Familien nicht mal einen billigen maschinell hergestellten Bodenbelag leisten. Könnt ihr das verstehen?"

Wir sind auf dem Heimweg, als der Regen einsetzt. Tina verabschiedet sich, zögert, kommt zurück: „Sophie, Ihr Besuch gestern hat mich ermutigt, noch mal mit Hüseyin zu reden. Plötzlich ist er einverstanden, dass ich arbeite, jetzt, wo die Saison vorbei ist. Ich werde mir einen Job suchen, ich brauche endlich wieder eigenes Geld. Wie konnte ich nur so dumm sein und mir mein Armband stehlen lassen!"

Stehlen lassen? Wer hat das Armband gestohlen, das wollen wir genau wissen. Unter einer großen Markise suchen wir Schutz vor dem immer heftiger werdenden Regen. Die junge Frau berichtet, dass ihre beste Freundin Feyza sie wohl bestohlen habe. Ihr breites goldenes Armband, ihre Gold-Reserve, die für einen Flug nach Deutschland gedacht war, sei verschwunden. Hüseyin habe den Diebstahl entdeckt, kurz nachdem die junge Frau die Wohnung verlassen hatte.

Nachtigall, ick hör dir trapsen. Margot und Lena schauen mich an, ich bin sicher, wir haben den gleichen Gedanken. Doch Vorsicht, *bize ne*, was geht uns das an. „Sind Sie sicher, dass ihre Freundin das Armband genommen hat? Vielleicht war doch noch ein Dritter in der Wohnung. Ist jemand gegen Ihre Freundschaft mit dieser jungen Frau?" frage ich.

„Nein, natürlich nicht. Mein Mann hatte mich allerdings schon immer vor Feyza gewarnt. Sie ist ihm zu modern, trägt westliche Kleidung, ist berufstätig und fährt allein mit ihrem Auto in der Gegend herum – das hält er für *ayıp*. Für mich sei Feyza kein gutes Beispiel, der Umgang mit ihr schadet seiner Meinung nach meinem guten Ruf. Aber mit dem Diebstahl hat das doch nichts zu tun. Jetzt allerdings erlaubt Hüseyin mir nicht mehr, dass ich sie treffe. Nie hätte ich das von Feyza gedacht!"

Bist du so naiv oder tust du nur so, möchte ich rufen. Doch ich drücke nur Tinas Hand und schweige. Auch Margot und Lena sagen nichts. Besser so, vielleicht ist auch alles ganz anders und Herr Hüseyin hat Recht.

„Wenn es hier schon mal regnet, dann aber gründlich", stöhnt Margot, als wir weitergehen. Sie hängt sich ihr großes Badetuch um, springt mutig über eine große Pfütze. Vor uns her laufen einige ziemlich rundliche Rheinländer, beschweren sich laut über das schlechte Wetter, da hätte man doch gleich in Düsseldorf bleiben können! „Seht euch diese Frauen an", brummelt Margot missbilligend. „Diese dicken Beine in den engen Leggins, die nackten wabbeligen Arme ... Oder Opa und Oma da vorn, in Mini-Shorts. Geschmacklos, lächerlich, kein Wunder, dass die Einheimischen sich über derartige Gäste lustig machen." Ich gebe ihr im Stillen Recht. Lena sagt spöttisch, der *çarşaf*, der Ganzkörperschleier, wäre in bestimmten Fällen durchaus angebracht.

Wir kaufen ein fürs Abendbrot, holen unseren Blätterteig beim *yufkacı* ab. Margot schaut noch beim Glaser rein und beim Elektriker. Im Treppenhausfenster fehlt eine Scheibe, und die orientalische Lampe ist aufzuhängen. Wann können die Handwerker kommen? Sofort, wir kommen sofort, ist die Antwort, die nur mich

Neuling in Erstaunen versetzt. Tatsächlich, wir haben noch nicht alle Einkäufe ausgepackt, da klingelt es bereits. Ein junger Bursche kommt grinsend herein und baut seine Leiter auf – der *elektrikçi*.

„Sieh dir das an", flüstert Margot mir zu. Ich traue meinen Augen nicht: Das Klettergerät ist total verrostet und jede, wirklich jede Stufe am Gestell mit Kabelresten befestigt. Doch der *elektrikçi* klettert flott hinauf. Die Stufen wackeln beängstigend. Er legt die Kabel an der Decke frei. Zwei Kabel – gibt's keine Erdung? Schon hängt das orientalische Prachtexemplar, eine Glühbirne hat der Bursche auch dabei. Die Lampe verbreitet romantisches Dämmerlicht – in der Diele.

„Warum lässt du diese Lampe nicht im Schlafzimmer anbringen, Margot, das Licht dort ist so grell", frage ich.

„Ach", seufzt Frau Klett, „wozu brauche ich noch romantisches Licht über dem Bett – in meinem Alter."

Auch der Glaser kommt prompt mit der neuen Scheibe, leider passt sie nicht. Er wird morgen wiederkommen. Margot ist verärgert, schon die zweite falsche Scheibe, dabei hatte der Mann das Fenster selbst ausgemessen. Es muss schwer sein, eine Glasscheibe von 30 mal 50 Zentimeter zu liefern. Wer denn die alte Scheibe zerbrochen hat, will ich wissen. Zerbrochen? In diesem Fenster war noch nie eine Scheibe drin, immer ist das Treppenhaus staubig, erklärt Margot. Und bei starkem Regen steht alles unter Wasser. Unter der Tür, die vom Treppenhaus zum Dach führt, dringen Regenwasser und Schmutz durch einen breiten Spalt ins Innere. Doch wen stört das schon, nur die deutschen Wohnungseigentümer kämpfen immer wieder gegen Windmühlen. Johanna hat eine einfache, aber wirksame Methode hier gelernt und uns beigebracht. Von oben wird der Dreck mit einem Wasserschlauch die steinernen Treppen hinunter gejagt und unten an der Haustür mit einem breiten Schieber ins Freie befördert. Treppenreinigung *alaturka*.

Beim Abendessen schaut Margot uns vorwurfsvoll an: „Ihr habt gar nichts gemerkt, ihr Schlafmützen." Gemerkt – was? „Der Elektriker hat geklingelt vorhin. Geklingelt! Klingelt es bei euch nicht?"

Tatsache. Endlich ist es gelungen, alle Hausbewohner unter einen Hut zu bekommen: Die Klingeln sind angeschlossen, auch das Licht im Treppenhaus funktioniert. Wir können unsere Taschenlampen zu Hause lassen. Zwar ist die Klingel vor Margots Wohnungstür mit dem Lichtschalter zu bedienen und das Licht mit dem Klingelknopf, aber daran kann man sich gewöhnen. Das gesamte Treppenhauslicht für alle acht Wohnungen läuft über Johannas Zähler – auch das ist kein Problem, *problem yok*. Ein Wunder der Technik die Schließanlage der Haustür, eine simple Zugvorrichtung aus Ketten und Bindfäden, die – es ist nicht zu fassen – auf elektrische Impulse reagiert. „Pfusch am Bau" würde man das bei uns nennen. „Wieso dürfen Lehrlinge hier eigentlich allein arbeiten? Dieser *elektrikçi* ..."

„Ach, Sophie, du hast Vorstellungen", ruft Margot. „Lehrlinge oder neudeutsch Azubis sind diese Jungen nicht, nur Helfer des Chefs, die auf Gelegenheitsarbeiten warten. Sie lernen durch Abgucken, das ist alles. Und einen türkischen *usta* kannst du mit unseren geprüften Meistern nicht vergleichen, aber zu helfen wissen sie sich trotzdem. Sie können was – denke an meinen *bakırcı* oder deinen Schreiner Osman."

Margots *bakırcı* ... Eine ganze Stunde hatten wir neulich vor der mit Vasen, Tellern, Kannen und Leuchtern aus Kupfer, Zinn und Messing vollgestopften Hütte des Kupferschmieds beim Tee gesessen und zugesehen, wie er ein großes rundes Tablett unserer Freundin polierte. So ganz nebenbei hatte Margot aus einem Haufen alter verbeulter Gerätschaften ein unscheinbares Gefäß herausgefischt. Der *usta* in schwarzem Hemd und *şalvar* hatte anerkennend gelacht, wobei seine Zähne im schwarz verschmierten Gesicht blitzten. Er ließ noch einen *çay* für uns kommen und bearbeitete Margots Fund hingebungsvoll, bis er golden in seinen dunklen Händen blinkte. Unsere Spürnase hatte ein kleines Kunstwerk entdeckt, eine Messingdose, deren Deckel eine Eidechse zierte. Ein schöner Mensch, dieser *usta*, seufzte die Männerkennerin Margot auf dem Heimweg, diese würdevolle Haltung, sein Humor – er könnte mir gefallen, sogar so ungewaschen, schwarz von Kopf bis Fuß.

„Mein" Schreiner Osman ... Als wir seine kleine dunkle Werkstatt betraten, um einen Schrank für Margots türkisches Heim zu bestellen, polierte der glatzköpfige *usta* vergnügt pfeifend eine Kommode. Diese Töne, der Geruch von Holz und Leim, die liebevolle Geste des Meisters, mit der er über das fast fertige Möbelstück strich – alles hatte mich an meinen lieben *usta* Helmut erinnert, der bei der Arbeit ebenfalls fröhlich zu pfeifen pflegte, zu Hause aber erschöpft vor dem Fernseher einschlief.

Margots Kupferschmied und der Schreiner Osman hatten auch halbwüchsige Helfer gehabt. „Gibt es keine ordentliche Ausbildung der Lehrlinge hier?" frage ich. An den Begriff „Azubi" werde ich mich wohl nie gewöhnen.

„Ansatzweise", antwortet Lena, „sogar einige Berufsschulen gibt es. Aber mit unserer Ausbildung ist das alles nicht zu vergleichen. Doch Çetin hatte von einem Projekt in Ankara berichtet, erinnert ihr euch? Deutsche Unternehmen fördern die Ausbildung von Lehrlingen, Maschinenbauern, glaube ich. Anfangs waren die Arbeitgeber skeptisch, doch jetzt sind die Absolventen dieser Einrichtung heiß begehrt."

„Erinnerst du dich an den langen Vural, den wir neulich auf dem Markt getroffen haben, Sophie? Er hat in Deutschland Elektriker gelernt, doch was macht er hier? Er verkauft Gewürze und lockt mit seinen Deutschkenntnissen Kunden an für andere Händler. Dabei könne er mehr verdienen, sagt er. Und es mache ihm mehr Spaß. Mir ist das unbegreiflich", sagt Margot kopfschüttelnd.

Heute kochen wir gemeinsam. Blätterteig, *yufka*, darauf Hackfleisch, Zwiebeln, Tomaten, Peperoni, gehackte Petersilie und Gewürze – unser *lahmacun* kann sich essen lassen. Salat dazu, Früchte zum Nachtisch. Beim *çay* macht Lena einen Vorschlag: „Kamil kann uns am Donnerstag bis Denizli mitnehmen, falls wir doch noch nach Pamukkale fahren möchten." Sollte Margot keine Lust dazu haben, könne sie ein paar Tage ihre Wohnung hier allein genießen. „Wir treffen uns dann alle in Antalya", sagt Lena, als das Donnerwetter losbricht. Endlich! Diese Ruhe an den Fronten war mir schon unheimlich.

Margot ist aufgesprungen. Gründlich sagt sie uns ihre Meinung: Falsche Schlangen seien wir ... Wir wollten sie ausbooten ... Das habe sie nun von ihrer Gutmütigkeit – von ihren besten Freundinnen werde sie hintergangen! Margot brüllt wie in alten Zeiten: „Lena trifft sich heimlich mit Orhan, mit meinem Orhan! Ist das nicht geschmacklos, Sophie? Ich bin es, die sie nach Alanya gebracht hat – und jetzt hintergeht sie mich. Meine beste Freundin", bellt sie, „mit meinem Orhan!"

„Mit deinem Orhan, in deinem Alanya, in deiner Türkei", faucht Lena. „Orhan ist ein freier Mann. Eure Affäre – wie lange ist das her. Er kann sich treffen mit wem er will, das geht dich gar nichts an. Du verlangst noch immer Treue, ausgerechnet du!"

„Nichts ist zu Ende mit Orhan! Du hast ja keine Ahnung, Lena. Aber du bist überzeugt, dass du die Schönste bist, nicht wahr, Sophie, das denkt sie doch. Mit jedem Mann muss sie flirten, mit dem Professor in Istanbul, mit dem singenden Töpfer aus Avanos, mit Kamil und jetzt auch noch mit meinem Orhan!" Und so weiter. Es ist komisch, traurig und – erfrischend. „Sophie, sag doch auch mal was, warum nimmst du nicht Stellung?" ruft Margot erregt. „Ach nein, sei lieber still, du bist immer so unerträglich diplomatisch, du bist überhaupt nicht konfliktfähig. Das ganze Leben mit einem Mann, der in seine Arbeit verliebt war, immer nur hin und her zwischen Wohnhaus, Büro und Werkstatt. Du hast dir alles gefallen lassen, warst immer die brave Ehefrau, du kannst gar nicht mitreden."

Das geht zu weit. Ich kenne Margots Ansichten über meine Ehe, und ganz so falsch sind sie nicht. Oft habe ich mir gewünscht, etwas „margotischer" zu sein, aber was tut das hier zur Sache! Eine giftige Antwort liegt mir auf der Zunge, doch hatten wir uns nicht schon vor Jahren nach einem Riesenkrach feierlich versprochen, derartige persönliche Attacken zu unterlassen? Hatten wir nicht beschlossen, uns so zu akzeptieren, wie wir nun mal sind, mit verschiedenen Temperamenten und Talenten, mit unterschiedlicher Auffassung von Partnerschaft? Sind wir nicht lebenserfahrene, weise ältere Damen geworden? Zwar werden wir alle hin und wieder ein bisschen rückfällig, doch jetzt werde ich den Mund halten. Was geht der Streit um diesen Orhan mich überhaupt an.

Ich bin nicht still, meine Antwort ist auch nicht sehr diplomatisch: „Halte die Luft an, Margot Klett. Meine Ehe – du hast keine Ahnung. Du und deine Liebhaber, ha! Hattest du nicht geschworen: Nie wieder ein Mann! Und jetzt streitest du dich mit Lena um einen Knaben, der euer Sohn sein könnte, den ich überhaupt nicht kenne. Wie alt seid ihr, ihr Teenager-Spätlese? Über hundert zusammen. Und ihr zankt euch wie alberne Backfische. Ihr habt 'ne Meise."

Später, viel später, als sich der Sturm gelegt hat, sagt Margot: „Fahrt nur mit Kamil. Aber zieht euch warm an, nie in meinem Leben habe ich so gefroren wie in Pamukkale im Herbst. Ich bleibe hier, eure Idee ist gar nicht schlecht, habe ich doch so Zeit genug, meine Wohnung in Ordnung zu bringen und mich von euch schrecklichen Kletten ein bisschen zu erholen."

10
Pamukkale – Das Baumwollschloss

Auf Wiedersehen, Alanya, bis zum nächsten Mal, drei Tanten aus *Almanya* ziehen weiter. Kamils Jeep hat die Küstenstraße erreicht. Ein letzter Blick auf Felsen und Festung in der Morgensonne, zum Abschied zeigt sich die Stadt von ihrer besten Seite.

Margot neben mir auf dem Rücksitz seufzt tief. „Gut, dass wir wegkommen. Alanya ist nicht mehr das, was es mal war. Irgendwie ist alles so hoffnungslos. Der Schmutz im Treppenhaus, auf dem Dach, vor dem Eingang. Da räumt man den Mist weg, und am nächsten Tag hat ein anderer seinen Abfall hingeschmissen. Nicht mal unseren kleinen Garten haben sie verschont."

Niemand will gesehen haben, wer das verrostete Stahlgestell auf die Rosenstöcke geworfen hat. Die Mitarbeiter der Händler und Gastwirte, die während der Saison irgendwo hinter der Ladentheke oder dem Tresen ihres Lokals, auf einem der flachen Dächer, in leerstehenden Läden oder unfertigen Neubauten ohne Waschgelegenheit und Toiletten übernachtet hatten, sind heimgefahren in ihre Dörfer. Alte Matratzen, zerbeulte Schüsseln, Spiegelscherben und Müll sind zurückgeblieben.

„Vielleicht wird es jetzt besser, nachdem das Haus endlich die Schließanlage besitzt", meint Lena, „aber den Garten können wir vergessen. Johanna ist zu schwach, um sich darum zu kümmern. Und die Mieter wechseln zu oft."

„Warum pflegt der Wirt nicht die paar Pflanzen?" wundert sich unser langnasiger *şoför*. „Sein *lokanta* würde doch am meisten vom Anblick blühender Rosen im Garten nebenan profitieren."

„Murat selbst wirft Abfälle aufs Beet. Es ist hoffnungslos", seufzt Margot.

Lena, die vorn neben Kamil sitzt, dreht sich um und sagt tröstend: „*Boş ver*, vergiss es. Du hast zu Hause einen so schönen Garten!"

Die Freundin antwortet nicht. Zwischen ihren Augenbrauen erscheint eine steile Falte, doch sie schweigt, nicht einmal ihr Klagelied über die Zerstörung der Landschaft an dieser schönen Küste durch die touristischen Massenbauten singt sie heute. Lena hatte mich gewarnt: Am Tag der Abreise von Alanya ist Margot immer ungenießbar, sie leidet, wenn sie ihre hübsche Wohnung für Monate verlassen muss. Manchmal bin ich froh, dass ich nichts besitze. Worauf ich sie erstaunt an ihre prachtvolle Villa erinnerte – war Lena Ludewig nicht die Wohlhabendste von uns? Das Haus gehört Justus, murmelte sie finster, wechselte schnell das Thema. Auch jetzt wirkt sie bedrückt, antwortet nur einsilbig auf Kamils Fragen. Der dünne Journalist wirft ihr von Zeit zu Zeit lange Blicke zu, doch Lena scheint sie nicht zu bemerken. Seit dem Forellen-Essen bei Harun hatten die beiden fast jeden Abend gemeinsam verbracht. Lena war immer gut gelaunt von diesen Treffen zurückgekommen und hatte danach noch lange mit uns geschwatzt.

Ist etwas vorgefallen zwischen den beiden? Hat Lena mal wieder mit ihrer Familie telefoniert? Oder denkt sie an den jungen *taksici* Ruhi? Margot und Lena sind öfter mit ihm gefahren, hatten sich sogar einige Male zum Flughafen nach Antalya bringen lassen. Ich habe ihn jedoch kaum gekannt. An jenem denkwürdigen Abend, als die Straßen Alanyas wie ausgestorben waren, bevor ein Schrei aus Tausenden von Kehlen ertönte und die Stadt sich plötzlich in einen Hexenkessel verwandelte, ist er uns zum letzten Mal begegnet. Ein gigantischer Autokorso war die *Atatürk Caddesi* entlanggerollt, weil ein Lederball von einem türkischen Fuß in ein europäisches Tor geschossen worden war, was der türkischen Mannschaft zwar nicht den Spielgewinn, aber einen wertvollen Punkt eingebracht hatte. Ein endloses Hupkonzert, Freudenschreie, Fahnenschwenken – und der fußballbegeisterte Ruhi mit seinen Freunden mittendrin. So werden wir ihn in Erinnerung behalten: lachend, winkend, voller Stolz – ein Sieger! Keiner von uns ahnte damals, dass Ruhi nur wenige Tage später in einem anderen Korso durch seine Gasse fahren sollte. Als Besiegter.

Am Morgen nach der stürmischen Nacht, in der Margots Zorn sich über uns entladen und heftige Gewitter über Küste und Taurus getobt hatten, war ich zu ungewohnt früher Stunde aus dem Schlaf gerissen worden von einem lang gezogenen Schrei, der in einen wimmernden Klagelaut überging und plötzlich abbrach. Schlaftrunken taumelte ich zum Balkon. Der Sturm war vorbei, die Wolkenbrüche hatten den Staub des Sommers endlich hinweggespült. Kühl war die Luft, von ungewohnter Frische, sanfter Regen fiel. Laute Stimmen drangen von der Straße herauf, das Schlagen von Autotüren. In den benachbarten Häusern flammten Lichter auf, Gestalten in Nachtgewändern erschienen auf den Balkonen. Was ist das für ein Lärm, fragte Johanna. Hat da nicht jemand geschrien? Was ist passiert? Etwas Schreckliches war geschehen, wie ein Lauffeuer verbreitete sich die Nachricht: Ruhi aus dem Nachbarhaus war auf dem Weg nach Silifke mit dem Auto in eine Schlucht gestürzt.

Am Vormittag strömten von allen Seiten Trauergäste herbei. Männer nahmen auf langen Reihen von Plastikstühlen Platz, die mit einem Lastwagen gebracht worden waren, redeten leise miteinander, tranken Tee. Frauen verschwanden im Haus, erschienen kurz darauf auf dem Balkon neben den stillen Gestalten der Mutter und der Ehefrau Ruhis. Nach einer Weile bestiegen die Männer schweigend ihre Autos oder Taxis. Zum letzten Mal wurde der junge Nachbar durch seine Gasse gefahren, bevor der Trauerkorso den Weg zum Friedhof nahm. Die Toten werden sofort beerdigt, erklärte Johanna. Margot aber sagte mit schmalen Lippen: Hier bleibe ich nicht, ich komme mit euch nach Pamukkale.

Nie wieder würde Ruhi seiner kränklichen Mutter die Einkäufe hinauftragen, seine junge Frau in den Arm nehmen, das Baby voller Vaterstolz in die Luft werfen, nie wieder den dicken Wirt Murat foppen, mit seinen Kollegen palavern und voller Hingabe sein Taxi waschen. Der große Unerbittliche war eingekehrt in unserer Gasse.

Ob die anderen Nachbarn noch alle da sind, wenn wir das nächste Mal kommen – der *berber*, der *elektrikçi*, „Onkel" mit seinem rollenden Souvenirladen? Werden die beiden Konkurrenten Hasan und Mustafa sich wieder gegenseitig mit Ware aushelfen und einträchtig vor einem ihrer Läden beim *bira* sitzen, wenn keine Kundschaft da ist? Werden sie uns wieder zum *çay* einladen, wenn wir ein paar Kleinigkeiten bei ihnen kaufen? Wer weiß, *kim bilir.*

Sang- und klanglos unser Abschied gestern von Murat. Noch einmal hatten wir *köfte* gegessen, die köstlichen kleinen Frikadellen, und einen kleinen *rakı* mit ihm und dem Koch getrunken. Murat wird sein *lokanta* nicht schließen, wenn die Saison vorbei ist – wo sollte er auch bleiben? Ein paar Gäste werden schon noch kommen, *inşallah*, die wird er selbst bedienen müssen.

Von *Küçük Ali* hatten wir uns bereits vor Tagen verabschiedet. Ali, was schleppst du da, ist das *çöp*? hatte Margot den Jungen mit Blick auf die großen Bündel in seinen Händen gefragt. *Bu çöp değil*, das ist kein Müll, erklärte er uns grinsend. *Bu benim bagaj,* das ist mein Gepäck ... *Küçük Ali* in zerrissener Cordhose, ein hübscher Bengel, keine sechzehn Jahre alt, auf dem Weg in sein Heimatdorf. Sein Gepäck: eine uralte ausgebeulte Reisetasche, zugebunden mit einer Kordel, ein prallvoller Plastikbeutel, ein bisschen Taschengeld – die Ausbeute achtmonatiger Arbeit als „Mädchen für alles" in Murats *restoran* ...

Schwergefallen ist mir der Abschied von Johanna. Zum Glück kommt heute noch ihr türkischer Freund zu Besuch, den sie seit Jahren kennt und schätzt, der sie immer besucht, wenn er in Alanya ist. Da staunst du, Sophie, selbst ein verbeulter Topf wie ich findet hier noch einen Deckel. Wir sehen uns nicht regelmäßig, aber jedes Treffen ist ein Geschenk für mich – er hat mich in die türkische Denkweise eingeweiht, ich erzähle ihm von Europa, hatte sie mir vergnügt erklärt, wobei ihr von Krankheit gezeichnetes Gesicht verblüffend jung wirkte. Längst waren auch die Berlinerin und ich per du – hier duzen sich fast alle. Jede Wette, dieser Mann hat es auf Johannas Geld abgesehen, meinte Margot skeptisch, als von diesem geheimnisvollen Freund die Rede war. Und wenn, hatte Lena gekontert, was geht uns das an? Johanna sagt, er sei die Freude ihres Alters. Ihre Familie kümmert sich nicht mal dann um sie, wenn sie in Deutschland ist. Ihr türkischer Freund aber ist für sie da, jetzt und hier, auch wenn es Johanna mies geht. Nur das zählt.

Und es geht Johanna gar nicht gut, den Wetterumschwung hat sie schlecht verkraftet. Sie kann sich kaum bewegen, auch darin erinnert sie an Luise. Doch Johanna tobt nicht, wenn die Schmerzen unerträglich werden. Zwar nimmt auch sie starke Medikamente, die sie nicht gut verträgt, dann aber zieht sie sich still zurück, versucht zu lesen. Ihre Rettung sind Bücher. Manche seien wie gute Freunde, die lese sie immer wieder, sagt sie. Auf Wiedersehen, liebe Johanna, danke für deine Gastfreundschaft. In diesen paar Tagen sind wir uns sehr nahe gekommen.

Bis zum nächsten Mal, Tina, *bonşans*, bonne chance. Auf Wiedersehen, Anna-Berta-Dora-Helga, viel Glück mit euren Ahmet-Bekir-Fuat-Mehmets. Nie mehr begegnen möchte ich jedoch jener Landsmännin, die am Strand laut damit geprahlt hatte, wie sie einen gewissen Enver „springen“ lässt, wenn er für sie in ihrer Wohnung arbeitet: Schließlich bezahle ich mit harter D-Mark, und wenn der Türke nicht spurt ... Warum nur lassen die Männer ihre Frauen nicht bei uns putzen? In Deutschland tun sie's doch, hatte sie lamentiert. Dabei jammern so viele Leute hier, dass sie kein Geld haben ... Auch Johanna, die auf fremde Hilfe angewiesen ist, konnte keine türkische Putzfrau finden. Eine deutsche Rentnerin hatte sich schließlich bereit erklärt, ihr hin und wieder zur Hand zu gehen. Wahrscheinlich sind wir alleinlebenden Europäerinnen den meisten Einheimischen nicht ganz geheuer. Manche verachten uns sicherlich und lassen deshalb ihr Frauen nicht bei uns arbeiten, hatte Johanna vermutet.

Wir alle sind schweigsam heute Morgen, hängen unseren Gedanken nach, doch plötzlich fragt Kamil: „Werden auch Sie wiederkommen nach Alanya, Sophie?“

„*İnşallah.* Zu Hause in unserem stillen Nest werde ich Sehnsucht bekommen nach Margots Gasse“, gestehe ich dem Journalisten. Vermissen werde ich unsere fröhlichen Gesprächsrunden in Murats *restoran*, das nächtliche Gekreisch streunender Katzen, das Krähen der Hähne im Morgengrauen, die Rufe nach Mustafa, Ali und Ayşe, nach einem Taxi, dem Hausschlüssel, nach einer neuen Gasflasche. Oder die quäkende Lautsprecherstimme, die lokale Ereignisse meldet und auch Analphabeten erreicht. Selbst der Ruf des Imams vom Minarett der nahen Moschee wird mir fehlen.

Der Bann ist gebrochen. Margot gibt sich einen Ruck, beendet ihre schweigsame halbe Stunde und spricht mit Kamil über das traurige Ende unseres jungen Nachbarn. Der Journalist hatte von Ruhis Unfall gehört „Seine eigene Schuld, sagt die Polizei. Er ist viel zu schnell gefahren, dazu das Unwetter ... Schicksal, *kısmet.* Die meisten Unfälle werden von jungen Männern verursacht. Ist das bei euch in Europa auch so?“ fragt Kamil in seinem drolligen Sprachgemisch aus Türkisch, Englisch und deutschen Wortfragmenten.

Lena nickt nur und Margot beantwortet Kamils Frage trocken: „Ja, wenn ein Mann seinen fünfundzwanzigsten Geburtstag erlebt, hat er gute Chancen, auch das Rentenalter zu erreichen. Weißt du noch, wie Orhan den Sicherheitsgurt nur festschnallte, wenn Polizei in Sicht war?“ wendet sie sich an Lena. „Und später ist er ein so zuverlässiger Fahrer geworden.“ Orhan, immer wieder Orhan. Schade, dass ich diesen Traumtyp nie gesehen habe. Was hat dieser Mann nur an sich, das ihn für eine gestandene Frau wie Margot Klett unvergesslich macht?

„Genau das richtige Wetter heute für antike Trümmer.“ Margot streckt ihre Glieder. „Sonnenschein, die Natur frisch gewaschen, es ist nicht mehr so heiß. Wir lieben es, zwischen umgestürzten Säulen herumzuwandern, stimmt's, Lena?“

„Und wie. Die Türkei ist das reine Freilichtmuseum, wenn du irgendwo gräbst, findest du Spuren untergegangener Kulturen, Sophie. Diese verfallenen Aquädukte, Städte, Tempel, Arenen und Theater waren im Originalzustand wahrscheinlich fürchterlich bombastisch, jetzt aber haben sie den morbiden Charme des Verfalls.“

„Dieses Theater ist doch gut erhalten, wäre das nichts für dich, Lena?“ rufe ich begeistert. „Fünfzehntausend Zuschauer, stell dir das mal vor. Ob man dich überall verstehen könnte?“

„Die Akustik ist phantastisch, Sophie. Hier in Aspendos finden auch heutzutage im Sommer Veranstaltungen statt. Wenn man doch eine Zeitreise machen könnte“, beginnt Lena zu träumen. „Für einen einzigen Abend möchte ich in einem griechischen Theater auf der Bühne stehen als Schauspieler mit Maske, eine Männer- oder Frauenrolle spielen vor Tausenden von Zuschauern. Ob der ‚Prometheus‘ des Aischylos und die Tragödien des Sophokles oder Euripides das Publikum seinerzeit zu Tränen gerührt haben?“ überlegt sie.

„Sicherlich, im Kern sind die Menschen sich gleich geblieben, auch wenn ...“

„... auch wenn sie auf den Mond fliegen können“, fällt Frau Klett mir ins Wort. „Eine Zeitreise – so abwegig ist der Gedanke nicht bei dem Galopp des technischen Fortschritts. Übrigens ist das hier ein römisches Theater, Lena. Die Szene ist nach hinten geschlossen – im Gegensatz zum griechischen Theater.“

„Ich weiß“, lacht Lena. „Die Römer haben den griechischen Baustil weiterentwickelt. Mir gefällt allerdings die offene Bühne der griechischen Theater mit Blick in die Landschaft besser. Kamil, würden Sie bitte etwas sagen, damit Sophie die Akustik testen kann?“

Der langnasige Journalist wehrt lächelnd ab, doch er hat einen großartigen Einfall. Warum soll Lena warten, bis Zeitreisen möglich werden? Warum trägt sie jetzt nichts vor? Bitte, Lena, stell dich nicht so an, nur ein paar Worte, betteln auch wir. Helena Schöne, die noch eben bereit war, vor großem Publikum zu spielen, ziert sich, will nicht, wird verlegen. Doch wir bleiben hart. Auf, Lena, irgendwas wird dir schon einfallen, wir sind doch unter uns. Wer weiß, ob wir Aspendos noch einmal ohne Touristengruppen erleben.

Endlich gibt Lena nach, verbeugt sich leicht vor uns und den leeren Rängen, beginnt nach kurzem Zögern mit kraftvoller Stimme:

> „Bedecke deinen Himmel, Zeus,
> mit Wolkendunst
> und übe, dem Knaben gleich,
> der Disteln köpft,
> an Eichen dich und Bergeshöhn ...“

Tatsächlich Prometheus – wenn auch nicht Aischylos. Unglaublich, Lena kann den Text noch. Margot flüstert: „Weißt du noch, wie Berger damals ...“ Ich nicke, lege den Finger auf den Mund. Dem temperamentlosen Lehrer war es nie gelungen, uns eine Dichtung nahe zu bringen. Unbeirrt hatte er uns seinerzeit in alphabetischer Reihenfolge antreten lassen, um Goethes Verse auswendig herzusagen – bis wir sie nicht mehr hören konnten. Doch nicht jetzt daran denken. Da unten steht eine verwandelte Helena, für Minuten ist sie der Mensch, der sich mutig den Göttern widersetzt und die Verantwortung für sein Leben, für Leiden und Freuden auf sich nimmt. Ich höre – und verstehe zum ersten Mal. Margot folgt mit ihren Augen einem Vogelschwarm, der über das antike Gemäuer hinwegzieht. „Bravo, Lena, wunderbar war das", sagt sie mit ungewohnt leiser Stimme, als die letzten Worte verklungen sind. Dann beginnt sie lebhaft zu applaudieren. Danke, Lena, füge ich stumm hinzu.

Auch Kamil ist sichtlich beeindruckt. *Çok güzel*, wie Lena diesen Text vorgetragen hat, wirklich *çok güzel*. Aber verstanden hat er nichts. Prometheus – dieser Titan der griechischen Sage ist ihm zwar bekannt, er hat doch für die Menschen das Feuer vom Himmel geholt, *değil mi*, nicht wahr? Und Zeus war wütend, hat Prometheus an einen Felsen schmieden lassen. Das weiß Kamil alles. Goethe kennt er natürlich, aber dieses Gedicht ... *Allah, Allah* – ein hartes Stück Arbeit für meine Kletten, unserem gebildeten Freund, der Brechts Stücke kennt und sich an James Joyce heranwagt, Goethes Verse ins Türkische zu übersetzen. Ich verstehe fast nichts. Geschafft, ächzt Margot schließlich. Kamil hat kapiert, was Goethe sagen wollte. Lena ist der verkörperte Zweifel. *İnşallah*, murmelt sie.

Als wir das Theater verlassen, kommt uns eine lebhafte skandinavische Reisegruppe entgegen, die von ihrem Führer mit energischen Worten zum Eingang dirigiert wird. Wir schauen uns an. Glück gehabt, lacht Frau Klett.

Es ist schon dunkel, als unser Dolmusch – der klapprigste von allen bisher – sich auf den Weg nach Pamukkale macht. Ein anstrengender Tag war das heute, der wievielte unserer Reise? Sind wir wirklich erst drei Wochen unterwegs? Istanbul, Ankara, Hülyas Dorf, Avanos, Konya, unser Abschied heute am frühen Morgen von Alanya – wie weit liegt das alles bereits zurück. Unterwegs die Ruinen der alten Hafenstadt Side, das römische Theater von Aspendos, die antike Stadt Perge – schon teile ich Margots und Lenas Begeisterung für historische Trümmer. Ob man auch unsere Städte eines Tages ausbuddeln und bewundern wird? Was wird sich halten von den Palästen der Neuzeit aus Beton, Stahl und Glas? Wie lange dauert es wohl, bis imitierte Holzbeläge und falsche Marmorfliesen verrotten oder die scheußlichen pseudo-romantischen unechten Fenstersprossen? Was wird übrig bleiben von den zahllosen Neubauten in Antalya? Noch habe ich von dieser Stadt nicht viel gesehen, nur hässliche Vororte und den *otogar*.

Wieder einmal haben wir unser schweres Gepäck bei der *emanet* deponiert, bevor die Fahrt weiterging hinauf in die Berge. Wir werden wiederkommen, wenn Yaşar endlich von seiner Reise zurück ist. Lange hatte ich gestern telefoniert. Mit Fatma: In wenigen Tagen verlässt sie Ankara, wir werden uns in Antalya treffen. Mit Frau *Almancı*: Hülya wartet noch immer auf Nachricht von Mustafa. Mit meiner gut gelaunten Tochter: Luise sei wirklich ruhiger geworden, der rote Kater Filou bewirke wahre Wunder. Nur wenn der kleine Streuner nicht pünktlich nach Hause komme ...

Der Dolmusch scheppert bedenklich. Margot und Lena palavern lebhaft mit zwei türkischen Frauen. Ich bin zu müde, um ihrem Gespräch zu folgen. Kamil hatte darauf bestanden, auch noch in einer Teppichknüpferei zu halten, obwohl wir eigentlich genug gesehen hatten: Sophie kennt das doch noch nicht ... Wir wollen nichts kaufen, wehrten wir ab. Doch hatte der langnasige Journalist nicht Recht? Muss man nicht einmal gesehen haben, wie Wolle in großen Bottichen gefärbt wird, wie Frauen und junge Mädchen in Pluderhosen vor ihren Rahmen sitzen und nach einer kleinen Vorlage geduldig die kompliziertesten Muster knüpfen? Beginnt ein Teppich nicht zu erzählen, wenn man die Bedeutung seiner Muster versteht?

Wenn Kamil glaubt, ich würde was kaufen und er kann eine Provision einstecken, hat er sich geschnitten – *param yok*, ich habe kein Geld, flüsterte Margot mir zu, als die gewebten und geknüpften Prachtexemplare vor uns ausgerollt wurden. Margot hat nie Geld, doch mit professionellem Instinkt wittern Verkäufer immer wieder die kauflustige Kundin. Margot geht nicht los, um irgendwas einzukaufen. Die Dinge kommen auf sie zu, heute ein großer blaugrundiger „*Döşemealtı*" mit dem Skorpion-Motiv, der in Zukunft ihr Speisezimmer schmücken wird. Wir haben doch schon so viel Gepäck, hatte ich erschrocken ausgerufen und gutmütigen Spott über mich ergehen lassen müssen. Teppiche werden zollfrei nach Deutschland geliefert und erst dort bezahlt, erklärte mir der Verkäufer mit professionellem Charme in tadellosem Rheinländerdeutsch, „Made in Duisburg"...

Hoffentlich hält dieser Dolmusch bis Pamukkale durch. Einen TÜV scheint es in diesem Land nicht zu geben. Ob der gewandte junge Teppichverkäufer auch richtiges Deutsch schreiben kann? Ich denke an Rengin und Esen, Schülerinnen einer Spezialschule für Heimkehrer aus Europa, mit denen wir uns in einem Teegarten in Konya unterhalten hatten. Bei ihrer Rückkehr in die Türkei hatten sie weder ihre Muttersprache noch die Sprache ihres Gastlandes richtig beherrscht. Als ich den Mädchen meinen in holprigem Deutsch geschriebenen Kappadokien-Führer zeigte, kicherten sie. Das sei zwar peinlich, doch leider keine Ausnahme. Peinlich ist es schon, aber auch komisch, wenn beispielsweise aus irdenen Töpfen irdische werden, sagte ich.

Wir erzählten den beiden von den vielfältigen Aktivitäten des Fördervereins, dem Lena angehört, seit ihre italienische „Haushälterfreundin" Lucia vor Jahren an den Schulaufgaben ihrer Kinder fast verzweifelt war. Anfangs hatte Lena nur den kleinen Italo-Deutschen geholfen. Andere Kinder waren mit der Zeit dazugekommen, andere Sprachen, andere Lehrer. Lena, der Fremdsprachen zufliegen, lernte selbst von ihren kleinen Schülern. Längst fanden diese vergnüglichen Nachhilfestunden in den Räumen der Schule statt, denn Lenas Ehemann, der vielbeschäftigte, geräuschempfindliche und leicht reizbare Herr Dr. Justus Ludewig, hatte sich das „Babylon" in seinem Hause eines Tages energisch verbeten.

Großartig fanden Rengin und Esen die Bemühungen der Lehrer und des Fördervereins um Integration der ausländischen Familien. Richtig leidenschaftlich wurden die beiden, als Lena von den Schwierigkeiten der Lehrer mit türkischen Eltern in Deutschland berichtete. Nur nicht aufgeben, riefen sie erregt, irgendwann werden diese Eltern begreifen, dass Mädchen ebenso lernen müssen wie Jungen, dass Sportunterricht gesund und ein Schulausflug nicht *ayıp* ist, dass es eine

Quälerei für Mädchen bedeutet, im Sommer Kopftuch und lange Strümpfe tragen zu müssen. Außerdem ist das bestimmt nicht Allahs Wille!

Lange Zeit diskutierten wir mit den beiden Schülerinnen, die aber auch um Verständnis baten für die Eltern türkischer Kinder in Europa. Sie erzählten uns von ihren Müttern, die sich im Ausland oft unglücklich gefühlt hatten, weil sie die fremde Sprache nicht beherrschten und die Sitten nicht verstanden. Sie hatten die selbstbewussten Europäerinnen im Stillen bewundert, beneidet – und auch gefürchtet. Meine Mutter hat ihr Kopftuch nur aus Trotz getragen, behauptete Esen. Ich glaube, sie hat Halt gesucht bei unseren alten Traditionen. Tragen die Mütter jetzt hier in der Türkei ihr Kopftuch, wollten wir wissen. Nein, erklärte Esen, ihre Mama sei eine moderne Frau.

Ja, sagte Rengin, Konya sei eine sehr konservative Stadt. Aber sie selbst weigere sich genau wie Esen, ihr Haar zu verstecken. Deswegen gebe es oft Streit mit der Mutter. Übrigens würden gebildete junge Musliminnen ihr Kopftuch oft sehr demonstrativ tragen – um wirklich dem Islam zu dienen oder um Blicke auf sich zu lenken? Das sei hier nicht anders als in Europa, manche dieser jungen Damen seien sogar stark geschminkt. Sie halte dieses Verhalten für Eitelkeit, für bloße Schau, *gösteriş* – für genau das Gegenteil von dem, was der Koran fordere. Im Übrigen habe sie die Diskussionen über das Kopftuch satt, der Sinn einer Religion zeige sich doch nicht in Äußerlichkeiten!

Sie wären viel lieber in Europa geblieben, gestanden uns die beiden Hübschen seufzend. Die eine in Lyon, die andere in Frankfurt. In Deutschland sei alles so sauber, schwärmte Esen, das Wetter gefalle ihr, alles sei so grün – viel schöner als die anatolische Steppe. Ihre besten Freunde und Freundinnen lebten in Europa. Die Türkei ist Ausland für uns, obwohl sie eigentlich unsere Heimat ist, behauptete Rengin. Eine wunderbare Heimat, *ne kadar güzel bir memleket*. Ein Land mit großer Vergangenheit, ein Land mit Zukunft – und die hängt in erster Linie von euch ab, von der Jugend! rief Lena, worauf die jungen Damen zweifelnd erwiderten, sie seien doch nur Mädchen, Frauen hätten in der Türkei kaum Möglichkeiten – sogar in Europa sei es für unser Geschlecht nicht gerade einfach. Das liege auch an den Frauen selbst, erklärte Esen, sie finde es komisch und traurig zugleich, dass weibliche Wesen immer wieder ohne nachzudenken bereit seien, sich absurden männlichen Forderungen zu unterwerfen – wie in der Kopftuchfrage. Daran werde sich wohl nicht viel ändern lassen, es sei wohl genetisch bedingt.

Lena war entsetzt, wie man in so jungen Jahren schon resignieren könne! Wir berichteten den beiden von Fatma, Tamay und der selbstbewussen Latife. Und von uns, unseren Töchtern, unseren Müttern und Großmüttern – wie sehr hatte sich das Leben der Frauen innerhalb von nur hundert Jahren gewandelt ...

Der Dolmusch ächzt und kracht. „*Korkma*, keine Bange“, lacht Margot, „wir sind gleich da.“

Auf dem *otogar* von Denizli hatten wir uns von unserem liebenswürdigen Begleiter getrennt, bevor wir diesen Klapperkasten bestiegen. *Görüşmek üzere*, good bye, auf Wiedersehen, Kamil. Danke für alles, besuchen Sie uns in Deutschland ... *Seve seve,* mit großem Vergnügen, kommen Sie bald wieder in die Türkei. *Allaha ısmarladık*, Elen, Margot, Sofya, sagte er gerührt und umarmte uns. *Güle güle*, Kamil, hatten wir das letzte Wort.

Warum hat der langnasige Journalist sich so für uns interessiert – nur Yaşar zuliebe? War er nun ein bisschen in Lena verliebt? Warum hat er ständig fotografiert? Hoffentlich schreibt er keine Reportage über uns, sagte Margot, als der Dolmusch losfuhr. Ein interessanter Mann, ein liebenswerter Mensch, dieser Kamil – da waren wir drei uns einig. Er ist religiös, aber nicht fanatisch, ein moderner Muslim, *Allaha şükür*. Unsere Ansichten stimmten zwar nicht immer überein, aber wir konnten mit ihm offen über alles reden. Ein toleranter und kluger Mann – auch wenn er Allah für eine rein männliche Kraft hält.

Endlich das Dorf Pamukkale. Viel ist nicht zu sehen in der Dunkelheit. Kamil hat uns ein Hotel empfohlen. Der Dolmuschfahrer erklärt uns den Weg, doch wir gehen ohne zu zögern daran vorbei: zu groß, zu teuer, nicht türkisch genug.

Margot führt uns durch dunkle Gassen, sie kennt da eine preiswerte Unterkunft. „Lena, hilf mir, du warst doch dabei, damals mit Orhan. Hier muss es sein – nein, doch nicht ...“ Zum Glück haben wir nur leichtes Gepäck, und ein Abendbummel tut gut nach der langen Fahrerei, doch das billige Hotel ist nicht zu finden. Also auf in den Nobelschuppen, warum auch nicht – für eine Nacht. Plötzlich schreit Margot auf: „Hier ist unsere altes *otel*, Lena! Wir sind mindestens zweimal daran vorbeigelaufen, es sieht ja ganz anders aus. Wie Erinnerungen doch täuschen können.“

Der junge *otelci* spricht unsere Sprache, lächelt gutmütig über unsere türkischen Satzfetzen. Er hat freie Zimmer, natürlich. *Sezon bitti*, die Saison ist vorbei. Die Räume sind von klösterlicher Schlichtheit. *Kalorifer yok*, Heizung gibt's nicht, aber es ist kalt in Pamukkale, *çok soğuk,* sehr kalt. Was tun? Der Chef des Hauses empfiehlt lachend eine „türkische Heizung“.

„*Bu ne*?“ frage ich erstaunt. „Was ist das?“

„Bist du wirklich so naiv?“ spottet Margot. „Eine türkische Heizung – das ist ein feuriger Liebhaber. Lena, schau mal, unsere Kleine, sie wird tatsächlich noch rot. Dabei ist sie schon Großmutter. Sophie – unsere Unschuld vom Lande, wirklich höchste Zeit, dass du mal was von der Welt siehst.“

Oh, Margot Klett. Doch auch meine weltgewandte Freundin muss sich mit einer zusätzlichen Decke begnügen, die der *otelci* ihr grinsend überreicht. Das Abendessen können wir in seinem *lokanta* einnehmen, nur ein paar Häuser weiter. „*Tamam tamam*“, ruft Margot, „ich kenne das Lokal!“

Doch zuerst müssen wir uns frisch machen. Lena steht schon unter der Dusche, auch aus Margots Zimmer nebenan sind Plätschergeräusche zu vernehmen. Brrr, hier in diesem Eiskeller soll ich mich ausziehen! Es ist noch viel kälter als bei Hülya.

„Nur Mut“, meint Lena, „nach der Dusche fühlst du dich wie neugeboren.“

Stimmt, aber auch die Neugeborene friert erbärmlich. Ich ziehe meine beiden Pullover übereinander, darüber den Anorak. Was wollen wir eigentlich hier in diesem Nest zu dieser Jahreszeit? Auf den bunten Ansichtskarten von Pamukkale sind die von der Sonne beschienenen weißen Sinterterrassen zu sehen, in denen leicht bekleidete Menschen herumwaten. „Wir hätten doch ins große Hotel gehen sollen", brumme ich schlecht gelaunt, „die haben sicherlich Heizung."

„Ja, und einen riesigen Speisesaal mit endlosen Tischen, in dem du alle Sprachen der Welt hören kannst – nur kein Türkisch." Lena schüttelt sich. „Ich kenne diese Art Hotels. Sogar Bauchtanz wird zum Dessert geboten und mutige Touristen dürfen mitmachen, alles zu ohrenbetäubender Lautsprechermusik vor der Kulisse des Kalten Buffets. Ich habe es erlebt. Nie wieder!" Sie legt den Arm um mich. „*Gidelim*, gehen wir. Margot klopft schon. Wenn du was gegessen hast, wirst du dich besser fühlen, Sophie."

Wieder laufen wir durch das finstere Dorf. Ist das Lokal am anderen Ende des Ortes? Margot, bist du sicher, dass du es findest? Sie ist es. Auch Lena erinnert sich wieder. Hier diese hölzernen Stufen hinauf ... Einladend sieht das *restoran* nicht gerade aus. *Moralim bozuk*, meine Laune ist mies. *Moralim bozuk*, meine Moral ist schlecht. Welche Übersetzung ist richtig? Wahrscheinlich beide. *Çok yorgunum*, ich bin sehr müde. Wir haben heute zu viel besichtigt, dazu die anstrengende Fahrerei – doch der ganze Stress nur mir zuliebe. Nimm dich zusammen, Sophie!

Margot öffnet die Tür des Lokals, aus Kälte und Dunkelheit gelangen wir in ein warmes, farbenfrohes Paradies. Wie schön, im Bruchteil einer Sekunde ist meine schlechte Laune verschwunden. Die umlaufenden Bänke des Raumes sind über und über mit bunten Kelims bedeckt. Alte Männer hocken um einen fröhlich bullernden gusseisernen Ofen herum. An niedrigen runden Tischen sitzen einheimische und fremde Gäste, sie essen, trinken, lachen. Das Ganze ist eingehüllt in den fremdartigen Klang türkischer Musik, der wie immer Sehnsucht weckt nach ... Wonach eigentlich?

Türk kadınlar yok, türkische Frauen sind nicht zu sehen. Die wenigen weiblichen Wesen sind Reisende wie wir. Dunkle männliche Augenpaare mustern uns verstohlen, doch wir wissen, wie sich „anständige" Frauen zu verhalten haben. Wenn es auch *ayıp* ist, allein auszugehen, uns Touristinnen wird das verziehen. Aber unsere Blicke sollten wir in Kontrolle haben, Männern nicht in die Augen sehen, wenn wir mit ihnen sprechen – bei uns zu Hause wäre das unhöflich – und so zurückhaltend sein wie möglich. Wir wissen es und wir halten uns daran, im Gegensatz zu den beiden Schwedinnen am Nebentisch, die lebhaft mit zwei jungen Türken flirten.

„Wie diese Frauen sich benehmen... Unmöglich." Margots Lippen werden ganz schmal. „Die Burschen könnten ihre Söhne sein. Nicht zu fassen!" Lena schaut mir in die Augen, beide sehen wir Margot an, sagen kein Wort. Unsere Freundin stutzt, blickt zu Lena, wendet ihren Kopf zu mir – und fängt laut an zu lachen. „Ich weiß, was ihr denkt, ihr habt ja Recht. Ich bin unmöglich, ausgerechnet Margot Klett mokiert sich über ältere Damen, die junge Männer mögen.“ Wieder einmal werden ihre braunen Augen ganz klein, Tränen kullern über ihre Wangen, sie schnappt nach Luft. „Früher war ich auch nicht besser als diese Tussis – ich verstehe sie nur zu gut. Ältere Frauen und junge Männer – einfach lächerlich, denkt ihr, ich weiß. Junge Frauen und alte Männer etwa nicht? Wisst ihr übrigens, dass Mohammeds erste Frau, die Witwe Chadidscha, auch viel älter war als er? Fünfzehn Jahre! Und die Ehe war trotzdem glücklich. Diese Chadidscha war kein unschuldiges Mäuschen, sie war Besitzerin einer Karawane, eine Frau mit Erfahrung.“

„Wie unsere liebe Frau Klett“, murmele ich.

Unsere Freundin lacht geschmeichelt. „Ihr wisst gar nicht, was ihr versäumt. Junge Männer sind einfach umwerfend. Margot Klett und ihre jungen Liebhaber ... Leider ist das vorbei, Kinder.“ Sie prustet, kichert, zeigt ihre Grübchen und die kleinen Zähne. Wir lachen mit. Wenn es hundertmal *ayıp* ist, wenn uns noch so viele Augenpaare missbilligend mustern: Margot Klett, dein Lachen ist einer der Gründe, warum ich dich so sehr mag.

„*Merhaba nasılsın*? Hallo, wie geht's dir?“ Eine tiefe Männerstimme. Wir drehen uns um. Ein hochgewachsener Mann steht vor uns, ergreift Margots Hand. „*Merhaba*! An deinem Lachen habe ich dich erkannt“, sagt er auf Türkisch. „So wie du lacht sonst niemand auf der Welt!“

„Der Usbeke“, haucht Margot, „Lena, träume ich? Der Usbeke.“

„Wer ist dieser Usbeke?“ frage ich gähnend, als Lena und ich endlich in den kalten Betten liegen und die schweren Decken über uns ausbreiten. Decke, *battaniye*, eine wichtige Vokabel bei dieser Kälte. Da eine „türkische Heizung“ nicht in Sicht ist, hatte ich um *iki tane battaniye* zusätzlich gebeten und der *otelci* hat tatsächlich „zwei Stück Wolldecke“ gebracht. Endlich habe ich die türkische Logik begriffen: Der Plural ist in der Zahl *iki* schon enthalten, genauso in dem Wort *çok*, viel. Die Mehrzahl-Endung *-ler* oder *-lar* wird überflüssig.

Zampara, der Schürzenjäger. *Zamparalar* – na klar, die Mehrzahl. *Çok zampara*, viele Schürzenjäger. Ob der Usbeke ein *zampara* ist, war es richtig, Margot diesem Fremden und ihrem Schicksal kampflos zu überlassen? Doch sie war sichtlich erleichtert, als wir uns nach dem Essen schnell verabschiedet hatten. „Wer ist dieser Usbeke, Lena?“ wiederhole ich meine Frage.

„Der Usbeke ... Ach, Sophie, wenn das Stichwort Pamukkale fällt, sagt Margot fast automatisch: Lena, erinnerst du dich noch an den Usbeken? Dabei hat sie ihn nur ein einziges Mal gesehen, damals, als wir mit Orhan hier waren.“

„Mit Orhan? Jetzt verstehe ich gar nichts mehr.“

„Ach, Mädchen“, jetzt gähnt auch Lena vernehmlich, „du kennst doch Margots großes Herz. Drei Jahre ist es her oder vier. Es war auch November, wir wohnten in diesem Hotel ...“

„Erzähle, schlaf nicht ein, Lena!“ Ist es nicht mal wieder wie in alten Zeiten, wenn wir bei einem Schulausflug in der Jugendherberge oder beim Ernteeinsatz abends auf Strohsäcken lagen und unsere Erlebnisse durchhechelten?

„Nicht nur kalt war's damals“, erinnert sich Lena. „Es war neblig, eklig, wir froren erbärmlich. Während Orhan im Dorf mit unserem *otelci* Zimmerpreise für die nächste Saison aushandelte, waren Margot und ich ganz allein auf den Sinterterrassen. Eine seltsame Stimmung war dort oben, fremd, unwirklich – als seien wir auf dem Mond gelandet. Abends haben wir alle in dem gemütlichen *restoran* gegessen, so wie heute. Damals wurde sogar getanzt bei türkischer Musik vom Plattenspieler. Da war der Usbeke ...“

„Lena, he, Lena!“ Ist sie eingeschlafen? Ich knipse meine Nachtischlampe an. „Wie ging es weiter, was war mit Orhan?“

„Orhan ... Ein junger Mann, er hatte durch Margot die Liebe entdeckt, war auf den Geschmack gekommen, flirtete mit jeder halbwegs hübschen Frau, die seinen Weg kreuzte.“

„Also auch mit dir!“

„Auch mit mir. Und mein Widerstand heizte ihn gehörig an. Sobald Margot außer Sichtweite war ... Aber das ist eine andere Geschichte. In dem Lokal wurde damals auch getanzt. Orhan unterhielt sich mehr mit dem *otelci* als mit uns, Margot langweilte sich, schaute sich um, hatte plötzlich einen heftigen Flirt mit einem Mann vom Tisch gegenüber. Der machte ihr Zeichen und schon tanzten die beiden. *Alaturka* natürlich! Du weißt doch, wie Margot manchmal aufdreht. Sie ließ ihren Schal um die Taille kreisen, zuckte mit den Hüften wie eine Bauchtänzerin. Der Fremde war ganz weg vor Begeisterung.“

„Und Orhan?“

Lena lacht auf. „Der arme Orhan. Vor kurzem noch hatte er mir heiße Worte zugeflüstert. Du hättest ihn sehen sollen, er ist ganz bleich geworden vor Wut. Seine Margot tanzte mit einem Fremden!“

„Er war eifersüchtig?“

Wieder lacht Lena leise. „Orhan, ach Gott ... Du bist ja eifersüchtig, du liebst deine Margot doch noch, sagte ich. Nein, fauchte er, ich liebe sie nicht. Aber wie sie sich benimmt – das gehört sich nicht. Sie ist mit mir hierher gekommen, ihr Verhalten ist *ayıp*, was denken die Leute von mir ... Dann zog er mich zur Tanzfläche und sah mich drohend an: Auch du Lena, du gehörst zu mir, du kannst hier nicht mit anderen Männern tanzen! Der arme Orhan fürchtete, sein Gesicht zu verlieren. Lächerlich, nicht wahr? Aber so sind nun mal die Sitten. Die Ehre des Mannes hängt vom Verhalten der Frau ab. Die Ehre der Frau dagegen bleibt unberührt, auch wenn ihr Mann sie nach Strich und Faden betrügt. Margot und der Usbeke haben nur miteinander getanzt, das war alles.“ Lena schließt die Augen. „Mach das Licht bitte wieder aus, Sophie.“

„*Tamam*. Nur noch eine Frage. Der Usbeke ...“

„Ja, der Usbeke. Wir haben ihn wegen seiner asiatischen Gesichtszüge so genannt, seinen Namen wussten wir nicht. Margot hat an diesem Abend ein paar Mal mit ihm getanzt und Orhans Wut genossen, die sie für reine Eifersucht hielt. Übrigens – wäre Orhan nicht dabei gewesen, wäre sie wahrscheinlich mit dem Fremden auf und davon, die Anziehungskraft zwischen den beiden war nicht zu übersehen. Kein Wunder, dass Orhan gelitten hat. Ich bin dem Usbeken noch einmal begegnet, am nächsten Morgen im Dorf bei einem Spaziergang. Er ist mir nachgelaufen, hat nach Margot gefragt, war ganz betroffen, als er hörte, dass Orhan ihr Freund war und nicht ... Unsere Frau Klett hat den Usbeken nie vergessen."

„Und heute trifft sie ihn wieder. So ein Zufall, fast ein Wunder!"

„Zufall – ja. Wunder? Nein. Der Usbeke macht regelmäßig hier Station am Ende der Saison, bevor er nach Hause fährt nach Afyon, hat mir unser *otelci* verraten. Der Mann ist sein Vetter und ..." Das Ende des Satzes verstehe ich nicht. Lena ist eingeschlafen.

Orhan und Margot. Margot und Orhan. Helmut hatte seinerzeit von dieser Beziehung Wind bekommen und gutmütig gespottet: Sophie, deine angeblich so kluge Busenfreundin hat wohl nicht alle Tassen im Schrank. Ein Türke, der ihr Sohn sein könnte! Jaja, wenn eine alte Scheune brennt ... Lass dich nur nicht von ihr anstecken, So-So, bleib auf dem Teppich, mach dich nicht lächerlich. Ihr kommt langsam ins gesetzte Alter, Mädchen, die Jugend ist vorbei ... Ach, Helmut, ein Glück, dass du Margots Blitz-Ehe mit Ahmet nicht mehr erlebt hast. Mein Lieber, für dich war die Jugend schon mit dreißig vorbei, leider. Warum bin ich so gern mit meinen Kletten zusammen? Weil wir die ewig Siebzehnjährigen in uns zulassen – von Zeit zu Zeit.

Diesen Orhan möchte ich kennenlernen. Nur ein Duchschnittsmacho? Sein Verhalten – typisch Mann. Und Margot, typisch ... Sie ist ein verhinderter Mann, hatte Jutta immer behauptet, wenn wir versuchten, Margots Männer-Meise zu analysieren. Lass dich nicht von ihren rundlichen Hüften und den niedlichen Grübchen täuschen, Sophie, achte auf ihren Mund, auf ihr Kinn. Margot ist sportlich, energisch, oft knallhart. War sie nicht von Anfang an unsere Chefklette? Sie ist es, die sich ihre Partner wählt, die Treue verlangt und selbst nicht treu sein kann – wie ein Mann ... Irrtum, Jutta! Margot bleibt ihren Liebhabern sogar jahrelang treu.

„Warum streitet ihr euch noch immer wegen Orhan", knüpfe ich an unser nächtliches Gespräch an, als Lena und ich am Morgen durch das verschlafene Dorf Pamukkale gehen, um den Aufstieg zu den Sinterterrassen zu wagen. Margot hat uns eine Nachricht unter die Tür geschoben, sie kommt nicht mit und erwartet uns abends im Dorf.

„Wir streiten uns nicht", lacht Lena, „Margot streitet mit mir. Du weißt ja, Eifersucht wird einen Tag älter als die Liebe. Oder hängt sie mehr an dem jungen Mann als wir denken? Liebe ist eben unbegreiflich."

Warum schaut Lena mich so fragend an, an wen denkt sie? „Eifersucht, sagst du. Hat Margot denn Grund dazu? Warum hat sie dich angebrüllt?“ bohre ich weiter.

„Angebrüllt? Aaah, du meinst das Geschrei neulich in Alanya. War das nicht lächerlich, unsere Frau Klett regte sich auf, weil ich mit ‚ihrem‘ Orhan einen *Türk kahvesi* getrunken hatte.“

„Wann, wo? Wann hast du Orhan getroffen?“

„Wann war das, an dem Tag, als ich den Kater ... Vor ein paar Tagen. Ich habe das Gefühl, das liegt schon Wochen zurück. Verrückt, so eine Reise, das Gefühl für Zeit verändert sich völlig. Was haben wir gestern nicht alles gesehen – an einem einzigen Tag.“

Du kommst vom Thema ab, meine Liebe. „Wo hast du Orhan getroffen?“

„Sophie, was soll das Verhör“, lacht Lena auf.

„Margots Gebrüll war im ganzen Treppenhaus zu hören. Du verharmlost die Geschichte offensichtlich.“

„Sophie, so kenne ich dich gar nicht. Was geht dich das an?“ Zum ersten Mal seit langem gilt Lenas Ärger mir. „Ich habe den kostbaren Orhan zufällig getroffen, als ich mit dickem Kopf in Alanya spazieren ging. Er hat mich zum Mokka eingeladen, wir haben ein bisschen geredet. Wir können uns gut leiden, das ist alles. Ich interessiere mich nicht für junge Liebhaber – im Gegensatz zu unserer Frau Klett. Der gute Orhan hat ähnliche Probleme wie Kadir, darüber haben wir uns unterhalten.“

„Kadir? Was ist mit Kadir?“

„Oh, Frau Neugier“, lacht Lena versöhnlich, „ich weiß, was ihr gedacht habt in Avanos: Kadir und ich ... Du hast vielleicht gezweifelt, meine Liebe, aber Margot war sich ihrer Sache ganz sicher.“

„Und dir hat es Spaß gemacht, sie an der Nase herumzuführen.“

„An der Nase herumführen? Nein, Margot ist das Opfer ihrer Phantasie. Sie malt sich die tollsten Geschichten aus, nur weil sie denkt, jede Frau sei so – so flott wie sie. Sie glaubt mir nicht, wenn ich widerspreche. Also lache ich nur über ihre Unterstellungen, das aber verunsichert sie.“ Lena wirkt sichtlich vergnügt. Boshaft kann sie also auch sein, sie ist doch nicht nur die sanfte, immer nachgebende und verständnisvolle Freundin unserer egozentrischen Frau Klett.

„Hier geht's lang“, Lena zeigt auf einen schmalen Pfad vor uns, „die meisten Besucher fahren mit dem Bus oder Taxi hinauf auf das Plateau dort oben, aber mir gefällt der langsame Aufstieg zu den Terrassen besser. Wie hell sie heute leuchten in der Morgensonne, du hast Glück, Pamukkale so zu sehen, Sophie – im Sonnenschein, fast touristenfrei. Nachher müssen wir die Schuhe ausziehen, denn in den Kalkbecken darf man nur barfuß herumlaufen. Keine Angst, du wirst nicht frieren, das Wasser ist warm.“

Pamuk, Baumwolle. *Kale*, Schloss oder Burg. Pamukkale, Baumwollschloss. Oder einfach „weißes Schloss“, denn das Wörtchen *pamuk* ist wie unser Wort Schnee auch ein Synonym für die Farbe Weiß. Endlich sehe ich dieses Naturwunder vor mir. Wasser aus warmen Quellen, das Kalk und Kohlensäure enthält, fließt seit unendlichen Zeiten den Berg herunter. Kalk lagert sich ab, langsam, ganz langsam, *yavaş yavaş*, und es entstehen halbrunde Becken, die am Berg hängen wie gigantische weiße Baumpilze.

Eine junge, ziemlich beleibte Frau im *şalvar* kommt uns entgegen. Wie gut der dunklen Schönen ihr gelbes Kopftuch steht. *Güzel kitap ... suvenir*, murmelt sie schüchtern. Eine geschäftstüchtige Frühaufsteherin, wo hat sie denn ihr *güzel kitap*, das schöne Buch? Die junge Frau dehnt den Gummizug ihrer Pluderhose weit aus, wir sehen darunter einen „Bauchladen", der diesen Namen wirklich verdient. Um die Taille hat die Händlerin ihre Ware gebunden: Socken, Postkarten, die unvermeidlichen Häkelkragen – und ein abgegriffenes Buch über die Sehenswürdigkeiten Pamukkales. Wir lachen und schwatzen mit der jungen Frau in ihrer Muttersprache, sie taut schnell auf und lädt uns ein zum Tee. Vielen Dank, wir kommen gern – später, *sonra*. Zuerst wollen wir die Terrassen sehen. Die Händlerin Ayşe beschreibt uns den Weg zu ihrem Haus – doch sie wird uns sehen, wenn wir zurückkommen.

Immer wieder überrascht mich die spontane Gastfreundschaft der einfachen Menschen in diesem Land. Die junge Frau freut sich offensichtlich über unsere Zusage. Gewiss, sie möchte etwas verkaufen, doch die Einladung wäre nicht nötig gewesen. Viele gebildete und wohlhabende Türken, denen wir auf unserer Reise begegnet sind, verhalten sich nach internationalen Benimmregeln – sie sind genauso zurückhaltend wie wir Europäer. Leider. Sogar arrogante, abfällige Bemerkungen über die eigenen Landsleute, diese „dummen Bauern", die „ungebildeten Anatolier", haben wir aufgeschnappt.

„Ich wollte dir noch von Kadir erzählen." Jetzt bringt Lena das Gespräch selbst auf das heikle Thema. „Junge Männer wie er, die ständig Kontakt haben zu Touristen und Touristinnen, tun sich oft schwer damit, eine Ehefrau zu finden. Das brave, traditionell erzogene Mädchen, das die Eltern aussuchen, wollen sie nicht. Eine Ausländerin? Manche wagen es, aber es geht selten gut. Du weißt, die kulturellen Unterschiede sind auf Dauer kaum zu überbrücken. Was tun? Kadir hat sich für eine Heimkehrerin aus Frankreich entschieden, aber seine Eltern – vor allem die Mutter – sind dagegen. Du glaubst nicht, welchen Respekt der junge Mann vor seiner Mama hat! Junge Frauen sind wie unbeschriebene Blätter, aber eine Mutter, die durch die Schule des Lebens gegangen ist, ist eine Persönlichkeit, die auch von den Männern des Hauses respektiert wird."

„Ich verstehe. Kadir hat dich gebeten, mit seiner Mama zu reden, stimmt's?"

„So ist es, Sophie. Setzen wir uns doch einen Moment auf diesen Stein."

„Stein, Lena? Das ist Beton."

„Bist du sicher? Beton – hier oben?"

„Das Ganze sieht aus wie ein Becken, Lena."

„*Allah Allah*, ich glaube, hier entsteht ein neues Kalkbecken. Da wird das warme Quellwasser von oben darüber geleitet und eines Tages sieht es aus wie ein natürliches Becken. Pamukkale – getürkt. Träume ich?"

„Ich weiß nicht, vielleicht hast du Recht, Lena. Von weitem fällt es nicht auf."

„Nun, es gibt große Probleme hier, Sophie. Die Hotels oben mit ihren Swimmingpools zweigen einen Teil der warmen Fluten für sich ab. Wenn die Becken aber nicht ständig überspült werden, vergrauen sie mit der Zeit. Und manche Touristen sind rücksichtslos, sie laufen mit Schuhen über die weißen Flächen. Eines Tages wird man das Betreten der Terrassen wohl ganz verbieten müssen, wer will schon ein graues ‚Baumwollschloss' sehen."

Wir sitzen in der Sonne, Lena berichtet von ihrem Gespräch mit der heimlichen Braut Kadirs und der Diskussion mit seinen Eltern, die bis in die Nacht hinein gedauert hatte. Die Mama Kadirs habe große Vorbehalte gegen ein Mädchen gehabt, das im sittenlosen Europa aufgewachsen war. Lena hatte geduldig versucht, das Europabild der guten Frau zurechtzurücken. Nach langem Hin und Her sei die Mama endlich bereit gewesen, sich die französische Türkin einmal anzusehen, mit ihren Eltern zu sprechen. Das Argument, die Sprachkenntnisse des Mädchens könnten für die Geschäfte der Familie von großem Nutzen sein, habe schließlich den Ausschlag gegeben. „Kadir wusste gar nicht, wie er mir danken sollte. Er war glücklich, in wenigen Stunden hatte ich erreicht, was ihm in wochenlangen Auseinandersetzungen mit seinen Eltern nicht geglückt war", sagt Lena und lächelt zufrieden. „Kurz vor unserer Abfahrt hat er mir noch ein Geschenk gebracht. Erinnerst du dich?"

Natürlich – das geheimnisvolle Päckchen.

„Du kennst doch meinen Nofretete-Kragen, den ich vor Jahren bei ihm gekauft hatte. Er hat mir jetzt das passende Armband dazu geschenkt – der Lohn für meine ‚Heiratsvermittlung'. Nobel, nicht wahr?"

„Ich glaube, Lena", sage ich langsam, „auch wenn du es hundertmal abstreitest: Kadir ist verliebt in dich. Zumindest ein bisschen."

„Ach, Sophie", Lena seufzt, lächelt vage, „jetzt hat er seine Freundin. Aber vor zwei Jahren ... Ich weiß nicht, wie die Geschichte geendet hätte, wäre ich unverheiratet gewesen und jünger – oder er älter. Kadir ist ein außergewöhnlich sympathischer Mensch. Sehr kultiviert, *çok kültürlü*."

Also hatte Margot doch nicht völlig daneben getippt. Und Orhan? Wie ist es mit Orhan?

„Orhan? Ach Gott ... Nun, auch er weiß nicht, wo er die richtige Frau finden soll, eine Frau, unterhaltsam und witzig wie unsere Frau Klett, aber auch zurückhaltend und brav wie ein gut erzogenes türkisches Mädchen. Ich habe ihm geraten: Such dir eine nette Euro-Türkin, vielleicht ist das die Lösung. Nun aber Schluss mit den Albernheiten, Sophie. Wir Kletten vergessen doch immer wieder, dass wir keine Backfische mehr sind. Auf jetzt zur nächsten Etappe!"

Der Mund ist weit aufgerissen, doch sein stummer Schrei gilt nicht uns, Augen starren uns an, sehen uns nicht. Locken, die das faltenlose Gesicht umrahmen, trotzen jedem Wind und Regen. Ein anderes Augenpaar mustert uns blicklos, ein gutmütiger Mund lächelt stumm. Wir klettern über Steinbrocken, die bereits eine unendliche Geschichte hinter sich hatten, als Künstler vor fast zweitausend Jahren menschliche Gesichter, Ornamente und Girlanden aus ihnen herausarbeiteten oder gedrehte Säulen, die für eine lächerlich kurze Zeitspanne von wenigen Jahrhunderten ein römisches Theater zierten. Wir bewundern die Schönheit der zerborstenen marmornen Kunstwerke, die seit mehr als tausend Jahren hier zwischen Disteln und Gräsern herumliegen, die gleichgültig weitere lächerliche tausend oder zehntausend Jahre darauf warten können, dass Erdbeben oder der zuverlässigere Zahn der Zeit ihre Daseinsform wieder verändern. Vielleicht werden die leeren Augen, das gutmütige Lächeln, der stumme Schrei aus steinernem Mund noch Zeugnis ablegen von menschlichen Gefühlen, wenn die „Krone der Schöpfung“ längst vergessene Vergangenheit ist.

Hierapolis. Nicht viel ist es, was wir von den ehemaligen Bewohnern dieser antiken Ruinenstadt oberhalb der Sinterterrassen wissen. Ist sie nach Hiera, der Ehefrau des Pergamon-Begründers, benannt worden? Bedeutet ihr Name „Heilige Stadt“? Ob noch Nachkommen der Nachkommen der Nachkommen der Menschen leben, die in dieser Stadt wohnten, arbeiteten, sich liebten, stritten, zu verschiedenen Göttern beteten, Wasserleitungen, Brunnen, Kanäle, breite Straßen, Tempel, Kirchen und Theater errichteten, in den Thermalquellen badeten? Nichts Greifbares erfahren wir vom Leben der Menschen, deren prächtige figurengeschmückte Marmorgrabmäler und Sarkophage – errichtet für eine kurze Ewigkeit – drüben in der riesigen Totenstadt und dem kleinen Museum die Jahrhunderte überdauern.

Langsam streifen Lena und ich durch diese Ruinenstadt mit steinernen Fragmenten aus hellenistischen, römischen und christlichen Epochen, eine prächtige Stadt, von Erdbeben zerstört, wieder aufgebaut und letzten Endes doch untergegangen. Was hat sich wohl in dem riesigen Oktogon dort oben am Berghang, dem „Martyrium“ für den Heiligen Philippos, abgespielt? Was hat der geheimnisvolle Grundriss zu bedeuten, der noch heute zu erkennen ist: Dreiecke, Rechtecke, Quadrate, das zentrale Achteck?

Lange Zeit haben wir kaum ein Wort gewechselt. Lena ist viel schweigsamer als die redselige Margot. Immer wieder bleibt sie stehen, betrachtet nachdenklich die steinernen Zeugen der Vergangenheit. „Ich liebe diese verfallenen Städte“, sagt sie nach einer Weile, als wir uns auf einer umgestürzten Säule ausruhen. „Schaffen derartig sichtbare Beweise der Vergänglichkeit nicht Abstand zu den alltäglichen Problemen, die wir für so bedeutend halten in unserem kurzen Leben? Warum nur diese ständigen unnötigen Auseinandersetzungen ... Schau nicht so erschrocken, Sophie, ich meine nicht unser kindisches Geplänkel, darüber lachen wir doch nach ein paar Tagen. Ich denke an die unsinnigen Streitereien zwischen Nachbarn, Kollegen, Eheleuten, an die endlosen Prozesse wegen Nichtigkeiten.“

„Ah, du redest von Sancta Justitia. Aber ihr lebt doch von der Streitlust eurer Mitmenschen, du und Justus.“

„Sancta Justitia, wie harmlos das klingt. Wie ich diese unheilige Dame hasse, wenn du wüsstest!“ Unvermittelt bricht Lena ab und erhebt sich. „Zeit fürs Mittagessen, Sophie ...“

Zwei Augenpaare betteln. Wir werfen mit Soße getränkte Weißbrotstückchen auf die Erde, die beiden struppigen Katzen verschlingen sie gierig. Mehr, mehr, fordern ihre Augen. Der *garson* bringt Orangensaft, die Miezen huschen davon, nähern sich vorsichtig wieder, als der junge Mann ihnen den Rücken kehrt. Lena steht auf, um die Katzen mit den Resten ihres *kebap* zu füttern. Die Tiere ergreifen sofort die Flucht, suchen Schutz im Gras hinter einem der weiß leuchtenden Kalkbecken, nähern sich nur misstrauisch wieder. Doch dann gibt es kein Halten, im Nu sind die köstlichen Fleischstücke vertilgt. Auch ich werfe den Miezen ein paar Brocken zu. Der gelangweilte Kellner hinter der Freilufttheke schüttelt missbilligend den Kopf. Die Tiere legen sich zu unseren Füßen in die Sonne.

„Euch geht's besser hier oben in Pamukkale als euren räudigen Artgenossen in Istanbul“, murmele ich. „Aber warum ist euer Fell so stumpf?“

„Die Ärmsten sind völlig unterernährt“, sagt Lena, „scheinbar leben hier zwischen den Sinterterrassen mehr Schildkröten als Mäuse.“ Die Miezen beginnen ihr Fell zu lecken. „Siehst du, Sophie, kaum fühlen die Tiere sich wohl, machen sie ihre Körperpflege. Immerhin lässt der Kellner die Katzen in Ruhe und kommt nicht mit der Essigflasche wie sein Istanbuler Kollege. Erinnerst du dich?“

Nur zu gut. Bei unserem Restaurant-Besuch in der *Çiçek Pasajı*, der Blumen-Passage, hatte sich ein Kater eingeschlichen und schnurrend auf meiner Handtasche Platz genommen. Der *garson* war mit einer Flasche *sirke* gekommen, hatte den Eindringling nass gespritzt und verscheucht. Eine wahre Plage, diese Viecher, hatte er geschimpft. Tagelang hatte meine Tasche nach Essig gerochen.

In den Straßen Istanbuls, in Ankara, in Alanya – überall waren wir streunenden Katzen und Hunden begegnet, die sich über Müllkübel hermachten oder geduldig auf Reste warteten, die gutmütige Menschen ihnen zuwarfen. Ein besonders zutraulicher Hund am Strand von Alanya hatte es uns angetan, und Margot überlegte lange, wie sie ihn mit nach Deutschland nehmen könne. Er ist hier zu Hause, hat hier sein Revier, lass ihn in Ruhe, hatten Lena und ich gesagt.

Sein Revier ... Ich bin wie ein Kater, So-So, ich brauche nur mein Revier, pflegte Helmut zu brummen, wenn ich ihn bat, mal mit den Kindern und mir zu verreisen. Nur daheim fühle ich mich wohl, hier werde ich gebraucht, alles andere ist nicht so wichtig. Warum bist du nur so unzufrieden, Mädchen, wir haben es doch gut zu Hause. Lass dich nicht von deinen Kletten anstecken! Diese Zugvögel sind ja nur auf der Flucht vor sich selbst ... Ich hatte mich jedes Mal gewehrt, schließlich war ich weder Zugvogel noch brave Hauskatze, ich war ein weibliches Wesen, geboren mit der Erbsünde Neugier. Wozu lernte ich seit der Schulzeit fremde Sprachen. Lass uns eine Reise machen, Kräfte sammeln für den Alltag, nur ein paar Tage, ans Meer, in die Berge, in eine fremde Stadt, flehte ich. Vergebens. Helmuts Revier – immer kleiner war es im Lauf der Jahre geworden. Zuletzt war da nur noch der Betrieb, sieben Tage in der Woche, jahraus, jahrein, bis zum letzten Atemzug. Das Auf und Ab der Konjunktur, die Sorge um Mitarbeiter und Familie hatten Helmut regelrecht geknebelt. Warum hat er sich nie lösen können, warum hat er sich für unentbehrlich gehalten? Sein verdammtes Pflichtbewusstsein! Was war zum Schluss geblieben? Resignation, Enttäuschung über Jürgens Berufswahl, dumpfe Ahnungen. Bereits kurz nach der Wende, als wir uns vor Aufträgen kaum retten konnten, waren seine Prognosen düster. Die Konjunktur kocht über, jeder will absahnen – und danach? Hatte Merkers Konkurs ihm den Rest gegeben? Ach, Helmut, wofür die ganze Plackerei, da machte ein großer Auftraggeber Pleite – und die Früchte unserer Arbeit waren dahin ...

„Du bist plötzlich so schweigsam, Sophie", sagt Lena. „Woran denkst du?"

„An Helmut, an sein einsames Ende. Warum nur ist er an jenem Abend so spät noch mal ins Büro gegangen? Ach Lena, warum war er so selten bereit, seine Arbeit für ein paar Tage zu unterbrechen. Die Welt ist so faszinierend! Hier das weiße Wunder hätte ihn bestimmt begeistert. Wenn er wenigstens Sport betrieben hätte, vielleicht hätte ich ..."

„Hätte, hätte ... Hör auf, Sophie, mach dir keine Vorwürfe, dein Helmut war nirgendwo glücklicher als in seiner Werkstatt. Die Arbeit war sein Leben."

„Und sein Tod."

„Vielleicht. Aber können wir unsere Partner ändern? Nicht einmal wir selbst können raus aus unserer Haut. Justus ..."

Warum redet sie nicht weiter? „Was ist mit deinem Mann?" bohre ich.

„*Gidelim*, gehen wir." Lena gibt dem *garson* ein Zeichen. Noch einmal streicheln wir die struppigen Miezen, bevor wir uns auf den Weg machen, hinunter ins Dorf Pamukkale. Mit nackten Füßen waten wir durch das warme Wasser der weißen Sinterbecken, langsam, vorsichtig – es ist glitschig.

Endlich spricht Lena, erst stockend, verlegen, doch dann ist sie nicht mehr zu halten. „Justus, der Gerechte", murmelt sie. „Du kennst ihn, Sophie. Dr. Justus Ludewig, korrekt, pflichtbewusst, Spross einer uralten Juristenfamilie. Gebildet, von Haus aus vermögend – er hat sich nicht mühselig emporarbeiten müssen wie dein Helmut. Ein großartiger Skiläufer, glänzender Unterhalter, nicht wahr, so kennst du ihn, Sophie. Ach, was weißt du schon. Krank ist er, nicht sein Körper, nein, der ist in bester Verfassung. Der Geist, die Seele ... Sancta Justitia heißt seine Krankheit. Du kannst dir nicht vorstellen, wie dieser Beruf ihn im Lauf der Jahre entstellt hat. Er kann nicht mehr normal denken, jede Bewegung, die ein Mensch macht, scheint für ihn ein juristischer Vorgang zu sein."

„Lena, du übertreibst, Justus ist ein Superanwalt. Wie er mir und den Kindern geholfen hat nach Helmuts Tod – ich werde das nie vergessen. Ohne ihn wäre nichts für uns übrig geblieben."

„Jajaja, Sophie, ich weiß. Er ist brillant – als Anwalt. Doch seitdem Peter endgültig das Handtuch geworfen hat ..."

„Peter? Was ist mit deinem Sohn?"

„Er hat die Kanzlei verlassen, ist zu seiner Nicole nach Hamburg gezogen, hat ein Stück verfasst, das in Kürze ..."

„Ein Theaterstück?"

„Ja. Eine Tragikomödie über ein verbittertes alterndes Juristenpaar, das einen neuen Lebenssinn darin findet, seine Nachbarn mit einer Flut von lächerlichen Prozessen zu überrollen und dabei immer mehr dem Alkohol verfällt. Peter hat einen Fall als Vorlage genommen, der die Kanzlei Ludewig jahrelang beschäftigt hatte. Er wollte den streitsüchtigen schwarzen Schafen seines Berufsstandes einen Denkzettel verpassen. Justus war außer sich."

„Meint er, die Streithansel erkennen sich als Helden des Dramas?"

„Wohl kaum, Sophie. Menschen dieser Art fehlt jede Selbsterkenntnis, und Nachbartragödien sind so alt wie die Menschheit. Außerdem hat Peter den Stoff sehr frei bearbeitet und ein Pseudonym verwendet. Trotzdem – sein Vater droht ihm nun mit ‚juristischen Schritten', dabei geht es ihm gar nicht um das Stück. Es ist Enttäuschung, Wut über den Sohn, der die Familientradition bricht. Und an allem bin ich schuld."

„Du? Wieso du, Lena? Warte, setzen wir uns einen Augenblick. Warum bist du schuld, ich verstehe gar nichts!"

„Weil ich Schauspielerin bin, eine abgehalfterte Schauspielerin, sagt Justus. Weil ich seinem Sohn von Anfang an Flausen in den Kopf gesetzt habe, mit ihm über Literatur und die Welt des Theaters und nicht über das Bürgerliche Gesetzbuch gesprochen habe. Vergessen hat Justus, dass Peter trotz meiner Erziehung sein Jurastudium ohne Probleme absolviert hat. Aber der Beruf des Rechtsanwalts gefällt ihm nicht. Jura kotze ihn an, sagt er. Helenas Einfluss, behauptet Justus, nur Helenas unseliger Einfluss."

Da sitzen wir beiden am Rand eines Kalkbeckens in Pamukkale, lassen die Füße im warmen Quellwasser baumeln, das Weiß der sonnenbestrahlten Terrassen blendet unsere Augen, doch unsere Gedanken sind weit weg. Schade, sehr schade. Aber endlich erfahre ich, was Lena bedrückt, zum ersten Mal höre ich, warum sie ihre Theaterkarriere damals so plötzlich aufgegeben hatte.

„Ich wollte nie eine eigene Familie haben, Sophie, hatte Angst, wieder alle zu verlieren, wie im Krieg, auf der Flucht. Ich hatte beschlossen, allein zu bleiben, nur für mich verantwortlich. Wie habe ich euch um eure Familien beneidet, vor allem Margot mit den frechen Brüdern und ihren so liebenswerten Eltern. Margot – wenn du wüsstest, was ihre Freundschaft mir bedeutet hat in all den Jahren! Sie ist so direkt, immer spontan hilfsbereit und mit ihren zahlreichen Liebhabern so erfrischend anders als wir braven Ehefrauen. Aber warum rede ich jetzt von Margot. Nein, Sophie, ich wollte keine Familie, aber dann ... Am Theater hatte ich einen Freund. Eine Affäre, mehr nicht. Ich wurde schwanger, eine für meine Karriere völlig unpassende Schwangerschaft. Kein Problem in der DDR, du weißt. Doch plötzlich wurde mir klar: Ich wollte dieses Kind! Ich behielt meinen Zustand für mich, solange es ging, fürchtete die Ratschläge der Kollegen. Ein Kind, wie ungünstig zu diesem Zeitpunkt, würden sie sagen."

„Ein Kind? Du hast nie davon gesprochen."

„Nein, Sophie, ich konnte nicht darüber reden, weder mit Margot noch mit dir. Es fällt mir auch jetzt nicht leicht."

„Du musst mir nichts erzählen, Lena. Auch ‚beste Freundinnen' sollten sich nicht alles anvertrauen."

„Ja. Wir Kletten haben nie über wirklich intime Dinge gesprochen und trotzdem – oder deshalb – sind wir Freundinnen geblieben. Aber über meinen kleinen Felix kann ich reden, jetzt, nach so langer Zeit. Ich habe ihn verloren, als ich im sechsten Monat ... Ich hätte mich schonen müssen. Sie werden nie wieder ein Kind bekommen, Frau Schöne, sagte der Arzt in der Klinik. Ich war sehr geschwächt, konnte nicht auftreten. Vielleicht hat man mich deshalb in den Westen reisen lassen, als ich von meiner Erbschaft erfuhr. Alles andere weißt du ja. In der Kanzlei Ludewig, die ich wegen der Erbschaft aufsuchte, randalierte ein wilder Bengel: Peter. Er war aus der Schule fortgelaufen. Niemand kam mit dem Kind klar, die Sekretärin war ratlos. Wir aber mochten uns sofort, der Junge und ich. Ein kleiner Junge, ein mutterloses Kind. Und der Vater? Ich lernte ihn schätzen. Justus war der Mann, mit dem ich leben konnte."

Also doch, Margot lag gar nicht so falsch mit ihrer Theorie über Lenas Heirat. Unsere Frau Klett trifft wirklich manchmal ins Schwarze.

Lena lacht leise: „Weißt du, warum unsere Ehe so erfolgreich war? Weil wir beide, Justus und ich, für die klassische Ehe, für ein enges Zusammenleben, nicht geeignet sind. Doch die Zeit, die wir miteinander verbracht haben, war wunderbar – viele Jahre lang. Als ich doch schwanger wurde und Judith auf die Welt kam, war ich zeitweise richtig glücklich mit meiner Familie. Doch seit ein paar Jahren ... Sancta Justitia, die Heilige Justiz? Für mich gibt es nichts Fragwürdigeres. Ein Vater, der seinem Sohn mit juristischen Schritten droht, weil dieser seinen eigenen Wege geht! Ich verstehe die Enttäuschung des traditionsbewussten Rechtsanwalts. Peters Vater, mein Mann, ist mir unbegreiflich. Warum muss der leibliche Sohn sein Nachfolger werden, es gibt genug begabte junge Juristen, die froh wären über eine Stellung. Was ist das schon: Familientradition – vergänglich wie alles auf der Welt. Ist Peters Lebensglück nicht wichtiger? Justus begreift nichts, wie kalt er ist am Telefon, kein verbindliches Wort. Ich glaube, er hasst mich. Diese Reise ... Ich halte es zu Hause nicht aus." Lena erhebt sich: „Verzeih, ich rede wie ein Wasserfall."

„Dein Mann hasst dich nicht, Lena, er ist wütend, enttäuscht. Ich kenne Justus doch auch seit vielen Jahren. Ich bin sicher, du bedeutest ihm sehr viel. Das ist jetzt nur eine Krise."

Lena klettert langsam nach unten. „Krise? Nein, Sophie. Ich hatte geglaubt, wir seien gute Freunde, Justus und ich. Da läuft mal etwas nicht so, wie er es sich gedacht hat und ... Doch lassen wir die blöden Eheprobleme, sie kommen mir lächerlich vor, wenn ich an die großen Sorgen und Nöte anderer Menschen denke."

Blöde Eheprobleme – ob auch Helmut im Stillen mich für die Berufswahl unserer Kinder verantwortlich gemacht hat? Wie enttäuscht er war, als Jürgen und Eva sich gegen den Betrieb entschieden, doch dann hat er sich abgefunden. Familientradition ... Was ist von den großen Familien dort oben in Hierapolis übrig geblieben? Nur ein Haufen Steine.

„Ihr habt Nerven – so spät zu kommen!“ Margot empfängt uns höchst ungnädig. „Jetzt müssen wir noch eine Nacht in diesem kalten Nest verbringen. Wir könnten schon längst wieder unterwegs sein.“

Du hast doch ..., will ich sagen, aber ein Blick Lenas lässt mich verstummen. „Dein Wunsch war uns Befehl“, sagt sie lächelnd, schwenkt Margots Zettel. „Hoffentlich hattest du einen schönen Tag. Wir können morgen ganz zeitig aufbrechen. Dann sehen wir Aphrodisias im Morgenlicht, es soll bezaubernd sein. Doch jetzt gehen wir essen, *tamam mı*?“

„Nichts ist *tamam*“, brummt Margot. „Ich friere! Was habt ihr nur so lange getrieben? Es ist schon dunkel, ihr seid doch nicht die ganze Zeit auf den Terrassen gewesen!“

„Wir waren bei einer türkischen Familie zum Tee.“ Ich erzähle Margot von Ayşe. Die junge Frau hatte uns tatsächlich bei der Rückkehr abgefangen und in ihr Haus geführt. Kurze Zeit später war eine fröhliche Runde von Frauen und Kindern im *oturma odası*, dem Wohnzimmer, versammelt. *Çay* wurde serviert, ein köstlicher, frisch zubereiteter schwarzer Tee. Wieder einmal die üblichen Alltagsfragen. Die Frauen packten ihre Handarbeiten aus. Lena kaufte ein paar Kleinigkeiten für ihren Weihnachtsbasar, ich erstand ein knallrotes Kopftuch mit buntem Häkelrand. Kleine Geschäfte so nebenbei. Ayşe strahlte, wie schön für sie, ausländische Gäste zu haben, Frauen, die Türkisch sprachen. Wie schön für uns, bei ihr zu Gast zu sein. Wir machten Fotos von der ganzen Runde, von der Familie Ayşes und der uralten Großmutter, von Kindern und Nachbarinnen. „Eine außergewöhnliche Teestunde, Margot. Stell dir vor, wir haben mit der ganzen Familie auf den Bodenmatten gehockt und über Gott und die Welt geschwatzt. Immer mehr Nachbarinnen sind hereingekommen ...“ Hört Margot überhaupt zu?

„Das ist doch immer so“, antwortet sie unfreundlich, „das war in Hülyas Dorf nicht anders. Eigentlich wollen alle nur immer was verkaufen.“ Achtung, Frau Klett hat schlechte Laune, das kann ja heiter werden. Was ist eigentlich mit dem Usbeken? Lieber nicht fragen.

Wieder einmal rettet die diplomatische Lena die Situation: „Es ist wirklich ungemütlich kalt. Wollen wir nicht oben auf den Terrassen im Swimmingpool des Hotels baden? Im Thermalwasser, Sophie, über antiken Säulenresten. In einer Stunde wird man angeblich um zehn Jahre jünger. Wir haben es schon mal ausprobiert, Margot und ich.“

„Ach, Lena, an was du dich alles erinnerst“, murmelt Margot, doch die Unmutsfalte zwischen ihren Augenbrauen ist verschwunden.

„Ein warmes Bad wäre toll“, sage ich, „und zehn Jahre weniger ... Ich hätte nichts dagegen. Aber noch mal den Berg hinauf, jetzt im Dunkeln?“

Lena umarmt uns gut gelaunt: „*Problem yok*, kein Problem, wir nehmen ein Taxi. Hinterher essen wir dort oben, wäre das nichts?“

„*Tamam*!“ Margot springt auf. „Einverstanden! Und morgen fahren wir nach Bodrum.“

„Nach Bodrum?“ Ich verstehe gar nichts mehr. Stand nicht die antike Stadt Aphrodisias auf dem Programm, wieso auf einmal Bodrum?

„Lasst uns nach Bodrum fahren“, sagt Margot und endlich wirkt sie wieder fröhlich. „Seit Jahren nehmen Lena und ich Anlauf, dorthin zu kommen. Antalya kann warten, Professor Toprak ist ohnehin noch nicht eingetroffen. Bodrum ist das antike Halikarnassos des Königs Mausolos ...“

„... dessen riesiges Grabmal für den Begriff Mausoleum verantwortlich ist. Ich weiß. Das würde ich auch gern sehen“, stimme ich zu. „Und der berühmte Geschichtsschreiber Herodot stammt aus dieser Stadt!“

„Das Grabmal ist längst verschwunden. Nur Fundamente und einige Friese kann man noch bewundern“, erklärt Margot. „Aber ich sagte es bereits – wir kennen Bodrum noch nicht.“

„Also auf nach Bodrum“, sagt Lena.

„Auf nach Bodrum“, echoe ich.

„Bodrum – wir kommen!“ Wieder einmal hat Frau Klett das letzte Wort.

11
Mavi yolculuk – Blaue Reise

Eine Stechmücke umkreist meine Nase mit aufdringlichem Gesumme. Klatsch! Wieder daneben.

„Was ist los?" flüstert Lena gähnend.

„Habe ich dich geweckt? Entschuldige, aber diese Mücken ..."

„Mücken? In ganz Olympos gibt's höchstens fünf Mücken. Warum reibst du dich nicht ein, das Zeug steht auf dem Tisch."

Es muss sein, ich kann Lena nicht immer stören. Ssssss, da ist der kleine Vampir wieder – na bitte, er entfernt sich angeekelt. Offensichtlich ist das Mittel wirksam, aber dieser Geruch ... Ich kann nicht einschlafen.

„Was ist nur los mit dir? Du wälzt dich hin und her, Sophie!"

„Ich denke an Bodrum."

„Wieso Bodrum? Wir waren doch gar nicht in Bodrum", sagt Lena mit halber Stimme. Wenige Minuten später verraten ihre tiefen Atemzüge, dass sie wieder eingeschlummert ist. Die Glückliche. Doch meine Gedanken kommen nicht zur Ruhe.

Auch diesmal wird's wohl nichts mit Bodrum, hatte Margot am Morgen unserer Abreise aus Pamukkale geseufzt, als wir nach genauem Studium der Karte unsere neue Route festlegten. Endlose Busfahrten müssten wir auf uns nehmen, um dorthin zu gelangen und an der Küste entlang nach Antalya zurückzufahren. Vielleicht im nächsten Jahr, versuchte sie mich zu trösten. Dann könnten wir drei die Westküste abklappern. Pfeifen wir auf Bodrum! Ich erklärte mich einverstanden, schließlich war alles neu für mich. Warum fahren wir nicht ans Meer, irgendwohin, machen eine Fahrt ins Blaue. Hauptsache, wir sind rechtzeitig in Antalya.

Eine Fahrt ins Blaue? wiederholte Margot. Eine Fahrt ins Blaue ... Ich hab's, wir machen eine Blaue Reise, eine *mavi yolculuk*! Dafür sei es wohl zu spät, die Saison sei vorbei, gab Lena zu bedenken, doch Margot ließ sich nicht beirren: Ein paar Schiffe werden noch fahren bei diesem schönen Wetter. Für eine oder zwei Tagestouren wird's reichen. Den Rest machen wir per Bus. Wir machen eben unsere eigene Blaue Reise, gefällt es uns an einem Ort, bleiben wir, wenn nicht, fahren wir weiter.

Ich erfuhr, dass man eine mehrtägige Schiffsreise an der Küste entlang *mavi yolculuk* nannte. Was konnte ich sagen außer *tamam*, und ich habe dieses *tamam* nicht bereut. Jetzt geht die wunderbare und anstrengende Blaue Reise zu Ende. Morgen werden wir in Antalya sein und Fatma wiedersehen. In wenigen Tagen geht's zurück in das winterliche *Almanya*, der Flug ist gebucht. Auf Yaşar können wir nicht mehr warten, er hat interessantere Aufgaben, als drei Weiber aus Almanya durch Antalya zu führen.

Was haben wir nicht alles erlebt in diesen Tagen! Margot und Lena waren unerbittlich: Sophie, das musst du gesehen haben ... Wie viele Stunden – ermüdende und unterhaltsame – haben wir in Bussen und Dolmuschs verbracht. Von Denizli nach Fethiye, Olüdeniz, Patara, Kaş, Myra, zuletzt mit dem Taxi hierher – nach Olympos.

Diese Küstenstraße sei doch ein Traum, eine Traumstraße, hatten die Freundinnen geschwärmt. Ja, eine der schönsten Straßen, die ich je gesehen habe – und streckenweise eine der gefährlichsten. Zum Glück war nicht viel Verkehr zu dieser Jahreszeit, aber wenn der Bus haarscharf am Abgrund entlang fuhr auf dieser Traumstraße ohne Leitplanken ...

Unterwegs ständig wechselnde Ausblicke, auf das Mittelmeer, Inseln, Strände, verträumte Buchten, auf Berge, Felsengräber, steile Abhänge, Steinbrüche, Gewächshäuser, Oliven- und Oleanderbäume, Weinstöcke, Schilfgras, Busbahnhöfe, Teehäuser, Läden, Obststände, kleine Werkstätten, Baustellen, Wohnhäuser, Bruchbuden, Hotels, Moscheen, Orangenbäume, immer wieder Gewächshäuser. Ständig wechselnde Mitreisende: Müde alte Männer mit ausgemergelten Gesichtern, junge Mütter mit ihrem Nachwuchs, Liebespaare, Schulkinder, ausländische und einheimische Rucksackreisende, Bauern und Bäuerinnen mit Körben und Säcken, die den Bus auf freier Strecke anhielten, oft nur eine oder zwei Stationen mitfuhren. Männer und Frauen, die von der Arbeit kamen oder unterwegs waren zu irgendeiner Verabredung. Junge Männer, die nach der Saison in ihre Dörfer im Osten der Türkei zurückkehrten, um im nächsten Jahr wieder ihr Glück in den Touristenzentren zu suchen – wie *Küçük Ali* aus Alanya.

Brave Bürger. Kleine Gauner, Schlitzohren – wie der *şoför* und der *muavin* eines Busses, die uns beim Einsteigen nach kurzem Getuschel unsere am Schalter der Busgesellschaft erworbenen Billets wieder abgenommen hatten. Das hätten sie noch nie erlebt, wunderten sich meine weit gereisten Freundinnen. Ja, wenn das im Dolmusch passiert wäre ... Viele Fahrer dieser Minibusse schienen den Fahrpreis von der Stirn ihrer Fahrgäste abzulesen, ein Billet gab's selten. Bei den großen Bussen jedoch wurden die Passagiere genau registriert, jeder Reisende behielt sein Ticket, alles war doch immer korrekt zugegangen.

Zufällig erfuhren wir des Rätsels Lösung, als unser *şoför* von entgegenkommenden Bussen Lichtsignale erhielt und sofort am Straßenrand hielt, während der *muavin* uns hastig neue Tickets ausstellte. Zu spät, ein Polizeifahrzeug blockierte den Bus, Uniformträger mit finsterer Miene kontrollierten die Papiere, bemerkten schnell die Unkorrektheiten: Einige Fahrgäste waren auf der Passagierliste nicht vermerkt. Der Fahrer musste Strafe zahlen. Wie viel? fragten wir unsere Mitreisenden. *Çok çok*, war die Antwort. Es war wohl tatsächlich sehr, sehr viel, denn unserem *şoför* ist das Lachen gründlich vergangen.

Die Busfahrer versuchen eben, auf diese Weise ihr Einkommen ein bisschen aufzubessern. Warum auch nicht, unsere Politiker machen es doch vor, die sind viel, viel schlimmer, versuchte ein älterer Mann mit verwittertem Gesicht eine

Rechtfertigung. Die meisten Fahrgäste zeigten Verständnis für die beiden Übeltäter. Diese Leute haben bestimmt Geldsorgen, seufzte Margot. Die Gutverdienenden – und das sind nicht wenige – fahren nur selten mit dem Bus und schon gar nicht im *dolmuş*, das wäre viel zu umständlich, belehrte sie mich, wer es sich leisten kann, besitzt ein eigenes Auto ... Wie der viel zitierte Orhan und die meisten Besitzer von Schmuck-, Leder- und Teppichläden in Alanya, die Margot seit Jahren kennt. Oder man fährt Taxi, ergänzte meine zweite Reiseführerin, der Beamte fährt im *taksi* zur Arbeit, die wohlhabende Hausfrau zum Markt, zum Friseur. Du hast es doch in Alanya gesehen, Sophie. Der Tourismus hat Wohlstand ins Land gebracht – für eine glückliche Minderheit. Aber er treibt auch die Preise hoch, und die Menschen in den Dörfern weitab vom Strom der sonnenhungrigen Zugvögel sind noch immer so arm wie die Menschen in Hülyas Dorf – und ärmer. Sie sind auf *dolmuş* und *otobüs* angewiesen, auf einen kleinen Pferdewagen, auf ihren *eşek*, den Esel. Oder auf Schusters Rappen.

Warum fahren Sie mit dem *otobüs*? Sie alle haben einen Führerschein, warum mieten Sie kein *otomobil*? hatte uns ein alter Bauer verwundert gefragt. Sie sind reich, Sie kommen aus Deutschland, bei euch soll es Leute geben, die fünftausend Mark im Monat verdienen! Margot hatte dem staunenden Alten langsam auf Türkisch erklärt, dass Busfahren uns Spaß macht, wie teuer Lebensmittel, Mieten und Versicherungen bei uns sind, dass nicht alle Deutschen reich sind, auch wir nicht. Aber wir können uns diese Reise leisten, zumal der Wechselkurs für uns günstig ist, sagte sie. Doch es gibt auch bei uns Menschen, die nie verreisen können, die kein Zuhause haben, keine Familie, die für sie einsteht. Oder Arbeitslose. Die Vokabeln *iş*, Arbeit, und *işsiz*, ohne Arbeit, hatte ich längst gelernt. Auch das Wort Arbeitslosigkeit, *işsizlik,* hatte ich oft genug hören müssen ...

Mücken, Gedankenmücken: Phantome der Nacht umschwirren mich. Menschen, die wir trafen ... Wie der geschniegelte und gestriegelte Koranschüler Ferit, der „Unübertreffliche“, der fließend Englisch und ganz gut Französisch sprach und drei Stationen lang flirtend versuchte, Lena zum Islam zu bekehren. Ein redegewandter fünfzehnjähriger Draufgänger, der uns strahlend Kusshändchen nachschickte und noch lange winkte, als unser Bus weiterfuhr.

Oder der Gitarrist Turhan, der uns an einer Haltestelle ein Ständchen auf seiner *kitara* gab und sich unendlich freute, dass wir die Texte seiner Lieder verstanden. Den ganzen Sommer über war er Abend für Abend in Nachtlokalen an der Küste aufgetreten vor Touristen, die sich für seine Musik wenig interessierten, die sich nur besaufen wollten oder Liebe machen. Ob wir schon einmal in einem *gazino* gewesen seien? Ich verneinte, aber Margot und Lena konnten von fröhlichen Abenden mit Orhan und seinen Freunden in türkischen Nachtlokalen berichten, von fülligen Bauchtänzerinnen, von begeisterten alten Männern, die den tanzenden Gästen Blumen und Münzen über den Kopf geworfen hatten.

So etwas könne man heutzutage nur noch selten erleben, behauptete der saisonmüde Gitarrist. Mit dem Massentourismus sei alles kommerzieller geworden –

ne yazık, wie schade. Margot war bei den Worten Turhans leicht melancholisch geworden: Erinnerst du dich, Lena, wie Orhan uns seinerzeit in Restaurants immer einen Beschützer mitschickte, wenn wir uns mal die Nase pudern wollten? Oder denke an unsere Reise nach Urfa, als ein Wächter die ganze Nacht vor unserer Zimmertür lag, weil wir die einzigen weiblichen Hotelgäste waren. Und heute? Niemand wartet mehr vor der Tür.

Der Musiker mit den markanten Gesichtszügen und dem klangvollen Namen „Von edler Abstammung“ begleitete uns ein paar Stationen lang, startete zum Saisonschluss schnell noch einen Flirtversuch – ausgerechnet mit mir. Sie sind Witwe, dann sind Sie frei, flüsterte er und versuchte, leidenschaftliches Feuer in seine müden Augen zu legen. Sie sind verheiratet, nicht wahr, *değil mi*? antwortete ich kühl, woraufhin er sofort seine Brieftasche zückte und mir stolz das Foto seines Sohnes zeigte. Und ein Bild Ihrer Frau? bohrte ich weiter. Ein erstaunter Blick, Zugenschnalzen ... Ein Foto der Ehefrau? *Yok.*

Dieser Turhan – im Bus hatte er einfach Platz genommen neben mir, als gehörten wir zusammen. Normalerweise haben Frauen neben Frauen zu sitzen, notfalls wird ein Paar getrennt, wenn eine einzelne Reisende zusteigt. Eine Frau neben einem fremden Mann, das wäre doch ... Das ist *ayıp*, hatte Margot mir zugerufen, als ich mich einmal spontan auf dem letzten freien Platz neben einem schlafenden Jüngling niederließ, weil ich keine Lust hatte auf das übliche Umplatzierungstheater. Wieso ungehörig, *ben yaşlıyım*, ich bin alt, hatte ich erklärt und war sitzen geblieben, was belustigtes Gemurmel bei den Mitreisenden hervorrief. Nein, alt waren wir Kletten in den Augen türkischer Männer durchaus nicht. Wie schön für uns ...

Was heißt nur Mücke auf Türkisch? *Sinek* – nein, das bedeutet Fliege. Warum haben es die Viecher immer auf mich abgesehen, kein einziges Insekt hatte die Freundinnen belästigt neulich in unserem etwas feuchten Quartier bei Ölüdeniz. Hier hatten wir am nahezu menschenleeren Strand die deutsche Reiseleiterin Vera getroffen, die sich nach acht Monaten Arbeit ohne freien Tag endlich eine Woche Badeurlaub gönnte. Danach fliege ich nach Bremen, besuche meine Familie, mache meine Ärzte-Rallye, erzählte die blasse junge Frau. Dreihundert Mark monatlich verdiente sie während der Saison, wovon zweihundert schon für Miete draufgingen. Jetzt hatte sie ihre Provision für den Verkauf von Ausflügen erhalten, rund fünftausend Mark. Das hört sich viel an, aber damit muss ich über den Winter kommen und alles bezahlen: Lebensunterhalt, Miete, Arztkosten, Kleidung – ohne die Unterstützung meiner Eltern käme ich nicht über die Runden. Sparen kann ich fast nichts, sagte sie. Nicht einmal einen Beitrag zur Altersversorgung zahlte ihr Arbeitgeber. Warum um Himmels willen ließ sie sich darauf ein, konnte sie in Deutschland keine besser bezahlte Stelle finden? Was soll ich machen, auch in Deutschland gibt's inzwischen so viele Arbeitslose, seufzte sie. Hier in der Türkei kann ich mit wenig Geld auskommen. Ich liebe diese Küste, an der fast das ganze Jahr über Sommer ist – und mein Freund arbeitet in Fethiye. Aha, da lag der Hund begraben ...

Ich hab's, Stechmücke heißt *sivrisinek*, „spitze Fliege". Treffen sich hier alle fünf Mücken von Olympos? Es ist hoffnungslos, ich werde die ganze Nacht nicht schlafen können. Warum bin ich nur so überdreht – zu viele Eindrücke in diesen letzten Tagen, zu viele Traumstrände?

Ein Traum der kilometerlange einsame Strand von Patara, zu dem uns nur ein streunender weißer Hund begleitete, der leichtfüßig vor uns herlief, als wir zwischen vom Sand verwehten Ruinen in der Geburtsstadt des Heiligen Nikolaus herumstapften. Kein Mensch am Ufer, nur in der Ferne schaukelte im Meer eine einsame *tekne*, eins der kleinen Ausflugsschiffe. Wir plantschten, schwammen, tanzten in den Wellen, Margot und Lena ließen alle Hüllen fallen. Zieh dich doch aus, Sophie, rief Lena, hier nimmt dir niemand den Badeanzug weg. Eine Anspielung auf unser erstes nächtliches Nacktbaden auf Rügen, damals, als jede von uns ganze siebzehn Lenze zählte, als unsere Jungs alle Klamotten versteckt hatten, die wir törichten Jungfrauen dann ein paar hundert Meter weiter am Strand wiederfanden.

Doch hier nackt schwimmen, in diesem Land, wo Oben-ohne schon als *ayıp* galt? *Çok çok ayıp ve çok çirkin*, sehr sehr ungehörig und sehr hässlich, hatten die Händlerinnen am Strand von Alanya gemurmelt und verächtlich den Kopf geschüttelt, als sie eine halbnackte Touristin im Sand liegen sahen, die von weitem von einheimischen Jünglingen neugierig beäugt wurde. Einen ästhetischen Anblick boten sie wirklich nicht, diese seitlich herabhängenden „Quarktaschen", wie Johanna die krebsrot verbrannten Brüste spöttisch nannte. Ästhetisch – waren etwa Männerbäuche ästhetisch? Darüber regte sich niemand auf. Wo blieb die Gleichberechtigung? War nicht alles Gewohnheitssache?

Immer wieder hatten wir über Strandsitten diskutiert. Ihr müsstet mal in der Saison hier sein – Tangas, Halb-Bikinis – alles sieht man hier. In einem islamischen Land! Aber viele Touristen glauben, sie dürften alles – sie bezahlen ja. Mich wundert's nicht, dass Europäer einen schlechten Ruf hier haben. Guckt euch nur diese blöden Weiber an. Und die jungen Burschen sitzen mit hängender Zunge herum, kein Wunder, wenn ab und zu einer durchdreht, hatte Johanna geschimpft. Doch am menschenleeren Strand von Patara war ein Badeanzug wohl wirklich nicht erforderlich. Sei nicht so verklemmt, Sophie, zieh dich aus! rief Margot. Nun erst recht nicht, knurrte die Verklemmte.

Was wollen Sie um diese Zeit hier, die Saison ist doch vorbei, sagte ein alter Mann, als wir hungrigen Badenixen in den Ort zurückgekehrt waren. Tatsächlich, hier war der Hund erfroren, wie Margot feststellte. Nicht mal ein Laden war geöffnet – weil Sonntag war? Ein Glück, dass wir noch eine *pansiyon* gefunden hatten. Zu essen gab es dort auch nichts, doch wurden wir mit einem *çay* entschädigt, den wir im *salon* unserer Gastgeber serviert bekamen – zum ersten Mal auf unserer Reise ohne ein Lächeln, dafür aber mit dröhnendem Motorengeheul, dem Knallen von Schüssen, lautem Getrommel und Kampfgeschrei: Der kleine Sohn des Hauses, damit beschäftigt, Geräusche einer wilden Fernseh-Schlacht durch kraftvolle Schläge auf eine leere Dose zu verstärken, kämpfte mit seiner *abla*, der älteren

Schwester, um den Trommelschlägel – das Lineal des Schulmädchens. Während die Mutter, eine herbe junge Schöne mit strengem Kopftuch, die Kampfhähne gewaltsam zu trennen versuchte, schien der Pascha der Familie den Lärm ebenso zu genießen wie seinen *çay* und unsere Gegenwart. Wohlig räkelte er sich auf seiner langen Bank, stellte die üblichen Fragen und gab unvermittelt seine Meinung über Europa zum Besten. Die gesamte europäische Kultur stamme von den Türken, erklärte er breit grinsend. In Europa gebe es überhaupt erst seit rund vierhundert Jahren so was wie Kultur.

Er meine wohl den Einfluss der Araber, es sei unbestritten, wie viel Europa von arabischen Wissenschaften, von arabischer Medizin und Kunst profitiert habe, sagte Lena diplomatisch. Araber? Die hätten doch überhaupt keine Kultur, Türken seien die wahren Kulturträger, erklärte unser Wirt kühl, betrachtete eingehend seine grau besockten Füße, veranlasste seine Frau mit dem Zucken einer Augenbraue, uns allen Tee nachzuschenken, winkte seine Tochter zu sich. Stolz hielt er uns ihr Schulbuch unter die Nase, deutete auf eine Karte Asiens: Dicke Pfeile markierten die Wanderungen der Turkvölker in alle Welt. Was bedeute schon Europa ...

Kennen Sie Europa? Was wissen Sie von vorislamischen, von vorchristlichen Zeiten? Hat Atatürk Ihrem Land nicht europäische Gesetze gegeben, das italienische Strafrecht, deutsches Handelsrecht, das Zivilrecht der Schweiz? Und lateinische Schriftzeichen, weil die sich für die türkische Sprache besser eignen als die arabischen, bombardierten wir den trägen Kulturträger mit Fragen, erhielten als Antwort jedoch nur ein verächtliches Zungenschnalzen. Nein, in Europa sei er noch nie gewesen, aber sein Bruder habe lange in Deutschland gearbeitet.

Die deutsche Sprache sei übrigens sehr unlogisch, spottete der *patron*. Allein die unterschiedlichen Formen für die Mehrzahl von Wörtern – ein Chaos! So heiße es zwar ein Mann – zwei Männer, aber eine Frau – zwei Frauen. Das Wort Mädchen bleibe sogar unverändert: ein Mädchen, zwei Mädchen. Im Türkischen gebe es die Pluralendung *-ler* für hell klingende Wörter und *-lar* für die dunklen, basta. Recht hatte er. Und sein Deutsch war beachtlich. Aber auch die türkische Sprache kannte schließlich Ausnahmen von Regeln, hatten nicht die arabischen Wörter ihre eigenen Gesetze? Arabisch! Wieder schnalzte der *patron* voll Verachtung mit der Zunge, warf den Kopf in den Nacken. Ob ihm bewusst war, wie viele arabische oder französische Wörter er täglich benutzte? Hatte er vergessen, dass *Allah* das arabische Wort für Gott war? Doch wer von uns dachte noch daran, dass unsere Wörter Algebra, Alkohol oder Aprikose, Chemie, Kaffee und Matratze arabischen Ursprungs waren.

Nachbarn waren hereingekommen, hatten in dem großen *salon* Platz genommen, um die vielleicht letzten Gäste der *sezon* zu begutachten. Der Lärm im Raum war unerträglich geworden. *Gidelim*, lasst uns gehen, gab Margot das Zeichen zum Aufbruch zur Enttäuschung unseres Gastgebers. Verärgert und hungrig lagen wir bereits abends um sieben in den Betten unseres Dreibettzimmers und diskutierten noch lange über die Themen dieses Abends, kratzten unser ganzes historisches

Wissen zusammen. Hatte Yaşar nicht erzählt, dass es naturwissenschaftliche Fakultäten an der Istanbuler Universität erst seit Atatürk gab? Hatte er nicht auch erwähnt, dass nach dem Zusammenbruch des Osmanischen Reiches die Geschichte des Landes sozusagen neu geschrieben wurde, um das Nationalbewusstsein der Türken zu stärken? Sogar die alten Sumerer und Hethiter waren zu Ur-Türken erklärt worden. Wäre Yaşar doch bei uns gewesen, was hätten wir diesem ahnungslosen Wirt alles antworten können!

Warum hat unser *patron* nicht auch noch behauptet, der erste Mensch sei Türke gewesen, wo doch *adam* das türkische Wort für Mensch oder Mann ist, sinnierte Lena. Der Gute würde nicht glauben, dass *adam* ein Wort aus dem Hebräischen ... Margot beendete die Diskussion: Scheinbar hält jede Nation sich für den Nabel der Welt. Ein unerfreulicher Abend, aber auch unangenehme Erfahrungen gehören dazu, Kinder. Einen Hunger habe ich jetzt, ich gäbe sonst was für ein Rippchen mit Kraut, ächzte sie, drehte sich zur Seite und war im Nu eingeschlafen ...

Schlafen – wenn ich doch endlich Ruhe finden könnte. Sicherlich schlummert Frau Klett im Zimmer nebenan auch jetzt tief und fest, unbelästigt von Mücken und quälenden Gedanken. So wie Lena neben mir, die nur hin und wieder leise vor sich hin pfeift. Ich bin hundemüde, morgen werde ich im Stehen einschlafen. Meine Nerven sind überreizt. Zu viele neue Eindrücke, fast jede Nacht in einem anderen Bett ... Habe ich's nicht immer gesagt! höre ich Helmuts Stimme. Bleib zu Hause und ...

... bleib auf dem Teppich. Jajaja, mein Lieber, keine Angst, ich bleibe auf dem Teppich, aber darf es zur Abwechslung mal ein türkischer sein? ist meine stumme Antwort. Ein türkischer Teppich ... Beim abendlichen Bummel durch die alten griechischen Gassen der Hafenstadt Kaş mit ihren schönen weiß getünchten Häusern war ich regelrecht über „meinen" *halı* gestolpert, eine kleine rotgrundige Brücke mit Tier- und Pflanzenmotiven aus dem Osten Anatoliens – Blickfang im Eingang eines Ladens. Liebe auf den ersten Blick, den oder keinen! Ein schöner alter Teppich, hatte der Verkäufer erklärt. Alt? Wie alt, vierzig Jahre? Egal, ich nehme ihn trotzdem, war meine Antwort, worauf ich einen langen Vortrag über mich ergehen lassen musste: Alte Teppiche seien viel wertvoller als neue, sie seien Antiquitäten, erzählten Geschichten. Und sie glänzten mehr als neue, denn die überschüssige Wolle sei bereits herausgetreten.

Mein *halı* würde mich zu Hause an die gemütliche Mokka-Stunde in dem farbenprächtigen Teppichgeschäft in Kaş erinnern, an einen liebenswürdigen und gebildeten kurdischen Verkäufer, der wie ein Märchenbuch erzählen konnte. Wenn dieser Teppich wirklich vierzig Jahre alt war – warum nicht, gewisse Gebrauchsspuren sprachen dafür –, dann war das Mädchen, das ihn geknüpft haben soll, jetzt eine Frau in mittleren Jahren, eine Frau wie ich.

Wo werde ich das gute Stück überhaupt hinlegen? Zum ersten Mal seit langem denke ich wieder an mein noch immer neues Zuhause. Endlich wieder allein sein können. Ob mir genug Zeit dafür bleiben wird? Luise geht es nicht gut, aber sie reißt sich zusammen, weil Kater Filou so sensibel ist und keinen Lärm verträgt. Sylvia und Jürgen wünschen nun doch meine großmütterliche Hilfe für die Zwillinge. Arno Simon hat nachgefragt, wann ich endlich wiederkomme. Ein Haufen Papierkram wartet, weihnachtliche Weinproben sind vorzubereiten. Ich werde Arnos Gästen von der Heimat des Nikolaus erzählen, von seiner Geburtsstadt Patara, von seinem Bischofssitz Myra. Arno – der Gedanke an ihn ist lästiger als alle Mücken von Olympos.

Eva wirkte genervt neulich am Telefon. Denis fürchtet um seinen Arbeitsplatz, seine Firma steht vor dem Aus. Eine Baufirma im Berlin der neunziger Jahre, in der Stadt der Großbaustellen, ein paar Jahre nach der Wende, die „blühende Landschaften" versprochen hatte – pleite! Kaum vorstellbar. Die ausländische Billigkonkurrenz, hatte Denis erklärt, da können wir nicht mehr mithalten. Wenn du wüsstest, Sophie, was hier auf dem Arbeitsmarkt los ist. Die Arbeitslosigkeit nimmt zu und der Hass auf Ausländer ... Auch einige Schulfreunde Evas und Jürgens sind ohne festen Job. Der Alltag erwartet mich zu Hause mit alten und neuen Sorgen. Doch Denis hatte auch eine freudige Nachricht für mich: *Annem gelir*, meine Mama kommt, wir werden alle zusammen Silvester feiern bei Jürgen und Sylvia, ist das nicht toll? Ja, mein lieber türkisch-deutscher Sohn, ich freue mich mit dir. Und diese Feier ist Sylvias Idee, das Mädchen macht sich. Es wird also auch heitere Stunden geben ...

Verdammte Schlaflosigkeit, könnte ich doch das Gedankenrad im Kopf abstellen. Ich muss an etwas Beruhigendes denken, an die Geräusche der Meeresbrandung an windstillen Tagen, wenn Wellen aus der Ferne anrauschen, aufschäumen, leise wieder verebben. An die Farben des Meeres, von der Sonne gemalt in allen Schattierungen von Blau, Grün, kristallklarem Türkis, flimmerndem Silber, Violett, Rot, Gold ... Oder an die zahlreichen felsigen Inselchen im *Akdeniz*, die türkischen, die griechischen, an kühle Grotten, in denen wir schwimmen konnten, wenn unsere *tekne* in verträumten Buchten ankerte ...

Margot hatte Recht gehabt, es waren noch Schiffe unterwegs. Wir haben unsere *mavi yolculuk* auf Raten machen können. Stundenlang waren wir zwischen den Inseln herumgeschippert, gemeinsam mit internationalen Saisonschlussgästen, die jeden Sonnenstrahl begierig einsogen, um Kraft zu tanken für den langen europäischen Winter. Sogar gegrillt wurde an Bord eines Schiffes, bemerkenswert der gebastelte Rauchabzug, eine oben und unten aufgeschnittene Konservendose. Genial einfach – einfach genial ... Bezaubernd das Picknick in einem stillen „Tal der Schmetterlinge".

Oder die Begegnung mit der fröhlichen Derya, die freundlich die üblichen Handarbeiten anpries, als unsere *tekne* vor Simena ankerte. Ihr sprecht unsere Sprache? *Çok güzel*! Wie selbstverständlich war die rundliche junge Frau, die ihr mit winzigen Muscheln verziertes Kopftuch zu einem kecken Häubchen geschlungen hatte, mit uns den Berg hinaufgeklettert zur Burg, einem mittelalterlichen Bauwerk mit antiken Fundamenten. *Kale çok çok eski*, die Burg ist sehr, sehr alt, versicherte

Derya, deren Namen Ozean bedeutet oder auch „Person mit reichem Wissen“. *Çok çok eski* seien auch das kleine Theater und die steinernen Sarkophage, die überall herumstanden, am Berghang und unten im Meer.

Derya lud uns zum *çay* ein, stellte uns ihrer Familie vor. Wie schön, wie interessant, Türkisch sprechende Ausländerinnen zu treffen! So hatten wir drei das große Vergnügen, für eine unvergessliche Stunde bei der freundlichen Frau zu Gast zu sein, Tee zu trinken auf einem riesigen *çardak* aus einfachen Holzlatten – auf einer der schönsten Terrassen der Welt mit dem unvergleichlichen Blick auf die Insel Kekova und einen aus dem silbrig glitzernden Wasser herausragenden Sarkophag, Überbleibsel einer vor Jahrhunderten bei einem Erdbeben versunkenen Stadt. Neben der Terrasse scharrten Hühner im Sand und hatten keinen Blick übrig für die herrliche Aussicht. Eine braune Kuh käute gemächlich wieder, eine Kuh, deren Futter in mehr als zweitausend Jahre alten lykischen Felsengräbern oberhalb des Hauses lagerte ...

Wieder eine Mücke, eine Gedankenmücke – sie sticht, lässt eine heiße Ärgerwelle anrollen. Diese *tekne*-Fahrten seien einfach Spitze, im nächsten Jahr, wenn wir nach Bodrum fahren, sollten wir das wieder machen, erklärt Margot fast täglich. In einem Jahr, Frau Klett, einverstanden, wenn du weiß geworden bist und hoffentlich ein bisschen weise.

Der Kapitän und seine beiden Freunde laden uns zum Abendessen ein, um sich für unsere Hilfe beim Picknick zu bedanken, hatte Margot uns nach einem unserer Tagesausflüge fröhlich erklärt, als unsere *tekne* sich dem heimatlichen Ufer näherte. Unsere Hilfe? Lena und ich hatten keinen Finger gerührt, warum sollten die Burschen uns einladen? Seid nicht so – so langweilig, lasst mich jetzt nicht hängen, forderte unsere energische Freundin. Du kommst doch mit, Sophie?

Ich weiß nicht recht, eigentlich langt's mir für heute, wagte ich einzuwenden, worauf Margot schimpfte: Ich weiß nicht .. Typisch Sophie, sag doch einmal klar ja oder nein. Sag ja, was sollen wir sonst an diesem langen Abend machen, es wird schon dunkel und es ist erst fünf. Wir treffen uns mit dem Kapitän und seinen Helfern um acht, bis dahin können wir ein bisschen ausruhen. Sie sah mich aufmunternd an. Ausruhen vom Ausruhen, ich war nicht müde. Aber diese fremden Männer ... Ich hatte keine Lust. Fremd seien sie nun nicht gerade, lachte Lena, schließlich hätten wir den ganzen Tag auf ihrem Schiff verbracht. Und Margot habe schon zugesagt. *Tamam,* ich gab mich geschlagen.

Wieder einmal hatte Frau Klett ihren Kopf durchgesetzt, auch nach dem Abendessen schaffte sie es, als die drei „dankbaren“ Seeleute uns zu einem nächtlichen Picknick an Bord der *tekne* einluden. Stellt euch nicht so an, in ein paar Jahren fragt uns niemand mehr. Das *Akdeniz* bei Nacht, und wir drei zusammen in der Heimat des Nikolaus – wenn Gilgamesch uns sehen könnte! Ein Mondschein-picknick auf einer *tekne*, das hat noch keine von uns erlebt, fegte sie unsere Bedenken beiseite. Also los, alle drei oder keine.

Die *tekne* ankerte vor einer der Inseln, das Beiboot lag in einer Bucht, festgebunden an einer großen umgestürzten Pinie, die weit ins Wasser hinausragte. Graziös balancierten Lena und Margot über den Baumstamm zum Boot. Das würde ich nie schaffen, garantiert würde ich ins Wasser fallen. Ein guter Grund umzukehren – ich hatte sowieso keine Lust auf dieses zweifelhafte Vergnügen. Ein Abend ohne meine Kletten wäre auch mal ganz reizvoll. Doch ehe ich den Mund aufmachen konnte, kam der kräftig gebaute junge Kapitän in Gummistiefeln herangewatet, hob mich hoch, trug mich lachend zum Boot, machte die Leine los. Helmut, wenn du wüsstest ..., seufzte ich unhörbar. Ich weiß – und mir bleibt die Spucke weg, war die stumme Antwort.

Doch unsere Seeleute waren höfliche Gastgeber, kletterten mit uns aufs Oberdeck der *tekne*, wo sich tagsüber während der Fahrt ein paar hübsche Bikini-Mädchen gesonnt hatten. Der Kapitän packte Äpfel und Nüsse aus, öffnete eine Flasche *rakı*. *Şerefe, şerefe*! prostete er uns zu und verwickelte Margot in ein längeres Gespräch. Der jüngste der Männer, dünn und ohne Bart, rückte immer dichter an Lena heran, und der Dritte im Bunde, ein stiller Mensch mit schon ergrauenden Haaren, musterte mich schüchtern.

Zauberhafte Spätsommernacht im November. Der türkische Mond und funkelnde Sterne spiegelten sich im stillen Wasser, die *tekne* schaukelte leicht. Das belanglose Gespräch plätscherte dahin, bis ich sagte: Wie schön, nachts im Mondschein zu schwimmen, weißt du noch Lena, damals auf Rügen? Silberne Luftkügelchen auf der Haut ...

Ich bin noch nie nachts geschwommen, brummte Margot. Ich war krank, als ihr mit der Klasse an der Ostsee wart. Schwimmen – nachts? Unsere Gastgeber schüttelten sich bei dem Gedanken. Überhaupt schwimmen, wenn es nicht unbedingt sein muss ... Verrückt, diese Touristen, den ganzen Tag liegen sie am Strand, stürzen sich ab und zu ins Wasser, was haben sie nur davon?

Platsch, machte es da, im dunklen Wasser zappelte eine große weiße Qualle und winkte uns zu: Margot, die nackte Margot, wieso war sie plötzlich da unten? Lena zuckte ratlos die Achseln. Die Augen der Männer begannen unternehmungslustig zu funkeln, der Kapitän sah seine Freunde vielsagend an, die drei erhoben sich langsam, doch da sprang Lena auf, begann, seltsame zuckende Bewegungen zu machen, deutete lachend hinüber auf ein größeres Schiff, das in der Nähe ankerte. *Bakın, ne kadar komik*, schaut, wie komisch!

In der hell erleuchteten Kajüte bewegten sich einige Paare zappelnd und hüpfend zu einer unhörbaren Musik. Lena imitierte gekonnt den stummen Veitstanz, unsere drei Gastgeber lachten schallend. Doch dann marschierte der Kapitän zielstrebig zur Treppe, begann hinabzuklettern – und stieß mit Margot zusammen, die begeistert rief: Toll war das, warum seid ihr nicht auch ins Wasser gekommen? Enttäuscht nahmen die Männer wieder Platz. Doch die Stimmung war umgeschlagen, vorbei das harmlose Geplänkel. Begehrliche Blicke musterten uns. Oh Margot, du kindische Chefklette, was hattest du uns da eingebrockt!

Ungeschickt versuchte ich, das Gespräch in neue Bahnen zu lenken: Warum habt ihr nicht die jungen Mädchen eingeladen, die sich heute hier oben gesonnt haben? Die hätten viel besser zu euch gepasst. Wir sind doch alte Frauen. Junge Mädchen haben Angst, die kommen nicht, antwortete der jüngste der Männer ehrlich und undiplomatisch. Der Kapitän ergänzte schnell: Die Mädchen sprechen kein Türkisch, außerdem habt ihr uns doch geholfen. Und ihr könnt so schön erzählen. Ihr seid doch nicht alt, ihr seid so gut in Form. *Üç güzel kadın*, drei schöne Frauen ...

Drei gut erhaltene Matronen lächelten geschmeichelt. *Cami yıkılmış ama mihrap yerinde*, die Moschee ist zerstört, aber der Mihrap ..., murmelte ich. Nachts sind alle Katzen grau, lachte Margot und erklärte den Sinn dieses deutschen Sprichworts, was wiederum höfliche Proteste der drei Männer auslöste. Der Kapitän legte seinen muskulösen Arm um Margots runde Hüften: Solange ein Mann etwas spürt, ist eine Frau nicht alt. Der Dünne wickelte sich eine Locke Lenas um den Zeigefinger und murmelte: *Ne kadar güzel*, wie schön ... Der Grauhaarige griff schüchtern nach meiner Hand. Doch da erhob sich Lena gähnend. *Pardon*, seufzte sie, *çok yorgunum*, ich bin sehr müde.

Gut gemacht, Lena! Lächelnd überging sie die lebhaften Proteste unserer enttäuschten Gastgeber, verschaffte uns einen eleganten Abgang. Zurück ins Boot, hinüber zum Ufer, und wie von Furien gejagt rannte ich über den schmalen Baumstamm, hatte gar keine Zeit, ins Wasser zu fallen, atmete erleichtert durch, als ich festen Boden unter den Füßen hatte. *Allaha şükür*, unsere Unschuld war gerettet, dieses nächtliche Abenteuer hatten wir heil überstanden ...

Warum fällt mir ausgerechnet jetzt diese blöde Geschichte ein? An Schlaf ist nicht mehr zu denken. Wieder kommt Ärger in mir hoch, diesmal war Margot zu weit gegangen, die Sache hätte schiefgehen können. Was wollt ihr nur, antwortete sie schnippisch auf unsere Vorwürfe, es ist doch nichts passiert! Hat dir der Grauhaarige etwa nicht gefallen, Sophie, schon auf dem Schiff hatte er nur Augen für dich. Das war mir nicht entgangen, doch was bedeutete das schon ... Bist du eigentlich aus Eis, rief sie, willst du deinem Helmut ewig treu bleiben? Meinst du nicht, er würde dir ein bisschen Spaß gönnen? Sei nicht immer so verklemmt. Oder ist was dran an den Gerüchten von dir und deinem Winzer?

Oh, Margot Klett, manchmal war sie mir unheimlich. Wusste die Freundin von Arno Simons Antrag? Von wem? Oder wollte sie nur mal auf den Busch klopfen? Ich bin keineswegs aus Eis, liebe Frau Klett, und wenn es bei mir funkt ... Aber funken muss es erst einmal, ich bin nicht so flott wie du, hatte ich lachend abgewehrt.

Sophie hat Recht, wir tolerieren deine Art, liebe Margot – seit Jahren. Bitte akzeptiere unser kühleres Blut, schmunzelte Lena. Das hätte sie nicht sagen sollen. Von wegen kühles Blut, brauste Frau Klett auf, Lena habe es faustdick hinter den Ohren, immer spiele sie die Unnahbare, aber ... Wenn sie an Avanos denke, diese Geschichte mit Kadir sei zu offensichtlich gewesen.

Sana ne, Margot? sagte Lena scheinbar ernst, woraufhin Margot besänftigt die Hände hob: Schon gut, schon gut, doch wie sagt das türkische Sprichwort zutreffend? *Gülün ömrü az olur*, das Leben der Rose ist kurz. Auch unsere Saison geht zu Ende, in ein paar Jahren gehen wir am Stock, haben Hälse wie Schildkröten, keiner schaut uns mehr an. Wir müssen Erinnerungen sammeln, Mädchen, Erinnerungen fürs Alter.

Waren das nicht auch Luises Worte? Ob auch sie derartige „Abenteuer“ erlebt hatte? Zuzutrauen wäre es ihr. Was würde sie zu Margots nächtlichem Bad sagen? Ich freue mich auf dich, hatte sie mir am Telefon versichert, du wirst Gesprächsstoff haben für den Winter. Den habe ich, doch diese heikle Stunde auf der *tekne* lasse ich lieber aus. Obwohl – jetzt mit Abstand betrachtet, hat die Geschichte auch ihre komische Seite ...

Vier Uhr. Die Mücken summen in der Ferne. Wenn ich doch wenigstens noch zwei, drei Stunden schlafen könnte. Was ist los mit mir, sind wir gestern nicht genug herumgekraxelt, zuerst in Myra, abends hier in den Bergen von Olympos. Ob der Bischof Nikolaus von Myra, dem heutigen Kale, wirklich das Urbild unseres Kinderbeglückers ist? Die Gelehrten streiten sich. Jedenfalls ist Nikolaus als „Vater der Armen und Hilfsbedürftigen“ und als Patron der Matrosen und Kaufleute in die Geschichte eingegangen.

Mehr als seine Legende hatten uns die faszinierenden lykischen Felsengräber im antiken Myra beschäftigt, Grabtempel mit Inschriften und Figurenfriesen, die vom Leben der Verstorbenen, von Kriegen und der Geschichte der Stadt berichteten und angeblich auch Verwünschungen gegen Grabräuber und Plünderer enthielten. Neugierig sind wir zwischen den Gräbern in der Steilwand herumgeklettert, abgestiegen zum prächtigen Rund des riesigen Theaters. Wieder einmal hatten wir Glück – wir waren fast die einzigen Besucher. Gepriesen sei die Nachsaison ...

Das Paradies, war mein erster Gedanke, als unser Taxi gestern hier in der Bucht von Olympos hielt. Sie haben noch keine Unterkunft? hatte unser *taksici* gefragt. *Problem yok*, kein Problem. Ein Vetter von mir hat im Dorf Çıralı eine hübsche *pansiyon* am Meer, die wird Ihnen gefallen. Und meine Tante kocht prima ... Wie oft hatten wir auf diese Art ein Quartier gefunden, mal mehr, mal weniger gute Unterkünfte, wirklich enttäuscht worden waren wir nie. Doch diesmal war unsere Überraschung groß. Ein niedriges weiß getünchtes Haus, umwuchert von leuchtend gelben Cosmeen und roten Geranien, traumhaft gelegen in der idyllischen von Bergen umgebenen Bucht. Im weitläufigen Obstgarten zwischen Granatapfel-, Zitronen- und Orangenbäumen ein kleines Nebengebäude mit den Gästezimmern. Sie können so viele Früchte pflücken wie Sie wollen, sagte unser freundlicher junger Wirt in fast fehlerfreiem Deutsch und verriet mir das türkische Wort für Granatapfel: *nar*.

In kurzer Zeit hatten er und seine Mutter ein appetitliches fleischloses Menü auf den Tisch gezaubert. Alles eigene Ernte, erklärte der junge *patron* voller Stolz, und die Mama, eine kleine Frau in unserem Alter, freute sich, als wir auf Türkisch erklärten, seit langem hätten wir nicht mehr derartig knackigen Salat mit *roka*, der scharfwürzigen Gartenrauke, oder so knusprige *sigara böreği*, „Zigarettenpasteten", gegessen.

Später hatten wir uns auf den Weg gemacht, um die berühmte Ewige Flamme von Olympos im Licht der Dämmerung leuchten zu sehen. *Yanartaş*, brennender Stein, nennen die Türken ganz sachlich den Berghang, an dem aus kleinen Felsspalten brennendes Erdgas strömt – im Altertum das Zuhause eines Ungeheuers mit Löwenkopf, Ziegenkörper und einer Schlange als Schwanz, der Chimäre. Ein bisschen mühsam war der steinige Aufstieg im letzten Licht des Tages, doch endlich erreichten wir den mythischen Ort, an dem die Griechen den Feuergott Hephaistos und die Römer seinen Nachfolger Vulcanus verehrt hatten. Jetzt lagerten hier oben schemenhafte Gestalten, Menschen des 20. Jahrhunderts, starrten fasziniert auf die rotgolden züngelnden Flämmchen ...

Ein Geräusch schreckt mich auf. Lena – sie steht vor dem Spiegel, schneidet fürchterliche Grimassen.

„Lena, was ist los, geht's dir nicht gut?"

„Wieso? Nein, alles in Ordnung. Nun bist du doch aufgewacht, ich habe mich so bemüht, keinen Lärm zu machen. Doch ich bin über einen unserer Schuhe gestolpert. Tut mir leid, du hast so tief geschlafen."

„Geschlafen, ich? Die ganze Nacht habe ich kein Auge zugemacht." Oder war ich zu guter Letzt doch noch ... „Sag, Lena, hast du Schmerzen?"

„Schmerzen? Wieso, meinst du meine Fratzen? Du weißt doch, meine üblichen Streckubungen, meine Gesichtsgymnastik."

„Deine – was? Gymnastik mit dem Gesicht?"

„Ja, ich habe es euch mal vorgeführt – ihr habt mich laut ausgelacht. Soll gut sein für die Muskulatur. Eine Lehrerin an der Schauspielschule hat mir diese Übungen gezeigt."

„Was, so lange machst du das schon? Das ist also das Geheimnis deiner Schönheit!" Ich erinnere mich schwach, dass Lena vor Jahren davon gesprochen hatte. „Sag mal, hast du auch Angst vor dem Altwerden?"

„Schönheit", Lena winkt ab, „was ist Schönheit? Sieh mich an!" Sie lächelt, verändert plötzlich den Ausdruck ihrer Augen, ihr Blick wird stumpf. „Und? Mein Gesicht ist unverändert, findest du mich noch immer schön?"

„Hör auf, Lena, das ist ja schrecklich."

„Nun, Sophie, was ist Schönheit?" Ihre Stimme klingt jetzt unangenehm scharf, die bläst ihre Wangen auf, kneift die Augen zusammen. „Die Stimme? Zufällig gelungene Proportionen? Die Sprache der Augen?"

„Lena, bitte, hör auf", flehe ich. „Schönheit, was ist Schönheit – Harmonie von Körper und Geist?"

„Diese Definition lasse ich gelten. Was meine Gesichtsgymnastik betrifft – sie ist mir einfach zur Gewohnheit geworden. Schaden kann es ja nichts. Aber wenn ich die Fotos meiner Großmutter betrachte ..."

„Meinst du die alten Bilder von Henriette Schöne, der Sängerin?"

„Ja, natürlich. Diese vergilbten Aufnahmen sind doch die einzigen, die ich besitze. Nicht mal ein Foto meiner Eltern und Geschwister habe ich auf der Flucht retten können. Würde ich mich in Großmutters dramatischen Kostümen fotografieren lassen, könntest du uns kaum unterscheiden. Ihr großer Reisekoffer mit den prächtigen Gewändern und Perücken ist eine meiner stärksten Kindheitserinnerungen. Weißt du, eine Primadonna besaß früher eigene Kostüme. Manche waren aus kostbaren Stoffen genäht, goldbestickt, mit falschen Steinen verziert. Vielleicht hat mich diese Pracht verführt, zum Theater zu gehen. Wie gern hätte ich meine Großmama kennengelernt. Ich weiß nicht viel von ihr, nur ein paar Kritiken habe ich in alten Archiven aufstöbern können. Henriette Schöne ist vor meiner Geburt gestorben. Übrigens glaube ich nicht, dass sie jemals irgendeine Art von Gymnastik gemacht hat, sie ist wohl nur Tonleitern rauf- und runtergeklettert."

„Du hast die Bilder deiner Großmutter damals mit deiner Erbschaft erhalten, nicht wahr?"

„Ja. Diese Fotos, ein paar alte Liebesbriefe und eine hübsche runde Summe. Der Erblasser, ein Herr Josef Wieland, ist angeblich ein glühender Verehrer meiner Großmama gewesen. Und ihr Liebhaber – nach den Briefen zu urteilen. Wie Herr Wieland meine Adresse gefunden hat, wo er doch in Frankfurt lebte und ich in der DDR ... Seiner Familie war die ganze Angelegenheit offensichtlich peinlich. Nun, Justus hat alles sehr diskret geregelt und meine Erbschaft gut angelegt. Weißt du, ich vermute, Herr Wieland war mein Großvater. Großmama war nie verheiratet, sie ist als Henriette Schöne auf die Welt gekommen, berühmt geworden und gestorben. Mein Papa hat nicht gewusst, wer sein Vater war."

„Hat er dir das erzählt?"

„Natürlich nicht, ich war doch noch viel zu klein. Aber mein Onkel Heinrich, mein einziger Verwandter, bei dem ich eine Zeit lang leben musste – damals, als ich zu euch in die Klasse kam –, der hat's mir immer wieder aufs Butterbrot geschmiert: Werde nur nicht eine so leichtsinnige Frau wie deine Großmutter, Helena, sie war eine Schande für die ganze Familie! Der arme Onkel, ich war eine echte Zumutung für den alten Sauertopf. Ein immer hungriges Mädchen mit roten Haaren, in Kinderheimen und Pflegefamilien mehr schlecht als recht erzogen. Ich fürchte, ich habe ihn vorzeitig ins Grab gebracht. Der Gute – immerhin hat er sich nicht geweigert, mich aufzunehmen."

„Eine seltsame Geschichte."

„Ja. Eine Geschichte von Krieg und Tod, mit einem mageren Happy-End. Wenn dieser Josef Wieland wirklich mein Großvater war, warum hat er sich nicht zu Lebzeiten gemeldet? Ein Großvater – was das für mich bedeutet hätte! Geld hat er mir hinterlassen, Geld! Nun, es kam mir nicht ungelegen, und es gibt mir eine gewisse Unabhängigkeit. Eine Reise wie diese oder außerplanmäßige Ausgaben unseres Fördervereins – ich muss nicht fragen. Danke, Großpapa, sage ich dann jedes Mal. Ich rede mit ihm, obwohl ich ihn nicht gekannt habe. Er ist mir irgendwie vertraut, wohl durch sein Foto. Es lag ein Bild von einem tanzenden jungen Paar zwischen den Briefen: Josef und Henriette."

Lena bürstet ihre Locken, betrachtet kritisch einige graue Strähnen. „Ob ich mich vor dem Altwerden fürchte ... Ja, ein bisschen. Vor allem graut mir davor zu verblöden – wie mein Schwiegervater in seinen letzten Jahren. Erinnerst du dich, wie kühl der stolze alte Herr mich immer behandelte, weil er die Ehe seines Sohnes mit einer zweifelhaften ostzonalen Schauspielerin ohne Familie missbilligte? Später dann, in seinem feudalen Altersheim, hat er mich Marianne genannt und ständig versucht, mich zu tätscheln."

„Marianne, wieso Marianne?"

„Ich weiß nicht, keine seiner ‚offiziellen Frauen' trug diesen Namen. Der alte Herr muss mich verwechselt haben." Lena dreht sich zu mir um: „Diese Art von Verfall der Persönlichkeit fürchte ich manchmal, aber Angst, Sophie, wirkliche Angst habe ich davor, noch einmal meine Familie zu verlieren."

Mit kräftigen Schlägen wird an die Tür geklopft. „*Günaydın*, guten Morgen, ihr Schlafmützen, seid ihr so weit? Ich gehe schon mal frühstücken. Beeilt euch, die antiken Trümmer von Olympos erwarten uns!" Frau Klett, ausgeschlafen, gut gelaunt und offensichtlich fit wie ein Turnschuh.

Oliven, *zeytinler* ... Oliven zum Frühstück, diese hier sind besonders köstlich, die Gurken sind knackiger, der *beyaz peynir*, der weiße Käse ist frischer als bei allen anderen Gastgebern. *Portakal reçeli*, Orangenmarmelade – ein Gedicht. Die Mama des Wirts hat sie selbst hergestellt aus Früchten, die im Sommer reifen.

Die fröhliche Großfamilie aus Izmir – drei Ehepaare mit ihren vier Kindern – trudelt ein, begrüßt uns lebhaft. Gestern beim Abstieg vom *Yanartaş* war uns die mit Taschenlampen bewaffnete Gruppe entgegengekommen. Eine der Frauen, eine rundliche kraushaarige Brünette, hatte hörbare Atemprobleme. Nur noch ein paar Meter, der Aufstieg lohnt sich, machten wir ihr Mut. Später, als wir unten mit dem jungen Wächter des Berges beim *çay* am Lagerfeuer saßen, gesellten sich alle zu uns und erkundigten sich nach einer passablen Unterkunft. Natürlich lobten wir unsere *pansiyon* in höchsten Tönen. *Cennet gibi*, wie das Paradies, versicherten wir.

Im Mondschein wanderten wir drei heimwärts durch das stille Tal, schauten immer wieder zurück, bis der dunkle Berg mit den leuchtenden Feuern unseren Blicken entschwunden war. Unter mächtigen nachtblauen Pinien führte der Weg zum Meer und zurück zur *pansiyon*. Da stand der kleine Bus der fröhlichen Truppe im Hof unseres Paradieses. Gemeinsam mit der Wirtin bereiteten die Frauen in der Küche und auf einem großen Gaskocher im Freien eine üppige Mahlzeit vor.

Hakiki güzel bir pansiyon, tatsächlich eine schöne Pension, empfing uns die rundliche Brünette lachend und lud uns zum gemeinsamen Abendessen ein. Sie war die „Chefin" der Gruppe, ließ Tische zusammenrücken, dirigierte Erwachsene und Kinder, teilte Speisen und Getränke zu, verwickelte Margot nebenbei in ein längeres Gespräch. Das Gelächter hatte nicht enden wollten, als die ganze Gesellschaft einmütig feststellte, dass diese nette Brünette aus Izmir und unsere Chefklette sich ähnelten wie – wie zwei pralle Orangen, eine reife und eine vollreife ...

„Hello, you are alone? Where are your girl friends?“ Eine männliche Stimme, aah, der Typ, der uns vorhin zwischen den malerischen Ruinen von Olympos begegnet ist. Da kommt ein Mann, nehmen wir lieber den anderen Weg. Man kann nie wissen, hatte Margot leise gesagt. Allein herumstreifende Männer seien ihr nicht geheuer. Aber wir waren doch zu dritt, wunderte ich mich. Ausgerechnet Margot Klett, die sich auf der *tekne* wie ein leichtsinniger Backfisch benommen hatte, fürchtete sich!

Jetzt hockt der Unbekannte neben mir am Strand, mustert mich neugierig aus trüben Augen. „*Kız arkadaşlarım* – meine Freundinnen – my girl friends are looking for the *tiyatro*, sie suchen das Theater von Olympos“, stottere ich mehrsprachig. „Aber sie müssen jeden Augenblick wiederkommen“, füge ich schnell hinzu. Warum war ich nicht mit den beiden gegangen, nur weil ich unausgeschlafen war, hatte ich gestreikt: Ich kann nicht mehr, ich warte am Strand auf euch ... Und nun sitze ich hier ganz allein, weit und breit kein lebendes Wesen, auch der schwarzbraune Hund, der uns vom Dorf aus begleitet hatte, ist verschwunden.

„*Çok güzel*, du sprichst Türkisch und Englisch“, sagt der Fremde. „Wie heißt du, woher kommst du, was machst du hier?“

Sattsam bekannte Fragen. Ich muss lachen, nein, gefährlich sieht der Mann nicht aus, nur ein bisschen ungepflegt. „Zuerst sag mir deinen Namen“, erinnere ich ihn an die Grundregeln der Höflichkeit.

„Excuse me, tut mir leid, *özür dilerim*, ich bin völlig durcheinander, habe die ganze Nacht mit Freunden in Finike Abschied gefeiert. Sie fahren heim nach Hatay. *Sezon bitti*, die Saison ist vorbei, verstehst du?“ Er gähnt herzhaft. „Wir haben viel getrunken, zu viel! Ich will hier im Dorf Çıralı meine Schwester besuchen – aber wenn sie mich so sieht ...“

„*Sarhoş musun*? Bist du betrunken?“

„*Sarhoş değilim*, betrunken bin ich nicht. Aber mein Kopf ...“

„Dann spring ins Wasser“, rate ich ihm. „Schwimmen hilft.“

„Schwimmen? In dieser Jahreszeit? Ihr Touristen seid verrückt. Entschuldige, du willst meinen Namen wissen.“ Er deutet eine Verbeugung an: „My name is Bülent, *benim adım Bülent*.“

Wieder muss ich lachen. Diese Vorliebe der Türken für klangvolle Namen! *Bülent*, der Erhabene. Aber sind unsere germanischen, griechischen und lateinischen Vornamen nicht ähnlich? Gerhard, der Speerstarke, Dieter, der Volksherrscher, Ursula, die Bärin, Renate, die Wiedergeborene ... „Ich heiße Sophie, *benim adım Sofya*“, stelle ich mich vor.

„*Sen çok güzelsin, Sofya*, you are beautiful.“

Danke, danke. Ein derartiges Kompliment am frühen Morgen für ein altes Mädchen ist wohl nur in diesem Lande so leicht zu bekommen. „*Güzel değilim ama yorgunum*, schön bin ich nicht – aber müde. Auch ich habe die ganze Nacht nicht geschlafen."

„*Niçin,* warum?"

„Ich konnte keine Ruhe finden. Ein schönes Fleckchen Erde hier, so stelle ich mir das Paradies vor. Ein Dorf in einer fruchtbaren Bucht am Meer, umgeben von Bergen, ein Dorf, in dem Orangen, Mandarinen und Granatäpfel wachsen. Blumen überall, ein stiller Strand ..."

„Das Paradies, *cennet mi*? Ein stiller Strand? Du müsstest in der Saison hier sein, hier ist nicht das Paradies, Sofya, hier wird gearbeitet."

„Das ist es, was mir gefällt, für mich ist das Paradies nicht ein Platz, an dem man nur herumsitzt, Wein trinkt und ..."

„... Liebe macht mit immerwährenden Jungfrauen. Langweilig, meinst du?"

„Bestimmt. Selbst Adam und Eva haben es nicht ausgehalten."

„Du bist komisch, Sofya. Ein Paradies, in dem man arbeitet. Aber ich glaube nicht an Paradies oder Hölle, für mich existiert keine Art von *cennet* oder *cehennem*. Ich bin Atheist", sagt der müde Fremde und grinst. „Fünfunddreißig Jahre lebe ich auf dieser Welt, *Allah* ist mir noch nicht begegnet." Der spöttische Ton ist aus seiner Stimme verschwunden. „Eine ganze Nacht lang haben wir geredet, meine Freunde und ich, geredet und *rakı* getrunken. Mit leeren Taschen sind wir im Frühjahr gekommen, den ganzen Sommer haben wir tagaus, tagein gearbeitet – ohne freien Tag! Jetzt fahren wir nach Hause mit kleinen Geschenken und ein paar Scheinen, mit denen wir nicht mal die Schulden vom letzten Winter bezahlen können. Die Eigentümer der großen Hotels tun nichts und werden immer reicher. Warum mischt sich *Allah* da nicht ein? *Allah*, wo ist *Allah*, im Himmel etwa? Was ist da oben? Nichts als gleichgültige Natur: Sonne, Wolken ... Hast du Gott jemals getroffen, Sofya?"

Ich stutze. Hatte nicht auch Yaşar behauptet, *Allah* sei das streng logische Gesetz der Natur, dem alles unterworfen sei, denn was auch immer geschehe, habe logische Ursachen und Auswirkungen. Nicht schon wieder eine Diskussion über *Allah*. Ich bin müde. Was will dieser Fremde, macht er sich lustig über die Touristin? Will er sich ein bisschen unterhalten? Eigentlich wirkt er ganz harmlos, doch offensichtlich ist er ziemlich fertig.

„Glaubst du an Gott, Sofya?" wiederholt der Atheist.

Sana ne, was geht's dich an, möchte ich sagen. Ich habe keine Lust auf ernsthafte Gespräche – nicht jetzt. „Ich weiß es nicht", antworte ich schließlich, werfe ein paar Kiesel in die Luft, unterdrücke ein Gähnen.

„Du bist sehr seltsam, *çok garipsin*, Sofya. Sag, was hat unser Leben für einen Sinn? Wir werden geboren, wissen, dass wir sterben werden, und das kann jeden Augenblick passieren. Ich muss oft daran denken", sagt Bülent und gähnt herzhaft. „*Pardon*. Nur Liebe macht das Leben ein bisschen erträglicher. Obwohl – schon wenn sie beginnt, sehe ich das Ende ... You are beautiful, Sofya", säuselt er plötzlich. „*Senin gözleri çok güzel*, deine Augen sind sehr schön, *deniz gibi,* wie das Meer."

Das sattsam bekannte Strandgeflüster. Darauf kann ich inzwischen im Schlaf antworten. Soll ich Bülent schockieren, ihm mein Alter verraten? „Komm nach Europa", antworte ich trocken, „dort haben viele Frauen Augen *deniz gibi*!"

„Okay, *tamam*. Nimm mich mit nach Germany, *Almanya'ya*!"

„He, Sophie, nennst du das ausruhen?" Margot steht plötzlich vor uns. Meine Kletten sind zurück, gerade im richtigen Augenblick. „Auf, wir gehen schwimmen, danach fahren wir weiter, wir wollen vor Anbruch der Dunkelheit in Antalya sein! Und Phaselis müssen wir noch abhaken."

Der Atheist Bülent verbeugt sich im Sitzen, mustert die beiden mit breitem Grinsen, zieht blitzschnell Schuhe, Strümpfe, Jacke, Hemd und Hose aus, springt auf, steht vor uns in knallroten Shorts. Er reckt seinen prächtigen Körper, lässt die Gelenke knacken. *Gidelim*, let's go, ruft er, winkt mir zu, stürzt sich in die Fluten. Unsere Liebesgeschichte ist zu Ende, bevor sie begonnen hat.

„Wir haben das Theater gefunden, Sophie, aber du hast nichts versäumt." Margot sieht mich forschend an. „Was wollte denn dieser Verrückte von dir?"

„Nichts, Frau Klett", antworte ich, „gar nichts. Er hat die letzte Nacht durchgefeiert und will jetzt seinen Kater ertränken."

Nur wenige Fahrgäste sitzen im Bus. Lichter funkeln in der Ferne: Antalya. Die schöne Blaue Reise, *güzel mavi yolculuk*, unsere Reise ins Blaue, geht zu Ende. Leider. Und Gott sei Dank. Ich bin müde, wir alle sind erschöpft, Margot spricht immer öfter von zu Hause. Endlich wieder Schwarzbrot und Schinken, freut sie sich, als Erstes werde ich ein Riesenrippchen mit Kraut verschlingen.

Unsere gemütlichen zentralbeheizten Wohnungen erwarten uns. Wenn hier auch tagsüber die Sonne scheint, die Nächte waren zuletzt empfindlich kühl, wir verwöhnten Mitteleuropäerinnen haben unsere molligen Steppdecken sehr vermisst.

„Unser Urlaubsziel ist erreicht: Sophie hat erste Eindrücke von der Heimat ihres Schwiegersohns gesammelt. Wir alle freuen uns auf zu Hause, auf's Wiedersehen mit unseren Leuten, auf unsere Arbeit. Selbst der Gedanke an Nebeltage, Schnee und Glatteis schreckt nicht mehr. Wir haben Sonne getankt, sind fast täglich im Meer geschwommen, fühlen uns fit für den Winter, wenn wir auch im Augenblick ziemlich müde sind", fasst Margot zusammen.

Recht hat sie, aber freue ich mich wirklich auf zu Hause? Ja, natürlich, ich werde meine Lieben wiedersehen. Und dann? Der Alltag wird mich wieder einfangen, die kräftezehrende Pflege der alten Dame, die nie endende Arbeit in Haus und Garten, mein Job auf Arno Simons Weingut. Endlose Wiederholung der Wiederholung. Über kurz oder lang bin auch ich eine alte Frau, eine Greisin, die nicht mehr für sich sorgen kann, nur noch Zuschauerin, wie Luise behauptet: Wenn du alt bist, Sophie, spielst du nicht mehr mit im Stück des Lebens. Deine Zeit ist rum, du schaust nur noch zu. Dummheiten machen andere, dich interessiert das nur noch am Rande. Das

Glück hat dich längst verlassen, es geht dir mal besser, mal schlechter – aber nie wirklich gut. Zufriedenheit ist das höchste der Gefühle. Jeder Tag ist Kampf gegen den Verfall. Du erinnerst dich manchmal, dass du glücklich warst, aber auch die Erinnerungen werden blasser, alles verliert seine Kraft: Farben, Gerüche, Freude – aber auch der Kummer. Mit einem Bein bist du schon drüben ...

Das Alter – nicht daran denken, warum sich jetzt schon verrückt machen. Soll ich Arno Simons Heiratsantrag annehmen, um der Einsamkeit zu entgehen? Er ist ein rechtschaffener Mann, arbeitswütig, grundsolide. Seine liebe Tante Luise könne mit auf dem großen Gut leben, hatte Jopis Neffe erklärt. Sie wäre erleichtert, mich „gut versorgt" zu sehen und meine Zukunft gesichert. Ich wäre „eine Simon" wie sie, wieder „Chefin" eines großen Betriebes. Ein verlockendes Angebot, warum reizt es mich nicht, warum bin ich nur so schlecht drauf? Wahrscheinlich nur die Müdigkeit.

Unsere Zukunft, Kinder – grauenhaft, wir werden nie mehr jung sein, nie wieder, stöhnt Margot immer öfter. Aber es wird auch Lichtblicke geben, wir drei alten Mädchen werden durch Taunus, Odenwald und Hunsrück wandern, solange uns die Füße tragen. Wir werden weiter Sprachen lernen wie in unseren Schultagen. Ab und zu Theater, Konzert, Kino ... Vielleicht fahren wir wirklich im nächsten Jahr wieder hierher in dieses faszinierende Land, können endlich Bodrum „abhaken". Gelegentlich werden Eva und Denis aus Berlin vorbeikommen. Ich werde Fatma wiedersehen, hoffentlich auch Tamay. Und Yaşar? Wohl kaum, der Herr Professor wird wichtigere Dinge zu tun haben.

Margot hat einen Beruf, der ihr Spaß macht. Wenn sie auch ständig über Konkurrenz und die Gesundheitsreform stöhnt – für zwei große Reisen hat's bei ihr noch in jedem Jahr gereicht. Ihre Hand ist geheilt, die täglichen Übungen haben geholfen. Während der letzten Tage hat unsere Frau Klett Lena und mich ein paar Mal massiert. Es klappt wieder, hat sie erleichtert festgestellt. Ihr schmerzendes Knie ist schon lange kein Thema mehr.

Und Lena? Ich werde langsam unruhig. Ich muss nach Hause, ganz egal, was mich erwartet, ich bin bereit, hatte sie vorgestern nach einem Telefongespräch mit ihrer Tochter Judith erklärt. Was dich erwartet! Also Lena, du hast doch nun wirklich keine Sorgen, war Margots spöttische Reaktion. Dein unvergleichlicher Justus wird dich mit Rosen begrüßen und feststellen, dass du noch schöner geworden bist. Lucia wird eins ihrer vortrefflichen Menüs servieren. Dein geliebter Peter wird anreisen, um seine Mama nach so langer Trennung zu umarmen, Judith wird zur Feier des Tages Champagner entkorken. So läuft's doch ab bei dir, nicht wahr? Dann wird Lucia deine Koffer auspacken, die Wäsche waschen, deine schlanke sonnengebräunte Figur bewundern. Und die gnädige Frau wird nach ein paar Tagen Erholung ihre zahlreichen ehrenamtlichen Tätigkeiten wieder aufnehmen. Ach, Lena, so gut wie du möchte ich's auch mal haben.

Als Antwort hatte Lena kurz aufgelacht und mir beschwörende Blicke zugeworfen, mit einem Wimpernschlag versprach ich zu schweigen. Unsere

Freundin wusste also nichts, warum hatte Lena sie nicht eingeweiht in ihre Sorgen? Oft genug hatte Margot angedeutet, dass ihr der perfekte Justus nicht ganz geheuer sei, nun zeigte Lenas „gottähnlicher Ehemann“ menschliche Schwächen. Fürchtete Lena die übliche überschäumende Hilfsbereitschaft unserer Frau Klett, ihre Schadenfreude – auch beste Freundinnen sind nur Menschen – oder hoffte sie noch auf einen Sinneswandel ihres Mannes?

Im Gegensatz zu Lena müsse sie ihr Geld selbst verdienen, habe keinen wohlhabenden Ehemann, der für sie sorge, hatte Frau Klett ihr bekanntes Klagelied angestimmt. Dazu der Ärger mit Dimitri. Was ist mit deinem Dimitri? fragte ich. Erstaunt schaute sie uns an. Wieso ‚mein‘ Dimitri? Oh, ihr glaubt doch nicht etwa ... Kinder, Kinder, wenn ihr Dimitri sehen würdet – er ist spindeldürr, außerdem könnte er mein Sohn sein ... Was noch nie ein Hinderungsgrund war, aber Margot und ein dünner Mann? Ich verkniff mir ein Lachen. Dimitri hatte von Anfang an ein Auge auf Beate geworfen, seufzte Margot, jetzt hat er eine Stelle in Bremen angenommen, Beate will mit ihm gehen. Hätte ich dem Knaben nur gleich gesagt, dass ich ihn behalten möchte. Zwei Masseure auf einmal verlieren – das ist ärgerlich. Nun, es gibt genug Arbeitslose, ich werde schon Ersatz finden, vielleicht sogar zu günstigeren Bedingungen. Typisch Margot Klett, schaffte sie es nicht immer wieder, aus scheinbaren Katastrophen Vorteile zu ziehen ...

Noch eine Station. Ich möchte nicht an zu Hause denken, noch nicht, erst noch Antalya sehen. Morgen werde ich Fatma anrufen. Zu schade, dass wir Yaşar nicht mehr treffen werden. Ob der Herr Professor die antiken Stätten der Türkei schon alle bereist hat? Wahrscheinlich kennt er die Geschichte jeder Ruine von Patara, Letoon, Xanthos, Kekova, Myra, Olympos und Phaselis.

Phaselis – zauberhafter Abschluss unserer Tour heute. Gern wäre ich länger in Olympos geblieben, hätte auf Phaselis verzichtet. Doch Margot war unerbittlich, und selbst Lena hatte mir auf dem Rückweg zu unserer paradiesischen *pansiyon* zugeredet: Es wird dir gefallen, Sophie, Phaselis war einst ein bedeutender Handelsplatz, der Haupthafen an der lykischen Ostküste, eine reiche Stadt zur Zeit Alexanders des Großen, den die Türken *Büyük İskender* nennen. Später eine Zeit lang ein Piratennest – wie Olympos oder unser geliebtes Alanya. Jetzt sind nur noch wenige antike Ruinen zu sehen, Reste eines Aquädukts, ein kleines Theater, die Hafenstraße. Die Natur hat sich den Platz zurückerobert.

Phaselis. Margot war fast poetisch geworden, als wir den Bus an der großen Straße verließen und zu Fuß weitergingen. Ein Duft, rief sie begeistert, schnuppert doch mal. Auch hier die kleinen Alpenveilchen, seht doch! Ich bewunderte gehorsam die winzigen Blumen, atmete tief den herben Pinienduft ein. Mir war schwindelig, es brauste in meinem Kopf. Blöde Müdigkeit nach der fast schlaflosen Nacht. Dazu mein Gepäck, der kleine Teppich aus Kaş hatte sein Gewicht, warum musste ich ihn auch mitschleppen. Wir stellen den Kram am Souvenirstand ab, tröstete Margot.

Dieses Summen, das war nicht meine Kopf. Hört ihr auch dieses Getöse? fragte ich. Da braut sich was zusammen, murmelte Lena schaute zum Himmel: Lasst uns umkehren. Margot ging unbekümmert weiter. Umkehren? Nur keine Bange, für den Rückweg nehmen wir ein Taxi, wenn es regnen sollte. Die Pinien ächzten, ihre Zweige bogen sich im Wind. Der Himmel hatte sich verfinstert. Wir sind gleich da, sagte Margot. Minuten später kannte ihre Begeisterung keine Grenzen: Schaut euch das an! Dieser Wellengang, das Mittelmeer kann also auch anders!

Wieder einmal hatten wir Glück. Das tobende *Akdeniz*, am Himmel sich jagende dunkle Wolkenfetzen, vom Wind gepeitschte Pinien – ein dramatischer Schlussakkord unserer *mavi yolculuk*. Auf dem Weg zum kleinen Theater der antiken Stadt kam uns eine Gruppe temperamentvoller Touristen entgegen. Sachsen – unüberhörbar. Noch jetzt, Jahre nach der Wende, überkam mich ein Gefühl der Freude, wie schön, dass unsere Landsleute endlich alle frei reisen konnten ...

„Wir sind gleich da", weckt Margot mich aus meinen Träumereien. Antalya, endlich hat unser *otobüs* die Stadtgrenze erreicht. Gleichzeitig zücken wir drei unsere Taschenspiegel. Hoffnungslos, nach einer durchwachten Nacht hilft auch kein Lippenstift, doch ich greife zum Kamm, benetze meine Schläfen mit *kolonya*, Eau de Cologne.

„Unsere letzte Etappe", seufzt Lena.

„Sophie, du hast die Nase voll, stimmt's?" Margot mustert mich kritisch. „Du bist immer so geistesabwesend, und heute gähnst du den ganzen Tag. Dieses Land ist nichts für dich, zu anstrengend ..."

„Wie kommst du nur darauf, nur weil ich heute müde ... Du kennst doch den Grund." Plötzlich bin ich hellwach. „Die Türkei nichts für mich? Im Gegenteil, Frau Klett, ich werde wiederkommen. Wir haben viel gesehen, konnten aber nur flüchtige Eindrücke gewinnen. Schließlich sind wir doch nur Touristinnen."

„Mehr als ein Schnuppertour hatte ich dir nicht versprochen", sagt Margot spitz, „schließlich solltest du endlich mal Ferien machen nach all dem Kummer der letzten Jahre."

„Mehr als eine Schnuppertour hatte ich auch nicht erwartet", sage ich beschwichtigend, „und ich danke euch beiden dafür, ihr wart wunderbare Reiseverführerinnen. Wir hatten schöne Tage, waren in Urlaubsstimmung, unsere Gastgeber waren immer bereit, mit uns zu feiern und zu lachen. Den türkischen Alltag kann man wohl nur richtig kennenlernen, wenn man hier lebt."

„Stimmt." Margot nickt eifrig. „Wenn ich Orhan damals geheiratet hätte ... Ich wäre jetzt Türkin!"

„Auf dem Papier vielleicht", lacht Lena auf. „Hättest du das Leben einer türkischen Durchschnittsehefrau ausgehalten, die sich nur um ihren Haushalt zu kümmern hat, während der Herr des Hauses in seiner Männerwelt lebt? Glaubst du, es wäre dir mit Orhan besser ergangen als mit Ahmet?"

„Lena, also bitte!“ erhebt Margot ihre Stimme, die Zornesfalte erscheint zwischen ihren Augenbrauen. „Ich hätte mir Orhan schon erzogen. Und ich habe einen Beruf. Was weißt du schon von Orhan! Er ...“

Çok şükür, wir sind angekommen. Der Busbahnhof, *otogar. W*as für ein Gewühl. *Anababa günü gibi*, wie am Auferstehungstag. *Alanya, Alanya*, tönt es neben uns. Margot seufzt tief, nein, nicht nach Alanya heute. Leider, leider, *maalesef* ... Angebote von allen Seiten: *Taksi*! *Taksi*!

Tamam, ein Taxi. „In die Altstadt“, sagt Frau Klett beim Einsteigen, „*şoför*, bringen Sie uns in ein Hotel, aber in ein einfaches, bitte.“

12
Antalya'da – In Antalya

Der Himmel hat alle Schleusen geöffnet, die Sintflut ergießt sich über Antalya. Es regnet oft hier, aber es hört auch bald wieder auf, hatte unser *otelci* gestern grinsend erklärt. Was heißt schon bald, ununterbrochen schüttet es seit unserer Ankunft. Seit fast einer Stunde sitzen wir fröstelnd beim Frühstück. Die Hotelzimmer sind ungeheizt, hier im kleinen *yemek salonu*, dem Speisesalon, versucht ein elektrisches Heizöfchen vergeblich, unsere Füße zu wärmen.

„Am liebsten würde ich sofort nach Hause fliegen", brummt Margot finster und schiebt angewidert die schwarzen Oliven auf ihrem Teller zur Seite. „Ich kann die Dinger nicht mehr sehen!"

„Die paar Tage werden wir noch durchhalten", sagt Lena sanft, „Sophie will sich doch mit Fatma treffen und wenn Yaşar ..."

„Yaşar, Yaşar ... Ihr immer mit eurem Yaşar, der Professor wird anderes zu tun haben, er hat uns alte Schachteln längst vergessen."

„Das glaube ich nicht, Margot. Es hat ihm Spaß gemacht in Istanbul, mit uns zusammen zu sein. Oder was meinst du, Sophie?"

„Vor allem mit dir, Lena, ich glaube, er hat eine Schwäche für dich."

„Es ist nicht auszuhalten", faucht Margot, „immer haben alle eine Schwäche für Lena."

„Unsinn, warum redest du dir das ständig ein. Noch nie hatte ein Typ, der dich wollte, liebe Margot, irgendein Interesse an mir, du wurdest schon von Satelliten umkreist, als mich noch kein Knabe eine Blickes gewürdigt hat", sagt Lena mit leisem Spott. „So war es in der Schule und zur Tanzstundenzeit, jetzt ist's nicht anders. Denke nur an den Usbeken."

Au Backe, Lena. Bisher haben wir uns jede Anspielung auf den Usbeken verkniffen. Mit keinem Wort hat ihn Margot seit jenem Abend in Pamukkale wieder erwähnt. Äußerst ungewöhnlich, trägt sie doch sonst das Herz auf der Zunge. Auch jetzt überhört sie die Anspielung. „Und Orhan", fragt sie, „hat Orhan dir etwa nicht nachgestellt, Lena?"

„Orhan?" Lena lacht leise. „Ach, Margot, dein Orhan ist ein Briefmarkensammler, du weißt. Warum besuchst du ihn nicht in seinem Laden, er lebt doch wieder hier in Antalya."

„Um Himmels willen", wehrt Margot seufzend ab, „wenn er mich so sieht, eine alte Frau mit grauen Haaren, ich habe einige Kilo zugenommen seit unserer letzten Begegnung und diese Falten um die Augen ..."

„Das sind Lachfalten", sage ich.

„Stimmt, Margot, und du bist unwiderstehlich, wenn du lachst, keiner achtet dann auf dein Alter", schmunzelt Lena. „Wenn du jedoch ständig über das Älterwerden jammerst und so ein verbissenes Gesicht machst ..."

„*Güler yüzlü sirke saticisi, ekşi yüzlü bal satıcısından fazla kazanır*“, fahre ich dazwischen.

„Sollte das Türkisch sein, Sophie? Deine Aussprache ist ziemlich seltsam“, knurrt Margot ungnädig.

„Ich habe sie verstanden“, kichert Lena: „Der lachende Essigverkäufer macht bessere Geschäfte als der Honigverkäufer mit saurem Gesicht. Ein Sprichwort.“

„Ein Sprichwort, das hätte ich mir ja denken können, ihr nervt mich langsam mit euren Sprichwörtern. Und was soll das mit mir zu tun haben?“ Margots Stimme klingt gereizt.

„Was meinte Lena vorhin mit Briefmarkensammler?“

Frau Klett verdreht ungeduldig die Augen. „Manchmal sitzt du wirklich auf der Leitung, Sophie“, seufzt sie. „Briefmarkensammler – das sind Typen, die Affären sammeln wie ...“

„... wie andere Leute Briefmarken.“ Ich habe verstanden. „Du bist auch so eine Sammlerin.“

„Werde nur nicht frech, Mädchen.“ Margots Miene hat sich aufgehellt, jetzt lächelt sie sogar ein bisschen geschmeichelt.

Zwei Stunden später sitzen wir in bequemen Sesseln in einem eleganten, gut geheizten kleinen Juweliergeschäft zwischen Vitrinen, in denen es so verlockend glitzert und funkelt wie im Basar von Istanbul. *Hoş geldiniz*, hatte uns der Inhaber, ein kräftig gebauter jüngerer Mann mit prächtigem *bıyık*, dem schwarz glänzenden Schnurrbart des stolzen Türken, schläfrig begrüßt. Das war doch ... Kein Zweifel, Lenas Tischnachbar aus dem Café in Alanya!

Margot, *canım*, mein Herz, bist du's wirklich? *Ne var ne yok*? Eine neue Frisur, *çok güzel*. Und Lena, meine Traumfrau! Seid ihr extra wegen mir nach Antalya gekommen? *Bu kim*, wer ist das? Neugierig hatte er mich gemustert: Aha, Sophie, die vierte Klette, ich habe schon viel von Ihnen gehört, nun kenne ich das ganze Quartett. Wie traurig, dass Jutta ... Sie war eine feine Frau, *çok kibar*, sehr vornehm, kein Kindskopf ...

Das also ist Orhan. *Ne var ne yok*, was gibt's – was gibt's nicht, eine unverfängliche Begrüßung. Wie alt mag Margots „ältester“ türkischer Freund sein, vielleicht Mitte Dreißig? Taxifahrer, Bus-Kapitän, Reiseunternehmer ... Und jetzt handelt er mit Silber und Gold. Ob er Schmuck herstellen könnte wie Kadir in Avanos? Wohl kaum, aber vielseitig ist er offensichtlich – wie die meisten Türken. Verstohlen mustere ich Margots „große Liebe“, wärme meine Hände am heißen Teegläschen. *Adaçayı*, hier im Süden werden nicht Salbeiblätter überbrüht, sondern eine getrocknete Blütenrispe. *Adaçayı* sei gut für den Magen, wird mir immer wieder versichert. Und mir bekommt er wirklich besser als der „normale“ schwarze Tee. Lena bevorzugt *elma çayı*, Apfeltee, der gut für die Schönheit sein soll. Ist sie nicht schön genug? Doch da dieser Tee inzwischen kaum noch echt ist, nämlich ein Sud aus getrockneten Apfelschalen, weicht auch sie hin und wieder auf *adaçayı* aus.

Den neumodischen Instant-Tee mit seinem künstlichen Apfel-Aroma mag sie nicht. Margot trinkt nur *normal çay*, ihr Magen ist so unverwüstlich wie die ganze Frau.

Orhan freut sich offensichtlich über unseren Besuch, seine Müdigkeit scheint wie weggeblasen. Zu dieser frühen Stunde kommt selten Kundschaft. Dass wir uns bei dem Sauwetter überhaupt auf die Straße wagen!

„Wir sind nicht aus Zucker. Und du weißt doch, wie gern ich einkaufe." Margot deutet auf ihre großen Plastikbeutel: „*Mevsim sonu*, Saisonschluss, ich habe mal wieder zugeschlagen. Preissenkung überall, *indirim* , wer kann da widerstehen. Was kosten die langen Ohrringe mit Lapislazuli dort oben in der Vitrine, ich hoffe, du machst auch *indirim* für uns", lacht sie.

Unsere Frau Klett, ihre Augen strahlen den jungen Mann an, was findet sie nur an ihm? Ein netter Kerl, ein lustiger Bursche, hatte Jutta gesagt, als sie mir von dieser seltsamen Liebesgeschichte berichtete. Aber warum die beiden sich so aufregend finden ... Stimmt, Jutta, ein netter Kerl, der dich auch gemocht hat.

Der Traummann unserer Klettenchefin erklärt mir augenzwinkernd: „Margot und ich haben tolle Zeiten miteinander erlebt. Sie kennt sich mit unseren Sehenswürdigkeiten viel besser aus als ich und hat mir immer geholfen, wenn ich meinen Fahrgästen etwas über alte Ruinen erzählen musste. Erinnerst du dich an unsere Touren?" Er schaut Margot schmunzelnd an. „Ich habe viel von dir gelernt, *canım*."

„Und ich von dir, du warst mein erster Türkischlehrer!"

„... du meine erste Liebe."

„Ach ja", seufzt Margot, „und du bist meine letzte."

„Unsinn", lacht Orhan, „was ist mit Ahmet?"

„*Boş ver*, vergiss es. Ein Irrtum. *Boşandım*, ich bin geschieden, Orhan, jetzt können wir heiraten – ich bin wieder frei."

„Heiraten, fängst du schon wieder damit an. Was soll ich in Deutschland? *Ben Türküm*, ich bin Türke. *Memleketim burada*, meine Heimat ist hier, hier sind meine Freunde. Deutschland ist *çok güzel, çok zengin*, sehr schön, sehr reich – aber *çok soğuk*, sehr kalt."

„Nur im Winter, du müsstest mal im Sommer zu uns kommen."

„*Olmaz*, unmöglich. Ich kann nicht während der Saison reisen, das weißt du, *canım*. Aber ich meine nicht nur das Wetter. Viele Deutsche sind gegen Ausländer, ich habe es selbst erlebt in Köln. Und denke nur an die Anschläge auf Asylantenheime bei euch."

„Das sind Ausnahmen, Orhan."

„Ausnahmen, *canım*? Hat es damals mit den Juden nicht auch so angefangen? Und wenn in Deutschland immer mehr Leute arbeitslos werden, wem wird die Schuld gegeben, den Politikern etwa oder den Computern und Robotern? Nein, diesmal werden die Ausländer verantwortlich gemacht, das fürchten nicht nur meine Verwandten in Köln."

„Es kommen wirklich sehr sehr viele *yabancı*, Ausländer, zu uns, Orhan. Und wir müssen für sie bezahlen. Stell dir vor, alle Welt würde bei euch Asyl suchen."

„*Allah göstermesin*, Gott bewahre! Ich liebe Ausländer sehr – wenn sie als Touristen kommen. Nein, *canım*, ich gehe nicht nach *Almanya*. Glaubst du etwa, alle Türken dort sind glücklich? Ich habe Landsleute in Köln getroffen, die vor Heimweh ganz krank sind und trotzdem seit Jahren nicht zu Hause waren – weißt du, warum? Weil sie kein Geld haben, um teure Geschenke zu kaufen für ihre Familie. Und hier glauben doch fast alle, wer in Deutschland Arbeit hat, ist ein reicher Mann, dabei verdienen manche so wenig, dass sie ihre Frauen arbeiten lassen müssen – als Putzfrauen, *canım*!"

„Ich kenne diese Probleme nur zu gut", mischt Lena sich ein, obwohl Margot ihr einen unwilligen Blick zuwirft. „Viele türkische Frauen haben mir das Gleiche erzählt. Warum sagen eure Landsleute ihren Angehörigen nicht klipp und klar, wie teuer das Leben in Deutschland ist, dass sie kein Geld haben für große Geschenke?"

Frau Klett seufzt. Denkt sie an ihren Ex-Mann Ahmet, der beladen mit Geschenken für seine Familie, die er vom „Lösegeld" seiner Frau gekauft hatte, in die Türkei zurückgekehrt war? „Lena hat Recht, vielleicht hätte mancher seinen Traum Europa begraben und wäre zu Hause geblieben", sagt sie gedehnt.

„Das sagst ausgerechnet du", lacht Orhan spöttisch, „du hast einen jungen Mann, der unbedingt nach Europa wollte, sogar geheiratet. Hattest du ihn etwa gewarnt? Mitgenommen hast du ihn aus Silifke wie einen Teppich!" Seine Stimme wird sanfter: „Sag mal, *kuzum*, mein Lämmchen, würdest du dich etwa aufhalten lassen, wenn du nicht wüsstest, wie du deine Kinder ernähren sollst und dir jemand erzählt, in einem anderen Land hättest du bessere Chancen? Du würdest doch sofort losziehen."

„Haben wir nicht auch ausländische Vorfahren? Einer deiner Großväter war doch Pole, Margot", ereifert sich Lena, „und die Mutter meiner singenden Großmama stammte aus Budapest."

„Ich kann dänische und belgische Ahnen aufweisen", sage ich. „Wer weiß, welche Völker noch zu unserer Existenz beigetragen haben. Seit der Vertreibung aus dem Paradies ist die Menschheit unterwegs."

„Stimmt, Sophie", gibt Margot lachend zu. „Und ich bin auch bereit, in der Türkei zu leben, wenn wir heiraten, Orhan." Scherzt sie? Ich werfe Lena einen fragenden Blick zu. Doch unsere Schöne Helena lächelt nur undurchdringlich.

„Heiraten? Margot, du spinnst." Orhan hebt abwehrend die Hände. „Eine Katastrophe wäre das. *Ben şefim, sen şefsin*, ich bin Chef, du bist Chef ..."

Verdutzt schaut unsere Chefklette den jungen Mann an. „*Haklısın*, du hast Recht", seufzt sie tief auf, „ich vergesse immer wieder, dass auch starke Männer sich vor Frauen fürchten." Plötzlich verzieht sich ihr Mund zu einem breiten Lächeln, ihre hübschen Grübchen vertiefen sich, die braunen Augen blitzen vergnügt. Sie deutet auf Orhans beginnende Glatze: „Außerdem bist du mir zu alt inzwischen."

„Ich – zu alt für dich? Margot, du bist einmalig." Orhan lacht schallend auf, legt seine Arme um Lenas und Margots Schultern, zwinkert mir zu. „Tolle Frauen seid ihr.“ Der Briefmarkensammler – jetzt scherzt und flirtet er abwechselnd mit uns allen, verrät, dass ihm Deutschland sehr gefalle, dass ihn das Läuten der Kirchenglocken fast „umgehauen“ habe. Er zieht Margot noch ein bisschen auf wegen ihrer missglückten Kurzehe mit Ahmet, was sie ihm offensichtlich nicht übel nimmt. Ach Orhan, wir beide ..., seufzt sie nur immer wieder. Als wir seinen Laden verlassen, sind alle zufrieden. Wir haben uns aufgewärmt, Margot hat ihre „große Liebe“ wiedergesehen, und der Juwelier Orhan ist ein Paar goldene Ohrringe mit blauen Steinen, zwei silberne Ringe und ein schmales goldenes Armband losgeworden – an einem verregneten Vormittag am Ende der Saison.

„Ein verrückter Kerl“, lacht Lena, als wir wieder über Antalyas Pfützen springen. „Orhan als Juwelier, er hat tatsächlich meine Kette verlängern können.“

„Juwelier – das passt nicht zu ihm“, sagt Margot in einem Ton, der keinen Widerspruch duldet. „Orhan ist kein Stubenhocker. Ich glaube nicht, dass er lange durchhält. Wenn erst der Frühling kommt ...“

„Er verdient mehr als früher. Gold, sagt er, sei eine relativ sichere Kapitalanlage bei der türkischen Inflation“, widerspricht Lena. „Er will eine Familie gründen – mit einer türkischen Frau. So jung ist er auch nicht mehr, vielleicht kommt er doch langsam zur Ruhe. Außerdem muss er nicht den ganzen Tag im Laden herumsitzen, er hat doch seinen Partner. Orhan ist viel unterwegs, er macht den Einkauf und ...“

„Woher weißt du das alles? Und woher wusste Orhan von Jutta?“ Margot ist abrupt stehen geblieben. Ihr roter Schirm stößt mit Lenas grünem zusammen.

„Ich habe doch mit ihm gesprochen, neulich in Alanya. Er hatte mir ...“ Lena fängt meinen warnenden Blick auf, bricht mitten im Satz ab.

„Orhan, was weißt du schon von Orhan, Lena“, bellt Margot, dreht sich wütend um, tappt in eine große Pfütze. Ihre dünnen Schuhe sind im Nu völlig durchweicht. *Çok şükür*, was für ein Glück, gepriesen sei dieses Wasserloch. Kein neuer Streit um Orhan entbrennt, Margot hat jetzt andere Sorgen, sie muss sofort neue Schuhe kaufen. „Dort drüben in der Passage ist ein Stand“, ruft sie, stürzt sich in den Verkehr und dirigiert uns auf die andere Straßenseite. Tatsächlich, unter einer triefenden Riesenplane verkauft ein Händler Turnschuhe. Wie praktisch, wir können uns unterstellen. Margot betrachtet ihre nackten Füße. „*Şoset var mı*, haben Sie Söckchen?“

„*Şoset yok*.“ Nein, Söckchen führt der Händler nicht. „Mustafa!“ schreit er und in einer benachbarten Ladentür erscheint ein Junge. „Was für Söckchen wünschen Sie?“ wendet sich der Händler an Margot.

„Weiße oder blaue.“

„*Tamam*“, sagt der Händler, ruft Mustafa ein paar Sätze zu. Wenige Sekunden später kommt der Junge herbei, in der linken Hand einen großen Schirm, in der rechten eine Auswahl Socken. Während Margot Socken und Schuhe probiert, beobachte ich einen anderen Jungen, der geduldig versucht, die Regenfluten auf dem Fliesenboden der offenen Passage mit einem großen Gummischieber in ein einsames Abflussloch zu dirigieren. Eine richtige Abflussrinne mit Gullys? *Yok*, gibt es nicht.

Macht ihr das immer so? frage ich den Jungen. Er nickt. *Bu çok pratik, değil mi*, das ist sehr praktisch, nicht wahr? lacht der Turnschuhverkäufer. Es regnet oft in Antalya, versichert auch er. Ich schaue auf seine Füße. Ein kluger Mann – er trägt Gummistiefel.

Der Himmel kennt kein Erbarmen, es schüttet wie aus Eimern, tropft von Bäumen und Dächern, vorbeifahrende Autos lassen riesige Fontänen hochspritzen. Wir retten uns in ein sehr, sehr einfaches Grillrestaurant. Ein fahrbarer Gasofen neben der Theke verbreitet symbolische Wärme. Der *garson*, ein spindeldürrer Bursche, und der einzige Gast, ein breitschultriger grauhaariger Mann, mustern uns flüchtig und setzen dann ihre Unterhaltung fort. Was soll ich hier, ich bin nicht hungrig, fühle mich abgeschlagen. Ist eine Grippe im Anzug? Ein Wunder wäre es nicht bei dem Wetter. Ich wünschte, ich wäre ... Ich sehne mich nach – wonach denn nur? Fehlt mir die Sonne? Margot und Lena unterhalten sich lebhaft, doch der Name Orhan fällt nicht mehr.

Die Speisekarte ist erstaunlich lang, die Preise sind niedrig. Schnell sind wir uns einig: *Kızarmış tavuk,* Brathähnchen für Margot. *Adana kebabı*, einen Hackfleischspieß, für Lena. Dazu *bir şişe su*, ein Flasche Wasser. Und für Sophie, die keinen Hunger hat? *Yayla çorbası*, Almsuppe, ihr Minzegeschmack wird mich immer an Hülya erinnern. Zum Abschluss natürlich Tee*, üç büyük bardak çay,* drei große Gläser Tee, an denen wir unsere eiskalten Hände wärmen können. *Bana adacayı lütfen*, mir bitte Salbeitee, rufe ich dem *garson* nach und hülle mich fröstelnd in meine dicke Jacke.

„Frieren Sie etwa, meine Damen?“ fragt der breitschultrige Gast, mustert uns mit fröhlichen grauen Augen und lässt sich am Nebentisch nieder.

Es ist der Anblick der sterbenden Katze, der mir den Rest gibt. Hilflos stehe ich vor ihr, trage unter meinem weiten Regenumhang in beiden Händen unsere Einkaufstüten. Das Tier hat unter einem Brett Schutz vor dem Regen gesucht, es röchelt leise, starrt mich aus einem Auge an. Die zweite Augenhöhle ist leer. Das Fell der Katze ist struppig, an vielen Stellen ist grindige Haut zu sehen. Ein paar Meter weiter in einem Hauseingang hocken zwei andere Miezen, unter einem Mauervorsprung drängen sich vier ganz junge Fellknäuel eng aneinander. Alle starren mich an, Hunger, wir haben Hunger, verstehe ich. Wovon leben diese mageren Tiere hier in der Altstadt Antalyas? Gibt es nicht genug Mäuse? Werfen gutmütige Menschen ihnen ab und zu ein paar Brocken hin, stöbern diese Katzen auch in Müllbehältern herum wie ihre Artgenossen in Istanbul, Ankara und Alanya? Diese Streuner hier scheinen nicht viel Erfolg zu haben bei der Suche nach Nahrung. Die kranke Katze zuckt, streckt sich noch einmal und rührt sich nicht mehr. Vorbei, sie hat es geschafft. Eine Katze, Wunder der Schöpfung – sind das Mäuse etwa nicht? Fressen und Gefressenwerden, Prinzip allen Lebens. Wut überkommt mich auf die grausame Gleichgültigkeit der Natur. Oh, Luise, ich kann deine Anfälle von

Verzweiflung verstehen. Ich fühle mich leer, salzige Tränen rinnen über mein Gesicht, vermischen sich mit dem strömenden Regen.

Im Hotel werfe ich die Einkaufsbeutel in den Sessel, hänge meinen nassen Umhang in die Dusche, lasse mich aufs Bett fallen, stürze in ein Tal der Tränen. Warum, nur wegen einer toten Katze? Sophie hat mal wieder „das arme Tier", hatte meine Mutter geseufzt, wenn ich, das kleine Mädchen, einen meiner Anfälle von Weltschmerz hatte. Schon früh hatte ich gehört, dass alle Menschen, wirklich alle, eines Tages sterben müssen. Du auch, Mutti? Und Alex – und ich? Mutter hatte mich in den Arm genommen: Ja, wir alle, mein Schatz.

Was ist es, was mich so unerwartet gepackt hat beim Anblick der sterbenden Kreatur? Selbstmitleid, noch immer Trauer um Helmut oder die erschreckenden Schlagzeilen der letzten Wochen in den Zeitungen, die Lena uns vorliest, weil sie nie wieder „den Fall einer Mauer beinahe verpassen" möchte? Bin ich erschöpft nach der langen Reise, zeigen sich klimakterische Symptome, Vorboten des Alters oder doch nur eine Grippe? Wahrscheinlich alles zusammen.

Ich weiß nicht, wie viel Zeit vergangen ist. Mühsam erhebe ich mich, bin ganz steif vor Kälte. Mein Spiegelbild zeigt ein verknautschtes Gesicht mit rotgeweinten Augen und verschmierter Wimperntusche. Plötzlich beginnt das Zahnputzglas zu leuchten und im Spiegel sehe ich sie, die strahlende türkische Sonne. Ich reiße das Fenster auf, atme tief frisch gewaschene Luft ein. *Güneş*, die Sonne, ist wieder da, leuchtend blau, *masmavi*, schimmert der Himmel über nassen Dächern. Meine Lebensgeister rühren sich wieder, ich werde duschen, mich umziehen, durch die Stadt bummeln – allein! – und für die Katzen Futter kaufen. Wenn ich auch die Welt nicht ändern kann, diesen armen Viechern werde ich eine kleine Freude machen.

Eine halbe Stunde später verlasse ich das Zimmer, verstecke die noch immer geröteten Augen hinter der Sonnenbrille. Wie hübsch unsere kleine *pansiyon* im Licht der Sonne erscheint. Der *garson* reibt Tische und die unvermeidlichen Plastik-Stühle vorm Haus trocken. Ich bestelle *büyük çay*, einen großen Tee, mache ein Foto des Gebäudes von meinem Platz aus mit dem golden leuchtenden Teeglas als Vordergrund: Material für Eva. Schließlich greife ich zum Skizzenblock. Seit meinen Kritzeleien mit dem kleinen Cemal halte ich besonders reizvolle Motive mit dem Bleistift fest – das fast vergessene Hobby meiner Jugend, für das mir irgendwann meine Arbeit im Betrieb und die Familie keine Zeit mehr gelassen hatten. Material für Eva? Unsinn, ich zeichne für mich, Eva muss „ihre" Türkei selbst entdecken – mit den Augen einer jungen Frau. Schon jetzt freue ich mich auf den Vergleich unserer Eindrücke.

Nur wenige Striche genügen. Wie harmonisch sind die Proportionen dieses bescheidenen osmanischen Erkerhauses mit dem Ziegeldach, den schmalen Fenstern und hölzernen Klappläden. In der Fensternische über dem Eingang Fayencen mit arabischen Schriftzeichen, ein Koranspruch. Ich kann die Schriftzüge für *Allah* erkennen, die Lena mir beigebracht hat.

„*Ne kadar güzel*, wie hübsch", sagt eine tiefe Stimme, ein Schatten fällt auf meine Zeichnung. Ich fahre herum. Yaşar Toprak? Er ist es, lachend steht er vor mir, fremd und vertraut zugleich. Eine heiße Welle überrollt mich, eine Welle der Freude. *Allah Allah*, wie habe ich dieses heisere Lachen vermisst.

„Professor Toprak! Yaşar, bist du es wirklich, ich ..."

„Sofya, meine liebe Sofya – *ne mutlu bana*, was für ein Glück für mich." Er nimmt mir die Brille von der Nase, küsst mich auf die rechte und die linke Wange. „Wie ich mich freue! Ich komme direkt vom Flughafen, Fatma hat mir verraten, wo ihr wohnt." Er stutzt: „Sag mal, geht es dir nicht gut?"

Schnell setze ich die Sonnenbrille wieder auf. „Doch doch, *iyiyim*, mir geht's gut, alles in Ordnung, nur eine Augenreizung. *Ama sen nasılsın*, aber wie geht es dir?" Er wirkt erschöpft, sein Lachen kann mich nicht täuschen. „Deine Reise war anstrengend, nicht wahr?"

„Ja, *çok yorucu*, sehr ermüdend. Und ziemlich unerfreulich, doch reden wir jetzt nicht davon. Du bist allein, Sofya?"

„Lena und Margot sind im *hamam*, sie werden erst gegen Abend zurück sein." Ich berichte von Bayram, den wir mittags im Grillrestaurant kennengelernt hatten, Bayram mit den breiten Schultern, der als *hamamcı* arbeitet, als *masajcı,* als Masseur im türkischen Bad, gewissermaßen ein Kollege unserer Frau Klett. Die beiden hatten noch im Lokal einen lebhaften beruflichen Erfahrungsaustausch begonnen, der Margots Stimmungsbarometer beträchtlich steigen ließ. Warum geht ihr nicht ins *hamam*, hatte Bayram gefragt, so ein Dampfbad sei das einzig Richtige bei diesem Wetter. Margot und Lena hatten begeistert zugestimmt, während ich mich ausklinkte, um endlich einen freien Nachmittag für mich zu haben.

„Du bist allein, Sofya, *şahane*, großartig. Was hast du jetzt vor?" Yaşar scheint sich wirklich zu freuen. Vermisst er nicht wenigstens Lena?

„Die Altstadt besichtigen, viel habe ich noch nicht davon gesehen. Bis vor kurzem hat es in Strömen geregnet. Doch zuerst möchte ich ein paar halb verhungerte Katzen füttern."

„Du kennst die Stadt noch nicht? Ich werde dir alles zeigen, mein Mietwagen steht in der Nähe. Oder wollen wir eine Runde machen, *yaya*, zu Fuß? Einverstanden? *Şahane*, zuerst die Altstadt, dann runter zum Jachthafen, *tamam mı*? Nur wir zwei, ist das nicht wundervoll? Doch du hast was von Katzen gesagt."

Wieder nichts mit dem Alleinsein, aber ein Stadtbummel mit Yaşar ... Ich freue mich wie ein Kind, mein „armes Tier" hat längst die Flucht ergriffen.

„*Bir gezi*, ein Spaziergang, aah, das tut gut nach dem langen Flug." Yaşar reckt sich, holt tief Luft. „Ein Spaziergang mit meiner lieben Sofya, kein Ärger mehr, keine Diskussionen ..." Wieder einmal ist der Historiker in seinem Element. Ich erfahre, dass Antalya seinen Namen dem König Attalos von Pergamon verdankt, eine Zeit lang zum römischen Herrschaftsbereich gehörte und im 12. Jahrhundert ein Nachschubhafen für Kreuzfahrer war, dass etwa hundert Jahre lang Seldschuken hier herrschten. Im 14. Jahrhundert wurde Antalya dem Osmanischen Reich einverleibt.

Nach dem Ersten Weltkrieg, als die Alliierten das Terrain der heutigen Türkei unter sich aufteilen wollten, war der Golf von Antalya von Italienern besetzt, für deren Abzug dann Atatürk sorgte. „In letzter Zeit wächst Antalya sprunghaft“, erklärt Yaşar in seinem lustigen Gemisch aus Deutsch und Türkisch. „Überall wird gebaut. Ein ganz neuer Flughafen entsteht und ein hochmoderner *otogar*.“

„Ein moderner Busbahnhof?“ frage ich zweifelnd. „Was wird mit dem jetzigen? Wir drei Freundinnen lieben das bunte Treiben auf türkischen Busbahnhöfen, das scheinbare Durcheinander, die gute Organisation. Wie schnell man sein *bilet* bekommt, dazu ein Glas *çay* und ein kurzes Gespräch. Oder eine preiswerte Mahlzeit. Und wir Frauen werden gut bewacht, Personen, die nicht lesen können, erreichen ihren Bus. Das alles wäre bei uns undenkbar. Hoffentlich bleibt das so, mit dem sogenannten Fortschritt geht oft Unwiederbringliches verloren. Margot und Lena hatten mir so oft vorgeschwärmt von den kleinen Restaurants unter der alten Galata-Brücke in Istanbul. Und jetzt? Die neue Brücke steht und alles ist wie ausgestorben.“ Ich berichte ihm auch von unserem schönen alten Bahnhof zu Hause, der trotz allen Fortschritts zu einer trostlosen Bahnstation ohne jeden Service verkommen ist.

„Du bist eine Romantikerin, Sofya“, antwortet Yaşar lächelnd. „Antalyas *otogar* platzt aus allen Nähten. Die rasante Entwicklung der Technik ist nicht aufzuhalten, auch nicht in der Türkei – wenn es auch noch lange dauern wird, bis das ganze Land den Anschluss an den Westen erreicht hat. Aber ich verstehe, was du meinst. Jeder Fortschritt bedeutet auch Aufgabe von Werten.“

Wird die Türkei eines Tages ein richtig „ordentliches“ Wohlstandsland? Einerseits wünschenswert, doch irgendwie bereitet mir der Gedanke auch Unbehagen. Ob die Menschen so offen und gastfreundlich bleiben? Hatte nicht auch Margot bedauert, dass manche Geschäftsleute schon jetzt kaum noch Zeit fanden für das traditionelle Glas *çay* und das übliche kleine Gespräch. „Fortschritt“, sage ich zweifelnd, „wird seit Adam und Eva auf der Weltbühne nicht immer das gleiche Stück gespielt, nur die Dekorationen wechseln. Wir leben im Jahrhundert des rasanten technischen Fortschritts, Satelliten umkreisen die Erde, liefern Nachrichten aus aller Welt live frei Haus, doch die meisten Meldungen lassen uns die Haare zu Berge stehen: Kriege ohne Ende, Hungersnöte, Grausamkeiten – schlimmer als in der Steinzeit.“

Yaşar verlangsamt seinen Schritt, schaut mich nachdenklich an. „Wirklichen Fortschritt kann es wohl nur im Denken geben. Doch da bin ich skeptisch, Sofya, wir Menschen sind zwiespältige Wesen. Einerseits haben wir großartige Visionen von einer besseren Welt, andererseits sind wir in unseren alltäglichen Kampf ums Dasein verwickelt, verhalten uns kurzsichtig und egoistisch, geben unsere verdammten Vorurteile an unsere Kinder weiter, die nur selten in der Lage sind, über das, was sie einmal gelernt haben, nachzudenken, diese Vorurteile zu überprüfen. Unwissenheit, Egoismus, Intoleranz – die Wurzeln allen Übels, ist es nicht so? Nur wenige Menschen sind in der Lage, global zu denken.“

„Wie Sie, Herr Professor."

„Spötterin." Er lächelt müde.

„Aber du hast Recht, Yaşar. Wenn mein Vater mich erzogen hätte ... Er war ein Anhänger Hitlers, doch zum Glück hat er unsere Familie kurz nach dem Krieg verlassen."

„Deine Mutter hat dich allein aufgezogen?"

„Ja, mich und meinen älteren Bruder Alex. Mit Politik hatte sie nie etwas im Sinn im Gegensatz zu meiner Schwiegermutter, die sich noch heute im hohen Alter von vierundachtzig für das Weltgeschehen interessiert."

Wir sind vor einem Turm stehen geblieben, der aus einem Bündel gemauerter Ziegelsäulen zu bestehen scheint. Das Wahrzeichen der Stadt, das *Yivli*-Minarett, das zur Alaeddin-Moschee gehöre, erklärt mein Cicerone. Ein seldschukisches Bauwerk aus dem 13. Jahrhundert, das in alten Zeiten den Seefahrern als Orientierungspunkt gedient habe.

„Globales Denken", nimmt Yaşar seinen Gedankengang wieder auf, „wahrscheinlich ist niemand dazu in der Lage. Selbst wir, die sogenannten Experten, sind uns nicht einig in der Beurteilung internationaler Belange. Wir streiten sogar über bekannte Fakten mit Leidenschaft, ich habe es auf meiner Reise wieder erfahren müssen. In den Staaten habe ich Kollegen getroffen, die unsere Ausgrabungen im Osten der Türkei unterstützen, in Gebieten, die bald in Stauseen verschwinden werden. Du weißt, uns bleibt nicht mehr viel Zeit für diese Arbeit. Einer dieser Kollegen ist ein alter Freund aus Sarajewo, der mit seiner Frau, einer Belgraderin, jetzt in New York lebt. Wir alle kennen uns seit Studententagen. Bei endlosen Gesprächen über die Lage auf dem Balkan konnten wir keinen Konsens erreichen. Mein Freund, früher ein weltoffener, toleranter, humorvoller Mensch, ist verbittert, reagiert unsachlich, aggressiv. Und seine Frau, die ja Serbin ist ... Nun, es gab recht unerfreuliche Szenen. Aber ich will jetzt nicht von dieser Reise reden, Sofya. Ich bin froh, wieder zu Hause zu sein."

Langsam gehen wir weiter, gelangen zu einem mächtigen römischen Stadttor. „Im Jahre 130 *milattan sonra* – nach Christi Geburt, wie ihr sagt – besuchte Kaiser Hadrian die Stadt", erklärt mein unermüdlicher Fremdenführer. „Ihm zu Ehren wurde dieser Triumphbogen errichtet. Was weiß man noch von diesem römischen Herrscher, vielleicht dass er den Limes erweitert und in England die große Schutzmauer zwischen Solwaybusen und Tyne-Mündung anlegen ließ, den Hadrianswall, vor mehr als eintausendachthundertsechzig Jahren." Eine steile Falte erscheint zwischen Yaşars Augenbrauen, mit einem kaum hörbaren Seufzer fährt er fort: „Wie viele Herrscher hat es seit damals gegeben, wie viele Kriege, wie viele Opfer. Und was weiß man noch von ihnen? Wenige Sätze in Reiseführern, ein paar Geschichtsbücher, die niemand mehr liest außer uns Fachleuten. Irgendwann wird auch unser unheilvolles Jahrhundert reduziert zu einem kurzen Abschnitt im Lexikon. Es wird neue Kriege geben und Naturkatastrophen, andere Menschen werden leiden." Er bleibt stehen. „Verzeih mir, Sofya, ich wollte nicht jammern. Die Welt ist wie sie ist, zum Glück besteht unser Dasein nicht nur aus Katastrophen und Krieg."

„*Cennet de bu dünyada cehennem de*", murmele ich.

Yaşar schaut mich wie prüfend an. Hat er nichts verstanden, ist mein Türkisch wirklich so grauenhaft? Doch plötzlich beginnt er zu lachen: „Paradies und auch Hölle sind in dieser Welt – wie Recht du hast, Sofya, Schluss jetzt mit den unlösbaren Problemen unseres Planeten. Nutzen wir den Tag für uns, friedlich und ganz privat, einverstanden, *tamam mı*?"

Er führt mich in ein prächtig renoviertes osmanisches Haus. Den zauberhaften Innenhof zieren geschnitzte „Haremsgitter" und ein schöner Brunnen aus Marmorschalen, über die das Wasser in Kaskaden leise plätschernd in ein großes blütenförmiges Becken rinnt. Die Altstadt stehe unter Denkmalschutz, sagt Yaşar. Er deutet auf ein Gebäude im Stil unserer *pansiyon* und erläutert fachkundig: „Dieses Haus muss von Grund auf saniert werden. Siehst du die schmalen Holzlatten, sie sind bereits komplett erneuert worden, darauf wird der Verputz angebracht."

Fast hätten wir die Katzen vergessen, doch wo Futter hernehmen? Yaşar kauft kurz entschlossen in einem *restoran* eine türkische Pizza, *lahmacun*. Die tote Katze liegt nicht mehr unter dem Brett, erleichtert atme ich auf. Doch auch die anderen Miezen sind nicht zu sehen. Wir reißen den Fleischfladen in kleine Stücke, da kommen sie angeschossen.

Schließlich gelangen wir in eine weitläufige Parkanlage auf den Felsen über dem Meer. Höchste Zeit für ein Glas *çay*. Im großen Teegarten sind nur wenige Tische besetzt.

„*Buyur*, bitte", sagt Yaşar, „ist dir dieser Platz recht?"

Kneife dich mal, Sophie, ist das alles Wirklichkeit? Sitze ich tatsächlich mit Yaşar Toprak beim Tee – allein, ohne meine Kletten?

„Sofya, ich bin so froh, dich wiederzusehen", versichert er noch einmal und mustert mich lächelnd. Bald glaube ich es wirklich. „Ich habe euch drei vermisst, die Tage in Istanbul mit euch waren sehr vergnüglich, *değil mi*? In den letzten Wochen hatte ich nicht viel zu lachen. Wie gern hätte ich mich wenigstens ab und zu mit dir unterhalten."

Oder mit Lena, denke ich flüchtig. Ein kecker Spatz lässt sich auf unserem Tisch nieder, pickt ein paar Krümel unseres Gebäcks, legt den Kopf schräg, mustert uns kurz. „Wie heißt dieser Vogel auf Türkisch, Yaşar?"

„*Serçe*. Wie heißt *serçe* auf Deutsch, Spitz?"

„Nein, Spitz ist eine Hunderasse", antworte ich lachend, „dieser Vogel ist ein Spatz – oder ein Sperling."

„Spatz, Sperling, Spitz", wiederholt Yaşar. „Spaßige Sprache."

„Hast du als Junge auf Vögel geschossen? Ja? Und dein Sohn?"

„Ich war auf Entenjagd, Sofya, mit meinem Großvater, in den Ferien. Doch Arif? Ich weiß nicht, ob mein Sohn jemals auf Vögel geschossen hat, ich weiß es wirklich nicht. Weshalb fragst du?"

Warum habe ich nur dieses Thema angeschnitten, *bana ne*, was geht es mich an. Doch nun lässt Yaşar nicht locker, und ich erzähle von unserem Besuch bei türkischen Freunden Margots in Alanya. Während wir mit der Familie auf der Terrasse beim Tee saßen, liefen der halbwüchsige Sohn des Hauses und seine Freunde im angrenzenden Garten mit Gewehren herum und schossen auf Vögel. Warum machen die Jungen das, hatten wir wissen wollen. *Ne çıkar*, was ist schon dabei, sie sind eben Jungen. Irgendwie müssen sie sich doch austoben, das legt sich später – ich war in diesem Alter nicht anders. Jungen lernen schießen, das ist ganz normal, hatte der Vater ruhig geantwortet und unseren zaghaften Protest – als Gäste mussten wir uns zurückhalten – mit einer Handbewegung weggewischt.

„Schießen auf Vögel – eine Art Sport, gibt es deshalb hier weniger Vögel als bei uns, Yaşar? Doch es soll besser werden, eine junge Mutter aus Kaş behauptete jedenfalls, die türkischen Kinder lernten jetzt, dass Vögel ihre Freunde seien."

„Ihr habt mehr Vögel in Deutschland?" Yaşar sieht mich belustigt an. „Ich werde kommen und nachzählen, *tamam mı*?" Dann spricht er von Arif: „Ich war kein guter Vater. Nach dem Tod meiner Frau hat Tamay sich um den Kleinen gekümmert, was sage ich, meine Schwester hatte selbst wenig Zeit. Ihre Kinder und Arif sind zusammen in unserem Haus in Üsküdar aufgewachsen. Wir hatten immer Personal, englische oder französische Kindermädchen und Erzieher, damit die Jungen zeitig Fremdsprachen lernen konnten. Ihre Ferien haben unsere Söhne auf dem Land verbracht, meistens im Elternhaus meiner Mutter, nicht weit von hier. Später war Arif in ausländischen Internaten, studiert hat er in den Staaten. Wir haben uns nicht oft gesehen, ich war viel auf Reisen." Nachdenklich schüttelt er den Kopf. „Nein, Sofya, ich war kein guter Vater, und ich weiß wirklich nicht, ob mein Sohn jemals auf Vögel geschossen hat oder auf ein anderes Ziel. Vielleicht hätte ich wieder heiraten sollen, ihm wenigstens eine Mutter geben, aber zum Ehemann tauge ich auch nicht." Er schaut mich an, runzelt die Stirn: „Vor ein paar Tagen habe ich mich mit Arif in Boston getroffen. Wir sind uns völlig fremd geworden, leider. Denis steht mir jetzt viel näher als mein Sohn. Arif ist heute ein erfolgreicher amerikanischer Geschäftsmann. Der Balkan-Konflikt lässt ihn kalt, und die Türkei interessiert ihn höchstens noch als Absatzmarkt." Yaşar macht dem *garson* ein Zeichen. „Wir wollten doch von erfreulicheren Dingen reden. Komm, Sofya, meine Liebe, sehen wir uns den Sonnenuntergang an."

Schweigend schlendern wir weiter, schauen auf wolkenverhangene Berge in der Ferne und hinunter aufs Meer, in dem sich die untergehende Sonne in rotgolden flimmernden Streifen spiegelt, ein Anblick von atemberaubender Schönheit. Es ist kühl geworden. Yaşar legt einen Arm um meine Schultern, zieht mich an sich. Wie aufregend gut er riecht, wie er mich anschaut – mich! Was soll das, halt, Herr Professor, lassen Sie das, sollte ich sagen, doch mir fehlt die Kraft. Ein Kuss auf mein Haar – das geht zu weit. Yaşar verwechselt mich offensichtlich, ich bin nicht Lena. Wie soll ich mich nur aus der Affäre ziehen, lächerlich, eine Frau in meinem Alter, die nicht weiß, wie sie mit einer derartigen Situation klarkommen soll. Margot hätte keine Probleme. Wann hat mich ein Mann zum letzten Mal so in die Arme genommen? Helmut, vor unserer Ehe? Ich weiß es nicht mehr. Und Thomas, der freche Thomas, der in meine Ehe eingebrochen war wie ein Sommergewitter, Thomas, den ich meinen lieben Freundinnen bis heute verheimlichen konnte – wann habe ich zuletzt an ihn gedacht? Ich erinnere mich nicht. Yaşar, halt, *dur*, sollte ich rufen. Oder? Nein, ich weiß nicht, was ich ... Unfair, die Gefühle einer älteren Dame so zu verwirren.

„Du zitterst, Sofya. Es wird kalt, gehen wir runter zum Hafen. Ich kenne dort ein hübsches Lokal, was hältst du davon?"

Ich kann nur nicken, wenn ich jetzt ein Wort sage, weiß er alles. *Allah, Allah,* wie peinlich, wenn Denis mich so sehen könnte – oder Eva! Sie würde sich totlachen über ihre verliebte Mutter. Verliebt? Unsinn, ich habe rein freundschaftliche Gefühle, Yaşar ist erschöpft, traurig, sucht ein bisschen Wärme – nein, ich kann mir nichts vormachen, ein ganz kleines bisschen verliebt bin ich in diesen Fremden an meiner Seite. So plötzlich, nur weil er freundlich zu mir ist? Lächerlich, mein Gott, wie lächerlich, *ne kadar gülünç*!

Âşığım, ich bin verliebt, eine verliebte Närrin. Der Blitz ist eingeschlagen, die alte Scheune ... Wie sagt das türkische Sprichwort so treffend? *Aşk başa gelirse akıl baştan çıkar*, wenn Liebe in den Kopf kommt, zieht der Verstand aus. Halt, ich bin doch kein Teenager mehr, ich behalte meinen kühlen Kopf und was ich jetzt fühle ... Längst vergessen geglaubte wundervolle Gefühle, Seifenblasen, bunt schillernde Seifenblasengefühle. Ein Glück, dass Yaşar nichts davon ahnt, und er darf es nie erfahren. Warum sollte ich nicht für eine Stunde oder zwei die Nähe dieses anziehenden Mannes genießen, was ist schon dabei? Nur zu bald werden meine unvermeidlichen Kletten wieder auftauchen.

Ich zittere, weil ich friere, basta. Aaah, ich werde jeden kostbaren Augenblick mit Yaşar in meinem Gedächtnis speichern – für später, für die einsamen Tage im Alter. Sophies letztes Herzflimmern, von dem niemand, aber auch gar niemand etwas wissen darf. Immer werde ich mich an diesen Weg erinnern, an jedes Detail, an das dunkel schimmernde Meer, den türkischen Mond, die funkelnden Sterne – sind sie uns hier näher als in Europa? An den *simitçi*, dem wir Sesamkringel abkaufen, an den bizarren Baum, dessen Namen ich nicht kenne, an die mächtigen Stufen, die zum Hafen hinunterführen, an die prächtigen Schiffe, die im Wasser schaukeln. Und an den freundlichen Kellner, der uns in dem schönen Hafenlokal einen Eckplatz am Fenster anbietet.

Was für eine festliche Atmosphäre in diesem *restoran*. Wandspiegel reflektieren das Licht der Kerzen, vervielfältigen den eleganten Herrn aus Istanbul, der seine Lesebrille herausholt, die Speisekarte studiert und einer Frau zulächelt, die aus einem Nest in Deutschland kommt, das in seinem Atlas nicht zu finden ist.

Verstohlen betrachte ich im Spiegel diese närrische nicht mehr junge Frau. Ich fühle mich wohl in meiner Haut wie seit Jahren nicht mehr. Nahezu jeden Tag haben wir drei Weiber im Freien verbracht. Schwimmen, lange Fußmärsche, leichte Kost –

ein wahrer Jungbrunnen. Meine Haut ist gebräunt, der türkisfarbene Pulli schmeichelt sehr. Ein paar von der Sonne ausgebleichte Strähnen und erstes Grau an den Schläfen beleben mein langweiliges Dunkelblond ein bisschen – nicht schlecht. Was mich irritiert, ist der einfältig glückliche Gesichtsausdruck, dieses Strahlen. Ob der Schimmer des Kerzenlichts ... Mach dir nichts vor, Sophie.

Allahtan, çok şükür, zum Glück – es gibt genug zu erzählen. Yaşar fragt nach unseren Reise-Erlebnissen und ich berichte. Wie schön, die Freundinnen können mich diesmal nicht unterbrechen. Ich versuche mich kurz zu fassen, doch immer wieder hakt er ein: Wie war das? Interessant, wie du als Europäerin unser Land siehst ... Stundenlang könnte ich so mit ihm reden. Seine Miene entspannt sich nach und nach, immer wieder stellt er Zwischenfragen, lacht, schüttelt den Kopf. Ihm kann ich alles erzählen, sogar das peinliche *tekne*-Abenteuer, das zu einer amüsanten kleinen Geschichte wird.

„Das hätte ich gern gesehen: Margot im Wasser, *çırılçıplak*, splitternackt, und Lenas Veitstanz“, feixt er. „Und du bist wirklich ohne jede Hilfe über den Baumstamm zurückgelaufen, Sofya?“

„Ja, ganz schön sportlich, *değil mi*? Wenn man bedenkt, dass ich bereits Großmutter bin.“

„Eine reizende *büyükanne*. Auch ich bin schon *büyükbaba*, doch mein Enkel wird nie *dede* zu mir sagen, er spricht nur Englisch. Doch schau uns an, haben wir uns nicht gut gehalten: *nine ve dede*, Oma und Opa?“

Unsere Blicke treffen sich im Spiegel, wir lachen und reden, über unsere Kindheit, unsere Familien, unsere Träume. Wir sind Freunde, die sich seit Ewigkeiten kennen, ein Mann und eine Frau. Yaşar und Sophie. Unsere Stimmung wird immer gelöster, und ich genieße jede Minute dieses Abends zu zweit. Nach dem Essen bringt der *garson* eine dreistufige Porzellanschale, die sehr dekorativ mit Apfelsinenspalten und Apfelstückchen, Bananenscheiben und Granatapfelkernen belegt ist. Auf der Spitze der Schale sprühen Wunderkerzen.

„*Şerefe*, Sofya“, prostet der gut erhaltene *dede* mir zu und seine dunklen Augen blitzen. Macht er sich über mich lustig?

Ich hebe mein Glas: „*Şerefe*, Yaşar.“

„Hallo, da seid ihr ja“, ruft eine vertraute weibliche Stimme. Im Wandspiegel neben unserem Tisch erkenne ich Lenas schlanke Gestalt.

Yaşar springt auf, umarmt die Freundin herzlich. „Elen, wie schön, dich zu sehen. Setz dich zu uns, bitte. Wo ist Margot?“

„Noch im Hotel, sie zieht sich um. Danke für deine Nachricht, Sophie. Zufällig habe ich euch beide durchs Fenster gesehen. Margot geht mit einem türkischen Kollegen aus.“ Lena zwinkert mir vielsagend zu. „Ich kann auch nicht bleiben. Stellt euch vor, im *hamam* habe ich eine ehemalige Kollegin vom Theater getroffen, Jahrzehnte hatten wir nichts voneinander gehört und sitzen uns heute fern der Heimat in einem türkischen Dampfbad gegenüber! Sie wartet draußen mit ihrem Mann, auch ihn kenne ich von früher. Wir haben uns viel zu erzählen. Die beiden wollen morgen nach Aspendos." Sie zeigt ihr bezauberndes Lächeln. „Ihr versteht sicherlich ..."

Weg ist sie, *Allaha şükür*. Ich schäme mich kein bisschen. Ist Yaşar enttäuscht? Er lässt sich nichts anmerken, ergreift meine Hand und sagt: „Fatma hat eine Überraschung für dich. Du willst sie morgen Abend besuchen, nicht wahr? Ich werde dich begleiten, Sofya. Bis dahin haben wir Zeit für uns, nur für uns." Er hebt sein Glas, unsere Blicke treffen sich und alle Zweifel schwirren davon wie eine Schar aufgescheuchter Spatzen.

Yaşar hat zwei der rollenden Kofferkulis vollgeladen mit unserem Gepäck. Gleich werden sich die automatischen Türen des Flughafens hinter uns schließen, unser Urlaub ist zu Ende. Meine Kehle ist trocken, meine Augen sind feucht – hoffentlich bemerkt es keiner. Noch kann ich mich hinter der Sonnenbrille verschanzen. Abschied, die Sonne Kleinasiens lächelt uns noch einmal zu. Wenn es wenigstens regnen würde, murmelt Margot, auch sie wirkt bedrückt. Und Lena? Die fröhliche Klette ist verschwunden, die elegante Frau Ludewig hat die Haare hochgesteckt zu ihrer strengen, damenhaften Frisur, die Justus so sehr an ihr schätzt. Ihr Lächeln wirkt etwas verkrampft, doch es ist wohl weniger der Abschied, der ihr Kummer macht.

Yaşar umarmt die Freundinnen. „Auf Wiedersehen, Elen, *hoşça kal*, Margot!"

„Auf Wiedersehen, Yaşar, nochmals tausend Dank für alles, besuche uns bald in Deutschland, viele Grüße an Tamay!" ruft Margot. Auch Lena sagt irgendwas. Es ist so weit, bitte, mach schnell, Yaşar ... . Küsschen rechts, Küsschen links, kein Wort zum Abschied, nur der feste Druck seiner Hände. Gut so, ich könnte nicht antworten. Ich schniefe leise, wenn nur niemand etwas merkt. Meine Kletten sind mit den beiden Gepäckwagen bereits im Bauch des Flughafens verschwunden. Noch immer hält Yaşar meine Hände, er lächelt, schiebt mir einen schmalen Gegenstand in die Jackentasche, zieht mich an sich, flüstert den schönsten Satz der Welt. Dann schließt sich die Tür auch hinter mir. Ich hatte ihn noch so vieles fragen wollen. Später, Sofya, *sonra*, hatte er mich vertröstet, ich werde dir mein Land zeigen und alle Fragen beantworten. Und zu dir an den Rhein kommen, Vögel zählen, dich über Deutschland ausfragen ...

Wir können sofort einchecken, das lenkt ab. Noch immer habe ich die Sonnenbrille auf und putze umständlich meine Nase. Du bist eine lächerlich sentimentale dumme Gans, weise ich mich zurecht.

„Sophie, träumst du schon wieder, ich brauche deinen Pass!" ruft Margot, die bereits am Schalter der Fluggesellschaft angelangt ist. Margot, liebe Margot, wenn ich dich nicht hätte. Wie ruhig und sachlich sie bleibt, obwohl auch ihr der Abschied von Antalya schwer fällt. Zu dumm, dass wir schon weg müssen, ich hätte mich gern noch einen oder zwei Tage mit Bayram unterhalten, hatte sie beim Frühstück geseufzt. Ein interessanter Mensch, ganz anders als der Usbeke neulich. Der hatte nur die *pansiyon* im Kopf, die er im nächsten Jahr in Marmaris eröffnen will ...

Irgendwann sitzen wir im Flughafenrestaurant bei einer Tasse Filterkaffee. „Aah, ist der stark, fast so gut wie zu Hause, das ist doch was anderes als der ewige Pulverkram", stellt Margot zufrieden fest. „Eine schöne Reise war das", sagt sie in sachlichem Ton. „Ich bin wieder fit, der Winter kann kommen." Unsere Frau Klett ist wirklich in Hochform. Gut gelaunt – Bayram sei Dank –, deutlich schlanker und mit frischen Farben: Sonnenbräune auf der Haut, tiefes Schwarz auf den Locken. Ich konnte das Grau nicht mehr sehen, hatte sie erklärt, als sie gestern mit frisch gefärbten Haaren an Bayrams Seite bei unserem Abschiedsessen auftauchte. „Es hat gut geklappt mit uns", fährt sie fort und schnuppert genießerisch an ihrer zweiten Tasse Kaffee. „Anfangs hatte ich gewisse Bedenken, ein Trio ist nun mal eine gefährliche Konstellation, aber wir haben uns überhaupt nicht gestritten. Naja, fast nicht, wenn ich an früher denke ... Sophie, sei mir nicht böse, aber eins muss ich dir doch sagen, du warst vorhin ziemlich unhöflich zu Professor Toprak, hast ihn kaum angesehen. Nicht mal bedankt hast du dich. Er war so großzügig zu uns, dieser Abschiedsabend gestern ..."

„Du hast Recht, Margot, aber es ging alles so schnell. Ich werde ihn in Istanbul anrufen", erwidere ich scheinheilig. *Allaha şükür*, sie hat nichts gemerkt. Und Lena? Sie schaut mich manchmal so versonnen an, aber wahrscheinlich kreisen ihre Gedanken um den unerbittlichen Justus. „Ich möchte euch für alles danken", wechsele ich schnell das Thema. „Wir haben wunderbare Landschaften gesehen, interessante Städte, beeindruckende historische Trümmer. Eine unvergessliche Reise, unvergesslich vor allem unsere Begegnungen mit den türkischen Menschen, mit all den Wahltürken aus Deutschland ... Die meisten werden wir zwar nie wiedersehen, doch wir haben auch neue Freunde gewonnen: Fatma und ihre Familie, Tamay, Yaşar und Çetin, Johanna, Tina, Bayram, Hülya ..."

„Hülya, ach Gott, wenn man ihr nur helfen könnte. Doch wie sollten wir ihren Mustafa ausfindig machen." Margot runzelt die Augenbrauen. „Ob es wirklich so eine gute Idee ist, nach Ankara zu gehen? Was erwartet Hülya in der Stadt, eine enge Etagenwohnung bestenfalls – oder ein *gecekondu*. Ob sie sich in so einer Hütte wohler fühlen wird als im Dorf? Und die Kinder, jetzt haben sie ihre Freiheit. Nur diese Dorfschule ... Wirklich ein Problem. Hoffentlich hat Yaşar Recht und die achtjährige Schulpflicht wird bald eingeführt, das wäre immerhin ein Fortschritt."

Gestern hatten wir mit Frau *Almancı* telefoniert. Große Freude im Dorf über die Fotos, alle lassen grüßen: Hülya, der kleine Cemal, die Frauen aus dem Backhaus, die Teppichweberin, auch *Aptal Ali* und die zahnlose Alte. Die Frau des Lehrers kümmert sich um Hülya, übt mit ihr Lesen und Schreiben, aber unsere junge Freundin ist ungeduldig, verliert schnell die Lust. Doch Cemal hat sich zum Musterschüler entwickelt. Er zeichnet alles, was ihm in den Weg kommt, hatte Frau *Almancı* berichtet.

Nichts Neues von Bettina. Oder doch? In letzter Zeit hat sie oft schlechte Laune, verriet mir Johanna gestern am Telefon, außerdem trägt sie ihr Kopftuch nicht mehr, sie tuscht sich sogar wieder die Wimpern – der Beginn der Revolution? Ob sie was von Hüseyins Affären bemerkt hat? Sie muss herausfinden, ob sie weiterhin mit ihrem Macho leben will, ich mische mich jedenfalls nicht mehr ein.

Und Fatma ... Denis und Eva kommen nach Istanbul, hatte sie mich vorgestern aufgeregt begrüßt, als Yaşar und ich sie nach unserem heimlichen Ausflug in der Wohnung ihrer jüngeren Tochter, der Ärztin Filiz, besuchten. Mein Junge hat ein großzügiges Angebot eines internationalen Konzerns für Istanbul bekommen, Sofya, weil er perfekt Englisch, Deutsch und Türkisch spricht, vor seinem Studium ein Handwerk gelernt hat und den Computer beherrscht. Istanbul – ist das nicht wunderbar? Yaşars angekündigte Überraschung – ein Schock für mich: Eva und Denis werden Deutschland verlassen, die Kinder wollen noch in diesem Jahr heiraten, Sofya. *Sadece basit bir düğün*, nur eine schlichte Hochzeit, mit ihren Freunden und Gerda Kaplan in Berlin. Fatmas Wangen hatten vor Eifer geglüht: Das Familienfest machen wir – wie heißt auf Deutsch *yılın son günü*, der letzte Tag des Jahres? Silvester, murmelte ich. Fatma strahlte: Silvester, natürlich, *ne kadar güzel bir söz*, was für ein hübsches Wort. Ich werde Silvester zu euch kommen, was sagst du dazu? Ihre Freude war so offensichtlich, dass ich mir ein Lächeln abrang. Du hast Bedenken, Sofya? fragte Yaşar leise. Denis' Chef kann keine Gehälter mehr zahlen. Aber noch ist nichts entschieden, versuchte er mich zu trösten, sicherlich würde Denis auch in Deutschland wieder einen Job finden, Istanbul wäre jedoch eine große Chance für ihn und für unser Land. Ein tüchtiger junger Ingenieur, der aus Europa kommt, wenn auch vorerst nur für drei Jahre.

Drei Jahre, dann werden vier daraus, und eines Tages spricht Eva besser Türkisch als Deutsch. Auch jetzt wieder überkommt mich ein vages Angstgefühl. Wird Denis der „moderne europäische Mann" bleiben in seiner neuen alten Heimat? Wie wird meine selbstbewusste, kesse Tochter, die nie ein Blatt vor den Mund nimmt, für die die Gleichberechtigung der Frau gelebte Selbstverständlichkeit ist, sich in der fremden Kultur zurechtfinden? Istanbul ist eine moderne Großstadt, versuche ich mich zu beruhigen, eine Stadt mit modernen berufstätigen Frauen wie Tamay. Und es ist nicht mein Leben, junge Leute müssen ihre eigenen Wege gehen. Habe ich nicht immer gepredigt, Eltern sollen ihre Kinder loslassen, wenn Margot über ihre „untreuen" Söhne jammerte? Loslassen, aber ich hatte Eva doch längst ...

Eva und Denis werden dich oft in Deutschland besuchen, hatte Fatma an jenem Abend gesagt. Ob die Kinder nun aus Berlin oder aus Istanbul angereist kämen, sei doch heutzutage kaum noch von Bedeutung. Yaşar nahm mich in die Arme, als wir für wenige Minuten allein im Zimmer waren. Sei nicht traurig, Sofya, sagte er liebevoll. Denis und Eva haben die besten Chancen, sie werden nicht fremd sein in Istanbul. Wir alle sind jetzt eine Familie, eine deutsch-türkische Großfamilie. Du wirst uns in Üsküdar besuchen, so oft du kannst. Vergiss nicht – mein Haus ist dein Haus ... Ach Yaşar, dieser Schock nach einem so wunderbaren Tag. Ich bin nicht traurig, log ich, ich muss mich nur an den Gedanken gewöhnen.

Ich wollte nicht traurig sein, nicht an diesem Abend, und ich hatte mich wieder gefasst, als ich Eva anrief: Istanbul! Was sagst du dazu, Mum? schrie sie aufgeregt ins Telefon. Sollen wir annehmen? Ich habe ein bisschen Angst, als Frau in der Türkei ... Man hört so viel. Wir sind dann keine Touristen, wir müssen dort leben. Ich habe keine Lust, ein Kopftuch zu tragen oder so einen grässlichen schwarzen Umhang. Sag doch was, Mum. Auf jeden Fall heiraten wir im Dezember in Berlin. Und Silvester feiern wir nicht bei Jürgen und Sylvia. Luise veranstaltet für uns alle eine große Fete in ‚ihrem' Hotel am Rhein, in dem sie und Jopi damals gefeiert hatten. Ist das nicht super? Unsere Oma Ost ist ganz aus dem Häuschen, sie wirkt um Jahre jünger. Sag doch was, Mum, gib mir einen Rat. Was soll ich machen? Denis müsste schon am ersten Februar anfangen, ich habe keine Zeit mehr, vorher in die Türkei zu reisen!

Einen Rat sollte ich dir geben, Tochter. Du hattest dich doch längst entschieden. Ich beneide dich, mein Schatz, du wirst das Land viel besser kennenlernen als ich, sagte ich ruhig. Du bekommst eine sehr interessante neue Familie, vor allem eine liebenswerte Schwiegermutter. Und einen hinreißenden türkischen „Onkel", fügte ich in Gedanken hinzu. Die türkischen Frauen? Du wirst sie zeichnen wollen, Eva – jede Wette, Frauen im *şalvar*, Bäuerinnen, Baumwollpflückerinnen, Zigeunerinnen, elegante Damen, tätowierte Kurdinnen mit phantasievollen Kopfbedeckungen, Berufstätige, Studentinnen, Kinder in Schuluniformen, Mädchen, die gemeinsam mit Jungen Fußball spielen. Verschleierte Frauen im *çarşaf* werden dir auch hin und wieder begegnen, glaube nur nicht, sie seien alle fanatische Fundamentalistinnen.

Fußball? Mädchen, die Fußball spielen – in der Türkei? Mum, du übertreibst, lachte Eva. Nein, wir hatten sie gesehen in der Nähe von Olympos: Mädchen und Jungen, die zusammen dem runden Leder nachjagten. Eine der Spielerinnen hatte unter dem Jubel der anderen den Ball weit über den Platz geschossen – und ihr rechter Schuh war im hohen Bogen hinterher geflogen ...

„Sophie, he, Sophie, hörst du nicht, wir können einsteigen! Es ist schrecklich mit dir. Was ist nur los in letzter Zeit?" ruft Margot gereizt.

Ich springe auf, stoße meine Tasse um, der Rest des Kaffees ergießt sich über die Tischplatte.

„Du bist urlaubsreif, Sophie", lacht Lena.

„Schusselig ist sie. Und es wird täglich schlimmer mit ihr", sagt Margot streng.

Endlich sitzen wir in der Maschine. Wieder überlassen die Freundinnen mir großzügig den Fensterplatz. Leise ächzend legt Margot sich den Gurt um: „Eng ist es in diesen Kisten, na, bald ist das auch überstanden. Lena, es geht heimwärts, vom Taurus zum Taunus – freust du dich eigentlich?"

Lena nickt geistesabwesend.

Ein letzter Blick hinunter auf die Berge, die Stadt Antalya, den Düden-Wasserfall. Irgendwo da unten ist Yaşar. Es schnürt mir die Kehle zu und meine Augen ... Verflixt, wo ist meine Sonnenbrille, was heißt nur Sonnenbrille auf Türkisch? *Göz*, das Auge, *gözlük*, die Brille. *Güneş*, Sonne, *güneş gözlüğü*, Sonnenbrille. *Güneş gözlüğüm nerede*? Wo ist meine Sonnenbrille? Vokabelspiel, das hilft fast immer. Ich habe mich gefasst, *çok şükür*. Diese Sprache ist so logisch und so schwer zu erlernen. Einfache Sätze klappen schon ganz gut, doch ich muss weiter pauken, nicht nur die Sprache. Türkische Geschichte, Sitten, Bräuche – ich will mehr darüber wissen, denn eines Tages werde ich auch türkische Enkel haben.

„Es war wohl doch nicht so schlau, mir die Haare wieder färben zu lassen“, sagt Margot zweifelnd, zückt ihren Taschenspiegel, betrachtet das ungewohnte Schwarz ihrer Löckchen. „Zu dunkel. Bayram meint auch ...“

Bayram, Bayram, Bayram – ach, Margot, du änderst dich nie. Dieser Masseur ist wirklich sympathisch, scheint begeistert zu sein von seiner interessanten neuen Freundin, hat wie sie viel von der Welt gesehen – und er ist nur schlappe neun Jahre jünger als unsere vitale Frau Klett. Nicht mehr ganz jung, aber noch sehr gut in Form, hatte sie erklärt. Und Orhan, hat Margot ihn endlich abgehakt? Er sieht nicht mehr so gut aus wie früher, findest du nicht auch? hatte sie Lena gefragt. Nun will er also heiraten. Was soll er machen, seine Mama drängelt seit Jahren, sie will Enkel. Wenn ich doch jünger wäre ... Nein, die Akte Orhan ist noch nicht geschlossen, der junge Mann wird seinen Fensterplatz in Margots großem Herzen behalten, falls Bayram ihn nicht eines Tages verdrängt. Oh, Margot Klett, wo sind die guten Vorsätze? Nie wieder ein Mann, ich lasse meine grauen Haare rauswachsen ... Schnee von gestern. Doch ich kann sie verstehen, verliebte Frauen sind närrisch, nicht mehr junge verliebte Frauen sind verrückt.

„Das Essen, Sophie.“ Lena lässt meinen Klapptisch herunter.

„Danke, *çok mersi*.“ Wenn ich doch allein sein könnte mit meinen Gedanken, zu Hause werde ich vorerst auch keine Ruhe haben.

Margot stöhnt leise: „Diese engen Sitze, ich spüre alle Knochen, wäre ich doch nur in einem türkischen *otobüs*.“ Sie dreht sich auf die andere Seite, schläft sofort wieder ein. Stille. Alles schläft und verdaut, endlich.

Auch ich schließe die Augen, um ungestört an den einen zu denken, der mir jetzt schon fehlt wie der Wüste das Wasser. Erinnerungen – der einzige Schatz, den man mal mitnehmen kann, hatte Luise gesagt. Mein Schatzkästchen hat sich gefüllt auf dieser langen Reise und meine kostbarste Erinnerung, den unvergesslichen Abend mit Yaşar, zaubere ich mir jetzt zurück in die Gegenwart. Ich sehe mich lachend aus der kleinen *pansiyon* vor den Kletten fliehen, eine kurze Nachricht hinterlassend: „Fahren zu Fatma. Bis morgen, es kann spät werden.“ Keine Lüge, aber auch nur die halbe Wahrheit ... Noch einmal erlebe ich unsere nächtliche Fahrt in die Berge, sehe das kleine weiße Haus mit der blauen Tür, den von Wein umrankten *çardak*, spüre Yaşar an meiner Seite, der auf die violetten Ranken einer über dicke Mauern wuchernden Bougainvillea deutet, höre sein unverwechselbares Lachen.

„Wir nennen sie Höllenblume, *cehennem çiçeği*, wusstest du das? Ist mir die Überraschung gelungen, Sofya? Erinnerst du dich, wie deine Freundin Margot bei unserem Bummel durch Pera von einer Jugendstilvilla schwärmte ...“

„... in der Lena wohnt, die wiederum ein modernes Haus vorziehen würde.“

„Da hast du dein Traumhaus beschrieben, Sofya, ein weiß getünchtes Häuschen mit Blick aufs Meer.“

„Ein Haus im Süden, in Frankreich, Italien oder in Griechenland. An die Türkei hatte ich nie gedacht."

„Ohne es zu wissen, hast du damals das Elternhaus meiner Mutter geschildert. Genau wie ich liebst du schiefe, krumme Katen. Früher haben Tamay und ich oft die Schulferien hier bei den Großeltern verbracht, doch jetzt zieht meine verwöhnte Schwester Üsküdar vor. Ich komme manchmal hierher, wenn ich allein sein möchte. Jetzt allein mit dir, Sofya." Wieder höre ich sein seltsam heiseres, zärtliches Lachen. „Mein Großvater hat dieses Häuschen für seine junge Frau gebaut. Sie war Griechin, wie du weißt. Ihre Ehe hat alle Krisen, auch die griechisch-türkische Tragödie nach dem Ersten Weltkrieg, überdauert. Wenn Liebe und Toleranz im Spiel sind, können sogar Griechen und Türken friedlich zusammenleben. Mein Vater war *İstanbullu,* er hat in Paris Medizin studiert und dort meine Mutter getroffen, sie arbeitete als Krankenschwester und wollte eigentlich nie wieder in die Türkei zurück. Ich werde dir meine komplizierte Familiengeschichte erzählen, Sofya, doch nicht heute, nur eine Nacht und einen Tag haben wir für uns."

Yaşar holt unser Gepäck aus dem Auto, zieht einen großen altmodischen Schlüssel hervor, die blaue Tür öffnet sich mit leisem Quietschen. „Warte ein paar Minuten", bittet er, „ich will zuerst Feuer machen im Kamin, du sollst nicht in ein kaltes Haus eintreten." Allein bleibe ich auf der Terrasse zurück, schaue hinunter auf das nächtliche *Akdeniz*, höre Yaşar hantieren. Der anheimelnde Geruch brennenden Holzes weht heran. Was ist mit uns geschehen in diesen wenigen Stunden?

Bleib auf dem Teppich, So-So, vernehme ich plötzlich eine allzu vertraute mahnende Stimme in mir. *Sus*, sei endlich still, mein Freund, antworte ich schweigend in zwei Sprachen. Sorge dich nicht mehr um mich, mische dich raus aus meinem Leben, bitte. Auf dem Teppich bleiben – ich habe es satt, satt, satt. Ich lebe doch noch, lass mich fliegen auf meinem türkischen Traumteppich. Und wenn ich abstürze – *sana ne*, was geht's dich an, bin ich nicht alt genug? *Allaha ısmarladık*, adieu ...

Etwas berührt mich leise, ein Windhauch, ein Flügelschlag? Ein Nachtfalter, eine Fledermaus? Oder ist es *mutluluk*, das Glück, das für einen Wimpernschlag der Geschichte bei uns zu Gast sein will? „*Hoş geldiniz,* willkommen", flüstere ich. „Ihr bösen Geister, ihr Gedanken an Gestern und Morgen und an die Traurigkeit der Welt – bleibt draußen. *Giriş yasaktır*, Eintritt verboten. Gönnt uns eine Atempause."

Yaşar legt seinen Arm um mich. „Mit wem sprichst du?"

„Mit den Mücken, ich habe sie weggeschickt."

„Komm, Sofya", lacht er leise, „*evimiz bekliyor*, unser Haus wartet. İren hat uns einen Korb hingestellt mit Brot, Wein, Käse, Obst – an alles hat sie gedacht. Ich hatte sie aus Antalya angerufen. İren ist die jüngste Schwester meiner Mutter, sie ist nur zwölf Jahre älter als ich. Schon vor meiner Reise in die Staaten hatte ich ihr versprochen, mit dir hierher zu kommen. Sie erwartet uns seit Tagen, morgen werden wir sie unten im Dorf besuchen, bevor wir zu Fatma fahren. İren wird dir gefallen, Sofya ..." Seit Tagen werden wir erwartet, wie konnte Yaşar wissen, dass ich ... Mein Herz macht einen dreifachen Salto, die Fahrt hierher war kein plötzlicher verliebter Einfall, Yaşar hat sein Haus vorbereiten lassen – für uns. „Wenn meine Reise nicht dazwischen gekommen wäre ... Schon in Istanbul hatte ich vor, mit dir hierher zu fahren, nur mit dir, ohne deine Kletten. Schau mich nicht so an, Sofya, ich mag deine Freundinnen sehr, ihr drei habt mich damals in Istanbul mit eurer Fröhlichkeit aus einem schrecklichen Tief herausgeholt. Übermorgen werden wir alle zusammen Abschied feiern, auch mit Fatma, Filiz und ihrer Familie, *tamam mı*? Doch vergiss jetzt die anderen. Wir sind allein, hast du dir das nicht auch seit langem gewünscht?"

„Ich, Yaşar? Das kam heute alles so plötzlich."

„Plötzlich?" Leises Lachen, Kopfschütteln: „Schon in Üsküdar ... Gib es zu."

„In Üsküdar ... Yaşar, du bist größenwahnsinnig, ich konnte dich anfangs nicht ausstehen."

„Schwindlerin, schon damals war ich dir nicht gleichgültig, deine Sprödigkeit hat dich verraten. Denis hatte dir irgendwelche Dummheiten über mich erzählt, stimmt's?"

„Dummheiten? Onkel Yaşar ist ein Casanova, ein *zampara,* nehmt euch in Acht! hat er uns gewarnt."

Wieder lacht Yaşar leise. „Denis. *Bir afacan, bir yaramaz* – ich weiß das deutsche Wort nicht."

„Ein Schlingel, ein Taugenichts."

„Ein Schlingel. Aber er hat Recht, ich mag Frauen sehr. Dich mochte ich schon vor unserer ersten Begegnung, Denis hatte so viel von dir und deinen Freundinnen erzählt, von der unternehmungslustigen Margot und der Schönen Helena. Und er schwärmte von seiner *kaynana*, die ihn mit offenen Armen und dem Ausruf: ‚Jetzt werde ich Türkisch lernen!' empfangen hat. Weißt du, dass Denis sich vor der ersten Begegnung mit dir gefürchtet hatte?"

„Sich gefürchtet – vor mir? Das glaube ich nicht, Yaşar, du erzählst orientalische Märchen", wehre ich lachend ab.

„Dass alles so gekommen ist mit uns ... Wenn du bei mir bist, Sofya, ergreifen meine schwarzen Gedanken die Flucht, ich alter Bücherwurm lache mit dir, fühle, dass ich noch lebe – wie machst du das nur? Wie hast du gesagt, Paradies und Hölle sind auf dieser Welt. Zur Hölle mit der Hölle. Mein Liebling, *sevgilim,* unser Paradies ist hier."

„Ein Paradies, in dem Höllenblumen wachsen."

„*Sus*, Sofya, sei still."

Sevgi, Liebe. Nur Liebe macht das Leben erträglich, hatte der müde Atheist von Olympos behauptet. Doch schon beim Beginn ahnt man ihr Ende. Wenn er tausendmal Recht hat ... Nur eine Nacht, nur einen Tag haben wir für uns. Schwarze Schokolade, Sophie, es kommt nicht auf die Menge an, raunt eine längst verstummte Stimme. Nichts ist in diesem Augenblick mehr von Bedeutung, weder Vergangenheit noch Zukunft – da ist nur noch heitere, berauschende Gegenwart ...

„Sophie, oh, ich wollte dich nicht erschrecken, wir landen gleich. Hast du geträumt? Du hast im Schlaf gelächelt, ein schöner Traum?"

„Ja, Lena, ein sehr schöner Traum."

„Nieselregen in Frankfurt. Fünf Grad plus", Margot schüttelt sich, „typisch deutsches Novemberwetter."

„Woher weißt du ...?"

„Hast du nicht eben die Ansage gehört? Sophie, was ist nur los mit dir, du gefällst mir gar nicht in letzter Zeit, du solltest mal zum Arzt gehen."

Sanfte Landung, Erleichterung bei den Passagieren, Beifall für die Crew. Alles drängelt, jeder möchte schnell nach draußen. Ich bleibe zurück. Endlich habe ich einen Augenblick Zeit, öffne Yaşars Päckchen, halte einen großen Schlüssel von altmodischer Form mit silbernem Anhänger in der Hand. „Höllenblumenparadies" lese ich. Schnell verstaue ich alles in meiner Jacke. Der Schlüssel ist schwer und sehr real. Kein Traum, Lena.

Am Rollband der Gepäckausgabe treffe ich die Freundinnen wieder, sie haben bereits Kofferkulis organisiert. „Das dauert mal wieder", schimpft Margot ungeduldig, doch plötzlich klingt ihre helle Stimme liebevoll: „Wie gesagt, schön war's mit euch, wie in alten Zeiten. Wir haben heitere, aber auch traurige Stunden miteinander erlebt und – Lena sei Dank – einen erhabenen Augenblick in der Arena von Aspendos. Sophie, sei nicht böse, wenn wir manchmal ein bisschen närrisch waren, Lena und ich. Meine Geschichte mit Bayram, Lenas singender *kuyumcu* in Avanos – nimm das bitte nicht zu ernst. Du bist brav geblieben, was soll's, du kannst eben nicht aus deiner Haut. Hauptsache, du hast dich erholt. Deine Zerstreutheit allerdings ... Es war wohl doch ein bisschen viel für dich. Eine sehr lange Reise, selbst mir hat's gereicht zum Schluss. Bayram aber ... Da kommt mein großer Koffer!"

Ich beiße fest auf meine Unterlippe. Lena hat gar nicht zugehört. *Allahtan*, Gott sei dank, die beiden haben wirklich nichts gemerkt, sie sind mit sich selbst beschäftigt. Auch in Antalya war ihnen keine Zeit geblieben, sich über die lange Tagung des Familienrats bei Fatma zu wundern. Lena hatte ihre Freunde nach Aspendos begleitet, und der Erfahrungsaustausch mit Bayram hatte Margot Tag und Nacht in Anspruch genommen.

Silvester werden Yaşar und Fatma bei uns verbringen, mit Familie und Freunden werden wir das junge Paar Eva und Denis feiern. Im Frühjahr zum *Şeker Bayramı,* dem Zuckerfest, das die Fastenzeit beendet, werden wir uns alle in Üsküdar treffen. Alle – die türkischen und die deutschen Mitglieder der neuen Großfamilie, auch Luise, wenn sie sich stark genug fühlt für die Strapazen des Fliegens. Und wenn nicht? Ich werde meine Schwiegermutterfreundin nicht im Stich lassen. Doch vielleicht ist Evas Vorschlag nicht schlecht, den jungen Mann, der den ollen Kunder seit kurzem betreut, auch hin und wieder für Luise einzuspannen. Die alte Dame findet ihn zum Glück „ganz patent". Irgendwann – hoffentlich nicht zu früh – werden meine Lieben Yaşar und mir auf die Schliche kommen. Sie werden uns mit ihrer Neugier überschütten, mit ihrem Wohlwollen, ihrer Skepsis. Denis wird behaupten, er habe so was geahnt, und Eva wird unsere Geschichte zu einem Comic verarbeiten. Jürgen und Sylvia werden sich raushalten, wie immer. Lena wird ihr Mona-Lisa-Lächeln zeigen, und nie werde ich erfahren, ob sie für Yaşar mehr als nur Sympathie empfunden hat. War sie in seiner Gegenwart nicht regelrecht aufgeblüht? Aber war sie das nicht auch bei Kadir und Kamil und sogar bei Orhan. Margot, die in jedem Mann einen Ehekandidaten wittert, die trotz ihrer Erfahrungen den Trauschein noch immer für den Schlüssel zum Glück hält, wird absurde Zukunftspläne für uns schmieden. Yaşar als braver Ehemann – unvorstellbar!

Ehemann ... Mir wird heiß, zu Hause wartet jemand auf Antwort. Warum hatte ich Herrn Simon nicht sofort gesagt, dass ich sein Stellenangebot als Ehefrau nicht annehmen kann, dass ich lange genug „Chefin", sprich Mädchen für alles, gespielt habe, dass ich nicht sieben Tage in der Woche für ihn arbeiten will, dass ich keine lähmende Sicherheit suche, dass ich nicht mehr Geld brauche, sondern Zeit – Zeit für meine Familie, meine Freunde. Zeit für mich. Wird Luise enttäuscht sein? Sie hatte doch noch im Sommer behauptet, mein „Ehesoll" sei erfüllt. Recht hat sie, ich habe mich an meine neue Freiheit gewöhnt, mehr noch, ich möchte sie nicht mehr missen! Außerdem hat es zwischen Arno und mir nicht gefunkt, nicht das kleinste Fünkchen. Doch für Yaşar und mich haben Wunderkerzen gesprüht ... Luise, die dreimal „aus Liebe" geheiratet hatte, wird verstehen, dass ich Arno einen Korb geben muss. Eine Flasche Wein aus Kappadokien werde ich hineinpacken und mein freundliches Angebot, in Stoßzeiten öfter auszuhelfen und sonst für das Weingut Simon zu arbeiten wie bisher. Stundenweise. Mit Unterbrechungen. Denn von Zeit zu Zeit werde ich mich wieder auf den Weg machen – mit meinen Kletten, allein, um Yaşar zu treffen, ihn auf einer seiner Reisen zu begleiten. Ich will Evas faszinierende neue Heimat besser kennenlernen, Johanna, Tina und unsere türkischen Freunde wieder...

„... meine Freundin Sophie", höre ich plötzlich Margots Stimme hinter mir. Ich drehe mich um und sehe die Freundin, die sich angeregt mit dem kraushaarigen jungen Mann unterhält, der im Flieger vor ihr gesessen hatte.

„Was ist mit mir, Margot?"

„Dieser junge Mann hier ist Türke, er ist in Deutschland aufgewachsen, wie dein Denis. Auch er wird in Kürze eine Deutsche heiraten", erklärt Frau Klett.

„Ja, noch in diesem Monat", lacht der Lockenkopf. „Ich habe meine Großeltern in Serik besucht, sie sind entsetzt, dass ich eine Ausländerin heiraten will, noch dazu eine Christin. Aber sie werden sich daran gewöhnen und wenn sie Michaela kennenlernen ..."

„Wo fühlen Sie sich mehr zu Hause, hier in Deutschland oder in der Türkei?" fragt Margot. „Für welches Land würden Sie sich entscheiden, wenn Sie wählen müssten?"

„Mich entscheiden, da sei Gott vor! Soll ich zwischen Vater und Mutter wählen?" ruft der junge Mann entgeistert. „Ich habe zwei Heimatländer, können Sie das nicht verstehen? Nichts für ungut", fügt er lächelnd hinzu, „das kann wohl nur jemand begreifen, der in ähnlicher Lage ... Ah, meine Tasche."

Auch unser Gepäck ist komplett. Gleich werden wir unsere Lieben wiedersehen. Ob Justus ... Nur noch der Zoll, warum ist dort eine Schlange, kontrollieren sie heute gründlich? Wird es Ärger geben wegen unserer Unmengen von Geschenken? Vor uns tänzeln drei hübsche junge Mädchen ungeduldig herum, sie sind braungebrannt, biegsam und schlank, ihre Haut ist glatt wie Seide.

„Wie wir früher", sagt Margot mit tiefem Seufzer. „In den Augen dieser Mädchen sind wir Greisinnen, dabei fühlen wir uns nicht anders als früher, oder? Doch unsere Saison ist vorbei, Kinder. Verdammt, wir werden alt und ..."

„Ich halte es nicht mehr aus", faucht Lena ungeduldig, „höre auf mit dem Gejammer, das passt nicht zu dir. Merkst du nicht, dass du mitten drin bist ..."

„Mittendrin? Wo, Lena?"

„In der Mitte des Lebens, in der Jugend des Alters, in deiner Nachsaison. Du bist nicht alt, Margot, noch nicht einmal erwachsen! Du bist so verrückt wie eh und je. Denke nur an Bayram, du willst mir doch nicht weismachen, dass du ihn nicht wiedersehen wirst."

„Natürlich sehe ich ihn wieder, Lena. Ich habe ihn zu Weihnachten eingeladen, damit ich einen Feiertag mehr habe", ulkt die unverwüstliche Frau Klett in Anspielung auf den Vornamen des neuen Freundes: *bayram*, Feiertag. „Vielleicht heirate ich sogar ein viertes Mal." Sie lacht laut auf, schaut uns erwartungsvoll an. „Keine Angst, Kinder, ich bin geheilt. Allerdings, bevor die Gesundheitsreform mich ruiniert, mache ich mit Bayram ein *hamam* auf, dann müsste ich ihn heiraten, damit er in Deutschland bleiben kann. Nachsaison", ruft sie, „das ist die Lösung! Warum bin ich nicht selbst darauf gekommen, es gibt ja noch eine Nachsaison!" Der Zollbeamte schaut uns belustigt nach. „Nachsaison, Kinder!" Margot kann sich gar nicht beruhigen: „Wie wir gebaut sind, werden wir eine tolle Nachsaison haben."

Lena rollt mit unbewegter Miene den Kofferkuli zum Ausgang, löst gedankenverloren ihren strengen Haarknoten, schiebt ungeduldig eine widerspenstige Strähne aus dem Gesicht. Die rote Lockenpracht fällt auf ihre Schultern. Plötzlich dreht sie sich um zu uns, zeigt ihr Mona-Lisa-Lächeln und sagt mit spröder Stimme: „Eine tolle Nachsaison für uns alle? *İnşallah.*"

„*İnşallah*", murmele auch ich. Die automatischen Türen öffnen sich, hinter der Barriere zwischen all den Wartenden erkenne ich strahlende Gesichter. Judith, Eva und mein türkisch-deutscher Schwiegersohn winken uns zu, junge Menschen, deren Hauptsaison gerade beginnt.

Sonsöz – Nachwort

Seit Sophies erster türkischer Reise haben zahlreiche Schiffe den Bosporus passiert. Ihr Istanbuler Enkel spricht besser Türkisch als seine deutsche *nine* und besser Deutsch als seine türkische Omi. Dass im Sommer 1997 endlich die achtjährige Schulpflicht beschlossen wurde, interessiert den Schlingel noch nicht – er besucht erst mal den Kindergarten, *anaokulu.*

In Antalya wurden der neue Flughafen und der supermoderne Busbahnhof in Betrieb genommen. Längst hat Forellenwirt Harun sein sensationelles schnurloses Telefon gegen ein Handy ausgetauscht und trägt dieses Taschentelefon, *cep telefonu,* wie viele seiner Landsleute ständig mit sich herum. Ob jedoch die ausgesägte Tür repariert wurde und irgendwer das große Loch endlich zugeschüttet hat – wer weiß, *kim bilir ...*